河川成长小说系列

看不见的敌人

［日］阿部夏丸 著　游韵馨 译

中信出版集团 | 北京

图书在版编目（CIP）数据

看不见的敌人 /（日）阿部夏丸著；游韵馨译．--
北京：中信出版社，2019.7
ISBN 978-7-5217-0423-5

Ⅰ．①看… Ⅱ．①阿… ②游… Ⅲ．①儿童故事—日
本—现代 Ⅳ．①I313.85

中国版本图书馆 CIP 数据核字（2019）第 073244 号

看不见的敌人
（河川成长小说系列）

著　　者：[日] 阿部夏丸
译　　者：游韵馨
出版发行：中信出版集团股份有限公司
（北京市朝阳区惠新东街甲 4 号富盛大厦 2 座　邮编　100029）
承 印 者：北京联兴盛业印刷股份有限公司

开　　本：880mm×1230mm　1/32　　印　　张：9.5　　字　　数：150 千字
版　　次：2019 年 7 月第 1 版　　印　　次：2019 年 7 月第 1 次印刷
京权图字：01-2019-3300　　广告经营许可证：京朝工商广字第 8087 号
书　　号：ISBN 978-7-5217-0423-5
定　　价：45.00 元

作者的话

我是个超级大懒虫，至于我有多懒，你们听我说一件事就知道。我儿子读小学一年级，他在玩动物游戏时说：“爸爸，我当兔子，你当树墩。”但是，我也有自己引以为傲的事。

我去河边钓鱼时就不再是懒洋洋的树墩了，不仅两只眼睛好像翠鸟的眼睛般发亮，灵活的身形就连山猫都会被吓到。

每次带儿子去钓鱼，我都很神气地问他：“怎么样？”所以，我完全不会因为自己平时的懒惰而感到难为情。

然而说到难为情，其实有几句话一直让我感到很难为情，那就是时下流行的“善待大自然”“善待地球”这几句话。

我很喜欢上山或是去河里玩，却从来没有想过要“善待大自然”这件事。对大自然来说，“人类的善待”其实很无力，也没用，我相信那是打着领带的大叔在办公桌前想出来的广告词。

前几天，我遇到这样一件事。

我带着儿子一起去钓鱼，听见一位母亲和她儿子之间的对话。

“把这只小龙虾放回去吧？”

“我不要。”

“带回去也没用啊。”

“我要养！”

“反正早晚会死啊。”

“不要，我要养！”

“听我说，我们要保护大自然，不能随便把它们带回家或是弄死它们。”

“不要嘛，我要养……”

“你是个乖孩子，对不对？”

“不要嘛，我要养……”

那位母亲抢走哭喊的孩子手上的水桶，将龙虾倒进了水池。

“你看，小龙虾也很开心。”

当时，我很想对那位母亲说：“等一下！”

虽然我无意对这位母亲说什么，却发自内心地同情那个孩子。

我小时候曾经夺走无数小龙虾和蝌蚪的生命，但小龙虾和青蛙从来没有写信来向我抗议。大自然对小孩子的捣蛋行为很宽容，姑且不谈那些因为私人利益破坏山林和河川的大人，小孩子应该多走到户外，接触昆虫、花草和鱼这些小生命。看到昆虫就抓，看到路边的野花就摘，大自然不会因为小朋友的这些行为而受到影响。但我并不是提倡小朋友动手破坏，千万不要搞错了。

我在读小学时，曾经和其他三个同学把堤防上

的百合花全都摘了下来，总共摘了几百朵花，然后躺在上面睡午觉。结果被大人狠狠骂了一顿：“堤防上的百合全毁了！”我们这些捣蛋鬼全都被骂得号啕大哭，但是我至今仍然无法忘记那些百合花的浓烈香气。长大之后，我也没有打算再做这种事。最让我惊讶的是，翌年的堤防上，绽放了比一年前更多的百合花。

小朋友来到野外，眼睛都会闪闪发亮，他们看到的事物比大人看到的多一百倍。回想往事，我也曾经有过那种眼神，所以长大后，我用相同的方式试图找回幼年时的眼神，似乎真的看到了一些东西，但是还差得很远呢！

河川三部曲就是在这种心情下创作出来的，其中，《不会哭泣的鱼》更是处女作。

阿部夏丸

目 录

第一章

第一只锹形虫

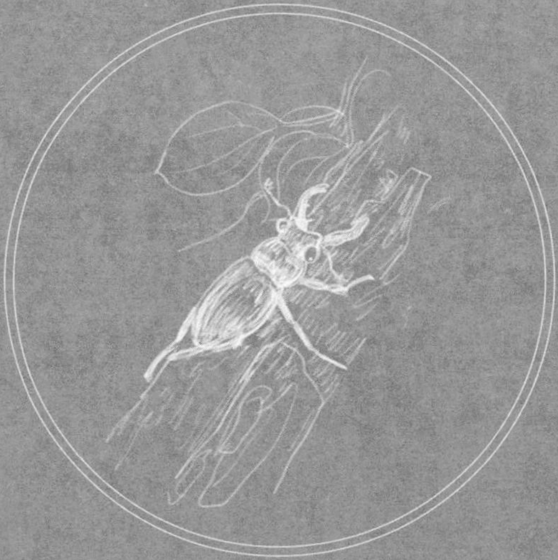

第一只锹形虫

现在是五月初。

一望无际的蓝天在头上俯瞰着大地，山顶光线昏暗，看起来模糊不清。盛开的樱花凋谢后，嫩叶争先恐后地长出来，随着微风左右摇曳着，这就是所谓嫩叶风吧！令人不禁感叹：眼前所有景色都充满着生命力。

一名少年骑着一辆自行车来到了樱花树的嫩叶底下，少年纤细的双脚踩着脚踏板，整个人站在踏板上骑车，身体左右摆动着，坚挺小巧的臀部也跟着节奏摇晃。

他的名字叫健二，住在桑原村，就读小学六年级。

健二一边骑着自行车，一边伸直身体，高举着右手。

茂盛的樱花嫩叶伸长到道路上方，健二用右手扫过这些嫩叶，发出沙沙的声音。他静静地享受着嫩叶滑过掌心的感觉，接着缓缓地握紧拳头……

啪的一声，健二抓下一把嫩叶，树枝剧烈摇晃。他露出得意的笑容，重新坐回自行车车座上，右手放在胸前，打开掌心，里面的嫩叶一片片随风飘散。接着，健二又用食指与拇指精准地摘下一片完整的嫩叶，鲜绿色的叶片前端像刀一样尖尖的，不只形状完整，颜色也很漂亮，摸起来十分柔软，似乎只要稍一用力就会被撕裂。

（今天不管怎样，我一定要抓到首锹，就算是小的也无所谓！）

这就是今天健二骑自行车出门的目的。

“首锹”指的是今年的第一只锹形虫，健二和他的死党将每年抓到的第一只锹形虫称为首锹。事实上，每年夏季只要到树林里，每个人都有抓不完的锹形虫。不过，孩子们十分重视当年抓到的第一只锹形虫。因此，每年五六月间，孩子们的眼神就会闪烁着光芒，四处搜寻锹形虫的身影。

事实上，不管是谁，只要白色衬衫的胸口别着一只黑得发亮的首锹，走在校园里时，所有学生一定都会对其行注目礼，走进教室还会被同学团团包围，七嘴八舌地追问。

“你什么时候抓到的？”

“在哪里抓到的？”

“你好厉害啊！”

大家都想成为画面中的主角，换句话说，只要抓到首锹，不管是谁都能成为风云人物，这简直跟考了全校第一名一样出风头。

去年就是这样，平时根本没人搭理的信义同学就是因为胸口别了一只跟米粿差不多大的母锹形虫，当天整个校园几乎都是他的天下，就连全班最高傲的阿彻也跑过来示好，拜托他透露这是在哪棵树上抓到的。这就是首锹的魅力，也是健二说什么都要抢头彩的原因。

健二骑着自行车离开自己住的村庄，沿蚬川骑了一公里后，来到葫芦池，那边有一棵麻栎树，是他今天锁定的目标，也是他最喜欢的树。健二每年都会在这棵树上抓到几十只锹形虫和独角仙，其他人都喜欢神社种的树或村里石墙旁的树。有趣的是，健二去那些地方都抓不到，只有在葫芦池的麻栎

树上可以抓到一大堆，这棵树可能跟他有缘吧！

（抓到一只也好，小的也可以。）

健二骑着自行车经过河边堤防，看着堤防下方刚插完秧的农田，不一会儿便抵达葫芦池。他停好自行车，走进草丛里。虽说是草丛，其实草还没长高，高度还不到膝盖。通常春天将要来临时，就会有人燃烧堤防上干枯的杂草，借此驱除虫害，也避免老鼠在里面做窝。时隔一阵子，如今低头看，还能看到烧得焦黑的地面和随处冒出头来的问荆草。

健二径直往麻栎树走去，专心寻找首锹。他先仔细查看树干，就连树枝背面和阴暗处也不放过。接着他捡起枯枝，轻轻挖掘麻栎树的树根。根据他过去的经验，只要拨开去年的落叶，通常能看到锹形虫停在潮湿的黑色土壤上，所以他很认真地寻找。

（唉，还是找不到。）

健二毫不犹豫地放弃。一般来说，如果找得到锹形虫，很快就会找到，像这样地毯式地搜索，找到的概率相当低。

（放弃吧……）

健二站了起来，转身准备离开，可心里还是放不下，决定再找一次树干后方。那里有一处树皮剥落的地方，跟手掌差不多大，每年都会流出树液。因为现在才五月初，还不到流出树液的时间，所以他刚刚并没有十分认真察看。健二缓慢地靠近树皮剥落处闻了一下，没有闻到树液特有的，好像食物腐坏的酸甜味道，树皮感觉很干，附近也没有蜜蜂与蝴蝶的身影。他抱着好玩的心情将双手放在树干上，比刚刚更靠近树皮剥落处，整个姿势看起来就像是在亲吻树干一样。他闻到了淡淡的树液味道。

就在此时，一只虫子从健二眼前爬过。

“是蚂蚁！”

蚂蚁从麻栎树的外皮和内皮之间的缝隙窜出，在如手掌大的圆形内皮上来回爬动。从眼前爬过的蚂蚁，让健二越看越觉得有趣。蚂蚁爬过去又爬回来，偶尔还会怀疑自己爬行的路线不对。它灵活爬动的六条腿和头上的触角，一时半刻无法停下来。蚂蚁的腿和触角上长满了密密麻麻的细毛，而每根细毛都反射了从树叶缝隙洒下来的阳光。

健二调皮地吹了一口气，蚂蚁露出受到惊吓的反应，往麻栎树的树皮下窜逃。

“哈哈哈，竟然逃到这里去……”

健二偏着头，将右耳与右颊贴在树皮上，紧盯着蚂蚁的

动向。

“啊！”

竟然有这种事！健二不经意间发现了首锹的踪迹。锹形虫就藏在往上卷起的树皮下方，小到连小指也放不进去的缝隙里。看来这只是母的，不过首锹不管是公的还是母的都可以。只见它手脚往里缩，没有察觉逐渐靠近的蚂蚁。它在这个状态下无处可逃，换句话说，它已经成为健二的囊中物了。健二冷静下来，捡起一根小树枝轻戳锹形虫的头部，将其逼出来，他终于抓到了梦寐以求的首锹。

“太好了！我抓到了，我抓到了！太棒了！”健二从来没这么兴奋过。

虽然这是一只小小的母锹形虫，却是首锹，是他梦寐以求的首锹！健二脑中不禁开始想象自己明天上学时受到大家注目的情景。他从口袋里拿出牛奶糖空盒，像是收藏宝石般小心翼翼地将首锹放进去。无论被健二抓起来还是放进小盒子里，首锹都缩着手脚，一动也不动。

“喂，你在干吗？”

正当健二将装着首锹的小盒子放入胸前口袋时，听到有人叫他。

“喂，你在做什么？”

“什么？”健二一回头，看到三名小学生。

他们看起来跟健二差不多大，不过健二不认识他们，健二猜想他们应该是隔壁学校的学生。他们的体格都比健二的强壮，其中一人比班上最会打架的阿彻还高。

“我问你，你在这棵树这里做什么？”

“这可是我们的树！”

“这小子应该是亩小的学生。”

对方一个接一个地开口说话。

“……”健二静默不语地看着他们。

（这三人一定是隔壁学区的高小的学生，他们一定会找我的碴儿，我说什么都没用。）

三个人将健二团团围住，继续追问。

“喂，报上名来！”

“你是哑巴吗？”

“他在发抖，在发抖啦！原来这家伙是胆小鬼啊！”

健二默不作声地低着头，全身抖个不停。他从来没打过架，顶多跟死党打闹，更别说跟第一次见面的人打架，而且对方有三个人，他更不可能出手。

“你们看，这家伙藏了什么东西！”

（糟了！）

他们发现了健二收在胸前口袋里的小盒子。

“我看看这是什么。”其中一人伸出手，想要拿健二胸前口袋里的东西。

健二想也没想地用力拍开他。

“好痛！你在干吗？！”对方大声叫痛。

要是小盒子里真的是牛奶糖，健二一定会主动拿出来请他们吃，可是里面是首锹，他不可能双手奉上。

（如果我能幸运地跑到自行车那边，或许还有机会逃掉。）

健二心中盘算好之后便向着看起来体格最差的人撞去，拼命往前奔跑。

“哎哟！”

“你这混蛋！”

“等一等！”

“别跑！”三人一时之间忘了该如何应对，但很快就从后面追了过去。

柔软的泥土与春天的野草让人寸步难行，即使如此，健二还是拼命地往前跑。好不容易跑到堤防下方，健二赶紧手脚并用，又爬又跑地上了堤防，看到了自己之前停在那里的自行车。

“喂！不要跑！”

健二不顾三人在身后大声叫喊，终于跑到自行车旁。

（太好了，快逃啊！）

健二用力地踩下脚踏板。

说时迟，那时快，后方追兵紧紧地抓住了自行车的后座，三人将坐在自行车上的健二团团围住。

“……”健二一言不发地看着他们。

三人瞪着不说话的健二窃笑了起来，健二的双手紧握着自行车把手，微微颤抖。他十分害怕，不敢抬头。三人没有放过他，继续瞪着健二，利用沉默的压力让他越来越紧张。不一会儿，蓝帽子走过来，伸手拿走健二口袋里的小盒子，健二完全不敢反抗。

蓝帽子得意地说：“什么啊！是个空盒。咦？还有一颗……哎呀！原来是锹形虫。怎么把锹形虫藏在这里，真恶心！”

三人奚落了一阵之后就走了，健二听着三人越走越远的脚步声，眼泪不争气地掉了下来。他很不甘心，真的很不甘心，无力地擦去一直掉下来的泪水。

第二天，健二与他的死党在神社内玩。

“阿彻，你听说了吗？”圣阳说。

阿彻跨坐在石雕神兽独犬上回答：“听说什么？”

“健二说他在葫芦池旁边的树上抓到了首锹。”

“真的假的？”

“不过，后来被抢走了。”

“什么？被抢走了？”阿彻惊讶地说。

健二假装没听到两人大声讨论的内容，和五年级的拓也一起玩“将石头丢到鸟居上”的游戏。健二心想，要是加入话题，他们一定会笑我丢脸。

“健二，嘿，健二！”阿彻从独犬上跳下来，往健二的方向跑去。

“什么事？”健二回答。

“听说你抓到首锹了？”

“嗯。”

“然后被高小的人抢走了？”

“……嗯。”

“是谁？长什么样子？”出乎意料地，阿彻并没有嘲笑健二，反而很想知道是谁抢走了首锹。

“你问我他们长什么样子，我也说不上来……”

“对方有多少人？”阿彻没有放弃。

“三个人。”

“里面是不是有一个大个子？”

“有，有一个身材很高大的家伙。”健二回想昨天遇到的三个人，如此回答。

“我认识他，他叫泰三。”

“泰三？”

“嗯，他是高小六年级的学生，很会打架。”阿彻话一说完，立刻双手抱胸陷入思考。

随后跑过来的圣阳偷偷看了阿彻一眼，问道：“你打算怎么办？找他们打架吗？”

阿彻回答：“那当然，一定要打。不管怎样，我跟泰三是一定要打一架的。”

“会赢吗？”

“那还用说！况且，这次还要替健二讨回公道。”听到阿彻这么说，健二反而不安了起来。

（看来阿彻已经下定决心要找泰三单挑，虽然被他们抢走首锹很不甘心，但我也不希望阿彻受伤……）

健二小声地说："阿彻，算了啦。"

阿彻生气地反问："笨蛋，怎么可以算了！"

"你想为我出头我很高兴，但不用讨公道了，要是你受伤了该怎么办？"

"笨蛋！你在说什么傻话？当然是大家一起上啊，我们四个人一起打。"

"你说什么？"健二不可置信地瞪大双眼。

五年级的拓也也在一旁吓得说不出话来，倒是阿彻和圣阳很期待这次的决斗。

"拓也，你知道四年前，比我们大三届的翔哥找人决斗的事吗？"阿彻忽然话锋一转。

"我不知道。"

"健二知道吗？"

"我也不知道。"

"我是从我哥哥那里听说的。"阿彻坐在鸟居下方，兴致勃勃地准备讲故事，圣阳与拓也在一旁等着阿彻继续说。只有健二站着，身体靠着鸟居，心想："我真不想参与。"

（我原本就很讨厌决斗这种野蛮的行为，老实说，我这么矮小，双手又没什么力气，干吗去打一定会输的架啊！被揍还会痛呢！而且，要是被学校知道我们找人打架，后果不堪设想。加上阿彻喜欢到处炫耀自己，到时候一定瞒不住。）

“你们知道吗？翔哥读五年级的时候，就跑去找高小的六年级学长单挑了！”

同样就读五年级的拓也探出头问：“为什么是翔哥？”

“因为那一年没有六年级学生，桑原的老大就是五年级的翔哥。高小的学区没有可以钓鱼的池塘，所以他们很快就霸占了桑原村的葫芦池。我们身为桑原的一分子，一定要想办法守住亩小学区的葫芦池。”阿彻义愤填膺地说，“当时高小的老大块头比翔哥大两圈，但翔哥毫不畏惧，用力抓着他的腿，就算被打得鼻青脸肿也不松开。不仅如此，他还咬住对方的大腿。”

“真的假的，好勇猛啊！”

“嗯，听说最后还流血了，真的很勇猛。”

圣阳问：“阿彻，我记得翔哥长得很和善。”

“是啊，就是这样才勇猛。而且那时候还是高小的六年级学生主动下战帖，约他在葫芦池决斗。”

“隔壁村子的六年级学生，没有人出手帮助翔哥吗？”

“没有。因为翔哥说葫芦池是桑原村的池塘，要由桑原的孩子来守护。翔哥真的很酷！所以这一次要由我们四个人来守护葫芦池！”

“好！没问题！”圣阳用洪亮的声音附和阿彻的提议。

阿彻转头对健二说：“健二，就由你来下战帖，没问题吧？”

“不……不行啦，阿彻。”健二赶忙阻止。

“为什么？”阿彻带着责备的语气质问。

“为什么不行？”就连圣阳也跟着搭话。

“我……”健二再也说不出任何话。若说自己讨厌决斗，就会变成软弱的人；若说自己害怕，就会变成胆小鬼。于是，健二只好默默地看着地面。

“你听着，这次是为你讨回公道，要是你不出面，那还有什么戏可唱？”阿彻说完便拍了拍健二的肩膀。

接着，阿彻与圣阳一起走开，开始构思战帖的内容。两人边走边笑，看起来很开心的样子。健二跟在后面，垂头丧气地走着，走在他旁边的拓也默默地不发一语。

（我真是没用，同样是六年级学生，为什么我说不出自己想说的话……平常一起玩的时候想说什么就说什么，一谈到这种事，我就什么都说不出口……）

健二一边走着一边这么想，五年级的拓也一句话也不说，对他们来说现在不说话是唯一的方法。

每次放学回家，健二一定会将书包丢在檐廊，直接抄起水桶出门，往蚬川奔去。

健二一出家门，在长着无花果树的角落转弯，拐进石墙路，跑到尽头处又会遇到另一面石墙，再次拐进另一条石墙路。由于桑原村某些地方地势比附近大河的水面低，过去只要一下大雨就被淹，因此桑原村的建筑几乎都盖在石墙上，这形成有趣的景致。仔细一看，就会发现高达两米左右的石墙在中间部分沾着一整条像腰带一样的黑色污渍。健二曾经听爸爸说，这条黑色污渍就是伊势湾台风来袭引发大洪水，大洪水退掉之后留下的痕迹。健二一只手转动着水桶，双脚一刻也不停地在石墙路上奔跑，奔向河川。

“拓也，我来了！”拓也坐在横跨蚬川的木桥上，听到健二的叫声立刻回头，竖起食指放在嘴上，做出要他安静的姿势。

健二放轻脚步，慢慢走到拓也身边，小声问：“河里有什么吗？”

拓也还是不出声，举起右手，指向河川上游。桥的正下

方有一处洗涤场，那是岸边用石板铺设出大约一坪半（一坪约相当于 3.3 平方米）大小的区域，可以在这里清洗刚从田里摘下来的蔬菜，附近人家也会到此清洗衣物，拓也指的就是这个地方。

“你要我看哪里？”健二还是搞不清楚。

“洗涤场再过去一点儿，不是有个装饭的木桶泡在水里吗？”拓也进一步解释。

“哇！真的啊，那里面是什么？”

“是鱼！里面有鱼！”

“真的是鱼吗？”

数量多到惊人的鱼正在洗涤场旁的水桶里来回游着，这些鱼争相吃着粘在木桶里的饭粒，无需一一细数，光目测就知道超过一百条。两人就这么静静地盯着鱼群，一大群小鱼就像异种生物般来回游动，反射出粼粼波光。

“那应该是平颌鱲吧？”

“也有珠星三块鱼。”

“还有暗色颌须鮈和纵纹鱲呢！”

两人只从小鱼来回游动的那一刻看到的颜色与形状就能猜出鱼的名字。健二与拓也每天都在河边玩耍，这种游戏对

他们来说就像吃饭喝水一样简单。

“有那么多鱼帮忙吃饭，那个木桶不用洗就很干净了。”听到健二这么说，拓也不由得点了点头，接着说：“我告诉你噢，我正在想一件不得了的事情。”

“什么不得了的事情？”健二问。

“我要把那一大群鱼一网打尽。”

看到拓也一副认真的样子，健二也跟着思考了起来。

“你打算怎么做？躲在洗涤场，然后拿网子一口气捞起来吗？”健二问。

“那样可以抓到几条？”

“嗯，最多应该有十条吧？”

“不行啦，阿健，一定要一次抓一百条才行。”

“这样真的好难，你想到什么好方法了吗？”健二忍不住想知道拓也的想法。

“有啊，不是有人用竹篓抓麻雀吗？如果能在木桶上加盖子的话，不晓得会不会成功？先在一根棍子上绑上绳子，再用棍子撑起盖子，然后站在远处观察，看到鱼游进木桶后立刻拉开棍子，盖子就会合上了。”拓也说出自己想到的点子。

“这个办法好！”健二拍手叫好。

“可是，如果用的是木头盖子，盖子会漂在水面上……”拓也皱着眉说。

“如果用铁板呢？”

“找得到大小刚好的铁板吗？”

“嗯，没有，没有大小刚好的铁板。”

两人就这么望着数量多到在水面形成黑影的鱼群，你一言我一语地讨论着。最后，他们决定只要找到大小适中的盖子就来进行捕鱼大作战。接着，两人轻手轻脚地往鱼群方向走去。

（安静，不要出声……）

（头再低一点……）

两人像忍者一样缓缓走下堤防的石阶，再半蹲着一步步走过石板。他们打算突然站起来吓鱼群，看鱼群惊慌骚动的样子。

（应该可以了吧？）

（好，要站起来了。一，二，三！）

“哇……”

可是，眼前一条鱼都没有，不只是水桶周围没鱼，整条河都看不到任何鱼群。不知道鱼群是躲在随着水流摇动的水

草里，还是两人站着的石板底下？

“为什么鱼群知道我们要来？”健二一脸不甘地说。

拓也认真地回答：“鱼一定有超能力，没错，一定是这样。”

拓也一边自问自答，一边紧盯着空空如也的木桶，原本粘在木桶里的饭粒被鱼群吃得一干二净，木桶像是被鬃刷刷过一样。接着两人走到木桥下面，将手伸进木板间的缝隙，取出一个牛奶瓶，转身坐在石板上。牛奶瓶的瓶身有一个自己做的印记，里面放着穿过钓线的鱼钩，方便他们随时钓鱼。

“鱼钩够尖了吗？”拓也问。

“好像不太够。”健二回答。

鱼钩是用铁丝做的。他们从附近人家的围篱“借”来粗铁丝，再用老虎钳扳弯，做出鱼钩的形状。两人从洗涤场旁的水桶里拿出磨刀石，开始磨鱼钩前端。小孩的力气不够，耐心也不足，很难一口气将铁丝磨成尖锐的鱼钩，所以每次钓鱼前，都会像这样磨鱼钩。久而久之，鱼钩前端就会越来越尖。看到前端鱼钩越来越尖，心情也感到愉快。对小孩来说，除了有一副用蜡烛涂过变得又硬又重、表面闪闪发亮的纸牌之外，拥有一个磨尖的鱼钩也是一件值得炫耀的宝物。

“怎么样，磨得够尖了吧？”健二得意地说。

“哇，好厉害，阿健磨的鱼钩好尖啊！”

听到拓也这么说，健二也觉得开心。“这没什么啦！”

“因为阿健经常来钓鱼，难怪这么厉害……”

健二笑得好开心，就算是这种平淡无奇的小事，可以当第一也很好。若说到钓鱼，无论次数还是技巧，他绝对不会输给阿御与圣阳。

“放心好了，等你升上六年级之后，你的鱼钩一定会比我的还尖。”健二也不忘鼓励拓也。

拓也听到健二这么说，害羞地笑了起来。

接着两人到洗涤场旁的垃圾场挖蚯蚓，只要翻开腐烂的橘子或洋葱，一定会看到许多又粗又长的蚯蚓。健二用左手抓起一条大小适中的蚯蚓，靠近右手的鱼钩。当鱼钩前端刺入蚯蚓的那一刻，蚯蚓剧烈地蜷曲扭动。可惜它的抵抗无济于事，不论扭动得多猛烈，健二还是不为所动地将蚯蚓穿在鱼钩上。

两人安稳地坐在石板上开始钓鱼。洗涤场是由四块石板组成的，石板与石板之间约有五厘米的缝隙。这里是最好的钓鱼地点，石板下有河流经过，许多鱼栖身此处，健二与拓也就是从这个缝隙中将鱼钓上来。

蚬川的鱼种很丰富，包括鲫鱼、溪哥仔（平颌鱲的幼鱼）、黑腹鲭、纵纹鱲，不过，他们两人最想钓的其实是暗色沙塘鳢。老实说，只要能钓得上来，什么鱼都可以。但他们使用的铁丝鱼钩，只有嘴巴较大的暗色沙塘鳢才会上钩。

健二拿起刺入鱼钩、变成“レ”形的蚯蚓，轻轻放入石板的缝隙，挂在鱼钩上的蚯蚓一碰到水，再次蜷曲扭动；整个鱼钩一放入闪闪发光的水面下，就立刻消失不见，狭窄的缝隙深处看起来一片漆黑；最后再将钓线前端绑在牛奶瓶口，就能避免钓线被鱼拉走。健二放好鱼钩后，静静等待鱼儿上钩。拓也坐在对面的缝隙前钓鱼，他坚毅的背影令人感受到“不想输”的气势。

可惜，第一回合是健二胜利。健二手中的钓线原本放得很松，没多久突然移动了两厘米，这个现象表明下方有鱼正在拉扯蚯蚓。

（别慌，别慌，暗色沙塘鳢正在轻戳蚯蚓前端。）

健二静静地盯着钓线的动向，若太早拉起钓线，暗色沙塘鳢就不会上钩；若太晚拉线，最珍贵的鱼钩就会被鱼吞进去。健二抓住钓线，轻轻往上拉动。

钓线另一端传来沉重的抵抗力，这很明显是暗色沙塘鳢的力道。

看准时机之后，健二用力拉起钓线，暗色沙塘鳢来回摆头的力道透过钓线明显地传到健二的手中。

健二的指尖再度感受到强烈的拉力，看来这次钓到大鱼了。不一会儿，暗色沙塘鳢又圆又可爱的脸从石板缝隙中被拽出来。

“我钓到一条鱼了！”为了让拓也听到，健二故意叫得很大声，高举右手展现战绩。挂在手指上的钓线前端有一条圆圆胖胖的暗色沙塘鳢，它的鳃张得老大，身体用力跳动着。

“阿健，你好厉害啊！”拓也开心地说。

“嘿嘿嘿。”

健二将暗色沙塘鳢放入装了水的水桶，鱼一碰到水立刻来回游动，熟悉环境之后就靠在磨刀石旁，一动也不动。

两人又继续钓了三十分钟。

拓也问：“阿健，你钓到几条？”

“已经三条了。”

“你真的好会钓，我每次一拉上来鱼就跑了，一定都是小鱼。”拓也垂头丧气地说。

“拓也，你来我这里钓吧！”

“可以吗？”

“可以啊，暗色沙塘鳢好像都聚集在这个缝隙的下面。”

已经钓起三条鱼的健二看起来一身轻松，拓也过来，两人一起从同一个缝隙放下鱼钩。两人就这样安静地钓了一会儿，此时拓也突然开口：“阿健。”

“什么事？”

“我听说是这个星期天。”

“……是啊。”健二一听就知道拓也在说什么。阿彻与圣阳已经将战帖送到高小那群家伙的手上。

拓也继续说：“我听说战帖是用阿健的名义送出的。”

“真的吗？”

“圣阳学长是这么说的。”

“这下糟了，以后我到他们的地盘去一定会被揍。”健二抱怨说。

“你不阻止吗？”

“我哪有办法？违背阿彻与圣阳绝对没好下场。再说，他们很喜欢找人决斗，就算出面阻止也没用。”

“可是……”

“算了啦，从以前到现在都是这样……”健二仿佛事不关己地说。

他们从小就是这样的互动模式。阿彻是个头脑简单、喜欢胡闹的人，他身材高大，很会打架。由于四肢发达，他任何运动都得心应手，体育成绩永远是班上第一名。

圣阳则是与阿彻完全相反的类型，他的学业成绩相当好。虽然生活在乡下，但圣阳的妈妈十分关心孩子的教育，圣阳的成绩总是名列前茅。不过，也因为他很会读书，所以心机较重。

拓也盯着垂挂在缝隙里的钓线，冷不防地对健二说："阿健，你喜欢阿彻学长和圣阳学长吗？"

"怎么这么问？"健二没想到拓也会问这个问题，有点不知所措。

"我讨厌他们两个。"拓也毫不掩饰自己的想法。

"我从读幼儿园开始就跟他们玩在一起，我不清楚自己喜不喜欢他们。"

"骗人。"

听到拓也的回应，健二感到有点心虚。若要说他骗人，他确实是没说出真心话。虽然每天跟他们两人一起上学，也在一起玩，但他并没有那么喜欢他们。

“阿彻很强壮，圣阳又会念书，我并不讨厌他们。”

“是吗？阿彻学长是暴力分子，圣阳学长其实很狡猾。他们两人动不动就说别人坏话，我讨厌他们。阿健，你应该也不喜欢他们吧？”

“……”健二低着头什么也没说。

“他们两个都不是善良的人，个性粗暴又喜欢作威作福。”拓也很少表现得这么强势。“在六年级的学长里，我比较喜欢阿健。”

“为什么？”

“因为阿健对人很好。”“……才不是呢，我只是个性胆小而已。”健二突然情绪激动。

“阿健，我们去阻止他们决斗好吗？就算被说成胆小鬼也没关系，我不希望他们打架。如果你愿意去，我也会去。”拓也真诚地说。健二静静地看着拓也的脸，拓也也用他那双圆滚滚的眼睛直盯着健二。

（这家伙到底是怎么回事？轻易就能说出我一直说不出口的想法……）

拓也的建议就像是窝里反，以前从来没有人违背过阿彻与圣阳，若两人真的这么做，将会是前所未有的大事。健二不发一语地看着拓也，反复思量后对拓也说：“不，我打算去跟高小那群家伙决斗。”

（我果然是个胆小鬼，我真的好差劲。明明心中不愿意，却无法对阿彻与圣阳说“不”。拓也应该很生气吧？一定对我感到失望吧？）

“这样啊！既然你这么决定，那我也去跟他们决斗。”出乎意料地，拓也既不生气也不失望，反而第一时间站在他这边。就在此时，拓也的钓线开始迅速往下方移动。

“啊，我的钓线动了，动了！”拓也大叫。

就在下一秒，健二的钓线也往同一个方向移动。拓也看到这一幕，立刻大叫：“阿健的钓线也动了！”

两人各自拉起自己的钓线。

“鱼上钩了，我钓到鱼了！”

“我也钓到鱼了！”

过去两人从来没有在同一个缝隙同时钓到过鱼，他们忍不住开心地大叫。当他们将鱼从缝隙拉出的那一瞬间，更是抑制不住激动的情绪。

“哇哇哇！这是什么？怎么回事？”

“这到底是怎么一回事？”

两人从缝隙里拉出来一条体形很大的暗色沙塘鳢，令人惊讶的是，这条暗色沙塘鳢的嘴里有两条钓线。

“这家伙一次吃两条蚯蚓啊！”

“一定是这样，哈哈哈。”

两人看着暗色沙塘鳢有些呆呆的脸，忍不住大笑了起来。拓也用手指撬开鱼嘴，发现了真相。

“我知道了，它一开始先吃下我的鱼钩，然后又吃到阿健的鱼钩。”

“哈哈哈哈。”拓也认真解说的模样实在太有趣，健二再次笑了出来。

此时太阳已逐渐往堤防的另一边西下，两人将鱼钩和牛奶瓶藏回木桥下方。变得昏暗的河川景色令人感觉分外凉爽，但屁股下方的石板还很暖和，让人舍不得离开。拓也看了一下水桶说：“哎呀，鱼全死了！”

水桶里的暗色沙塘鳢全部翻肚，浮在水面死掉了，身体变得硬邦邦的，嘴巴和鳃也张得大大的。

“这是最先钓到的那条鱼。”

“这条是我们两个一起钓到的。”

拓也将手伸进水桶里搅动，桶里的水形成旋涡，暗色沙塘鳗的尸体也“呼噜呼噜”地跟着转动。

“哈哈哈，鱼在游泳！”

“站起来了，站起来了！”

两人就这么盯着桶里的鱼旋转，觉得十分有趣。

从堤防的另一边传来耕耘机引擎发动的嗒嗒声，拓也听到后立刻站了起来。“我爸爸来了，这个声音是我爸爸的耕耘机的。阿健，明天见喽！”

健二目送拓也跑上堤防的身影。

“拜拜！”

“明天见！”

健二独自一人坐在河边，再次看向水桶，里面有三条死掉的暗色沙塘鳗。这三条鱼不久前还瞪着圆滚滚的大眼睛，在健二的手里猛烈地跳动，但现在已经失去生命了。

健二突然想起拓也说过的一句话:“因为阿健对人很好。”健二将水桶里的水和鱼，全部倒进河里。水和鱼碰触水面发出了哗啦啦的声音，河面在夕阳下激起阵阵涟漪。

健二转过身，用尽全力冲上蚬川的堤防。

第二章

葫芦池的决斗

葫芦池的决斗

星期天一早是万里无云的好天气。健二算好时间离开家，往蚬川的木桥走去。他们约好九点见面，走出石墙路后，健二发现其他人都已经在桥上等着了。

“健二，你好慢啊！”圣阳中气十足。阿彻站在圣阳对面，自顾自地挥动竹刀。这两个人看起来已经做好了决斗的准备。

“抱歉，抱歉。”健二轻声回答。他看到拓也在洗涤场，便往拓也的方向走去。拓也蹲在地上看着河，听到有人从石阶上走下来的声音，回头看了一下，接着不发一语转头看回河里，健二在他旁边蹲了下来。

“早安。”健二开口打招呼。

“嗯……觉得怎样？”

“什么怎样？”

“准备好去决斗了吗？”

“哈哈，怎么可能。”

“可是……”拓也瞟了一眼在桥上对着空气比画的两人。

“那两个人是特例。”

阿彻对着空气比画了几十次，满身流汗，最后拿着竹刀走下堤防，走到健二与拓也身旁跪下来，双手捧起河水哗啦啦地洗脸。阿彻的脸被太阳晒得黝黑，水滴在他脸上看起来晶莹透亮。健二与拓也静静地盯着阿彻脸上的水滴。

“健二。”阿彻说。

“什么事？”

“我一定会帮你讨回公道。”

阿彻的表情真的太帅了！闪闪发亮的眼神不输给脸颊上闪烁的水滴，健二与拓也不发一语，微微点头。阿彻真是个深奥难懂的人，不仅会打架，想说什么就说什么，个性还很粗暴，可是有时又会像现在这样表现出帅气的神情。

圣阳在桥上大声呼喊："差不多该走了！"

阿彻也大声回应："好，出发！"接着三步并作两步地跳上石阶，跑到木桥上。

健二与拓也心不甘情不愿地跟在阿彻后面，四人花了二十分钟走到葫芦池。

四人来到葫芦池，发现高小那群人还没到，健二与拓也在麻栎树下坐了下来，听阿彻与圣阳传授作战计划。

"你们听好，打架想赢的关键就是绝对不能示弱。"阿彻率先开口，接着又挥动着竹刀说，"其实对方也很害怕，所以一定要大声呵斥，吓吓他们。然后再挥动竹刀，让他们知道我们不是好惹的。"阿彻的声音听起来有点紧张，健二与拓也听他这么一说，也跟着紧张起来。

接着圣阳说："那群人只有泰三比较厉害，只要击败泰三，其他人就会一哄而散。"

圣阳的话让健二回想起泰三的模样。

（我们真的能打败那个身材高大又孔武有力的泰三吗？莫非就连阿彻也打不过他？）

健二不禁担心了起来。

"我跟圣阳负责对付泰三，其他家伙就交给健二与拓也，我们两人一组，分开行动。听好，绝对不能被对方抓到，发现打不过他们就立刻逃，要是被抓起来，我们就没戏唱了。”阿彻一说完，健二与拓也用力地点点头。

（只要逃走就好……）

如果可以逃跑，不如现在就跑。不过身为六年级学生，健二还是有自己的志气与尊严。

就在此时，圣阳突然出声：“高小那群人来了！”

其他人回头一看，高小的四人一字排开地站在葫芦池对岸。

“名叫健二的家伙，今天来了吗？”带头的泰三首先叫阵。

被对方点名的健二吓得不敢回答。

反倒是阿彻抢先说话：“你就是泰三吗？”

“我是，你是……”

“我是成濑彻。”

两人报上名号后慢慢走上前去，直到葫芦池两岸距离最近的地方才停了下来，互相双脚张开、抬头挺胸地凝视对方。不一会儿，其他人也纷纷站在阿彻或泰三后方，彼此互瞪。葫芦池的名称来自它的外形，双方人马就站在葫芦腰的地方对峙。

“这里是亩小的学区，葫芦池是属于我们的。”阿彻使出先发制人的招数。

泰三双手抱胸，态度沉稳地说："我才不管。"

原本躲在泰三身后的蓝帽子也跟着帮腔："是吗？是谁说这座池子属于亩小？校长这么说过吗？"

"你说什么？"阿彻气势凌人的回话，让蓝帽子畏畏缩缩地退下。

圣阳见状再次叫阵："你们把健二的锹形虫拿到哪儿去了？快还回来！"

泰三保持双手抱胸的姿势，小声地跟蓝帽子咬耳朵。

（就是那个蓝帽子从我的胸前口袋拿走了装着首锹的小盒子！）

健二从阿彻身后走出来，紧盯着那两人。不一会儿，泰三开口了。

"锹形虫已经没了。"

"为什么？"

"没了就是没了。"

"谁拿走了？"

"我说没了就是没了，少啰唆！"

"你说什么！"泰三说的话惹得阿彻很不高兴。

"听着，要开打了！"阿彻低沉且气势十足的声音里，带着一丝紧张。

（开打了，这一刻终于来了。）

健二与拓也不安地互看了一眼。

“准备好了吗？上啊！”

“冲啊！”

亩小阵营率先展开攻击，圣阳举起脚边的大石头，冲在最前面。那块大石头跟妈妈拿来压酱菜坛盖的石头差不多大，圣阳嗖的一声将大石头抛出去。高小阵营面对突如其来的攻击，一时之间不知该如何应对，只能瞪着双眼、张大嘴巴呆站在原地。

大石头掉进池子的瞬间，溅起了很大的水花，水花形成一整面水墙，溅到高小那群家伙的身上。

“啊！”

“水好凉！”

听到对手的惨叫，圣阳忍不住大笑：“哈哈哈，突袭成功！”

泰三见状，再也无法忍耐，向队友大喊：“反击，冲啊！”

高小阵营兵分两路，看起来比较弱小的两人沿着葫芦池往东边的树林跑去。

“健二、拓也，那两个交给你们，千万不要让他们跑出树林。”

“嗯，知道了。”

就在此时，对岸的泰三与蓝帽子也大叫一声往前冲。他们早就被圣阳的攻击弄得全身湿透了，干脆一不做二不休地跳进池子里，这个举动让阿彻感到意外。

拓也焦急地对健二说：“阿健，快走吧。”

“好……”

说完，两人拔腿狂奔，与其说是追赶逃进树林的敌军，倒不如说是被泰三的惊人气势吓到了。

临走前阿彻不忘鼓励健二：“健二，交给你了。”

“阿彻也是，加油！”

没有人知道接下来会发生什么事，健二与拓也一边往树林跑，一边回头看阿彻那边的激烈战况。泰三和蓝帽子站在水里，水淹至他们的腰部；阿彻与圣阳则在岸边，极力阻止敌军上岸。四个人都挥动着竹刀，不时发出极大声响。

拓也担心地问道：“他们两个没问题吗？”

“嗯，没问题。阿彻很厉害，不用担心。”健二笃定地回答。

健二与拓也即将抵达树林，两人蹲在一棵树的后面慢慢调整呼吸。不只是因为刚才奔跑的关系，更重要的是，他们将要迎接人生中第一场决斗，完全无法压抑心中的紧张与兴奋。远方传来竹刀敲击挥动的声音，健二双手抱胸，像是试着平息扑通扑通的心跳。

“……”健二默不作声。

“阿健，我好怕……”拓也说。

“我知道，不过，对方也是小学生，他们一定也很害怕。”健二为了维护身为学长的面子，不得不虚张声势。与此同时，他的眼睛也不断搜寻树林，想要找出躲在树林里的敌军。

“没看到他们。”

“他们可能埋伏在哪里，要保持警觉。”健二回答。

两人小声地谈论，双眼直盯着树林深处。眼前是一片杂树林，混杂着柳杉、麻栎树与朴树，深处还有巨大的樟树，树枝随着池面吹来的风晃动，绿色树叶在他们两人的头上左右摆荡。除了有深绿色的柳杉之外，还有鲜绿色的麻栎树新叶，深浅融合的树叶形成一体，随风摇曳，阳光从树叶缝隙洒落在地上。地面上原本就铺着一层去年的落叶，洒下来的阳光反射在枯叶上，发出饱满的橡实色的光芒。

“在枯叶上走动一定会发出声音。”拓也说。

“是啊，所以他们也不敢轻举妄动。”

在枯叶上走动一定会发出声音。

两人就这样继续盯着毫无动静的树林。

过了一会儿，拓也开口说：“阿健。”

“什么事？”

“你刚刚说，对方一定也很害怕，对吧？”

“嗯，我认为是这样。”

“既然如此，我们主动出击吧？”

“你说什么？”健二没想到拓也会这么说。

健二原本心想运气好的话，真希望可以一直这么盯下去，但仔细想想，拓也说的才是解决问题之道。

“如果对方也很害怕，我们只要拿着竹刀冲进去，对方一定会吓得跑出来。”拓也冷静地分析。

“没错，要试试看吗？”

“来试试看吧！”

两人握紧竹刀，深深呼出一口气，接着看了彼此一眼，又再深吸一口气。

“冲啊！”

“啊啊啊！”

两人飞快地从树木后方冲出来，大声喊叫。看到树干、树枝或树叶就用竹刀猛敲，猛砍。

但攻击了一会儿却不见敌军的身影，于是两人再次大声喊叫。

“看你们往哪里跑！”

“你们跑不掉了！”

他们发现大声喊叫可以纾解压力，心情十分舒畅。拓也终于可以稍微放松一下了。

就在此时，草丛里传来一阵窸窸窣窣的声音，一名身穿白色运动衫的敌人飞奔而出，往前狂奔。健二与拓也的策略奏效了，主动出击对他们来说是最有利的解决之道。

“混账！要往哪里跑？！”拓也大声咆哮，一路追着往前跑的敌人。

健二一边看着两人的背影，一边注意四周动静。

窸窣！

身后传来有人踩到落叶的声音，看来另一名敌人就藏在樟树后方。健二举起竹刀，用力挥击绿色的竹子，大声吼叫：“王八蛋！还有一个家伙跑哪儿去了！要是被我找到，我绝对揍扁他！”

逼真的演出连健二自己也吓得不知所措，更别说健二根本没跟别人打过架，就算真的找到敌人，也不可能揍他。

“你在哪里！还不快出来！”健二故意大声吼叫，脚步也踩得特别用力。

（拓也这家伙怎么还不回来？）

健二在心中祈祷拓也赶快回来帮他，同时不忘虚张声势。

“想躲到哪里去？！你以为你跑得掉吗？”

健二拿竹刀用力敲击四周的树枝，最后终于来到樟树的前面。

（再有五六步我就会与他面对面，那家伙该不会也在树后挥动着竹刀，找机会袭击我吧？！）

一想到这一点，健二的心跳得更快了。

就在此时，健二的身后传来拓也的声音：“阿健，阿健。”

（是拓也！）

拓也的脚步声越来越近，健二有了同伴的加持，鼓起全部勇气举起竹刀，往樟树后方走去。

“看我的……”

一个小小的身影躲在凸出地面的树根分杈处，那是一名剃着光头、身材矮小的小学生。

“阿健，怎么了？”

由于敌人背对着健二与拓也，而且全身发抖，健二看着敌人的反应，胆子更大了。

健二大吼：“喂，站起来，看你跑到哪里去！”

敌人像小白兔一般隆起的背部还是不停发抖，这在健二心中激起了小小的涟漪。

（他看起来真可怜……发抖成这样我还把他绑起来的话，那我不就跟阿彻与圣阳一样了吗？）

健二不是在装好人，他是真心这么想。

“阿健，你好强！好厉害！”拓也兴奋地说。

“是吗？”

拓也开心地大叫着，一脸崇拜地看着健二。健二一对上拓也的双眼，立刻涌出一股无可言喻的快感。

健二使劲用竹刀敲击地面，大声呵斥：“不要动！敢动我就揍你！”接着转头对拓也说，“拓也，把他绑起来。”

拓也从裤子后面的口袋里拿出手帕，利落地将敌人的双手绑在身后。

“太好了，太好了！”看来拓也很高兴能跟健二一起抓到一名战俘，从他的声音中可以感受到压抑不住的兴奋感。

剃着光头的战俘紧咬嘴唇，脸色发白地颤抖着。健二将竹刀架在忘记哭泣的战俘肩上，一脸狰狞地说：“我们去跟阿彻他们会合吧！”

吹过蓝天的风虽然看不见形状，但健二等人可以清楚地看见风吹动麻栎树嫩叶的模样。柔软轻薄的嫩叶一会儿吹向右边，一会儿再吹向左边。坐在地上的健二与拓也忍不住张开嘴巴，忘情地抬头欣赏树叶的摇曳姿态。

健二回过神对拓也说：“嘴巴张那么大，小心毛毛虫掉进去。”

拓也回答：“我讨厌毛毛虫。”

健二逮到的光头小子被绑在一旁的麻栎树上。

健二开口问光头小子：“你叫什么名字？”

“……”光头小子不发一语。

健二与拓也从刚刚就一直跟对方聊天，他却一句话都没说。

“阿健，别试了，不要理他。阿彻那边比较有趣，你快看啊！”拓也说。

健二与拓也一齐看向阿彻，只见两名盟军和三名敌军全部坐在地上，隔着河岸相望对峙。当健二与拓也在树林里奋战时，阿彻和圣阳在葫芦池两岸距离最近的地方上演大乱斗。两军互有攻防，战况相当激烈，最后仍无法分出胜负，处于平手状态。尽管如此，不管是阿彻还是泰三，都不可能怯战投降，因此各自退守葫芦池的两岸，紧盯着光头小子的一举一动。

泰三坚称："我的竹刀碰到阿彻的侧腹，阿彻已经被我杀死了。"阿彻也有自己的说法，他认为"在泰三的竹刀碰到我的侧腹之前，我早就用我的竹刀砍下泰三的手了，所以泰三后来的一击无效"。既然如此，再战一场不就好了吗？可是双方都已耗光体力，只能靠气势撑完这场决斗。

"阿健，这场决斗到底是谁赢啊？"拓也问。

"我也不知道，不过，我觉得这个家伙会成为胜败的关键人物。"健二居高临下地看着光头小子。

"仔细想想，他也真可怜。"拓也说着从口袋里拿出一个用纸包住的东西，取出包在里面的橘子糖，一颗自己吃，一颗递给健二，一颗丢进光头小子的嘴里。光头小子没想到拓也会拿糖给他吃，双眼闪着感激的光芒。

虽然健二也跟拓也一样开始同情那光头小子，却没有表现出来，毕竟这是他生平第一次决斗抓到的战俘，若能因此逼迫高小阵营承认战败，他就能成为英雄。因此，健二在内心不断告诉自己"这是一场决斗，绝对不能心软"。

此时，阿彻开口大叫："健二，把那个家伙带过来！"

原本放松下来的光头小子，又表现出紧张的神情。

“不要担心，我们不会对你怎样的。”健二与拓也松开绑在树干上的绳子，将光头小子带到阿彻和圣阳身旁。

“这下可好了，我们赢定了。”圣阳粗鲁地一把抓过绳子，让光头小子站在池边的石头上。占据对岸的高小阵营一看，开始骚动了起来。

“喂！泰三，认输吧！你要是不认输，我就揍他。”阿彻一脸威吓地说。

“你这个卑鄙小人！”泰三不甘示弱地开骂。

“这哪有什么好卑鄙的？两军交战本来就会有人被抓，再拖延下去，我就将这个家伙打到水里去。”圣阳也接着回呛，并用手按住光头小子的背。高小阵营见状，立刻安静下来。

被押在石头上的光头小子眼看就快要哭出来，成功取得优势的圣阳趁热打铁地说：“你们听着，立刻将锹形虫交出来，并且发誓再也不来葫芦池。我现在开始数数，要是我数到十你们还不照做，我就将这家伙推到水里。懂了吗？一，二，三……”

对岸的高小阵营开始讨论了起来，亩小阵营也很紧张。

（圣阳该不会真的想要把他推进池子里吧？）

健二与拓也互看了一眼。

“五，六，七……”

泰三与蓝帽子不断交谈，另一个人焦急地关注两人的交谈状况。

“九，十……”

就在圣阳刚好数到十的时候，对岸的三人转头就走。

“喂，你们在干吗？等一等！”对方出乎意料的举动让圣阳乱了手脚。

不只是圣阳，亩小阵营的所有人都吓了一跳，就连被抓的光头小子也没想到自己的队友会背弃他。

“你们想要抛弃队友，自己逃命吗？”阿彻洪亮的叫声在空中回荡。只见泰三等人轻轻挥手，丝毫没有停下脚步的意思。等到一行人走远了，蓝帽子才回头说：“笨蛋！那个家伙只是拿来凑数的，根本不是我们的队友！”

所有人听到蓝帽子说的话，都不知该如何回应。

蓝帽子接着又说：“那家伙是五年级的，你们要是欺负他，我们就告诉所有人，亩小的阿彻是个欺负弱小的卑鄙小子！”

阿彻生气地用竹刀敲击地面，高小一行人头也不回地往堤防走去。

“……”阿彻等人默默望着光头小子垂头丧气的背影，不一会儿，他的肩膀开始颤抖，发出啜泣的声音。面对突如其来的变化，没有人知道该说什么来安慰这个可怜的光头小子。

“不要哭了，好了，没事了。”阿彻一说完，立刻将绳子往回拉。

光头小子往后退到安全的地方，其他人都围着他，八只手一起解开绳子。

“没想到是这种结局，我们不会揍你，别哭了。”阿彻的声音听起来很温柔，令人难以置信。

大家听到阿彻这么说，不禁松了一口气，纷纷开口安慰：

“竟然抛弃同伴，他们真的很过分。”

“他们真是糟糕的家伙！”

“他们是满口谎言的卑鄙家伙！”

光头小子沉默不语，拼命擦干泪水。不一会儿，阿彻开口说：“我只问你一个问题，谁拿走了健二的锹形虫？”

光头小子看着地面摇头。

“你不敢说吗？”阿彻接着问。

“……不是。”这是他第一次发出声音，“……泰三他，踩扁了。”

（什么！我的首锹被踩扁了……不会吧！）

健二想也没想就冲了出来：“真的踩扁了吗？我的锹形

虫被踩扁了吗？”

“嗯，连牛奶糖的盒子一起……”

一股沉重的气氛压在健二等四个人身上，阿御又开始用竹刀敲打地面，发泄情绪。

（真是一群狠心的家伙！卑鄙小人！）

健二也跟阿御一样，拿竹刀敲打地面。不仅如此，就连圣阳和拓也也跟着拿起竹刀胡乱敲打地面、杂草和树枝。

“喂，你可以走了。”阿御一边敲打岸边的石头，一边对光头小子说。

其他人斜眼看着光头小子，原以为他会拔腿就跑，没想到他慢慢走到刚才被绑的麻栎树旁，蹲在树根处，接着伸手往树后面一抓，转身往拓也的方向走去，伸出右手说：“……这个给你。”

某个物体就这么从光头小子的手中滚落到拓也手上，那是一只小锹形虫，应该是他被绑在树干上的时候发现的。拓也不知道光头小子为什么要这么做，歪着头思考。只见光头小子突然对着拓也深深一鞠躬，接着转身往堤防方向跑去。拓也等四人默默看着他的背影。

阿御跑到拓也身边问：“拓也，他拿什么给你？”

拓也抓起手掌上的锹形虫，拿给阿彻看。

“是锹形虫啊！他一定是认错人，把你误认成健二了。”阿彻说。

“那小子原本想将锹形虫还给健二，没想到拿给拓也了。”圣阳也跟着搭腔。

拓也回了声“是啊”，将锹形虫拿给健二。

健二心里很清楚光头小子根本没认错人，虽然拿到了一只锹形虫，但他实在开心不起来。

阿彻一行人按原路从葫芦池走回桑原村，不过，早上压在他们心上的不安与紧张已一扫而空。走在前面的阿彻和圣阳认定这次的决斗是亩小获得胜利，一路上有说有笑，脚步也显得十分轻快。

“阿健，这次的功劳应该算在你头上。阿彻没有打败泰三，圣阳又只靠一张嘴，只有你抓到战俘，你才是最厉害的。”拓也说。

“……”健二不发一语。

“我对你另眼相看了，原以为你只是个性善良而已，没想到你也很勇敢。”拓也接着说。

“……”健二还是没有任何反应。

拓也说得兴高采烈，健二却一点喜悦的感觉也没有，不仅如此，他心里还感到相当沉重。

“阿健拿着竹刀说不要动的样子真的好帅啊！”

（拓也什么也不知道。）

“遇到紧急时刻，健二真的好勇敢啊！”

（拓也完全没发现我当时的表情有多丑陋，我很清楚对方比我弱小，所以才举起竹刀做做样子，我根本一点也不勇敢。）

“拓也……”健二开口了。

“什么事？”

“这个……给你。”健二拿出口袋里的锹形虫交给拓也。

“真的可以吗？”

“……我不要。”

（要是把它带回家，我一定会更难过。）

“谢谢你，阿健。”看着满脸欢喜的拓也，健二再也无法压抑自己的情绪，开口说：“拓也，我问你，如果今天是你被高小那群人抓起来，结果会怎么样？”

“什么怎么样？”

“阿彻与圣阳会不会救你？”

拓也想了一会儿说：“阿健你呢？”

健二什么也没说，他无法坦率地说出“我一定会救你”。

两人就这样默默地走着。

四个人沿着蚬川河岸走了好长一段路，来到桑原村的村头，此时已经过了午餐时间，所有人都饿得前胸贴后背。四个人很自然地各自回家。

分开时，拓也说：“高小那三个人真的很糟糕，先是卑鄙地抛弃同伴，踩扁锹形虫的行为更是无耻！健二，你说对不对？”

面对拓也的问话，健二只是轻轻地点了点头。

健二望着走远的拓也的背影，一个人坐在桥上。他经常从这座桥上欣赏景色，此时这里的景色就和往日一样。他呆愣地望着几近透明的蚬川河水，看到一群小鱼从桥下窜出来，沿着洗涤场往上游游去。如果是平时，健二一定会趁机往河里丢小石头，但今天，他只是呆呆地望着自己的脚下。洗涤场的下游，也就是石板下方有一处小小的浊流，健二发现那里有一只小龙虾。那只小龙虾正张开大螯，大口吃着东西。

小龙虾口中的食物是一条暗色沙塘鳢，暗色沙塘鳢的身躯只剩下不到一半，不晓得是不是那天健二丢回水里的。不过，健二认为那一定是之前他与拓也钓到的其中一条鱼。

微风吹动着嫩叶，葫芦池的决斗就此落幕。

第三章 钱龟

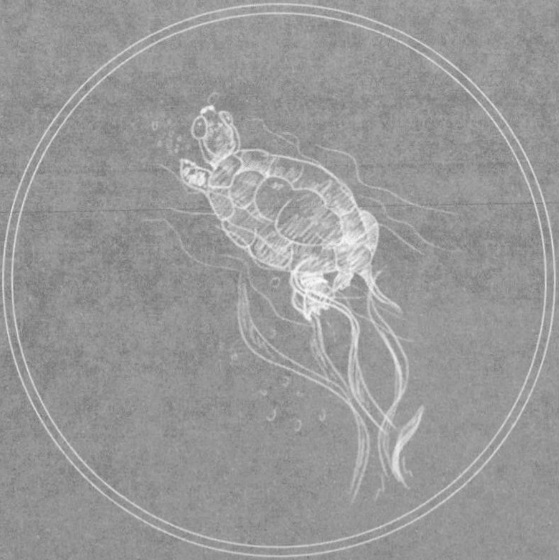

钱　龟

健二居住的村子没有山，也没有海，一出门看见的景致都是农田、天空，以及流经村子的蚬川。尽管一成不变，但孩子们总是百看不厌，每天在相同的景色里打转。

星期六中午放学回家的途中，阿彻在地藏桥上停了下来，等所有一起回家的学生到齐之后，故作姿态地说：“听说明天要疏浚。”

“真的吗？”圣阳瞪大眼睛说。

“真的，我爸爸跟我说的，绝对不会错。”

阿彻的父亲是农业生产合作社的社长，这条消息绝对不会错。

听到阿彻这么说，所有人都拍手叫好。

简单来说，疏浚就是清理流经村庄的蚬川。不过，清理并非只是捡垃圾而已，还要整理河岸的杂草，清除大量生长在河底的藻类。疏浚任务基本上是由大人来执行的，但对孩子们来说，清理河川是一年一度的大事，因此他们才会这么期待。蚬川的宽度大概有三米，疏浚时村里的大人会从下游往回走，同时清除杂草与藻类。将近五十位大人将走遍这条小河的每一个角落，拿着锄头与铲子仔细挖掘翻动河里的淤泥，使得原本清澈见底的河水立刻变成浑浊的泥水。一旦河水变成泥水，缺氧的鱼就会陆续浮上河面。此外，不小心被大人踩死的鱼也会浮起来往下游漂去，这些鱼就是孩子们的目标。

阿彻说："不晓得今年会怎样？"

圣阳回答："阿彻，你放心，一定会大丰收的！"

健二也自信满满地说："2000 年的梅雨季下了好多雨，听说许多大鱼都从葫芦池游到蚬川里了。"

"真的吗？"

“真的，真的，鱼儿保证抓不完啊！”

“哇！”阿彻与圣阳忍不住欢呼起来，身旁的低年级学生纷纷捂嘴窃笑。

由阿彻领头的放学小队再次踏上回家的路，从学校到桑原村大约有两公里的路程，地藏桥正好位于中间。桑原村里亩小的学生有十人，包括一年级有三人、二年级有一人、三年级有两人、四年级有零人、五年级有一人，六年级有三人（也就是阿彻、圣阳与健二），以上是男学生的人数。男学生和女学生通常分开走，尽管学校老师鼓励男女同学一起走路回家，但男生总觉得与女生走在一起很丢脸，所以每次都会避开女生。其实问题并不在于丢不丢脸，而是从一年级到六年级都这么做，突然要和女生并肩走路，未免有损男生的面子。

“阿彻，今年我们应该可以拿渔网了吧？”圣阳问。

“当然可以，因为我们去年是负责拿水桶的。”

走在队伍前面的阿彻和圣阳用比平时更大的声音说话，走在两人身后的健二听得一清二楚。两人扁扁的书包随着步伐上下跳动，显露出他们愉快的心情。

“健二，明天要抓很多鱼啊！”阿彻回头跟健二说，开心地笑了出来。

“交给我吧！不过……”健二突然想到一件事。

“健二，怎么啦？干吗一脸不高兴的样子？”

“嗯……我明天要帮忙拿水桶。”

依照惯例，每年疏浚日都是由四五年级生负责拿水桶，偏偏今年没有四年级，五年级生也只有拓也一个人。通常疏浚会抓到四五桶的鱼，拓也很清楚这个状况，所以从一开始就闷闷不乐。

阿彻是一个凡事不会多想的人，脱口就问：“拓也，你一个人拿得动四个水桶吗？”

“……”辈分较低的拓也不敢说“拿不动”，低着头默默不语。

健二忍不住帮拓也说话：“阿彻，拓也一个人拿不动。”

“这样啊，我想应该也是拿不动。”

要独自一个人拿四个装满鱼和水的水桶，还要从河的下游走到上游，不用想就知道没有人做得到。

“你有什么办法？”阿彻问。

“我也不知道。”健二回答。

“三年级生可以吗？”

“三年级生又矮又小，拿不动。”

“说的也是。”

“没办法，看来只能由我们拿了。”

听到阿彻这么说，圣阳忍不住强烈反对：“我不要，去年和前年我都是拿水桶的，今年我要拿网子。”

“圣阳说的也不是没道理。”阿彻说。

“再说，过去一直是由四年级和五年级学生负责拿水桶，难道我们要破坏这个规定吗？”圣阳说的话让所有人无话可说。

不只是圣阳，阿彻与健二也一直很期待升上六年级后可以拿渔网的那一天的到来。

圣阳完全不看拓也，继续说：“我认为今年要由五年级的拓也一个人拿水桶，就算拿不动四个，拿三个绝对可以。”

阿彻安慰地说：“说的也是，如果你累了，我们会帮你的。不要担心，拓也。”

“……嗯。”拓也轻轻地点点头。

健二完全不敢看拓也，他虽然想帮忙，但心里也很清楚，只要走进河里，看到眼前的鱼，哪还有人想去拿水桶？去年和前年，他在一旁看着六年级学生专注抓鱼的模样时，就期待自己也能拿渔网。

“水桶可以浮在水面上，其实很轻的，你一定可以拿四个。”

“可以挂一个水桶在脖子上啊！”

“哈哈哈。”

圣阳与阿彻事不关己地说着风凉话，健二偷偷看着走在身旁的拓也，拓也还是默默地低着头，盯着圣阳与阿彻穿的白色运动鞋的鞋跟。夹在前面的六年级学生，以及后面什么都不知道、只顾着笑的小萝卜头之间，拓也突然觉得好孤单。

健二走在情绪低落的拓也旁边，却无法为他做什么，一路安静地走到村子口。通常进入村子，来到横跨蚬川的木桥上，放学小队就会在此解散。

“各位听好，明天早上八点集合，不准迟到啊！”阿彻再次提醒所有人，所有人点点头后，各自回家。

健二与拓也沿着河边走着，河里生着好几种水草，顺着水流横跨过河面。然而水草数量太多，即使蚬川有三米宽，还是使水流的速度减缓了。没长水草的地方可以看见河底的白沙，以及冒出清水的小洞。蚬川的河底沉积着淤泥，只要走进河里，水就会变得浑浊，只有冒出清水的地方是白沙底，可以清楚地看见河水流动的模样。

“阿健，你觉得一个人可以提几个水桶？”拓也突然打破沉默。

“两个吧。”

“四个真的不可能，对吧……”

看来拓也真的很担心明天的事，两人走到洗涤场，坐在石阶上。

看着拓也担心不已的模样，健二再也忍不住说：“拓也，明天我来帮你拿水桶。”

拓也轻轻摇头，接着开口：“不行啦！你要是帮我，就会跟阿彻学长吵架。”

“我才不在乎。”

“……才不是这样，阿健最讨厌跟阿彻学长他们吵架。”

听到拓也这么说，健二更想保护年纪比自己小的拓也。

“你别管，总之，我会帮你拿水桶。”

“不要啦！再说，阿彻学长不会同意的。就算阿彻学长同意，圣阳学长也不会允许，到时候你会被他们排挤。”

拓也说得很对，不过，身为六年级学生，健二也有自己的尊严。

“我会想办法的……”

虽然健二这么说，但是听起来却没有说服力，两人都认为这件事应该没办法解决，于是陷入了沉默。这时，太阳已经爬到了天空正上方，两人都饿扁了，却丝毫不想起身。

“拓也，下午想不想来钓暗色沙塘鳢？”健二开口邀约。

“不了，我今天不想钓。”拓也回答。

“我想也是……”

拓也站了起来，拿起书包重新背好，往柿子树的方向走去。柿子树就在石墙前方，弯弯曲曲的树枝上长着许多黄绿色的叶子。

健二看着拓也走过的小径，一会儿回过头，再次望着河流。

（不晓得拓也打算怎么做……该不会明天不想来了吧？）

健二望着正午时分静谧安详的河面，心里想着。

“啊……”健二惊呼了一声。

他看到一只钱龟从对岸缓缓漂过来。钱龟是一种约莫牛奶瓶瓶盖大小的小型乌龟，因为外表长得像钱币而得名。准确来说，钱龟是幼年的石龟，听说只要抚摸钱龟就会变成有钱人。

健二静静地望着钱龟。如果是平时，健二一定会抛开书包，跳进河里抓钱龟。但他今天不想这么做。望着像是在清澈水面上滑行的钱龟，健二感到心情舒畅，不过仔细一看，钱龟看起来一点也不自在。它其实被岸边的水草缠住，好不容易挣脱，没多久又再次被缠住。

健二站在堤防上，从远处盯着钱龟的动向。他看着缓慢流动的水草与钱龟漂流的模样，不禁想起明天疏浚的事情。

（明天会有几十个人走进河里割掉水草，不知道钱龟会怎样？它逃得掉吗？还是会被抓住？或者被谁踩死呢？）

健二就这么站着，紧盯着钱龟掀起的小小涟漪。

当天吃过午餐后，健二就赶往阿彻的家。虽然他事先并没有跟阿彻约好，而且就算见面可能也无法改变什么，但一想到拓也，他实在无法坐视不管。

“阿彻，出来玩。”健二站在阿彻家的玄关前大声呼喊。不过，屋内没有传来任何回应。

“咦，难道阿彻不在家吗？”健二拉开嘎吱作响的玻璃拉门，走入里面的水泥地。

一般农家的玄关前都有一片宽敞的水泥地。阿彻家的水泥地一角铺着凉席，上面堆着像小山一样的稻秆以及用稻秆编织的成捆草绳；架高的玄关处放着木屐、草鞋和阿彻常穿的白色运动鞋。健二再一次大声喊叫：“阿彻，出来玩。”

“等一下。”从破旧不堪的纸门后面传来阿彻的回应。

健二在水泥地上等着，四处张望屋里的摆设。或许是因为夏天养蚕的关系，屋内挑高的天花板和柱子上方有一层淡淡的煤垢，粗梁上方架着好几片板子，上面放着几个健二可以躲进去的大型铁桶和竹笼。

“健二，是你啊！”阿彻用力拉开纸门，一屁股坐在架高的玄关边上。

“你今天要不要出去玩？”健二问。

“好啊。我待会儿要去圣阳家，你要不要一起去？”

“好啊。”健二说完，再次抬头望着高耸的天花板。

“有什么好看的吗？”阿彻好奇地问。

“我觉得很有趣。”

“什么？”

“放在天花板上的东西……”健二盯着天花板上的大型铁桶和竹笼。

“你说那个啊！其实我也不知道里面放了什么。”

“是吗？那你知道下面那个是什么吗？”健二指着吊在屋梁下方的大黑影。

那个黑影看起来像是用薄木板做的箱子，大概有两个榻榻米大，每次健二来阿彻家都很好奇那是什么。

“你说那个啊！那是船啊。”阿彻爽快地回答。

“船？”

“嗯，是船。那年伊势湾台风来的时候，我家淹水了，我爷爷就做了一艘船，可以载人，还可以载米之类的重要物品。”

“这么说的话，这艘船的年龄跟我们的一样大。”健二惊讶地说。

“是啊。”

“很酷！”

“会吗？”阿彻没想到从自己出生那年就一直挂在那里的船，那个毫不起眼的东西竟然会让健二觉得“很酷”。事实上，阿彻每天都会经过那艘船底下，他早就忘了它的存在。

“真的很酷，你想想看，要是半夜村子淹水，只有你家会平安无事，我们家一定会被冲走。”听到健二这么说，阿彻心中有些窃喜。

健二觉得可以趁机跟阿彻谈谈拓也的事。事实上，健二与阿彻的交情并不差，上小学之前他们就认识了，是从小一起长大的死党。如今两人有时还是会玩在一起，只是后来加了圣阳，当死党人数变多时，就会破坏两人原本的友好关系，阿彻成为发号施令的老大，健二变成个性懦弱的随从。

“健二，要不要喝水？”

“好啊！”

两人跑向庭院，来到水井的手压式汲水泵前。

阿彻对健二说：“我先。”

健二回答：“好啊。”

阿彻不是要先喝水，而是要第一个按压泵。

阿彻双手握住已经生锈的泵压杆，用力往下压后放松，往下压后放松，听着泵上下活动发出的吱嘎声响，却不见井水流出来。

“可恶，还差一点点。”于是阿彻再度使尽全身力气。

不一会儿，井水噗噗噗地冒了出来。

“成功了！”阿彻开心地大叫，井水从出水口流出来。不过，井水和自来水不同，要是停下按压泵压杆的动作，水就不会继续流出来。

健二赶紧拿了一个黄铜脸盆放在出水口下方，接住断断续续流出来的水。强劲的水流啪的一声碰到脸盆底部，往旁边溅出不少水花，溅湿了健二的手与脚。

“水好凉，好凉啊！”健二忍不住大喊。

“要换手吗？”

“好啊！”

接下来，换健二用力按压泵压杆。阿彻将脸靠近出水口，打算直接喝流出来的水。

“来啦！”健二出声提醒阿彻做好准备。

泵加压之后的水势很强，一股脑儿地冲阿彻的脸泼去。

“哇！咳，咳咳！”

水柱碰到阿彻的脸之后，反方向弹了回去。

“哈哈哈，你还好吗？”健二看到阿彻的糗样，忍不住大笑。

“可恶，你差点把我淹死！”

阿彻夸张的语气，又让健二忍不住笑了出来。

两人在阿彻家玩了一会儿后一起前往圣阳家。他们穿过长满蜘蛛网的罗汉松围篱，走在堆在隔壁邻居家屋檐下的旧瓦片上，发出嘎嘎的声响。明明有大马路，阿彻与健二却刻意走没有路的地方，特别喜欢走在围篱缝隙和屋檐下方。等走过寺庙后方的墓园之后，就能看到圣阳家，两人在细长的田埂上慢慢走着。

“阿彻。”健二支支吾吾地说。

“什么事？”

“我想跟你说一下明天的事……”

“你是说疏浚的事吗？”

“嗯，我觉得明天光靠拓也一个人拿水桶一定不行。”

“……”阿彻听到健二这么说，沉默了好一阵子。

“我想我们可能要轮流拿才行。”健二很希望阿彻能答应，但阿彻还是不说话。后来两人走到圣阳家门前，阿彻开口：“既然如此，也跟圣阳商量看看吧！”

“好。”健二开心地点了点头。

两人站在圣阳家的玄关前，对看了一眼。圣阳家的房子很小巧，看起来很新，玄关前的柱子上有一个小小的按钮，那是健二家与阿彻家都没有的门铃。

“健二，我来按吗？”

“好啊，你按吧。”

阿彻小心翼翼地按了门铃。

两人听到从门里传来的叮咚声，不禁笑了起来。不久后门开了，圣阳出现在门口。

“阿彻！健二也来啦！一起进来吧。”

圣阳带着两人走进玄关。

“要去哪里啊？”健二惊讶地问。圣阳经过自己的房间却不进去，带着他们走上檐廊。阿彻小声解开健二的疑惑。

“其实我今天是要来听唱片的。”

“听唱片？”

“是啊，圣阳家新买了一组立体声音响。”

“真的吗？”健二瞪大眼睛说。

健二家与阿彻家都没有立体声音响，健二家不久前才换了彩色电视机。整个桑原村小学生的家里，只有圣阳家有立体声音响。

两人神情紧张地走在圣阳后面，圣阳带着他们走进位于别处的起居室。

圣阳对两人说：“坐吧！”

“嗯。”健二一屁股坐在平时很少有机会坐的沙发上，阿彻则四处张望，好奇地看着陌生的别馆。阿彻在书柜旁发现了立体声音响，四方形的音响体积很大，上面用布套盖着。阿彻一直盯着音响看，最后开口说：“样子好像音乐教室的风琴啊。”

三个人坐在沙发上，等圣阳的妈妈过来。立体声音响是很珍贵的物品，所以大人不准小孩任意触碰。

“你家有很多唱片吗？”

“大概有八张吧。”

“有哪些歌曲？”

“有《小白狮王》。”

“哇，《小白狮王》！还有呢？”

“其他都是大人听的歌曲，我也不知道。”

就在三个人聊得正起劲时，圣阳的妈妈打开了起居室的门，走了进来。

“……您好。”阿彻与健二显得有些紧张，声音有点沙哑。

大致来说，同学家的父母可以分成两种，一种是完全不过问孩子们在玩什么，另一种则是动不动就出言干预。说得准确一点，前者又可分成“工作太忙，根本没空管孩子”以及“认为孩子就要像孩子一样尽情地玩”两种，后者也可分成“总是跟在孩子身边，照顾得无微不至”和“凡事都看不顺眼，一直唠唠叨叨”两种类型。

对孩子来说，他们最喜欢遇到放任他们玩耍的父母，也就是前者；最怕遇到像圣阳妈妈这种什么事都要唠唠叨叨的类型。圣阳妈妈瞟了阿彻与健二一眼，默默走到立体声音响前，拿开显得碍事的布套。

圣阳妈妈再三叮咛：“圣阳，一定要记得，绝对不能按上面的按键，这是你爸爸最心爱的立体声音响。”

“我知道了。”

阿御与健二也跟着圣阳深深地点头。

圣阳妈妈蹲在立体声音响前，打开柜子的门，从里面拿出一张唱片。唱片封面上画着《小白狮王》里的白狮子图案，三人立刻瞪大眼睛张望。圣阳妈妈小心翼翼地从厚纸封套中取出唱片，只见唱片的上面还包着一层薄薄的透明塑料袋，接着她用手指钩出黑色唱片。

圣阳妈妈看着三人说：“虽然这原本是一部漫画，但可不是普通的漫画，在国外得过很厉害的奖，而且作者还是一名医生呢！”

健二与阿御从来没听过这件事，惊讶地点点头。

“黑胶唱片很敏感，只要沾上指纹，声音就会变调，所以你们绝对不能碰！”

圣阳妈妈动手放音乐，嘴巴也没闲着。她用一块像是黑色海绵的物体擦拭唱片，接着打开黑胶唱机的盖子。

健二与阿御立刻站起来趁机偷看盖子里面是什么样子，他们看到一个圆形唱盘，前端有一根长长的唱臂。

圣阳妈妈放好唱盘，拿起唱臂，唱盘便开始“咕噜咕噜”地转动。三人紧盯着正要被放在唱片上的唱针，完全不敢眨眼。

唱臂前方的唱针碰到唱片上的沟纹，发出吱吱吱的声音。

“你们都听好了，要是乱动唱片，唱针就会跳起来，绝对不能乱动！”圣阳妈妈说完这句话，带着从未变过的严肃表情走了出去。不过，三人都不以为意，静静听着从喇叭流泻出来的声音。

吱吱的杂音不一会儿就消失了，音响开始播放音乐，轻松悦耳的旋律让人仿佛置身在辽阔的草原之中。三人舒适地坐在沙发里，闭着眼睛聆听。学校的音乐女老师曾跟他们说听唱片时要闭上眼睛，所以他们已经养成这样的习惯。可是，他们毕竟是小孩，没办法一直乖乖地闭着眼睛。唱片播到一半的时候，健二偷偷将眼睛睁开一条小缝，老实说，他已经听腻了。《小白狮王》的音乐不像其他动画片的歌曲有歌词，尽管音乐旋律很好听，但听起来就像是在学校听的古典音乐。健二一睁开眼睛就看到阿彻站在一旁，无聊地盯着“咕噜咕噜”转动的唱盘。

圣阳小声问：“阿彻，你不听啦？”

阿彻回答：“我在听呢，可是觉得好无聊。”

“怎么会觉得无聊？”

“狮子都不说话的吗？”

“可是这张唱片是纯音乐啊！”

“原来是这样啊！前一阵子我在小淳家听动画*Animal One*的唱片，那个唱片比你家的还薄，看起来是透明的，而且唱片里有人说话。”

“有人说话？”圣阳惊讶地说。

“是啊，在比摔跤。”看样子，阿彻真的很难接受唱片里没有台词。

“阿彻，你不喜欢《小白狮王》吗？”

“不会讨厌啦，但也没有特别喜欢……”

“连学校老师都说《小白狮王》很棒啊！”

“不过，我……”正当阿彻在想该怎么说时，唱片刚好放完了。

“妈！”圣阳对着外面大喊。

圣阳的妈妈像是早就等在外面一样，圣阳一喊，她立刻进入起居室收拾唱片，三人像开始时一样站着看圣阳妈妈的动作。

“好了，唱片放完了。你们去圣阳的房间玩，或者出去玩吧。”

“好。”

“谢谢阿姨。”

阿彻与健二向圣阳妈妈道谢，走出起居室。阿彻在玄关前问圣阳：“圣阳，你要不要出去玩？”

“我不想出去。”

“这样啊……那我们就走了！”

健二觉得阿彻和圣阳之间感觉有点尴尬，可是他也不好说什么，只能默默待在一旁。离开圣阳家之后，阿彻与健二走过田埂，爬上寺庙的石墙，坐在大吊钟下。

“健二。”阿彻率先开口。

“什么事？”

“圣阳那家伙是不是生气啦？”

“我也不清楚，我觉得应该没有吧。”

“为什么大家都说好？”

“说什么好？”

“《小白狮王》啊！我觉得没什么特别的啊……”阿彻说。

“别说这个了，我们没跟圣阳商量明天拿水桶的事情。”健二提醒。

“对？忘了……”阿彻站起来，走进大吊钟底下，用拳头轻敲泛着铜锈的吊钟。

吊钟被敲得哐哐作响，声音虽然不大，但低沉悠远。

“健二，这个好好玩。”阿彻像是发现新大陆般。

“我也要玩。”健二也立刻钻了进去。

两人站在吊钟下，抬头看着吊钟内部。

“啊！”巨大的叫声在吊钟里回响着，发出低沉的回音。

“要是吊链断掉，钟掉下来，我们绝对出不去。”

“是啊，一定会变成木乃伊。”两人说着，大笑了起来。

此时有一辆自行车经过石墙对面的小路。

“是拓也。”两人赶紧跑到马路上，追着拓也的自行车。

“拓也！停下来，拓也！”

拓也听到有人大声喊叫，立刻紧急刹车，回头察看。

“你看，真的是拓也。”

可是，拓也一看到是阿彻与健二，立刻往前疾驰而去。

“那家伙在干吗，竟然不理我们。”阿彻不高兴地抱怨着。

“……”看到拓也的反应，健二的心情十分复杂。

（不晓得拓也对于明天要拿水桶的事有什么想法，他看到我跟阿彻在一起，心里又怎么想？）

健二满脑子都在猜想拓也的心情。

“哦，我懂了！”阿彻突然大声喊叫，“我懂了，健二，我知道为什么了！”

“阿彻，你知道什么了？”

“我知道为什么大家都说《小白狮王》好了，因为那里面没有大坏蛋。”

“大坏蛋？”健二一脸狐疑地说。

“是啊！就像《熔岩大使》里的国亚那种大坏蛋，想要征服地球的超级坏蛋。《小白狮王》里的坏蛋，不是鬣狗，就是拿着来复枪的人类。这种程度的坏蛋一被小白狮王教训就立刻改过自新，正义也太容易战胜邪恶了吧！”

“大坏蛋确实很重要……”健二认同阿彻的想法。

“没错，这种故事就要有一个很难打败的超级大坏蛋才行！”阿彻像是解开了放在心中许久的谜题，豁然开朗地对健二说。

健二看着阿彻开心的表情，心里还是很担心明天的事。不晓得明天拓也会不会参加疏浚？如果他来了，能拿几个水桶呢？健二无法不去想这些问题，他感到十分忧虑。真希望明天能下一场大雨，让大人取消疏浚工作。

第二天，老天爷像是在跟健二作对一样，一大早就天气晴朗，万里无云。

还没到约定的时间，孩子们就已经在岸边集合，在堤防上来回走动，迫不及待开始疏浚。健二也带着水桶提早出门，不过他没有直接前往岸边，而是先到拓也家。他没有勇气约拓也一起出门，但他真的很在意拓也今天会不会去。健二走在石墙路上，从隔壁家的围篱缝隙观察拓也家的情况，他看到拓也的爸爸在庭院里磨镰刀。

唰唰，唰唰。唰唰，唰唰。

健二听到镰刀在磨刀石上来回磨动发出的声音。

“小拓！要走啦！”拓也爸爸大声叫着拓也。健二蹲低身体，偷看院子里的动静。

“小拓的妈，小拓不在吗？”

拓也妈妈回答：“拓也把自己关在储藏室里不肯出来。”

“真拿他没办法，我先去喽！”拓也爸爸重新穿好工作鞋，拿着镰刀起身出门。

（竟然把自己关在储藏室里不肯出来……）

健二没想到拓也会这么做。

（他在储藏室里做什么呢？难道是想待到疏浚结束吗？）

一分钟、两分钟、三分钟过去了，健二连拓也的影子也没看到。

（走吧。）

眼看快到集合的时间，健二赶紧从围篱缝隙里跳出来，在石墙路上奔跑，手里的水桶发出哐啷哐啷的碰撞声。到了河边，现场大概有四十个大人聚集在底下是洗涤场的那座桥附近，健二穿过人群往对岸跑去，几乎所有孩子都齐聚在长着草的对岸堤防上，每个人的手里紧握着网子、筛子或水桶等各种工具。

“早啊，健二。”阿彻主动向健二打招呼。

“早安，阿彻。”

“咦，拓也呢？”阿彻一开口就问拓也的行踪，健二默默地摇头。

“他果然不来啊。”

“阿彻也认为他不会来吗？”

“……”阿彻没有回答这个问题。

健二觉得拓也应该不会来了，他可能会一个人躲在储藏室里哭一整天吧！

“你们看！这个网子很棒吧！”圣阳挥动着手上的网子向两人炫耀。

圣阳走到两人身边，阿彻从圣阳手中取过网子，轻轻挥动了几下。

“没什么特别的啊！”阿彻说。

“阿彻，你的网子呢？”圣阳问。

“我要用手抓。”

“到时候要是遇到鳗鱼我可不管，你就尽情地哭吧！”

“哼！”阿彻没将圣阳的忠告放在心上。

“别管这个了，重点是谁拿水桶？”

“拓也没来吗？”

“是啊。”

三人站在堤防上，紧盯着对岸的柿子树四周。拓也照理说会从那边过来，但他们只看到一到三年级的学弟们聚在一起喧闹，他们离阿彻三人有一段距离。

“阿彻，现在怎么办？”圣阳开口问。

“……”阿彻的眼睛直盯着对岸。

“拓也那家伙一定不会来了。”

“……”无论圣阳说什么，阿彻就是没有任何反应。

不一会儿，原本聚集在洗涤场的大人们开始往下游方向走去。

“开始了，开始了。”圣阳与三年级学生纷纷大叫，阿彻依旧不为所动。

“阿彻，开始了。”圣阳再次提醒阿彻。

“……”阿彻还是没反应。

“要走了，快一点！”圣阳又催促阿彻。

“吵死了！”一直沉默不语的阿彻大声呵斥。

圣阳被阿彻的反应吓到，瞪大眼睛盯着他。圣阳一头雾水，不懂阿彻为什么生气。健二也默默看着阿彻的侧脸，小心翼翼地说：“那也没办法，要拓也一个人拿水桶真的太难了……”

没想到阿彻听到这句话，更生气地大骂：“问题不在这里，而是他怎么可以不来！”

阿彻的怒气让堤防上所有其他的孩子都安静下来，大家回头看着他，就连同为六年级的圣阳与健二也不敢搭话。

“走吧！”阿彻一声令下，孩子们在紧张的气氛中开始往前走。

孩子们就跟平常放学一样排好队伍，由阿彻与圣阳带头，健二排在第二排。不过，今天拓也没来，所以健二旁边空了一个位置。

走着走着，圣阳开口对阿彻说：“阿彻，你打算怎么办？”

“什么怎么办？”

“就是拓也的事啊！他放大家鸽子，绝对不能放过他，应该把他绑起来教训一下，你觉得呢？”

圣阳说的是一种很残酷的惩罚游戏，受罚者要在寺庙石墙前站成大字形，任由其他人依次向自己丢塑胶球。

“不然我们也可以不理他，从此不跟他说话。”圣阳越说越起劲，不断向阿彻提出各种处罚拓也的方法。健二在后头听见圣阳说的话，不禁越听越气。一想到今天若换作自己也会有相同的遭遇，健二就觉得拓也实在是太可怜了。

“健二。”阿彻问健二的意见。

“什么事？”

“对于这件事你有什么看法？你觉得要怎么处置拓也比较好？”

面对突如其来的提问，健二一时之间不知该说什么。虽然心里很同情拓也，但他也没有勇气反抗圣阳与阿彻。

“……”圣阳看健二不说话，再次提议：“我看就把他绑起来教训一下吧。”

“健二，你觉得呢？你不说话，我不知道你的想法。”阿彻又问。

“……”可是健二还是不说话。此时，阿彻说了重话：“健二，你真是个胆小的人。”

健二没想到阿彻会这么说，这句话深深地刺痛了他的心。“你真是个胆小的人”这句话不断在健二脑袋里打转，怎么也挥之不去。

大人们往下游走了五百米，从堤防走进河里，孩子们站在岸边观察河里的情形。河流的宽度有三米，约四十名大人一齐出动，有的人用镰刀割除水草，有的人负责割除岸边的杂草，还有人拿着铲子挖掘河底的淤泥，其他人则捡起漂流在河面上的水草与杂草搬运到堤防上。大人们各自做着手边的工作，慢慢往上游走。孩子们静静地盯着大人们的动作，没有人想到再过十年就要由他们接手这些工作，只是默默看着原本澄澈干净的蚬川河面，被大人踩踏之后变得越来越浑浊。河面底下也渐渐出现动静，不一会儿，受到大人们惊吓，往上游逃窜的鱼儿便蹿了出来，孩子们纷纷大声欢呼。

“鱼儿出现了，走吧！”

“好，一起去抓鱼吧！”

“有水桶吗？”

“有。”

“每个人拿好自己的水桶！”

所有人一边说着一边冲下堤防。

就在此时，拓也出现了。

阿彻大声地喊：“你们看，拓也来了！”

所有人停下脚步，顺着阿彻指的方向望去。

只见拓也从河川上游跑来，跌跌撞撞地跑在长满杂草的堤防上，经过正在工作的大人们，往孩子们聚集的地方拼命奔跑。

“那是什么啊？”

“他身上好像背着什么东西？”

“是乌龟，看起来好像乌龟呀！”孩子们七嘴八舌地说着。

拓也跑得汗流浃背，身上背着一个很大的盆子，盆子的体积完全超出拓也瘦小的身体，他每跑一步，盆子就大幅度地左右摇晃。拓也在众人的注视下跑过来，将背上的盆子交给阿彻。

拓也气喘吁吁地说：“就用这个装鱼吧！”

阿彻仔细地端详着盆子，对靠过来的众人说：“这个盆子太酷了。”

那是一个很旧的盆子，底部都生锈了，里面有好几个洞。若是用这个盆子装水，不一会儿水就会漏光；要是放在水面上，也会很快往下沉。不过令阿彻惊讶的是，盆子四周安装了自行车内胎，上面还有一个当作盖子使用的铁网。

阿彻轻轻戳了一下充满气的自行车内胎，问拓也："这个盆子会浮在水面上，对吧？"

"嗯，而且这个盆子比水桶大，一个人也拉得动。"拓也兴奋地说。

"这网子怎么做的？"

"这是旧纱门的铁网，可以从这个缝隙把鱼放进去。"

"好聪明的做法，你真的好厉害！"阿彻又一次称赞拓也，高举盆子走下堤防。

阿彻走进河里，将盆子放在水面上，对众人说："你们看好，盆子要浮起来了。"接着他用双手紧抓住盆子两端，将盆子往水中压，盆子先是沉入浑浊的水中，之后立刻扑通一声浮起来。

孩子们看到这一幕，无不欢呼起来。拓也站在堤防上，目不转睛地看着自己做的"鱼笼"浮起来，露出无法形容的满足表情。

阿彻抓住盆子上的绳子，对拓也说："你要拿盆子吗？"

"嗯，我一个人拿。"拓也胸有成竹地回答，看起来十分自豪。

昨天傍晚，拓也在寺庙前面遇见阿彻与健二之后，就骑车到隔壁村子的自行车店，请老板给他一只旧的内胎。回家后，他用五寸钉在盆子底部打出等距离的小洞，以便穿过绳子固定内胎，接着拆下原本放在储藏室的破纱门的铁网，用绳子紧紧绑在盆子上方当作盖子。由于他从来没做过这些事，圆形盆子也不好处理，所以做起来相当辛苦。拓也做了很久，一直到刚刚才完成。

拓也走进河里，接过阿彻手中的绳子，孩子们的捕鱼作业终于开始了。走在前面的是阿彻与圣阳，拿着网子的圣阳走在河中间，捞起随着河流往下游的小鱼，放进盆子里。阿彻徒手抓鱼，一会儿走到右岸，一会儿走到左岸，将手伸入可能有鱼栖息的水草和藻类之中，四处寻找鱼儿的踪迹。拓也拉着盆子，走在河中间，不时捞起随波逐流的小鱼，或将大家拿给他的鱼放进盆子里，双手一直没停过。所有的孩子开心地享受着疏浚带来的乐趣。

只有健二跟大家不一样。这一群在河里喧闹嬉戏的孩子中，只有健二的表情看起来相当复杂。

（我这么担心拓也，却没帮上忙。我还以为他今天不会来了……没想到……拓也独自解决了所有问题……）

健二看着拓也得意扬扬地拉着盆子，沉默着不发一语。

在河里走了五十米，孩子们越来越兴奋，就连一开始情绪低落的健二也因为看到不断出现的鱼而出声大叫。

“好痛！鱼竟然撞到我的脚，你看到了吗？鱼撞到我的脚了！”

“看到了。鱼好大啊，真的好大一条！健二，在那里！”

“真的吗？在哪里？”

“下次再让我看见，我一定不会放过它！”

带头的六年级学生并肩走成一排，慢慢往前进。拿着网子的圣阳走在中间，徒手抓鱼的阿彻走在右边，健二沿着左岸走。

“圣阳，随着河水漂流的小鱼都交给你了！”

“包在我身上！阿彻，你呢？”

“我要抓躲在水草下面的大鱼。”

阿彻一说完就将手伸进水草下方。大人们割下的水草和藻类被丢到堤防上，不过还有一些水草堆在河岸两边，是鱼儿最好的藏身之所。不仅如此，在载浮载沉的水草之间，还能看到跳到堤防上逃生的黑斑蛙和大红色的小龙虾。

“你们看，我抓到了！拓也，拜托你了。”圣阳利用网子抓到好几条小鱼，他将网子交给拓也。

“哇，圣阳，你好厉害，竟然还抓到了鲫鱼和珠星三块鱼。”拓也开心地把鱼收下，一条条放进盆子里。

“这是网子有用。”圣阳一脸得意地说。

“就是啊。”

“拓也，你要抓鱼吗？”

“不了，我不抓鱼。”拓也婉拒了圣阳的邀请。

拓也对于自己负责的工作十分满意，将圣阳以及其他学弟抓到的鱼放进盆子里的工作，比他想象的还有趣。所有人抓到的鱼都在自己手上，这种感觉让拓也觉得自己是最伟大的。

健二抓到一条在水藻间钻来钻去的八目鳗，立刻跟拓也说：“拓也，你看，是八目鳗。”

“阿健，你真厉害。”

“要是能抓到鳗鳄就好了，偏偏是八目鳗。”健二一边说着一边将八目鳗放进盆子里。他盯着盆子看了一会儿，忍不住说：“话说回来，这个盆子真的做得很巧妙，是你自己想出来的吗？”

“嗯。”

“做得真好……”

拓也看着健二一脸佩服的模样，不禁开心地笑了起来。

此时传来阿彻兴奋的叫声：“哇！”

“怎么了？”

“发生了什么事？”

只见阿彻摆出抓鱼的姿势，所有人小心翼翼地走到阿彻身后。阿彻看大家靠过来，将身体往前倾，慢慢伸出一只手，指着岸边的浅滩。那里堆积着往下漂流的水草，在那片堆成圆形的水草之间，露出一条黑色鱼背。

健二一看到鱼背形状便说：“那是条鲤鱼。”

“在哪里？在哪里？”

“哇，好大一条！”

孩子们光是看到隐约露出的鱼背和背鳍大小，就能想象得到那条鱼有多大。

“好，看我用网子把它捞起来。”圣阳说完便向前走。

阿彻立刻制止圣阳：“不行，你的网子没办法捞起那条鱼。”

“那你说该怎么办？”

“让我想想……”阿彻想了一会儿。

那是一条约六十厘米长的庞然大鱼，用手或网子都无法轻松捕获。不过，它现在一动也不动地待在原处，应该有什么好方法可以抓到它。

健二提议：“阿彻，不如我们所有人一起把它赶上岸吧？”

“这是个好方法，也是唯一的方法。”

“大家只要紧靠在一起缩小它的逃生空间，绝对能奏效。”

阿彻同意这么做，让所有人并肩站成一排，接着再缩成半圆形，方便围捕鲤鱼。

“大家听好了，这条鱼要靠我们一起围捕，大家的脚要紧靠在一起，千万不能有空隙。双手也要伸进水中，慢慢往前走。”所有人听从阿彻的指挥，一个个紧挨在一起。

圣阳说：“那里都是一年级和二年级学生，鱼很容易从那里逃跑。”

健二见状便说：“好，我去站那里。大家注意，绝对不能用手抓鲤鱼，我们要将它赶上岸。”一说到抓鱼，健二就变得十分认真。他站在低年级学生之间，对他们下达指令。

十名小学生就这样站在泥水里，二十条细细的腿与膝盖紧密相连，慢慢缩小彼此的距离，朝着隐身在水草间的鲤鱼走去。接着二十条手臂放入水里，做好赶鱼的准备。就在所有人形成一个小小的半圆形之际，原本收起来的鲤鱼背鳍开始轻轻摇动。

“鲤鱼开始动了！”

或许是因为感受到危险的逼近，只见那条鲤鱼慢慢掉头朝河中游动，但才往前游就发现河里有一群小孩的脚挡在前方。就在千钧一发之际，鲤鱼朝着阿彻的脚冲过去，瞬间激起一阵水花。

阿彻大叫：“可恶，看你往哪里逃！”

只见阿彻伸出手想要抓鱼，这个举动却惊动了鲤鱼，鲤鱼迅速掉头往上游逃。不幸的是，这次它碰到了圣阳的脚。圣阳采取半蹲的姿势，挡住鲤鱼的去向。

孩子们拼命地阻止鲤鱼往外逃，鲤鱼也死命地想要冲出一条生路，在河里激起一阵又一阵的水花。鲤鱼张开大嘴，扭动身躯，不知该往哪里逃，越往岸边游，孩子们的脚就越紧密，空间越来越小，它根本无路可逃。

“还差一点，再坚持一下。”

“加油，加油，加油！”所有人一齐放声大喊，准备迎接胜利的到来。

无路可逃的鲤鱼最后只好游上岸。

“成功了！”

“太好了！我们赢了！”孩子们见状纷纷大声欢呼，庆祝胜利。

说时迟，那时快，鲤鱼使出最后的力气反扑，啪的一声往孩子们的脚冲过去。可惜幸运女神并未站在它那边，它碰到的是健二的脚。

健二是个难对付的对手，他要是呆呆地站在那里，鲤鱼绝对能趁机逃出去，无奈他比谁都热衷抓鱼，比谁都会抓鱼，他想也没想就用两只手按住了鲤鱼。

鲤鱼在健二的两腿之间扭动着身躯，搅浑了附近的水，健二立刻坐下来，利用身体的力量压住鲤鱼。但不一会儿，鲤鱼成功地逃脱了健二的压制，从他的手中溜走。健二惊觉不妙，脸上出现了焦急的表情。那是大家引颈期盼的鲤鱼，绝对不能让它溜掉。不过，鲤鱼还是哗啦哗啦地搅乱河水，从健二的胯下游走了。

“啊……”健二的双手陷入河底污泥之中，发出了绝望的叫声。四周突然安静下来，鸦雀无声。

圣阳率先打破沉默：“可恶！明明说过不要用手抓的。”

“……”健二不发一语。

“那是阿彻好不容易发现的大鱼。”

面对圣阳的指责，健二还是不说话。

“健二，这可不是让你一个人出风头的场合啊！”圣阳就这样骂了好几句，健二从头到尾没做出任何回应。

“阿彻，好可惜。”圣阳转头对阿彻说。

“嗯，那也没办法。大家走吧！后面还有很多鱼要抓。”阿彻与圣阳率先往上游走去，低年级学生纷纷跟在他们后面。

健二一个人被留在下游处，由于刚刚才和鲤鱼经历一场奋战，他湿透的短裤不断地滴着水。

“阿健……你不要太在意……”只有拓也留在身边安慰他。

拓也的安慰让健二更难受，一想到自己竟然被五年级的拓也安慰就觉得好丢脸。健二抹去脸上的泪水，一口气跑上堤防。

圣阳在河里看到健二往上跑的身影，大叫：“你们看，健二跑了！”

（可恶，可恶，可恶……）

健二在心中不断呐喊着，对于自己的懦弱感到极度悲哀。

当天下午，健二一直待在家里。

他的父母都出门了，所以早上跑回家后，家里只有他一个人。健二将两轮拖车拖到庭院中间，拿起晒在檐廊的棉被铺在车斗底部，再拆下挂在屋檐上的竹帘，盖住车斗上方，这是他最喜欢的地方。健二拿着一本翻烂的图鉴，脱掉鞋子，躲进车斗里，他今天不想见任何人。

“好舒服啊！”

被太阳晒过的棉被十分温暖，那小小的洞穴就像天堂一样，健二就这样躺在车斗里看书。那本书是他二年级时父母买给他的鱼类图鉴，封面早已剥落。每次在这个温暖的空间里翻阅鱼类图鉴，就能立刻忘却所有讨厌的事情，无论何时都是如此。

“中华多刺鱼、中华多刺鱼、中华多刺鱼……”健二口中念念有词。他翻阅着图鉴，寻找中华多刺鱼的资料，这种鱼的身上带刺，体形很小。

“这种鱼分布在北海道，虽然是鱼，却会做巢，而且攻击性很强。”健二直盯着图鉴里的一张照片，一个人自言自语。

这张照片他已经看过无数次，澄澈的水底映照着一团绿色水草，这团水草是用草类和藻类做成的巢穴，就像鸟巢一样，这是中华多刺鱼的巢。在巢穴的圆形入口前方有一对感情融洽的公鱼和母鱼，健二十分喜欢这张照片里的中华多刺鱼。

“为什么鱼会做巢呢？真的越看越像鸟巢呢，等一下，我记得……”健二曾经遇见过一件事，让他觉得鱼和鸟很像。“我记得曾在桥上看过河里的鱼成群结队游动，看起来就像是在天空中飞翔的小鸟。”

健二继续喃喃自语：“我明白了，鱼就像鸟一样在水中飞翔，如果这个世界充满了水，鱼就能飞到任何地方去了！不过，飞鱼是真正会飞的鱼，照这样看，就算有会模仿小鸟筑巢的鱼也不奇怪。”

不一会儿，健二又说：“鲸鲨真的好大一条……海马是鱼……”

每次遥想着在自己从未去过的河川与大海里，有那些从未见过的鱼类，健二便感到万分幸福。

阳光从竹帘的缝隙中照射下来，洒在健二的背上，棉被反射出闪亮的光芒。两轮拖车的车斗营造出一个没有风的私密空间，令健二感到昏昏欲睡。

正当洒在健二背上的阳光逐渐往西偏移之际，健二听见有人在叫他。

“阿健，阿健。”那是拓也的声音。

健二立刻惊醒，“原来是拓也啊……”由于他今天疏浚到一半就独自跑回家，表情有些尴尬。

“你在看鱼的图鉴？”拓也说。“嗯……”健二故意表现出不耐烦的样子。

拓也一定是很担心健二才会跑来找他，健二也很清楚这一点，但他就是没办法露出欣喜的表情。

一阵沉默之后，拓也率先开口：“阿健，我有东西要给你。”

“什么东西？”

“你走之后，我们抓了很多鱼，整个盆子满满都是鱼。大家就跟往常一样，把鱼都分光了。我问阿御学长他们，该分给你的那份鱼要怎么办。可是，他们都说中途跑掉的人没资格分鱼。”

健二静静地看着拓也，完全搞不清楚拓也想说什么。“所以，我带了这个来给你。”拓也话一说完，就将手探进裤子口袋再拿出来，拳头握得松松的，里面好像有什么东西。

拓也将手伸到健二面前，慢慢张开手指。“是钱龟！”健二一看到拓也手里的钱龟便忍不住双眼发亮。

钱龟拼命想往外爬，拓也用手压住钱龟，对健二说：“按照以前的规矩，疏浚结束后所有人要一起平分抓到的猎物，所以我一直把它藏在口袋里，要是被阿御学长或圣阳学长发现，一定会被他们拿走，这是我要给你的。”

“我才不要这种东西！”健二忍不住大吼。

“没关系啦，这是要给你的……”拓也将钱龟拿到健二眼前。“我说不要就是不要！”健二再次大声呵斥。

拓也遭到健二呵斥，感觉很委屈，差点哭了出来。他们认识这么久，健二从来没有这么大声呵斥过他，此时就连健二也快哭了。

“……”四周再次陷入沉默的气氛之中。

不一会儿，拓也将钱龟放在脚边，转身往外跑去。健二目送拓也离去，不发一语。

健二就这样呆呆站着，面无表情地直盯着钱龟看。

（我昨天那么担心拓也……为什么今天却大骂他……为什么我会那么生气呢？）

钱龟爬到两轮拖车的阴影下躲太阳，健二轻轻地将它抓了起来。钱龟受到惊吓，不停地挥动四肢。

“难道这是昨天那只钱龟？”健二小声说。

昨天那只逆流而上的钱龟，那只他很担心会被人踩死的钱龟就在眼前。健二用指尖轻轻捏起钱龟，钱龟在空中挥动着四肢，留下徒然的气息。

第四章 水晶山

水晶山

今天从一大早就开始下雨。

桑原村的孩子们一如往常地排成两列走路上学，孩子们撑着黑色与黄色的伞，大雨滴打在伞上，发出噼里啪啦的声响。为了维护交通安全，低年级的学生都撑着黄色雨伞，五六年级学生则是为了要帅，故意撑黑色雨伞。

如果是以前，队伍前面一定是四把黑伞，后面接着是六把黄伞，不过，今天有点不一样。队伍前面只有三把黑伞，接着是六把黄伞，队伍最后还有一把黑伞，那是健二的伞。

自从发生“疏浚事件”之后，健二一直走在队伍最后面。

时间回到一星期前。

健二背着书包离开家里，往固定的集合地点木桥走去。虽然中途离开疏浚现场这件事让他耿耿于怀，但他不敢打破所有人一起上学的规矩，再加上他认为同学间应当“不记隔夜仇”，不管发生任何事一定都能解决，于是硬着头皮出现。当他抵达木桥时，发现其他人都已经到齐，正开心地聊天。

“大家早。”健二主动开口打招呼，没想到却没有任何人理他。不仅如此，他们连看都没看他一眼，继续自顾自地聊天。

他们在聊昨天疏浚的事情，阿彻与圣阳也正开心地谈话。

“早安……”健二再次跟大家打招呼。

阿彻与圣阳依旧没有回头看他，健二被大家当成空气看待。健二早就做好了心理准备接受大家的责骂，就算说他“半途而废”或“个人主义”，他也会坦然地向大家道歉，可是现在大家都不理他，就像他是个隐形人一样。

“……”面对这样的状况，健二感到不知所措。

出发的时间到了，在阿彻的指示下，所有人一起往前走。走在队伍最前面的是阿彻与圣阳，接着是健二，晚来的拓也

走在健二身边，小声地说：“阿健，昨天的钱龟……”

话还没说完，阿彻与圣阳就回头警告拓也：“拓也，走路时禁止自言自语，听清楚了吗？绝对不能自言自语。”

“走路时不要讲话。”

两人的气势把拓也吓得再也不敢说话，尽管阿彻与圣阳警告完便立刻向前走，但紧张的气氛迟迟无法散去。健二走在将自己当成空气的两人身后，身边还有一个不知所措的拓也，他无法承受这样的压力，决定停下脚步。拓也一边走，一边回头看着健二，低年级学生们像健二不存在似的一一走过他身边。健二看着低年级学生的背影，走在队伍最后面。

他觉得自己应该待的位置，那就是队伍的最后面。

在不断落下来的雨滴中，健二盯着大家的伞往前走。从那天到现在已经过了一个星期，健二没跟任何人说过话。不只是阿彻与圣阳，就连拓也也是。虽然拓也好几次试着跟健二说话，但都被健二拒绝了，或许这是健二维护自己最后尊严的方法。无论如何，现在的健二距离队伍前面的黑伞十分遥远，这样的疏离感让他感到悲伤，幸好在噼里啪啦的雨声遮掩下，他听不见阿彻、圣阳与拓也的说笑声，让他稍感安慰。

当天中午，雨打在大片芭蕉叶上，健二站在自然教室里从窗户看着芭蕉叶被雨水拍打晃动的模样，虽然听不见雨水打在叶子上的声音，却能清楚感受到鲜绿色的芭蕉叶吐露生机的气息。

现在是打扫时间，健二拿着扫把一动也不动。

“打扫完了，我们去体育馆玩吧！”几名学生结束打扫工作，纷纷走出教室，健二却丝毫没有想离开的样子。那棵芭蕉树从健二入学时就一直种在自然教室前的池塘旁，健二很喜欢鱼，只要有空就会到池塘边看金鱼、鲤鱼和青鳉鱼，因此那棵芭蕉树对他来说很特别，充满各种回忆。

健二就读小学二年级的时候，老师告诉他那棵树是香蕉树，其实它是与香蕉同属的植物，但老师为了让小孩子容易理解，才说成是香蕉树。不过，心思单纯的小孩子对老师说的话深信不疑。那年芭蕉成熟后，健二偷偷跑到学校摘芭蕉。在学校偷水果与偷邻居庭院里的无花果或柿子不同，在学校要是被抓到，后果不堪设想。但是，健二真的好想尝尝学校的香蕉是什么味道，最终好奇心战胜了恐惧，他成功地偷到芭蕉，之后还躲在体育馆偷吃，结果……

（好苦啊！难吃死了……）

健二想起了那个时候的事情。

“健二同学，健二同学。”身后传来呼唤健二的声音。健二回头一看，是同班同学加濑敦。

“阿敦同学，找我有事吗？”健二看着好意关心自己的阿敦问。

“同学们都跑出去玩了，你还在这里做什么？”

健二与阿敦虽是同班同学，但平时往来并不密切。与其说是往来不密切，应该说他不能跟阿敦来往。理由很简单，因为阿敦就住在距离桑原村一公里的美里住宅。

阿彻与圣阳曾经在班里立下“规矩”，要求大家“不准跟美里住宅的转学生一起玩”。美里住宅是三年前填平美里大沼之后兴建而成的社区，那里原本是一片浅湿地，孩子们可以在那里抓到许多小龙虾，在孩子们的心中，大沼是小龙虾的宝库。阿彻与圣阳因为不满大人们将小龙虾的宝库填起来兴建美里住宅，所以特别立下这样的“规矩”。

“健二同学不一起去玩吗？再拖下去午休就要结束了。”

“……我知道了。”健二不置可否，再次望向窗外。阿敦走过来站在健二身边，跟着他一起望向窗外。

“……好美啊！”阿敦低声轻喃。

“你说什么？”健二惊讶地问。

“芭蕉叶真的好美。”

这句话在健二心中激起了阵阵涟漪，作为一个男生，怎可以轻易说出“好美啊”这种娘娘腔的词语。可是阿敦竟然可以说得这么自然，要是被阿彻听到，一定会揍他一拳，接着大骂：“你是女人吗？”

不过健二并不讨厌这句话，反而深受感动，两人就这样静静地望着窗外。

绿色的叶子在雨水的拍打下轻柔地晃动，仿佛可以听见窗外噼里啪啦的雨声。

“健二同学，你是不是很喜欢鱼？”阿敦率先打破沉默。

“是啊，你怎么知道？”健二讶异地问。

“我看你经常盯着那个池塘看。”

“整个学校我最喜欢那里了，不只喜欢池塘，也很喜欢芭蕉树。”

“芭蕉树？”健二的回答让阿敦感到新奇。

“是啊。”

“说实在的，我觉得芭蕉树这个说法很奇怪。”

“会吗？”

“你看，芭蕉树既没有树枝也没有树干，它是靠球根生长的，所以用树来称呼它有点奇怪。”阿敦仔细地解释。

“那……要叫它芭蕉草？”

“哈哈哈，没有人会刻意说五月艾草，都说五月艾，所以叫芭蕉就好了。”

“……”健二诧异地看着阿敦脸上的笑容。

“抱歉，我说的话太扫兴了吗？”阿敦收起笑脸说。

健二轻轻地摇摇头。

阿敦接着说：“我最喜欢自然教室了，这里除了有一大堆有趣的动植物等自然标本，每次来这里，还会看到你站在芭蕉下望着池塘……”

“被你看见啦？”健二问。

“是啊，每次都会看到你。对了，有个好玩的东西要给你看，想看吗？”阿敦一说完，立刻跑到黑板旁的柜子前。

“我们随便开柜子，这样好吗？”健二犹豫地说。

“没问题，没问题，我每次都会打开来看，老师都知道。”

阿敦伸手打开抽屉。

“哇！”健二忍不住大声惊呼。

柜子的抽屉里摆着标本箱，阿敦将标本箱轻轻放在桌上，推到健二面前。

健二说："这些全都是石头。"

阿敦热络地回应："是啊，这里有石英、长石、安山石……全都是到处看得到的石头，可是一旦像这样收在盒子里，就感觉很气派。"

"这个石头……"

"这是很特别的贝壳化石噢。对了，健二同学，要是你可以从这里拿一颗石头，你想要哪一颗？"

听到阿敦这么问，健二来回仔细地看着标本箱。

"嗯，好难选啊。我好喜欢这个化石，可是，最旁边这一颗也不错，这个名字要怎么念啊？"

"水晶。"

"原来这是水晶啊，这颗也不错。"健二反复看着跟大拇指一样大的水晶与贝壳化石，不知该选哪一颗。

阿敦看到健二的反应，满意地笑了起来："反应都一样呢！"

"什么意思？"健二不解地问。

"我是说你的反应跟我的一样，我也是很喜欢这两颗石头，不知道该怎么选。"

"阿敦，你刚刚说这些是到处都看得到的石头，去哪里才能捡到化石和水晶呀？”健二兴致勃勃地问。

健二的问题让阿敦忍不住想要分享更多知识。“这附近没有埋化石的地层，所以要捡到化石是不可能的事情。不过只要去对地方，想捡多少就能捡到多少。以前我爸爸带我去岐阜县的某处溪谷，河川里的石头全部都是化石。虽然在这里很难捡到化石，但只要到那里去，真的是随处可见，就像一般的石头。”

“那水晶呢？”健二进一步问。

阿敦轻手轻脚地走到健二身边，小声说：“……健二同学，你能保守秘密吗？”

“秘密？”

“嗯，接下来我要对你说的事情，你能答应我绝对不说出去吗？”

根本算不上是朋友的阿敦竟然要跟自己分享秘密，一想到这一点，健二不禁感到很兴奋。再说，对方都这么说了，哪有不听秘密的道理。

“嗯，我保证不说出去。”健二认真地回答。

“连阿彻同学他们也不能说。”

“我绝对不会说的。”健二再三保证。

“真的吗？”

“真的，我现在已经不跟他们来往了。”

自从疏浚事件后，健二就没再跟阿彻他们一起玩了，所以他有信心可以保守秘密。

阿敦接着说：“好，那我告诉你。其实，这个星期天我打算去采水晶。”

“什么？去哪里？哪里可以采水晶？”健二十分惊讶。

“现在还不能说。如果你也去，我才能告诉你。”

“嗯，我要去，我要跟你去。”健二想也没想就答应了。虽然健二没跟阿敦一起玩过，但这次是对方主动找他说话，还要告诉他哪里可以采到水晶，让他将阿彻等人立下的“不准跟美里住宅的转学生一起玩”的规矩抛在脑后。

“我跟你说……”阿敦凑近健二的耳边说悄悄话。

健二听完后，不可思议地说：“你是说真的吗？村积山的深山里有水晶，真的假的？”

“我干吗骗你！”阿敦的态度看起来很坚定。

村积山是一座小山，从学校走路到村积山大约要走两个小时。健二想起自己三四年级的时候曾经在春季远足时去过那里，汗流浃背地走在两侧长满竹子与杂树的林荫道上。

“阿敦同学去过村积山吗？”健二问。

“我没去过，不过我爸爸的朋友给了我一张地图，我知道怎么走。如果健二同学跟我一起去，我会更有信心。”

“可是，会不会有危险啊？会不会不小心走进山洞里？”

“哈哈哈，这一点你放心，我们又不是去采钟乳石。村积山的水晶都裸露在红土地表上，随便找都找得到。”阿敦一派轻松地说。

“原来如此……”健二虽然看起来很开心，但还是半信半疑。

标本箱里用纯棉布料细心包裹的水晶，真的那么容易找到吗？再说，水晶是一种宝石，这种珍贵的石头真的随便挖都有吗？可是，如果阿敦说的是实话，怎么能错过这么难得的机会呢？

健二看着阿敦的眼睛说：“我要去，我要跟你去。”

阿敦慎重地点了点头，再次望向窗外。

“雨再下大一点、再下大一点吧！仔细冲刷村积山的地表，让更多水晶冒出来。到时我们第一个去，要采多少水晶都可以。”

“下吧！下吧！雨再下大一点吧！”听阿敦这么说，健二也跟着一起祈雨。

“下吧！下吧！雨再下大一点吧！”不只健二，阿敦也念起祈雨咒语。

两人相视而笑，窗外的芭蕉叶被雨滴不停拍打着，左右摇晃。

时间很快来到星期天。这一天从一大早就万里无云，原本连绵不断的雨，昨天晚上停了，健二亲手做的晴天娃娃在屋檐下闪耀着白色光芒。

健二在背包里塞了饭团、水壶，还有铲子与毛巾，他背起背包一个人走向集合地点。他跟阿敦约在隔壁村子的神社里会合，他比约定时间早了十分钟，却看到阿敦已经在等他。

阿敦一看到健二便主动打招呼：“早啊！”

“抱歉，让你久等了。”

“没有啦，我也是刚刚才到。”阿敦说着，重新戴好装饰着羽毛的登山帽。

健二忍不住赞美：“你的帽子好帅气啊！”

“你是说这顶吗？这是我爸爸给我的，他每次登山或健走都会戴这顶帽子。”

“真羡慕。”健二觉得阿敦今天很帅气。

老实说，阿敦头戴登山帽、脚踩厚底登山鞋的造型实在有些夸张。不过健二从来没看过小学生穿成这样，不禁深受吸引。

阿敦说："走吧！"

健二回答："嗯，好。"

从这里到村积山只有一条路，两人并肩往前走。

"我今天穿的是运动鞋，又没戴帽子……这样没关系吗？"走了一会儿，健二问。

"什么意思？"

"我是说，我穿成这样也能找到水晶吗？"

"哈哈哈，当然可以啊，水晶不是靠穿着找到的。健二同学，你好好玩呀。"阿敦被健二逗乐了。

健二不好意思地挠了挠头。

"对了，村积山里有很多蛇，你要小心脚边。"阿敦特别叮嘱健二。

他们走的这条路尽头就是那座小小的村积山。

健二抬起头，轻轻擦拭额头上的汗水。

两人走了一个小时左右，在小小的神社内稍事休息，初夏的阳光晒得两人头晕眼花。

阿敦忍不住大喊："啊，好热啊！"

健二坐在石阶上，大声回答："好像越往山里走越闷热。"

"待会儿走进山里，一定会更加闷热。"

"我们快到了吗？"

"再往前走一百米左右就会进入狭窄的山路，接着再走三十分钟就到了。"阿敦说着，一屁股坐在石阶上。

神社的石阶旁种了一排松树，感觉十分凉爽。健二与阿敦躺在石阶上，拿出水壶喝水，让身体好好休息。

健二躺了一会儿后忽然放声尖叫："啊！"某种生物正从他的脚踝爬往膝盖。

那是一只蚂蚁，而且是健二从来没见过的大蚂蚁，他举起手掌用力一拍！

"发生什么事了？"阿敦问。

"有……有蚂蚁，好大一只蚂蚁！"健二指着被打落在地上、一动也不动的蚂蚁说。

"哇，真的好大一只。对了，有好东西可以看。"阿敦从口袋里拿出放大镜，跪在石阶上观察蚂蚁，忍不住惊叹："好酷，太棒了！"

健二站在上面一个台阶，往下看着阿敦手拿放大镜耐心观察蚂蚁。

“健二同学过来看。”

“好啊。”

阿敦将放大镜交给健二，那是一个专业的放大镜，以金属边框镶嵌玻璃镜片。相较之下，一般杂货店里卖的放大镜是塑料框，看起来就像玩具一样。健二仔细端详了一会儿，在阿敦身旁蹲了下来。

“哇，真的好酷！”阿敦的放大镜不仅看起来专业，放大效果也令人赞赏，蚂蚁的每一根肢节都能看得一清二楚。

“我就说吧！”阿敦得意地说。

“是啊，好酷。”健二像是发现新大陆般，十分兴奋。

“这样看更有趣。”阿敦用大拇指与食指捏起蚂蚁，用力一压。蚂蚁因身体被挤压而受到惊吓，即使如此，它的头仍然左右摇动。

“它还想逃走呢！”

“真是个顽强的家伙。”健二一边说着，一边用放大镜对着阿敦的指尖。放大镜下照出一大片肤色物体，那是阿敦的指尖，可以看到指甲超出放大镜的模样。健二稍微移动了一下放大镜，照到了蚂蚁大大的头部。

健二瞠目结舌地看着蚂蚁的头，它往外突出的下颚看起来像长椅一般，还有弯成“く”形的长触须，不仅如此，还能看到闪着黑色光芒的网状复眼。每个细节都看得相当清楚，简直就像昆虫图鉴里的图片。然而，在他眼前的是活生生的生物，这是最令健二感动的一点。

阿敦问健二：“蚂蚁的触须比你想象的长，对吧？”

“嗯，下颚也比我想象的大，阿敦同学要看吗？”

“没关系，我不用，我很早以前就一直在观察蚂蚁，我看过很多了。”阿敦说完便将指尖上的蚂蚁弹走。接着又问：“你觉不觉得蚂蚁虽然小，但长得很恐怖吗？”

“嗯。”

“天牛长得更恐怖！”

“阿敦同学，你看过很多昆虫吗？”

“还好啦，平常能看到的昆虫我大概都看过了。你不觉得昆虫很神奇吗？”

“神奇？”健二反问。

“是啊，昆虫跟人类和其他动物不一样。举个简单的例子，大多数动物的骨骼长在身体里，但昆虫的骨骼长在身体外面。还有，一般动物的嘴巴是上下开合，昆虫的嘴巴是左右开合。”

“……”阿敦的一席话让健二沉默了下来，他从来没从这个角度思考其他动物与昆虫的差别。

“健二同学，你怎么了？”

“没事，我只是很佩服你。”

“我问你一个问题，有人认为昆虫下颚的演化过程可以分成两种：第一种是生物的前足经过演进，发展出像剪刀一样的下颚；第二种则是无法说明演进过程，所以昆虫是来自其他星球的外太空生物。健二同学，你认为哪一种说法是对的？”阿敦认真地问。

“嗯……”健二再次陷入沉默。他觉得前足演进说很有道理，但他也不想否定外太空生物的说法。他很认真地思考，不知该选哪一个答案。

“想好了吗？”阿敦凑过去问健二。

健二想好了之后对阿敦说：“我不知道该怎么说，但我比较喜欢来自其他星球的外太空生物这种说法。仔细想想，昆虫长得很像机器人，外太空生物这种说法比较有趣。”

“这样啊！”阿敦很满意健二的回答，伸出右手，健二也下意识地伸出自己的右手，两人轻轻地握了握手。

“我的想法跟你的一样，这代表我们两个的个性很合，我们会相处愉快的。”

健二听到阿敦这么说，心中涌现出一股奇妙的感觉。若是阿彻或圣阳看到阿敦这副模样，他们一定会说“装模作样，真恶心”或“干吗故意耍帅”，就连健二心里也或多或少这么想。可是，被阿敦牵着鼻子走却让健二感到很开心。

两人走进村积山的林荫道后，还在不停谈论着昆虫和鱼的话题。

“健二同学，你最喜欢的昆虫应该是锹形虫吧？”

“是啊，我最喜欢马车。”

“马车？你是说日本锯锹形虫啊！我喜欢深山锹形虫。”

“这附近有深山锹形虫吗？”健二好奇地问。

“去年参加学校露营时，我抓到过三只。”阿敦得意地说。

“我不知道这件事。”

“我没让任何人发现，偷偷收在便当盒里。”

“其实你可以向大家炫耀。”健二说。

“我爸跟我说，不可以将抓到的昆虫拿来炫耀。”

“原来是这样。”

“我爸说这跟炫耀自己有钱或有新玩具是一样的行为。”

健二想起五月初抓首锹的事情，当时的自己因为想跟班上其他同学炫耀，所以拼了命地寻找首锹。

“阿敦同学，你平时钓鱼吗？”健二问。

“我不钓鱼，我没养过鱼，而且鱼也很难做成标本。”

“其实不用养，也不用做成标本，钓鱼这件事本身就充满乐趣。”

“是吗？”阿敦不是很相信健二的说法。

“下次我们一起去钓鱼，你一定会觉得很好玩。”健二说。

“嗯，好啊。下次你去钓鱼时，一定要约我！”

村积山的林荫道越走越窄，坡度也越来越陡。两人走了二十分钟左右，林荫道突然中断，前方是一条仅能让两人错身而过的小路。

健二一脸担心地问：“要走这条路吗？”

阿敦平静地回答：“嗯，走这条路就对了。”阿敦往前走了两三步，突然停下脚步。

健二问：“怎么了？”

“你看前面。”

下了几天的雨将狭窄的山路冲刷成一条小河，小草随着水流往下倾倒，石头在雨水的冲洗下变得光洁如新，红褐色的土壤泥泞不堪，而在那上头却印着清晰的足迹。

“是鞋印，而且是大人的。”

“会是谁呢？……”

两人担心地互看一眼，毫无人烟的深山令他们感到不安，但深山里有人更让人觉得诡异，也加深了两人不安的感觉。

“这座山里应该没有农田或住家吧？”健二迟疑地问道。

“嗯……搞不好是凶狠的罪犯逃到山里去了。”

“阿敦同学，不要开这种玩笑，一点都不好笑。”

“抱歉，抱歉！不过，凡事小心点好，我们先往前走再说吧！”阿敦正色说。

两人走进狭窄的山路里。

走在前面的阿敦提醒健二：“地上很滑，一定要小心。”

“地上的脚印很新，今天一定有人来过。”健二很在意鞋印的主人是谁。

“不用担心，对方只有一个人，要是发生什么事，我们一定能解决。”阿敦展现出坚强的一面。不过，他说的话没有任何依据，纯粹是为自己打气。

两人穿过山栗树底下，跨越倒下的松树，随时注意两侧竹叶后方的动静，一路往山里走去。他们额头上的汗水流下脸颊，就连背部也被汗水浸湿。地上泥泞的泥土冒出湿气，湿气结合热气，像是蒸笼一般罩住两人。

“好热。”

“嗯，真的很闷热。”

两人不断抬头望向被树遮住、越来越狭窄的天空，接着又低头往前走。

不一会儿，两人发现头上的天空渐渐开阔。

“我们快走到山顶了。”

“秘密场所就在前面。”

两人越走越快，渐渐忘了之前的疲累，不自觉变成小步跑。

“就快到了。”

“还差一点，要到了。”

仔细一看，那个成年男性的鞋印早已消失无踪。

健二发现后立刻跟阿敦说：“阿敦同学，鞋印没了。”

“他一定是在哪里转弯了，不用在意，没事的。”

两人气喘吁吁地跑上坡道顶端，立刻停下脚步，出现在他们眼前的是一条和缓的下坡路，右边没有草丛与树林，只有一片小小的平原。天空辽阔，一望无际的景色令人神清气爽。左边的山坡露出一小片岩石，那是土石崩落的痕迹，葱郁的树木底色上点缀着红土鲜艳的红色。

两人一眼就发现那里是藏着水晶的秘密场所。

“就是那里。”

“走吧！”

两人慢慢走近红土山壁，地上依旧泥泞不堪，要是一个不小心，鞋子就会陷在泥土里。

“不知道能不能找到水晶。”

“一定可以的。”

两人走到红土山壁的正下方，抬头望着陡峭的山坡。红土山壁被雨水冲刷得十分干净，好像脱了一层皮。柔软的红土经太阳照射后，看起来舒适温暖。

“阿敦同学，你看那里！”健二指着山壁一半的地方大声喊叫。

那里有一些闪闪发光的小石砾，健二直觉认为那一定是水晶。不过，阿敦并没有回应。健二觉得不太对劲，转头看向身边的阿敦。

“……”阿敦没说任何话，只是满脸笑容地看着他，接着阿敦缓缓抬起手，指着地上。

“哇！”健二顺着阿敦手指的方向往下看，忍不住尖叫。

“不可思议吧！”

健二看到了水晶！水晶被雨水冲刷，掉进红土里，闪闪发亮。地上的水晶大概有十颗。虽然每一颗都很小，大小与火柴棒头差不多，但闪耀出来的光泽震撼人心，几乎快让人站不稳。

阿敦蹲下来观察水晶，对健二说："你快来看，这些水晶都是六角形的，而且晶莹剔透。"

健二拿起一颗水晶端详："嗯，真的，虽然很小一颗，不过是真的。"

"真希望能采到大颗的。"

"是啊，开始动手吧！"

于是两人二话不说就开始捡拾水晶，把无论是在地面上的、外露在山坡上的，或是埋在红土里的水晶全部捡起来。健二与阿敦的双手双脚以及放水晶的袋子，全都沾满了被雨淋湿的红土，但两人都不在乎。他们专注地捡拾梦寐以求的水晶，尽可能多捡一些回家。

不久之后，阿敦说话了。

"怎么样，捡很多了吧？"

"嗯！虽然都是小颗的，但我捡了一大堆。"健二的脸庞挂着心满意足的笑容。

两人坐在一边的石头上，打开袋子，开心地检视今天的成果。

“健二同学，你捡到最大的水晶有多大？”

“我看看，应该是这一颗吧！”

“我是这一颗。”

“可恶，阿敦同学的比较大。”虽然健二嘴上这么说，脸上却没有半点懊悔的表情。第一次采水晶能采到这么多，健二已经心满意足了。

健二满足地说：“果然如你所说，只要去对地方，就能采到水晶。”

阿敦也笑着说：“这要感谢我爸爸的朋友，是他告诉我这个秘密场所的。”

健二又问：“这座山是不是到处都能挖到水晶啊？”

“我也不知道，应该不可能到处都挖得到吧……对了，告诉你一件有趣的事。”听到阿敦这么说，健二立刻将身体往前倾。“你知道专门采水晶的人如何判断哪座山有水晶吗？”

“我不知道，我连想都没想过。”健二立刻回答。

“我曾经问过我爸爸的朋友，我不知道他说的是不是真的。他说一到新月的时候，水晶山会发光。”

“发光？山会发光吗？”健二觉得十分有趣。

“嗯，整座山会散发出隐约的光芒。新月的夜晚就像满月一样会出现许多不可思议的现象，至于那些没有月亮的晚上，星星会格外闪亮，水晶像是与闪烁的星光共鸣，也散发出奇异的光芒。水晶不仅被做成晶体振荡器放在石英表里，也会被算命师用来算命，由此可见水晶蕴藏着神奇的力量。”

“原来是这样啊！”健二的内心激动不已。他看着手心里的小小水晶，想象着在新月的夜晚发出奇异光芒的水晶山。

“对了，下次遇到新月的夜晚，我们一起来观察这座山吧，看看它是否真的会发光。”

“好，我们一定要来。”

两人对看了一眼，开心地笑了起来。

“对了，要不要洗水晶？我看地图，刚刚走过的山路旁应该有一个小水池。”

“有吗？我没什么印象。”健二疑惑地说。

“我们刚刚忙着赶路，应该是错过了。”

健二认同阿敦的意见，于是两人一起慢慢往下走，但就在此时，两人发现了不可思议的现象。上山时两人只顾着低头赶路，下山时却能饱览四周的美景，广阔的景色让他们的心情顿时开朗了起来，忍不住想要轻轻哼歌。

阿敦一手拿着地图，对健二说：“从那棵松树处弯进去，应该就能看到小水池，在左边。健二同学，你也帮忙留意一下。”

两人一边走着一边查看左边竹林的动静，不过竹林相当茂密，完全看不到小水池。不一会儿，两人拐进松树旁的竹林，健二突然停了下来，对阿敦说：“阿敦同学，你看……”

前方的地上印着清楚的鞋印，那是他们刚来这里时发现的鞋印。之前上山时在不知不觉中追丢了，原来鞋印是从这里走入竹林的。

两人找了一会儿，发现有一条小路往前延伸到竹林中。

“就是这里，小水池就在前面……”

其实这条路是地上的杂草和枯叶长年被人踩踏后久而久之形成的通道，上面覆盖着满满的竹叶，看起来阴暗狭小，不是一个可以随便踏进的地方。

“怎么办？”阿敦询问健二的意见，健二看起来相当犹豫。

“嗯……我觉得这个鞋印怪怪的。如果是来采香菇的人，那还没什么问题，但我就是觉得怪怪的。”

阿敦盯着健二的脸看了一会儿，再问一次：“你打算怎么办？要进去吗？”

“会不会有问题啊？”

“不会有问题的！我们安静地走，不要被别人发现就好了。要是遇到可疑分子，我们就立刻往回跑。”

“嗯，你说得对。”健二故作坚强地说。

掉落的竹叶将地面完全覆盖起来，两人慢慢走在竹叶上，发出窸窸窣窣的声音。

无论走得多慢、多小心，还是会发出窸窸窣窣的声音。

窸窸窣窣，窸窸窣窣……

他们看到蜘蛛网和黑蝇，而且越往里面走，脚步声听起来就越大，两人心中的不安逐渐滋长。

“是小水池。”阿敦压低声音说。

“人呢？”健二问。

“没看见。健二同学，你到那边去看看。”

两人稍微拉开距离，健二从茂密的竹林望向小水池，水面上闪耀着白色的波光，枝繁叶茂的树影将水面染成了深绿色。

这个水池比健二想象的还深。

“健二同学……”阿敦喊了一声，指着长着芒草的池边说，“在那里。”

健二一会儿往右移，一会儿往左移，仔细观察小水池四周。他很想知道对方是个什么样的人，在这里做什么，现场的气氛让他感到紧张，心扑通扑通地跳着。很快，健二在竹林间发现一名男子。

那名男子头上戴着斗笠，脚穿雨鞋，手里拿着网子，站在池塘边。

（原来是来抓鱼啊！）

健二稍微松了一口气，知道对方是来抓鱼的，他感到放心，他不再害怕之后反而想问对方抓到了什么鱼。

“哈哈哈，害我白紧张一场。”健二说着慢慢往阿敦身边走去。

“看你畏畏缩缩的样子真的很好笑，话说回来，不晓得他抓到了什么鱼。”

“我也很想知道。”

“一起去看看吧？”阿敦提议。

“好啊！”

放松下来的两人一起往前冲，奔跑的双脚踩在枯叶上，发出窸窸窣窣的声音，被踩断的枯枝也发出噼里啪啦的声响。

两人似乎惊动了水池边的男子，他大声喊着：“谁？谁，谁在那里？”并吓得直往后退。等到他看清来的人是两个小孩，不禁尴尬地说：“你们两个不要吓人。”

健二与阿敦没想到对方会这么说，忍不住相视而笑。

“叔叔，请问你抓到了什么鱼？”阿敦主动开口与拿着网子、观察池里状况的男子说话。健二有点怕生人，因此默默地站在阿敦身边。

“你问我抓到了什么鱼？呵呵，其实都是些无聊的东西。”

“无聊的东西？”阿敦忍不住问。

“都在水桶里，自己去看吧。”男子大方地邀请，健二与阿敦兴致勃勃地朝水桶里看。水桶里放满了水与水草，男子抓到的猎物好像就藏在水草下方。阿敦将手伸进水桶，压了压水草，水草下方只有几只龙虱慌张地游动，却没有任何像样的鱼。

“怎么样，看到了吧？”男子大声地问。

“嗯，没看到任何东西啊。”阿敦回答。

“是吗？那家伙还真奇怪。”男子走到两人面前，探头看了看水桶说，“明明有啊，不是在这里吗？”

“叔叔说的是这个啊？”

“对啊，你看，有龙虱、豉虫，还有蚜虫。”男子一说完，健二与阿敦忍不住面面相觑，两人看对方特地到深山里来，还以为他会抓到什么了不起的鱼。

男子笑着说：“我刚刚不是说了嘛，都是些无聊的东西。”

阿敦觉得很新奇，接着问：“叔叔，你抓这些要做什么？”

“我要抓来养。”

“叔叔要养龙虱？”

“很奇怪吗？”

两人笑了笑，轻轻地点头。

“听起来确实很奇怪，每个人都这么跟我说。不过，我觉得龙虱很有趣啊！”

听到对方这么说，两人再次探头看向水桶。

不一会儿，阿敦突然说：“嗯……应该挺有趣的。”

（有趣？养这种昆虫怎么会有趣呢？）

健二不敢相信阿敦会这么说。

（再说，龙虱与豉虫又不是什么罕见的虫子，只要用网子捞鱼，随便都能捞到几只，抓它们一点用也没有，到最后还是要跟泥巴、垃圾一起丢掉。怎么会有人喜欢这种虫子，还想要养呢？）

“你们两个喜欢抓昆虫吗？”

“嗯，我家也养了许多昆虫。不过，我没养过龙虱。”

阿敦认真地回答。

“那你呢？”男子改问健二。

“……”健二没有任何回应。

“健二同学，叔叔在问你啦。”阿敦好心提醒健二。

“我喜欢锹形虫和独角仙。”健二不假思索地回答。

“是吗？你喜欢锹形虫和独角仙啊！你知道龙虱跟锹形虫、独角仙是同一类昆虫吗？”

“不会吧？真的吗？”健二惊讶地问。

“是啊，它们都是甲虫。”男子回答。

“健二同学，这么说来，它们长得还蛮像的。”阿敦看着水桶里说，健二也跟着探头看。

“是吗？……”健二若有所思地说，他盯着在水桶里无精打采地游来游去的龙虱，怎么看都不像锹形虫或独角仙。

（龙虱既没有大颚，也没有触角，硬说这个跟豆子一样小的虫子和锹形虫、独角仙是一伙的，对它们太失礼了。）

“健二同学，龙虱的身体可以分成三个部分，还有一对翅膀，这些特征跟日铜罗花金龟也很类似。”阿敦继续说。

“……”健二还是没有接话。

（嗯，看起来的确与日铜罗花金龟有点像，可是，它绝对跟锹形虫和独角仙不一样。）

不管阿敦怎么说，健二还是坚持自己的想法。

阿敦好奇地问：“叔叔，既然龙虱跟独角仙是同一类，那龙虱会不会飞啊？”

男子回答：“会啊，龙虱外面的硬壳翅膀下有一对薄翅膀，它们就是靠那对薄翅膀飞行。”

“越说越像独角仙呢！”

健二在一旁听着阿敦和男子的对话，内心涌现出一股奇妙的感觉。

（我很难相信锹形虫与龙虱是同一类，但阿敦跟那个叔叔说得那么熟络，更让我觉得不可思议，为什么阿敦可以跟第一次见面的人自在聊天呢？）

像健二这种从小在乡下长大的小孩，个性其实很内向保守，即使对方是小孩，只要来自陌生的地方，他们就不会轻易与其说话。他们设下禁令，不准桑原村的孩子与美里住宅转学生玩的阿彻等人，就是最好的例子。小孩子都如此了，更别说是陌生的大人。因此，健二看到阿敦跟初次见面的大人交谈自如的模样，感到十分诧异。

男子问阿敦：“你对昆虫很了解，你从哪里来的？”

“美里住宅。”

“这么远，你是走路来的吗？路程应该有五公里吧？”男子听到阿敦的回答，觉得很不可思议。

“嗯，还好啦……”

男子继续问：“你们从那么远的地方到这里来做什么呢？”

阿敦看了健二一眼，转头对男子说：“我们来采水晶。”

“采水晶啊，在那个山坡上面吧？”

“是啊。”

照刚才的对话内容来看，男子早就知道那个秘密场所了。

“叔叔，养龙虱好玩吗？”阿敦将话题转回龙虱上。

“哈哈哈，问我好不好玩啊……”男子看起来不知该如何回答，好一会儿才缓缓说道，“我不知道别人怎么样，至少我觉得很好玩。”

“为什么？”

“因为我喜欢这些小昆虫，龙虱和豉虫都是水栖昆虫，也就是住在水里的昆虫。不过，它们一开始并不是住在水里，原先应该跟独角仙一样住在陆地上，后来因为某种原因栖息在水里，我觉得这样的变化很有趣。”

健二听完男子说的话，轻轻地点头。

阿敦接着男子的话说：“这一点跟海豚和鲸鱼一样。”

男子惊讶地说：“小朋友，你懂很多呀，我就是喜欢这种被挤出去的生物。”

“被挤出去的生物？”

“在某种程度上，它们跟其他生物争夺陆地上的生存权，最后败下阵来，逃进水里。”

“这么说来，它们是一群没用的废物喽。”

“嗯……也不能这么说，虽说它们逃离陆地，但也挑战了在水里的生活。从另一个角度来看，会觉得它们很坚强、很勇敢。”男子说到这里，健二终于豁然开朗。独角仙很强，小小的龙虱也很厉害，它们都是一样的。男子的一席话深深烙印在健二的心中。

后来，男子拿着网子再次走到池边抓龙虱。健二与阿敦观看男子抓龙虱，接着两人蹲在池边，将水晶从塑料袋里拿出来，一颗一颗清洗干净。两人都很担心水晶掉入水中，因此用指尖紧紧捏住水晶，泡在水里，原先沾在水晶上的红土逐渐溶解，水也变得浑浊起来。水晶泡水之后，再度释放出像冰块一样的洁净光芒。健二将水晶放在沾湿的左手心，以右手食指按压六角形的水晶，在掌心轻柔地滚动，他从来没体会过这种舒适的触感。

阿敦说："健二同学，水晶一泡水，泥土就会溶解。"

"是啊，好像冰糖一样。"健二说。

"如果是冰糖，那就真的会溶化了。"

两人着迷地看着掌心里的水晶，忍不住感叹了起来。

"健二同学……我一直以为自己不可能像这样跟你一起玩。因为你被禁止跟美里住宅的转学生一起玩，不是吗？"阿敦半开玩笑地说。

健二一时之间不知该说什么，转头盯着手中的水晶说："……才没有这回事。"

"真的吗？"

"嗯。不跟转学生玩是阿彻和圣阳自己做的决定，跟我无关。"

"我也不是因为喜欢才转学，那是我爸妈的决定。不过，我很喜欢这里。"

健二听到阿敦这么说，开心地笑了起来。

"阿敦同学，你知道其他同学不跟转学生玩的原因吗？"

"我知道，因为我们住的地方是掩埋小龙虾居住的美里大沼盖成的，阿彻同学以前曾经跟我说过。"

“其实真相不是这样。”健二说。

“那真相是什么？”阿敦问。

“乡下人都很讨厌城里来的人。”

“是这样吗？”

“是啊。不只是阿彻，大人也一样。”

“健二同学也这么认为吗？”阿敦问。

“我……我不一样，我跟阿彻他们不同。”健二用罕见的强势口吻说。

阿敦沉默了一会儿，接着用衬衫袖口将水晶擦干，跟健二说：“我很高兴你这么说，不过，不用勉强自己。”

“什么意思？”健二问。

“你敢在学校这么说吗？你敢在阿彻他们面前这么说吗？”

“……”健二安静了下来。

“你要是在大家面前这么说，会被所有人排挤。”

“……”健二还是不说话。

阿敦说的没错，健二说的话也没有半点虚假，可是，若问他敢不敢在阿彻和圣阳面前说实话，他也不知道该如何回答。

“没关系啦，维持现状就好。”阿敦没有催促健二，继续说，“我们只要私底下在一起玩就好了，我今天很开心。”

健二沉默了好一阵子，就像阿敦说的，维持现状可能是最好的方法，没必要刻意违背阿彻他们，让事情一发不可收拾。可是，要像目前这么做，健二也无法说服自己。他不容许自己两面讨好。

“走吧，回家吧。”阿敦的声音将健二拉回现实，他将水晶放回塑料袋里，收进口袋，“咦，那位叔叔呢？”

两人这才发现在水池边抓龙虱的男子不见了，不只是他，就连装着龙虱的水桶也在他们不注意的时候消失了。

“不知道他什么时候回家的。”

“也不说一声就消失不见，感觉真不好。”

两人偏着头说。此时竹林里传来绿雉的叫声，尖锐却寂寥。飞过水面的白色蝴蝶随着风，在空中翩翩飞舞着。

“今天能来这里采水晶真开心。”阿敦说。

“我也是。”健二回答。

水面的涟漪像汗毛一样淡淡地往外扩散，闪耀着白色的波光。

第五章 日本绒螯蟹

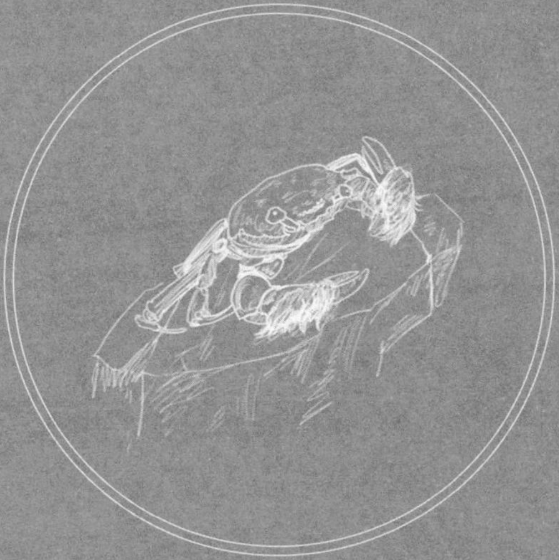

日本绒螯蟹

星期一早上。

“各位同学，听说转学生来了！”阿彻的话在教室里引起一阵骚动。

这几年由于美里住宅的范围越来越大，亩小学区的人口逐渐增加，因此也为学校带来越来越多的转学生。虽然大家早已习惯随时都有转学生转进来的情况，但转学生毕竟是转学生，大家还是很关心新来的同学究竟是个怎么样的人。

“是男的还是女的？”

“不知道。”

“不知道是个什么样的人。”

阿御双手抱胸，静静地看着同学们议论纷纷的模样，健二也盯着阿御的一举一动。

然后阿御开口说：“我想应该是从美里住宅来的吧……”他的语气中充满敌意，班里顿时安静了下来。这个班级包括阿敦在内，总共有六名来自美里住宅的学生，不过，阿御完全不将他们放在眼里，因此从他口中说出美里住宅，让其他人感到一丝紧张。

圣阳一边走近阿御，一边说：“我不知道是从哪里来的，不过应该是从美里住宅吧。”

阿御故意大声说：“美里，美里，美里。我看再过不久，这个学校就要被美里占领了。”

过去只要有转学生进来，阿御都会故意找碴儿，例如找一伙人围住新来的转学生，拿走转学生的铅笔盒，等等。平时阿御很讨厌做这些事情，但只要面对转学生，他就完全不在意。他每次都会欺负转学生直到把对方弄哭为止，这就是他的最终目的。大家不只关心新来的转学生，也很在意阿御会对新来的转学生做什么。

教室里弥漫着一股紧张的气氛，健二想起了去年阿敦转学过来时的情形。

（那时候一群同学将阿敦团团围住，一直嘲笑他是个“小少爷”……）

阿敦不过是穿了一双白色袜子，就被其他人取笑是“小少爷”，最后还被其他人弄哭了。

（那时候我也跟其他人一起取笑阿敦。）

健二觉得自己好羞耻。

（不过，要是他们这次还欺负转学生，我该怎么办？我现在已经不是阿彻的死党了，如果阿彻要我欺负转学生，我敢说不吗？）

健二不断在心中自问自答，不由得看向坐在后面的阿敦。

不看还好，一看让健二吓了一大跳！阿敦用健二从来没看过的严厉表情瞪着阿彻，平时的阿敦温和有礼，完全想不到他会有这样的表情。由此可见，他到现在仍无法忘怀去年那件令他备感屈辱的事情。健二看着阿敦脸上的表情，忍不住激动了起来。

不久开始举行班级晨会，老师宣布了转学生的名字。

“这是从名古屋转学过来的同学，名字叫世良美雪。”

教室里鸦雀无声，同学们的眼中充满好奇，像是在观察某个新奇、罕见的事物。

美雪穿着一件有大领子的衬衫和深蓝色裙子，姿态优雅地站在讲台上。全新的白色衬衫展现出十足的城市风格，让从小在乡下长大的孩子们感到新鲜。

就在此时，阿彻开始小声地嘲笑：“女生呀，还来自名古屋！”美雪同学抬头挺胸地站着，从外表看不出她是否听到了阿彻说的话。

“我是世良美雪，请大家多多指教。”美雪的声音清脆悦耳。

健二不禁猜想，在众人面前可以如此坦然自在地向大家打招呼，想必她的功课一定很好。不，不只是健二，讲台下的所有同学都闪过同样的想法。

就在此时，圣阳以老师听不见的声音说：“你看她……”与阿彻说起悄悄话。

健二知道他们正在计划如何欺负新同学。

果然不出所料，阿彻等人当天下午就展开整人计划。打扫完自然教室后，健二回到教室，发现教室后面形成一道人墙。

“她可以不用打扫吗？”

“转学生可以不用打扫吗？”

人墙中传来圣阳和阿修的声音，虽然没听到阿彻的声音，但他肯定参与其中。

副班长良子大声反击：“你们真讨厌，美雪同学刚来学校，我只是带她去熟悉图书馆和保健室在哪里。”

“你随时都能带她去看，打扫时间就是要打扫。”

“阿修，这是老师说的。老师叫我们不用打扫，要我带美雪同学了解学校状况。”

良子语气坚定，又抬出老师来压人，让阿修稍微退缩了一下。不过，阿彻在背后推了阿修一把，阿修接着又说：“动不动就把老师抬出来，你烦不烦啊！你不要故意偏袒转学生，在那边装什么好人！”

“你这句话是什么意思？”

看到良子被激怒了，美雪赶紧对她说：“良子同学，算了啦。”

良子对美雪说：“什么算了，我去请老师过来。”

良子说完立刻跑出教室。良子不在，美雪一个人被阿彻和几名喽啰围了起来。通常在这种状况下，被包围在里面的人会低着头，不发一语，但美雪环顾四周，盯着每个人的脸。

健二站在离人墙有段距离的地方目睹经过。

美雪以坚定的态度问："我是不是一定要打扫？"

圣阳与阿修被她的气势吓到，有点畏畏缩缩地回答："嗯，是啊。"

"既然如此，我道歉，对不起。"

两人没想到她会这么干脆地道歉，一时乱了手脚，赶紧又说："对我们道歉也没用！"

"是啊，对我们道歉干吗？"

"这样的话，要我向全班同学道歉吗？"美雪又问。

"问题不在这里。"

"那我要怎么做才行？"美雪的提问让圣阳与阿修不知所措，两人转头向阿彻求援。但阿彻什么也不说，直瞪着两人看，摆出一副"竟然输给转学生，你们真没用"的表情。

圣阳与阿修互看一眼，不得已只好继续欺负美雪。

"不要以为你从名古屋来就瞧不起我们。"

"就是说啊，摆出一副高傲的态度是什么意思？"

两人开始鸡蛋里挑骨头，美雪静静地盯着他们。

"不过是个转学生，神气什么！"

"你这个大胖子！"

事实上，美雪一点也不胖，但阿修这句话明显惹恼她了。两人看见原本态度坚毅的转学生开始出现情绪波动，不禁心喜，继续攻击。

“一张脸圆得跟什么一样。”

“肉包，就像肉包一样！”

“我看你长得就像脸圆、鼻子扁、额头又很高的丑女面具阿多福嘛！”

“哈哈哈，说得真好。阿多福，阿多福！”

在两人你一言我一语的激烈攻势下，美雪气得涨红了脸。

“阿多福，阿多福！”在阿彻的带领下，一群人围着美雪大声取笑她。

“阿多福，阿多福，阿多福，阿多福！”

美雪再也受不了，低下头去。

健二看见这个情形，心想这次又跟以往一样，有人围着势单力薄的转学生一起嘲笑，直到把对方弄哭为止。健二也曾经跟那些人一样嘲笑过转学生，他心里觉得很窝囊，但也无可奈何。

就在此时，一个意想不到的人挺身而出，对着众人大吼：“你们闹够了没有？一群人欺负一个人，真是卑鄙无耻！”

挺身而出的人是阿敦，健二没想到阿敦敢出面反抗阿彻。阿敦平时个性随和，很好相处，他的见义勇为在教室里掀起一阵骚动。阿敦双手叉腰挡在美雪前面，阿彻一句话也不说，只是瞪着阿敦，健二紧张得心扑通扑通地跳着。

“你干吗？”

“在女孩子面前抖什么威风？”圣阳与阿修出口反讥。

阿敦一动也不动地瞪着两人。

健二很佩服阿敦的行为，不只是健二，教室里的其他同学都很佩服阿敦。阿敦看起来气势十足，他的体格很好，但平时却很随和，如今强烈的反差也让阿彻和喽啰们不知该如何是好。

“你说话啊！”

“你们两个名古屋来的要联成一气吗？”

圣阳与阿修只敢在口头上逞强，但沉默不语的阿敦一看向他们，他们的眼神便开始游移。

阿敦坚定地开口：“……你有什么意见吗？”

“什么？”

“你有什么意见吗？当转学生有什么不好？名古屋来的又怎样？她哪里做错了，你倒是给我说说看！”阿敦说了一大串，教室里再次安静下来。

到了这个地步，圣阳与阿修已无力挽回颓势，节节败退的两人看向阿彻，将最后的希望寄托在同伴身上。阿彻的态度决定了一切，阿彻与阿敦彼此互瞪，双方僵持不下，仿佛只要谁一动，就会演变成一场大乱斗。

紧绷的情绪越来越高涨。

就在此时，刚刚跑到教职员室找老师的良子气喘吁吁地跑回来说："各位同学，老师来了！"

阿彻一听到良子这么说，立刻转身坐回自己的位置，仿佛刚才的事完全没发生过。

健二很清楚当阿彻假装什么事都没发生过时有多可怕，他知道这件事还没结束。

星期六一放学回家，健二就骑自行车前往美里住宅。今天上课时，阿敦递了一张字条给他，上面写着："今天下午到我家玩。阿敦。"这是健二第一次去阿敦家，前几天发生转学生被霸凌事件后，他们就没有说过一句话，所以健二今天很想去找他。健二骑着自行车，难以压抑兴奋的情绪。自从健二被阿彻他们排挤之后，他就没有在校外和同学玩耍，所以当阿敦第一次找他出去时，他真的很开心，而且他也想当面称赞阿敦敢跟阿彻互瞪的英勇行为。健二沿着蚬川的堤防往北骑了三百米，在帮浦小屋前停了下来，往回看。

“很好，没看到任何人。”健二喃喃自语着。

接着，健二继续骑在农业道路上，朝美里住宅前进。尽管已经被排挤，但健二还是没有勇气与阿彻他们撕破脸。眼前是一片绿油油的稻田，农田对面就是美里住宅。美里住宅总共约有五十间房子，健二每踩一次自行车踏板，就离美里住宅更近一步，住宅的红色、蓝色与绿色屋瓦营造出色彩缤纷的屋顶造型，与过去乡下清一色的黑瓦屋顶截然不同。健二一抵达美里住宅就拿出口袋里的小抄，上面画着阿敦家的地图。

“我看看，这条路走到底，左边第三间就是了。”美里住宅的道路经过缜密规划，与乡下聚落不同，而且阿敦画的地图浅显易懂，健二一看就知道在哪里。

健二慢慢骑进平整宽广的马路，放眼望去，每户人家都有气派的围篱和树木，还有石墙与大门。有些房子是用钢筋水泥兴建而成的，有些则是红砖房。

（感觉好像来到了大城市！）

这里与桑原的农村景致完全不一样，就连电线杆也是水泥做成的。健二觉得这一切十分新奇，兴致勃勃地一面欣赏，一面往前骑。骑到马路尽头后，左边第三间是一栋有着白色墙壁的房子，健二将自行车停在路边，凝视着眼前的建筑。

“好漂亮，是两层楼的房子！”健二忍不住赞赏。

健二家与阿彻家都是两层楼的房子，不过他们家的二楼都当作储藏室使用，布满灰尘，平常根本没人住。在健二认识的朋友里，没有人家里的二楼是拿来住人的。健二走上低矮的石阶朝玄关走去，庭院里铺着草皮，四周种满一圈树，整栋房子看起来就像西洋绘画里常见的洋房。

健二来到玄关前，那里有一扇很大的木门，不是拉门，是有门把手的门。在健二的死党里，圣阳家的房子最新，但他们家完全没办法跟阿敦家比，健二忍不住看呆了。健二将门打开一条缝，开口呼叫阿敦：“午安，请问阿敦同学在家吗？”

屋内立刻传来阿敦的回应：“来了。”

阿敦跑到玄关对健二说：“你来啦，进来吧！”

“嗯，好。”

阿敦家的玄关十分宽敞，一尘不染的木地板上整齐摆放着拖鞋，健二小心翼翼地换上拖鞋。从玄关往前走，有一段通往二楼的楼梯，旁边还有一个像书柜的玻璃柜，里面放着健二很少看到的奖状和奖杯。

健二好奇地问："这是什么？"

阿敦回答："这是我爸爸的。"

"这些是什么奖啊？"

阿敦笑笑说："我也不知道。"

健二看着上面的字说："上面写着好多好难写的字啊。"

"嗯，我爸爸在大学工作，这些奖状和奖杯是他工作时得到的。"

"你爸爸是大学老师吗？"

"这个……其实我也不太清楚，我爸爸说他在大学做自己喜欢的研究，我想这就是他的工作吧。"

"研究？"

"嗯，我曾经问过，但我也搞不清楚。"

姑且不论阿敦爸爸做什么研究，光是在大学工作和得到许多奖这两件事，就足以让健二觉得阿敦的爸爸很厉害。

接着，阿敦带健二到客厅坐下。

"今天没人在家。"阿敦对健二说。

"你妈妈也不在吗？"

"是啊，我爸妈的工作都很忙。"

“你妈妈也在工作吗？”

“啊啊，没人管我，我也乐得轻松啊。健二同学，你坐那边。”

健二在一张大沙发上坐下，阿敦从冰箱里拿出两瓶可乐，拿出开罐器打开瓶盖，放在健二面前，健二觉得放在玻璃桌上的可乐与平时喝的可乐口感很不一样。之后两人开始天南地北地聊天，从之前采水晶的趣事到鱼的知识，聊得不亦乐乎。健二在学校里要顾虑阿彻等人的眼光，不敢跟阿敦说话，这使得他现在比平时更爱说话。

“阿敦同学。”健二说。

“什么事？”

“我想问你跟阿彻他们后来怎么了，他们跟你说什么了吗？”

“没有。”

“我很惊讶，没想到你竟然敢反抗阿彻。”

“我并不是想要反抗阿彻才那么做的。”阿敦说。

“可是……”

“他们不能因为对方是转学生就欺负别人，我只是想要跟他们说清楚这一点。这个道理很简单，大家应该都知道，我相信健二同学也明白。”

“我当然知道。”健二特别强调自己的立场。

“阿彻同学一定也明白这一点，既然如此，他们为什么要欺负转学生呢？”阿敦继续说。

“我也不知道……”

“因为他们想弄清楚，转学生比自己强还是比自己弱，对方是什么样的人。大家都知道阿彻他们做的事情不对却不阻止，这就是最好的证明。我去年转学过来之后，就弄清楚大家的想法了，我知道大家都在观察我……”

健二完全无法反驳阿敦说的话，因为他自己也一直在观察阿敦。

“对不起……”健二为自己的行为道歉。

“哈哈哈，没什么好道歉的，我一点也不在意。”阿敦一笑置之。

“真的吗？”

“真的，而且我一点也不恨阿彻同学。”

“不会吧？”

“我真的不恨他，我反而很喜欢他。”

“为什么？”健二很好奇阿敦真正的想法。

“阿彻同学有他自己的独特魅力才能吸引那么多人跟在

他身边，我就做不到这一点。”

健二听了大吃一惊。阿彻一直将美里住宅的人当成眼中钉，阿敦竟然说自己喜欢阿彻。

健二一脸狐疑地说：“我真不敢相信。”

阿敦进一步解释：“喜欢或讨厌一个人，跟你能不能和他相处是两回事。有些人你真的很喜欢，但就是无法和他成为朋友，你说对不对？”

“嗯，确实是这样。”健二慢慢能理解阿敦的想法。

阿敦接着说：“这个世界上有各式各样的人，正因为如此，这个世界才有趣。一个国家奇怪的家伙越多，文化就会越丰富，这是我爸的口头禅。”

“奇怪的家伙……”

“我举个例子给你听，假设现在有两个国家，第一个国家所有国民只有一科是五分，例如所有学科中只有体育或音乐五分，或者工艺、理化、社会其中一科是五分，其他全部得一分；第二个国家的国民则是所有人每一科都得三分。你觉得这两个国家，哪个国家的平均分数较高？”

“当然是所有人每科都得三分的国家高。”

“不过，我爸这么跟我说，所有人每科都得三分的国家无法培养出奥运金牌选手，也无法创作出经典名曲或名画。换句话说，这样的国家很呆板、很无聊。”

“没错，我明白你的意思。”

“你懂，对吧！所以我并不讨厌很会打架的阿彻同学，有时候还很羡慕他每次打架都赢的能力，你会不会也这么想？”

“我也这么想过，为什么你竟然羡慕会打架的人？”健二说。

“为什么？我也是个男人啊！”阿敦不服气地反驳。

“哈哈哈。”

两人大声地笑了出来。健二觉得很开心，也发现自己越来越喜欢阿敦。

“话说回来，我觉得阿敦同学的想法好成熟，我没办法跟你一样，我每天都畏畏缩缩地走在阿彻后面。”

“这样也很好啊，这是健二同学的处世方法。我妈总说我满脑子歪理，一点都不像小孩，也不可爱。”

“是吗？”

“我遗传自我爸，没救了。”阿敦说完又大声地笑了起来。

接着阿敦带健二到他的房间玩。阿敦家的走廊又长又宽，走路时两手张开也不会碰到墙壁。阿敦的房间在走廊尽头，门上有个装着雾面玻璃的小窗。

阿敦打开门，对健二说："这里就是我的房间。"

健二探头看了看房间内部，忍不住惊呼："哇！"

"这个房间很怪吧？"

"……"健二没有回答，却在心里觉得这个房间超乎想象。房间的内部空间大概有五坪，地上铺着木地板，南边是一整面凸窗；玻璃窗前方有个架子，上面摆放着盆栽、水槽、试管与烧杯等物品；角落还有一个大型流理台，上面装了水龙头。

健二好奇地看着这些设备，接着又注意到北边的墙壁。这面墙做了一整排书柜，放着百科全书和各式各样的图鉴；除了书籍之外，还有昆虫标本、石头标本和放在玻璃瓶里的贝壳等各种稀奇古怪的玩意儿。最令健二感到惊奇的是，阿敦的房间有两张书桌，平常念书用的书桌放在房间角落，另一张像工作台一样的大书桌放在房间正中央。

健二忍不住心想："真是超乎想象的房间！"

"感觉好像自然教室啊。"健二讶异地说。

"会吗？我每天待在这里，所以没有这种感觉。之前还住在旧家的时候，我的房间就是这个样子。"

“你以前的房间也是这样？”

“嗯，这是我爸爸的兴趣。因为他老是在做实验，所以房间里一定要有流理台和工作台才会感到安心。不过，我自己也很喜欢就是了。”

“这样啊，我有点了解阿敦同学喜欢自然教室的原因了。”健二双手抱胸说。

健二忍不住心想：“阿敦的神奇魅力或许就是来自这样的生活形态。”不一会儿，健二发现了柜子里的标本箱。

“阿敦，这个是……”

“这个吗？这是我抓到的昆虫。对了，我以前告诉过你吧，这是我在露营时抓到的深山锹形虫。”

“我问的不是这个，我是问这些标本箱是你自己做的吗？”健二再问。

“是啊，是我自己做的。”阿敦得意地说。

“好酷！”

“这没什么啦！”

“可是我连标本都没做过。”

“真的很简单啦！做标本其实不难，只要确实做好干燥步骤，或注射一些标本液避免腐烂就好了。最重要的是，做的过程要很小心，要是不小心折断昆虫的前肢或触角，一切就白费了。”

“你会打针吗？”

“会啊！”

“那你家有针筒吗？”

“有啊，你要看吗？”阿敦一说完，立刻用双手拉开工作台的抽屉。

“哇！”健二忍不住大声惊呼。

抽屉里放满各式各样的工具，包括针筒、虫针、毒瓶，还有三角纸和各种制作昆虫标本的用品。不仅如此，抽屉里还整齐地排列着手术刀、剪刀、镊子、培养皿、滴管、显微镜等。

健二低头端详抽屉里的物品，惊叹地说：“好棒，简直跟自然教室没有两样！”

“我觉得……”

“怎么了？”

“你从刚刚就一直在说我的房间像自然教室。”

“抱歉，抱歉，我不是故意的，没有人的家里有这样的抽屉嘛！”健二赶紧说明自己的想法。

“是吗？”阿敦从健二手中接过标本箱，谨慎地放回柜子里。

就在此时，健二在柜子旁发现了另一个小型标本箱，忍不住问：“咦，这个是？”

那是一个可以放在手心里的小型标本箱，涂成红色的纸盒原本应该是装饼干的盒子，现在盒子里铺满脱脂棉，正中央放了一颗大水晶，旁边还有一个塑料盒，里面放着米粒般的水晶。

“这是之前采的水晶吧？”健二问。

“嗯。”

“你好认真啊！我的水晶还放在塑料袋里。”

“只是放在盒子里，感觉就很不同，对吧？”阿敦开心地说。

“我也做得到吗？”

“一定可以。”阿敦鼓励健二。

健二兴奋地看着标本箱，惊讶地发现盒子侧边贴着一张小纸条。仔细一看，上面写着细小的字，健二在心里默念着：水晶，采集日：六月二十四日，场所：村积山，与健二同学……

健二觉得很开心，他如果自己做标本箱，一定也会写“与阿敦同学”。

正当健二沉醉在开心的情绪里时，玄关的门铃响了。

"叮咚"！

"终于来了！"阿敦的表现像是早就知道会有人来。

"客人吗？"健二问。

"这个嘛……健二同学也一起去吧。"

"谁？是我认识的人吗？"

"嗯，你应该很熟。"

健二跟着阿敦走到走廊上，惊讶地发现美雪站在阿敦家的玄关里。三天前才转学过来的美雪，为什么会出现在阿敦的家里？健二不敢相信自己的眼睛。

阿敦说："欢迎你来。"

美雪点头回应。

阿敦接着说："进来吧。"

美雪有礼貌地说："打扰了。"

美雪将自己的鞋子摆好，跟着阿敦走进客厅，接着双膝并拢坐在沙发上。

阿敦问："喝可乐可以吗？"

美雪回答："我不能喝碳酸饮料。"

"那我倒柳橙汁给你喝。"像刚刚健二来的时候一样，阿敦从冰箱里拿出果汁，放在美雪面前。健二瞠目结舌地看着阿敦和美雪的互动。

“健二同学，你怎么了？”阿敦发现健二站着不动，关心地问道。

“什么？”

“坐啊。”

“好。”健二慌慌张张地在沙发上坐下，美雪低头笑了笑。

阿敦问：“美雪同学应该认识健二同学吧？”

美雪回答：“那当然，我们是同班同学啊。阿敦同学跟健二同学感情很好吗？”

“那当然，可以说是最好的朋友，对不对？”阿敦看向健二。

“嗯，对啊。”健二轻轻地点点头，不过心里五味杂陈。

（我跟阿敦确实是朋友，可是阿彻他们不知道我们是朋友，把这件事告诉刚转学过来的美雪……）

健二若有所思地伸手拿起可乐喝，顺着喉咙往下的甘甜滋味缓解了自己的紧张情绪。凝结在可乐瓶身上的水滴沾湿了右手，健二在膝盖的裤子上抹了抹。

可乐入口后，健二鼓起勇气开口问：“阿敦同学。”

“什么事？”

“你跟美雪同学很熟吗？”

“不熟，在学校遇到会打招呼而已。”阿敦很快地回答。

“这样啊……”健二低着头喃喃自语。

美雪见状接着说：“健二同学，你干吗一脸纠结的样子啊？我第一天转学过来时，阿敦同学挺身而出帮助了我，所以在学校遇到时打声招呼，也是很自然的事情啊。”

美雪说话还是一如往常地清楚犀利。仔细想想，美雪是那件事情的当事人，她对阿敦的感激之情一定比健二对阿敦的敬佩之心还强，健二恍然大悟地点点头。

阿敦打断两人的对话：“别再说那件事了。”

美雪回答：“为什么？我妈妈叫我一定要好好向你道谢，她还说你是个有勇气的小孩。”

阿敦不知该如何回应，只好不再说下去。

健二的心情相当复杂，对刚转学过来的美雪而言，阿敦的行为让她十分感动与感激，健二非常能理解美雪的心情。其实健二自己也被阿敦那充满勇气的行为所感动，可是他没有资格赞扬阿敦。

（我也跟阿敦同学一样，那时候待在教室里，但我什么也没做，只是呆呆地站在那里。）

健二越想越觉得自己可悲。

“对了，良子同学呢？”阿敦巧妙地转开话题。

“我差点忘了，良子同学因为家里有事不能来。其实我自己也不好意思一个人来，但因为我家离你家很近，加上听说健二同学会来，所以我才来的。”

（什么？阿敦不只约了美雪，还约了良子？而且还把我要来的事情告诉了她们两个？）

健二难以置信地看着阿敦，可是阿敦完全不觉得自己有错，爽快地回答：“这样啊，真可惜。”

美雪接着说：“良子同学也觉得好可惜。”

“对了，美雪同学，你以前住在名古屋的哪里？”

“我住在名东区的牧之里。”

“就在牧野之池附近？”

“你知道啊！”

“我以前住昭和区，经常去东山公园，也曾跑到牧野之池的绿地公园玩。”

“其实我们住得很近，说不定还曾经在路上擦身而过。”美雪一脸兴奋地说。美雪才刚转学到这里，阿敦知道自己以前住的地方，让她相当开心。

但健二却显得有些阴郁，他从来没去过名古屋，也没听过名东区和昭和区，更别说是东山公园与牧野之池。看阿敦和美雪聊得那么起劲，健二的内心越来越失落。

“唉，我好想回名古屋！”美雪忍不住哀叫。

“哈哈哈，你才刚来，这样想很正常，其实这里是很好的地方。”阿敦以过来人的身份分享自己的经验。

两人在健二面前聊得相当开心，健二觉得自己好像是多余的，两人的说笑声感觉很不真实。阿敦刚刚说健二是他最好的朋友，现在健二却觉得阿敦离自己很远。健二一口气喝完剩下的可乐，默默地站起来。

阿敦见状便问：“健二同学，你怎么了？”

“我要回家了。”

“什么，这么快？”

“嗯，我忘了我还有事要办。”

“有什么事？”

“有事就是有事。不早点回家，我会被妈妈骂，先走了。”健二话刚说完就急着往外跑。

阿敦赶紧追到玄关问：“健二同学，你在生气吗？”

健二一边穿运动鞋，一边说：“我有什么好气的？”

“就是……你不高兴我请美雪同学来家里玩。”

被阿敦一眼看穿自己心里的感觉，健二感到不知所措。

“我为什么要为这种小事生气？我都说了我有事了！”

（糟了……）

健二觉得自己搞砸了，不仅被阿敦看穿自己真实的想法，而且自己语气也很不客气。

阿敦一脸惊讶地看着健二。

健二打开门狂奔出去，头也不回地跳上自行车拼命往前骑。健二以飞快的速度穿越美里住宅，直到骑回农业道路速度才放慢下来。由于刚刚骑得太快，健二的整个背部都被汗水浸湿了，脸上满是悲伤的情绪，仿佛下一秒就会掉下眼泪。

（我竟然对自己最处得来的阿敦那么凶……）

健二对于自己刚才的表现感到后悔。

（我为什么要冲出来呢……）

阿敦并没有错，美雪也没有错，健二很明白这一点，但他就是无法接受，觉得十分反感。

（到底为什么？我怎么了？怎么会这样？）

无论健二怎么思来想去，就是无法看清自己的内心。

（我到底是怎么了？）

健二举起右手用力拨了一下被汗水浸湿的头发，左手紧握着自行车把手。自行车颠簸地走在碎石子路上，手臂、肩膀到全身都能感受到振动，令健二焦躁不已。

过了一会儿，健二发现了一件事。

（今天跟那个时候一样……）

他想起疏浚时逃跑的自己。

（可恶！！）

健二胡乱地骑着自行车，像是要摆脱自己糟糕的情绪一般，拼命踩着自行车踏板。

夏天的阳光格外刺眼，清新的风吹过农田旁的道路，健二骑着自行车一路呼啸而过。他心里高涨的情绪在经过泵小屋，沿着蚬川走在回家的路上后逐渐平息下来。就在快进入桑原村时，健二发现蚬川里有人。

“啊，是阿彻……”

阿彻一个人站在村外的木桥下方，膝盖以下泡在水里，不断探头看向石堆缝隙。

“那里可能有鱼可以抓。”健二第一个联想到的就是这件事，如果是平时的健二，他一定会立刻叫阿彻。他不会放过河里的鱼。

可是，他今天没做任何反应。

健二已经不再跟阿彻说话，要是现在喊阿彻，阿彻一定会装作没听见，于是他决定默默地骑过去。就在他决定这么做的时候，在河里的阿彻发现了他，挥动双手大喊：“喂，健二！”

“……”健二没有回应。

“快过来，我需要你帮我！”

“……”健二简直不敢相信自己的耳朵，阿彻竟然想也不想地就要自己过去。健二呆站在原地，不知道该怎么办。

阿彻再次大喊：“健二，你在干吗？这里有日本绒螯蟹，快来帮我。”

日本绒螯蟹是一种栖息在河里的大螃蟹，健二一听到是日本绒螯蟹，立刻将自行车倒放在堤防上，直接冲了下去。

（过去一段时间，阿彻都很讨厌我，把我当空气，现在竟然主动要我帮忙！）

虽然健二的内心十分纠结，但现在最重要的是日本绒螯蟹。这次是阿彻主动求援，健二没办法视而不见。不一会儿，健二便脱掉鞋子，露出赤裸的双脚，走进河里。健二立刻感受到带有黏稠触感的岸边泥土、冰冷的河水与河底的沙子，他已经好久没到蚬川玩了。自从疏浚事件之后，健二就再也没下河玩耍。

“在这里，这个石头的缝隙。”阿彻拿着竹棒指向缝隙，健二悄悄地探头查看。

阿彻问：“看到了吗？”

“……看不到。”健二将双手抵在石堆上，脸部靠近水面，想要看得清楚一点。

“怎么样？”

“有，我看到了。”

日本绒螯蟹一动也不动地蜷缩在两块石头间，狭窄的缝隙大约只有五厘米，手伸进去应该可以勉强碰到。日本绒螯蟹总是将八只脚平稳地站立着，摆出八风吹不动的姿势。健二恐惧地将手伸进缝隙，日本绒螯蟹没任何反应。

（奇怪？正常来说它应该会用钳子威吓我啊！）

日本绒螯蟹将长着绒毛的蟹钳往上举，口中不断吐着泡泡。

“我一开始是从桥上看到它在石堆上，等我跑下来，它已经钻进缝隙里了。不管我怎么弄，它就是不出来。”阿彻用手中的竹棒敲打石堆，跟健二说明刚刚的状况。

（原来阿彻已经吓过日本绒螯蟹了，难怪它一动也不动。）

“我真的好想抓到日本绒螯蟹！”阿彻有些遗憾地说。

阿彻说的话充分表现出真实的情绪，健二觉得很开心。

自从那件事之后，阿彻一直不理健二，也不跟他说话，健二已经很久没听到阿彻的真心话了。

健二鼓起勇气对阿彻说："阿彻。"

"什么事？"阿彻的回答很平常。

"你在这里很久了吗？"

"嗯，应该有三十分钟了吧！因为它一直不出来，我就在这里用竹棒戳它，嘿嘿。"健二看到阿彻笑得很开心，原本坚定的心开始动摇。

"你一直在这里戳它吗？"健二继续问。

"嗯，是啊。"

"我想它可能再也不会出来了。"

"为什么？"阿彻问。

"因为你刚刚一直戳它。"

"对。"

"这就对啦……"

"为什么？"

"……"阿彻的反应让健二不知道该说什么，看来阿彻无法理解被人家戳是什么感觉。

（任何人被戳三十分钟都不会想出来吧？）

健二不禁这么想着，接着又问阿彻："你现在打算怎么办？"

"怎么办？当然是要抓到它啊。"

"说什么都要抓到吗？"

"没错，说什么都要抓到。就算要用这根竹棒打爆它，我也要抓到。"这个回答充满阿彻的风格。

健二环顾四周，发现堤防上有一把坏掉的黑色洋伞。

"就用那个吧！"健二迅速从河里走向堤防，激起哗啦啦的水花，将洋伞拿了过来。接着他用嘴将黑色伞面咬出一个缺角，将伞面撕下来。阿彻看到那块跟朴树叶片差不多大的黑布问健二说："你拿那块布要做什么？"

"拿来遮眼睛。"健二一边说，一边将黑布轻轻盖在日本绒螯蟹身上。如此一来可以松懈日本绒螯蟹的警戒心，避免被它的蟹钳攻击。健二从黑布上方抓住日本绒螯蟹，用力往外拉。

日本绒螯蟹的脚紧抓住石堆，发出咔咔声。

"不行，它不出来。"健二决定放弃。

"换我试试。"阿彻将自己的右手伸进去。

阿彻用力抓住日本绒螯蟹往外拉，嘴角紧抿，发出奇怪的声音。

健二提醒阿彻:“拉得太用力的话,会把它的脚拉断噢。”

“我才不管。”

日本绒螯蟹抵不住阿彻的蛮力,最后被拖了出来。

过了一会儿,阿彻与健二在石堆上坐了下来。虽然石头表面很硬,坐起来很不舒服,但双腿放在冰凉的河水里,缓解了炎热的感觉。健二与阿彻好久没有坐在一起,一动也不动的日本绒螯蟹躺在两人之间。

“日本绒螯蟹支离破碎了……”

“没办法啊。”阿彻刚刚拉得太用力,日本绒螯蟹的蟹脚被拉成两截。

说什么都要抓到日本绒螯蟹的阿彻,与想尽办法不想被抓到的日本绒螯蟹经过激烈斗争,造成这样的结果。

(我不是不能了解阿彻的心情,但我也很能体会日本绒螯蟹想要活下来的本能。)

看着肢节分离无法动弹、口中吐着泡泡的日本绒螯蟹,健二忍不住这么想。

“健二。”阿彻率先开口。

“什么事?”

“暑假快到了。”

“是啊。”

“一到暑假就要开始喽。”

“开始什么？”

“笨蛋，你忘啦！我们说好暑假要在芒草平原兴建秘密据点啊。”

“可是……”

“可是什么？”

“我也能做吗？”

“当然啊！芒草平原的秘密据点本来就只有桑原村的小孩才能建，你来建绝对不会有人说话的。”阿彻坚定地说。

健二听到阿彻这么说心里非常高兴，即使如此，他心中仍然有些芥蒂。

（直到今天早上，我还被阿彻他们排挤在外，现在阿彻这么说，可能只是一时兴起吧！就算阿彻同意，圣阳会接受吗？）

健二的心情相当复杂。

“在芒草平原搭建秘密据点需要人手，再说，这也是健二最擅长的事情啊。尤其是去年，你想出许多六年级学生没想到的点子。”

“我才没那么厉害。”

“你真的很厉害，我很佩服你，你的手艺让我印象深刻。所以，今年你一定要来。”

“嗯，好……”

“对了，是从下个星期天开始，不要忘记了。真希望暑假赶快来！”阿御说完便站了起来，独自往堤防的方向走去。“先走喽。”

“再见。”健二目送阿御离去后，看向日本绒螯蟹。日本绒螯蟹依旧一动也不动，口中不断冒着泡泡。

（阿御这家伙根本不是想要日本绒螯蟹，他只是想抓而已……）

健二将被阿御遗忘在石堆上的日本绒螯蟹拿在手上，轻轻地放回水里。日本绒螯蟹左摇右晃地沉入河底，缓缓地掀起一阵泥沙。接着，日本绒螯蟹稍稍举起大大的蟹钳，摆出威吓的姿势。

“以后不要再逞强了。”健二对日本绒螯蟹说完便转身向自行车走去。

第六章 秘密据点

秘密据点

星期一放学后。

打扫完自然教室后，阿敦叫住健二：“健二同学。”

“呃……”

“上次真是抱歉。”

“没事啦。”

“我那天晚上想了一下，我想我知道健二同学为什么会生气了。”

“是吗？”健二吓了一大跳。

（那天明明是我不对，是我自己随便生气跑回家。老实说，我真的很嫉妒阿敦和美雪，他们两个都住过我从未去过的名古屋，而且聊得那么开心，莫非阿敦察觉了这一点……）

只见阿敦看着地上，诚挚地说：“对不起，这件事是我的错。我们两个私底下一起玩的事情，应该是属于我们之间的秘密。”

“我们并没有这么约定……”

“我知道我们并没有这么约定，但一开始是我说，我们要偷偷地去村积山玩，不能告诉任何人。所以，我真的很抱歉。”阿敦很诚恳地向健二道歉。

这就是阿敦惹人喜欢的地方，健二认识的朋友中，没有人能像阿敦一样可以坦然承认自己的错误，就连健二自己也做不到。

“不要这么说，你对我道歉，我反而很愧疚，应该是我向你道歉才对。”健二也坦然说出自己的真心话。

“那……你不生气了吧？”

“嗯，我不生气了。”

“太好了。”阿敦一边说着，一边动作夸张地用右手摸了摸胸口。

接着两人一起走进准备室，环顾放在架上的材料，虽然上面有许多令人感到恶心的材料，例如人体骨骸、内脏模型、浸泡在福尔马林里的鱼等，但是这些物品依旧深深地引起了孩子们的兴趣。

“感觉好恶心。”

“真的，我不想把它们放在自己的房间里。”阿敦说。

“我想不通。”健二歪着头说。

“什么事情想不通？”

“鱼的标本是尸体，对吧？”

“是啊。”

“昆虫的标本也是尸体。”

“没错。”

“昆虫的尸体怎么看都很漂亮，但鱼的尸体却软软的，感觉很恶心。为什么会这样？吉丁虫的标本可以当成装饰品，几百年后看起来还是亮亮的。”

“真的！”阿敦也觉得很神奇。

“……人类的尸体是不是也软软的？”

“是啊，软软的。”

“真讨厌，我想要像昆虫一样亮亮的。”健二说。

“哈哈哈，健二同学真的很有趣。”阿敦笑着说。

“我说的话很奇怪吗？”健二问。

“不奇怪，不过昆虫标本会变色。虽然像吉丁虫这类甲虫的变化比较不明显，但只要做过蜻蜓标本就会看出明显的差异。”

“蜻蜓标本？”

“你知道做蜻蜓标本最关键的是什么吗？”

“我不知道。”

“那你知道蜻蜓的身体特征是什么吗？”阿敦再问。

“透明的翅膀以及大大的眼睛……”

“没错，就是眼睛。蜻蜓的眼睛比宝石还要美，但它死后不可能保有原本美丽的模样。”

“哇，原来是这样。”健二恍然大悟道，眼光忍不住瞟向泡在福尔马林里的鱼。

“这是什么鱼？”阿敦问。

“这个吗？这是平颌鱲，我们都叫它溪哥仔。尾鳍较大的是公的，又叫作青猫（也有叫红猫的）。”

“健二不愧是鱼博士，什么都懂。”

“不过，青猫不是这个颜色。”

“是红色的吗？”

“不是。眼睛与尾鳍附近略带红色，其他部位是蓝色直条纹，就像彩虹一样。嗯，很难用言语来形容。”

“是吗？听起来很可疑。”

“青猫真的不是长这样啦！它真的很漂亮。”

“看来你真的很喜欢鱼。对了，我们之前说好了你要教我钓鱼。我看，你就教我钓青猫好了。”

“你想钓青猫啊？”

“怎么了？”阿敦不明白健二为什么会有这样的反应。

“因为青猫是公的，公鱼的数量很少，所以如果要钓到青猫，必须靠点运气。”健二仔细说明。

“不用担心，我本来就没有什么钓鱼技术，只能靠运气钓鱼。这么说的话，我钓到青猫的可能性很高啊。”

“说的也是，我会想办法让你钓到青猫。什么时候去？”

“越早去越好，就这个星期天吧？”

“哎呀……”健二想起了他与阿彻的约定。这个星期天要去芒草平原兴建秘密据点。

“怎么了？星期天不方便吗？暑假以后也可以。”

健二想了一会儿。他可以不跟阿敦说自己与阿彻之间的约定，但他没办法瞒着阿敦。

（我绝对不能背叛阿敦同学。）

“我要告诉你一件事……我昨天遇到了阿彻。”健二将遇到阿彻后发生的所有事情一五一十地告诉了阿敦，包括要一起搭建秘密据点，以及今天早上阿彻为了跟健二商量星期天的事情，而将他叫到队伍前面一起走。

不过，健二感到极度不安。

（不晓得阿敦同学会不会因为我跟阿彻和好而生气。）

阿敦坐在老师的桌子上对健二说：“健二同学，太好了。”

“你真的……真的这么想吗？”健二问。

阿敦默默地点头。阿敦的反应让健二放下了心中的大石头。

“健二跟谁来往都跟我没关系，我没资格对你说三道四的。我们只要像以前一样在一起玩就好。”阿敦笑着说。

（阿敦的表现好成熟，跟前天的我完全不一样……）

健二一脸纠结地对着阿敦笑，既开心又难为情。

“话说回来，应该很好玩吧？”阿敦问。

“什么东西很好玩？”健二不解地问。

“秘密据点啊。”

“每年桑原村的孩子都会在芒草平原的栗子树下建秘密

据点，那里长了一整片芒草，没有人会来，隐秘性很高。阿敦同学以前在名古屋也会这么玩吗？”

“会啊，我们建的是秘密基地。”

“秘密基地？”

“建秘密据点的目的是建一个藏身处，而秘密基地是真正的基地，是为了指挥打仗而建的司令塔。”阿敦解释。

“听起来好酷！”健二羡慕地说。

“这也没什么，搭建过程都是一样的。对了，我们会做弓箭或泥土炸弹，展开一场大战。”

“跟谁打？”

“跟看不见的敌人打。”

“看不见的敌人？”

“是啊，虽然秘密基地是我们想象出来的，但我认为这个世界上一定存在着看不见的敌人。”

正当两人聊得尽兴的时候，打扫时间结束的钟声响起。

“上课了，走吧！”

“好。”

两人走出自然教室，往教室的方向走去。健二看着阿敦的背影，心想阿敦真是个有趣的人，并在心中反复咀嚼阿敦说过的话。

（这个世界上一定存在着看不见的敌人……这个世界上一定存在着看不见的敌人……）

星期天，健二和阿彻、圣阳、拓也一起前往芒草平原。

芒草平原位于葫芦池前方，面积相当于小学运动场的一半。这里原本是一片荒地，包含一块连接蚬川的沼泽地，后来公所出于某些原因将其填平后就一直闲置在那里。芒草平原前面有蚬川流过，后面有一座小山丘，长满了竹林与杂树林，是最适合建秘密据点的地方。

四人抵达芒草平原后，站在蚬川的堤防上眺望整个景色。

阿彻伸手拿起挂在腰间的柴刀说：“草都还没长高呢。”

圣阳回应：“只要长到胸部的高度就够了。”

健二与拓也盯着芒草平原中间的栗子树，栗子树四周的草一片鲜绿，被风吹往同一个方向。如同芒草平原的名字代表的意义，这里长满了芒草。

拓也说：“阿健。”

健二回应：“什么事？”

“这里感觉跟去年不一样。”

“是吗？”

“我觉得去年比较漂亮。”

“心理作用吧？”

“不是心理作用，去年这里只有芒草，没有那种草。”

健二仔细一瞧，在原有的绿色芒草中到处长着深绿色杂草，草的颜色让芒草平原看起来十分斑驳。

“不用担心，一到秋天这里就会全部变成芒草的颜色。”健二说完便跟着阿彻与圣阳往前走。

四人走过横跨在蚬川上的木桥，抵达芒草平原的边缘，接着再从竹林横穿过去，进入芒草平原。他们之所以如此大费周章，是因为若直接走进芒草平原，从河川堤防上会看到一条芒草倾倒的痕迹。

阿彻走在最前面，后面依次是圣阳、健二与拓也。芒草大约长到他们的胸口与肩膀之间的位置，从堤防上看，只能看到一颗颗脑袋在等距离往前移动。

此时阿彻开口说：“大家听好，排成直线往前走，移动范围越窄越好。”

健二回头对五年级的拓也说：“拓也，你听到了吗？踩着我的脚印往前走，慢慢走在被踩踏的芒草上。”

拓也开心地回答：“好，我知道了。”

阿彻率领大家走到芒草平原中央，忽然停下脚步。初夏的阳光以及晒过阳光的草丛所散发的热气让所有人汗流浃背。

阿彻回头问：“圣阳，你觉得接下来要怎么做？”

圣阳说：“你问我的意见，我也不知道。”

阿彻接着问健二：“健二觉得呢？”

健二认真地回答：“我想想，如果直接走到栗子树那里很容易被发现，我建议先走到竹林，接着再像走迷宫一样蜿蜒地走到栗子树那里。”

“好，就照你的建议。”阿彻决定采用健二的意见。

四人继续往前走，走了一会儿后拓也说：“阿健、阿健！”

健二问：“什么事？”

拓也急着说：“你看，真的很奇怪。这里也已经不是只有芒草而已，还有一堆奇怪的草。”

健二仔细一看，果然如拓也所说，这里也不是只有芒草，还有一大片随意生长的陌生杂草，面积甚至超过平原的一半。不过，那也是草，而且它的高度跟芒草的一样，也能用来遮掩秘密据点。健二对这幅景象不以为意，轻轻地点头后继续往前走。

最后，阿彻一行人进入芒草平原，花了大约三十分钟才走到栗子树下。抵达目的地后，四人深呼了一口气。

阿彻说：“没想到比想象中还累。”

健二回答：“就是说啊，累死了。”

圣阳忍不住说：“唉，我已经想放弃了，天气这么热，又会被草割到，还会被蚊虫咬……”他天生就不喜欢这种麻烦的休闲娱乐。

听到圣阳这么说，阿彻问：“怎么了，圣阳？你不想建秘密据点了吗？”

“才……才没这回事。”

“大家要多忍耐一点，不要只会唠唠叨叨。”

健二与拓也互看了一眼，觉得气氛很尴尬。

于是健二赶紧出来打圆场：“那个……现在草长这么高，连坐下来休息的地方都没有，不如我们先将树下这块草地清空了吧！”

“……也好。”

接着四人开始割草，阿彻用柴刀、健二用锯子、圣阳和拓也用镰刀，每个人都用自己的方法割草。

呼哧，呼哧，呼哧。

呼哧，呼哧，呼哧。

与其说是割草，不如说他们的做法更像砍草。

“完成了！”所有人将割下来的草铺在地上，当成坐垫。

“好舒服！”

“好痛！芒草刺到我的屁股了！”

“哈哈哈。”

他们坐在地上，只能看到彼此的脸、围绕在大家身边的绿色芒草，以及延伸到头上的栗子树枝叶和蔚蓝的天空，从这里完全看不见蚬川的堤防和堤防对面的农舍。只是这样就足以让他们开心地相视而笑，只是蹲低身体就觉得有趣，真是不可思议。

阿彻告诉他们，事先了解秘密据点四周有什么，对接下来要做的事绝对有帮助。于是休息了一会儿之后，所有人各自外出探险。健二先到杂树林查看，他认为那里一定能找到可以盖秘密据点的材料。他踩着地上的枯叶往前走，忽然听到有人在叫他。

“阿健！”

“什么事？”健二转头一看，原来是拓也。

“我一个人好无聊，所以跟着你。”

“这样啊！”

“刚刚阿彻学长说话的样子好恐怖，我还以为他会跟圣阳学长打架呢！”

“因为阿彻很喜欢搭建秘密据点，只要是他喜欢的事情，他就会变得很认真。”健二解释。

就在此时，背后又传来另一个人的声音，“喂！”

两人回头一看，原来是圣阳。

圣阳朝健二与拓也的方向跑来，对他们说：“我也加入你们吧！”

“好啊，阿彻学长呢？”拓也问。

“不知道。”

三人慢慢走到杂树林里。

拓也说：“这里什么也没有。”

圣阳一如往常地抱怨：“这种鸟不生蛋的地方怎么可能会有好东西？这里只有蚊子。啊，好痒啊！”

拓也问：“阿健，你找到什么了吗？”

健二说：“嗯，那棵树上的藤蔓应该会有用，那个木箱和旧轮胎也能派上用场。”

“是吗？那些东西都能拿来盖秘密据点吗？”拓也惊讶地问。

“可以当椅子，或是当桌子。”

“这样啊，你说得对。”

“别说这个了，我发现那棵树上有锹形虫，要抓吗？”健二不愧是昆虫迷，观察入微。

“哇，真的！”拓也像是发现新大陆般地大叫。

最后三人在杂树林散完步后，带着两只锹形虫回到栗子树下。他们一回去，就看到阿彻一个人站在树下，抬头看着栗子树，像是在思考什么。

“阿彻，怎么了？”健二问。

“哦，是健二啊，找到什么好玩的东西了吗？”

“只有旧轮胎，没什么特别的，你刚刚在想什么？”

“嗯，我想在这里盖一个屋顶。”

“屋顶？”

“有了屋顶之后，下雨天我们也能来，更重要的是，可以抵挡栗子的多刺果壳。每年秋天开始掉栗子时，那可不是开玩笑的，不小心踩到会跌倒，我们也不可能戴安全帽来这里。”

“你的想法太妙了，我们一定要做。”健二兴奋地说。

“重点是，我们要怎么做？”

健二与阿彻就这样坐下来，开始讨论屋顶的制作方法。

圣阳和拓也虽然也跟着坐下来，但他们只关心放在胸前的锹形虫。

“可以锯竹子来当柱子，一定有办法撑住的。”

两人讨论好制作方法后，阿彻满意地点了点头。

“对了，圣阳、拓也。”

“什么？”两人突然被阿彻点名，神色慌张。

“这个秘密据点是属于我们大家的，要是大大小小的事情都由我一个人决定，似乎也不太对。你们有没有什么好点子？”

“这个嘛……”圣阳支支吾吾的。

“你呢，拓也？”阿彻问。

“我不知道。”

“怎么做都可以，全交给你决定吧！”圣阳说。

阿彻脸上露出些微失望的表情，轻轻地摇头，接着问健二：“你有什么想法？”

健二思考了一会儿后说：“我……对了，我想做武器。”

“武器？”

“像是弓箭、用橡胶管做的弹弓，等等。就是这样，我刚刚想到，可以用栗子的多刺果壳做子弹，用弹弓发射。”

“听起来很有趣。”阿彻的眼睛露出光芒。

圣阳听到健二的想法，忍不住问："健二，做武器要用来攻击谁？"

"攻击谁？当然是敌人啊！"健二回答。

"笨蛋，哪里有敌人啊？"

"当然有，看不见的敌人会从芒草平原对面攻过来，所以我们才要在这里设立据点，准备好武器抵御。"健二大声解释说。

健二一开始是借用阿敦的点子，现学现卖，但现在他是真心想要这么做。

圣阳泼冷水说："健二，你好幼稚。你以为会有怪兽从对面跑过来吗？"

"可是……"就在健二不知该如何回应之际，阿彻说话了，"看不见的敌人哪……"

"你觉得怎么样？"健二问。

"这点子很有趣，与其什么都不做地躲在这里，不如好好抵抗看不见的敌人，这样才酷！"

"就是说啊！我想名字就不要用秘密据点，改叫秘密基地好了。"

"好啊。看不见的敌人与秘密基地，我喜欢！"阿彻打从心底喜欢健二的提议。他甚至兴奋地说：“健二提出这么好的点子，真是个天才。我决定了，就由你来做这个秘密基地的指挥队队长，怎么样？”

健二虽然觉得阿彻将圣阳晾在一边的做法有点不妥，但阿彻看起来并没有改变心意的意思，再说，指挥队队长的头衔听起来好酷。

“健二，下次集合之前，先想好我们要做什么。”阿彻说。

“嗯，没问题。”健二开心地回答。

不过，这个点子毕竟是从阿敦那里听来的，健二的内心有点忐忑。他觉得自己盗取了别人的创意，感觉有点卑鄙，但他也没办法说出阿敦的名字。

健二在内心发誓，一定要将这件事告诉阿敦。

不久之后，暑假终于到来，属于孩子们的季节正式展开。

阿彻每天都约健二到秘密基地去；圣阳除非不得已，否则不会出现；拓也则是只要有空，一定会跟着阿彻和健二一起去。盛夏的芒草平原真的很热，幸好眼前有水流充沛的蚬川，只要一觉得热就能跳进河中游泳、捕鱼，清凉一下。

秘密基地的结构随着时间不断变化，首先做好的是阿彻提议设置在栗子树下的指挥本部。将锯下的长竹子立在地面上，用藤蔓束紧，再利用杉叶和芒草叶遮阳，变成一个适合午睡的场所，遇到下雨天也能避免淋到雨。接着完成的是厕所，这是拓也的主意。在芒草平原的边缘砍掉一坪左右的草，将那处空地当成厕所，再用铲子挖出一个深洞，用捡来的门板巧妙隐藏。

健二与阿彻开辟出一条宛如迷宫的通道，还架设了一座瞭望台，最后完成武器库。武器库是用铁桶做成的，里面放着弓箭、弹弓、玩具枪等武器，另外还设置了几处陷阱。虽然看不见的敌人现在还没出现，但未来很可能来袭，为了迎接这一天，他们一定要做好万全准备。

第七章 泵小屋

泵小屋

时间一进入八月，健二就约了阿敦见面。今天健二要履行自己的承诺，教阿敦钓鱼。平时如果健二在家待太久，阿彻就会跑到家里来找健二玩，所以健二一大早就出门，将水桶绑在自行车篮子上，去约定好的神社。虽然离约定见面的时间还早，但阿敦已经在等健二了。

“你好早呀。”健二开口打招呼。

“嗯，因为我很期待，等不及想快点去钓鱼了。”阿敦笑着说。

接着，两人便前往附近的豆腐店。那家豆腐店很小，兼卖一些杂货，是孩子们最喜欢去的商店。

两人并肩往前走，阿敦问：“你要去豆腐店买糖果吗？”

健二推着自行车说：“不是，我要买钓鱼工具。”

“豆腐店卖钓鱼工具吗？”

“有二十元一套的钓鱼工具套装，钓线、浮标与钓钩都有，才二十元而已，很便宜吧？”

“真的很便宜，不过，健二同学应该早就有这些钓鱼工具了吧？”

健二仔细解释：“我之前的钓钩用完了，平常我都钓暗色沙塘鳢，用的是铁丝做成的鱼钩，这种鱼钩不适合我们今天要钓的鱼。”

到了豆腐店之后，两人穿过深蓝色暖帘，大声呼叫老板：“有人在吗？”

店里安静无声，老板似乎刚做完早上的工作不在店里，里面放着五个大水桶，后头还有一个炸油豆腐皮的大油锅。

“请问有人在吗？”

“……来了。”过了几秒钟，屋里传出一个老奶奶的声音。

老奶奶走出来之后，健二指着挂在柱子上的钓鱼工具套装说："婆婆，我要买这个。"

"好，一套吗？"

"我也要。"阿敦立刻插话。

"那就是两组！"

老奶奶将钓鱼工具套装放进塑料袋里交给两人，两人买完钓鱼工具套装和口香糖后便往蚬川走去。健二推着自行车，阿敦开口问："我们要去哪里钓鱼？"

"去蚬川。"

"可是，你不怕被阿彻他们看到吗？"阿敦提醒健二。

"我无所谓。"健二回答。

"你不要逞强。"

"老实说，之前跟你约好之后，我一直在想要带你去哪里钓青猫。"

"哪条河不都一样吗？"

"才没这么简单呢！决定钓鱼地点是钓鱼中最重要的。"

"原来如此！"阿敦这才明白健二的用心。

"我找到一个很棒的地方。"

"很棒的地方？"

"是啊，我找到一处有很多鱼的地方。白天鱼都会躲在阴暗处，如果水比较深，附近还有隐秘处可以躲藏的话，那里一定有鱼。”健二仔细解释。

“有这么好的地方吗？”阿敦问。

“嘿嘿，其实就在这附近。”

“不要再卖关子了，赶快告诉我。”

“就是泵小屋啊！”

“你是说那个有铁栅栏的泵小屋？”阿敦惊讶地问。

“没错。那个小屋只在插秧时使用，现在根本不用，所以铁栅栏里藏着一大堆鱼。”

“真的吗？”

“我没在那里钓过鱼，但那里一定有鱼，我亲眼看见过。此外，那里有栅栏，所以不能使用钓竿，但我想我们可以在小屋里用钓线钓鱼。”健二说。

“好奇特的钓鱼方法。”

“嗯，而且我们在小屋里钓鱼，就算阿彻他们经过，也不会发现我们。”

“真是一举两得的好计谋啊！”阿敦佩服地说。

两人在农业道路旁的肥堆处停下来挖蚯蚓，接着朝泵小屋走去。两人今天的目的地泵小屋就盖在蚬川的堤防上，从道路往旁边走五六步的地方。就像健二说的一样，泵小屋现在不用，直通门口的那条道路长满了差不多一人高的杂草。健二将自行车放倒在草丛中，拿起水桶走向泵小屋，阿敦跟在健二后面。泵小屋的门只插了一根五寸钉当门锁，健二轻松地将钉子取了下来。

阿敦谨慎地问："我们这样随便进去会不会被骂？"

健二回答："为了钓鱼，被骂也是没办法的事情。"

"呵呵呵。"

"有什么好笑的？"

"为了钓鱼，被骂也是没办法的事情，这的确是健二同学会说的话。"

"阿敦同学好坏，不要笑我啦！"

"抱歉抱歉，我真的这么觉得！"

打开门一看，泵小屋里的空间大约一坪半，中间立着一根很粗的铁柱，上面有一个用来开启闸门的圆形把手，木地板上到处都是缝隙或坑洞。

"进去吧！"健二踏进小屋里，一尺宽的木地板立刻发出嘎吱声。

"地板会不会断掉？"

“不会啦，不用担心。”健二将双手放在圆形把手上，故意晃动脚下的木地板。阿敦看到结构还算稳固，也跟着走了进去。

木地板发出嗒喀嗒，嘎吱嘎吱的声音。

阿敦将手伸到背后关门，泵小屋里显得有些暗。正常来说，把门关上后屋内应该漆黑一片，但因为屋顶和墙壁之间有一处很大的缝隙，所以有阳光透进来。再加上木地板也到处都是缝隙，这令人感觉不那么害怕，反而有些舒适。

两人立刻跪在地上观察河川的模样。由于地板上有好几条十厘米左右的平行缝隙，这个大小已足够两人看清楚河里的状况。泵小屋的下方，河水几乎没有流动，感觉不像河川，反而比较接近池塘，再加上四周围着生锈的铁栅栏，气氛有些诡异。矗立在泵小屋中间的柱子直直插入水中，前方连接着一个跟火盆一样大的铁制泵。

“有鱼，有鱼！”健二在栅栏旁发现鱼的踪迹，兴奋地大叫。

“那是什么鱼？好大一条。”阿敦也兴奋地附和。

“那是鲫鱼，二十厘米长的鲫鱼。”

鲫鱼原本在水面下缓慢地游动，不晓得是否是听见了两人的声音，默默地立起尾鳍，潜入水底。

“这里的水好像很深呢。”

“是啊，这里是泵的汲水口，一定很深，不过这种地方往往会成为鱼群栖息的秘密据点。”

“好，健二同学，我决定了，我要钓刚刚看到的那条鲫鱼。”

健二听到阿敦的宣言，忍不住笑着说：“不可能啦，阿敦同学，哪能钓到指定的鱼？”

“为什么不行？”阿敦问。

“你确实有可能钓到鲫鱼，但你钓到的是水底下几十条鲫鱼中的一条，不一定是你刚刚看到的那条。”

“是这样吗？”

“当然是这样，一般钓客都是这么想的。对了，你本来不是想要钓青猫吗？”

“我原本是这么打算，不过我现在改变主意了，我决定能钓什么就钓什么。”

接着两人便坐在地板上着手准备钓鱼。说是准备，其实也只是打开钓鱼工具套装的袋子，取出各式工具，在钓钩上装上浮标、钩上蚯蚓，并在钓线前方绑上凉鞋，避免找不到线头。

“为什么要将钓线前端绑在凉鞋上？”阿敦问。

“这是用来代替卷线器的，把多出来的线缠在凉鞋上，就不怕线缠在一起了。”健二回答。

完成准备工作的两人分开坐在地板上，将钓线从地板缝隙中往下垂放。蚯蚓摇摇晃晃地碰触水面，随着线沉入水中，不久后塑料浮标受到线锤拉扯，“咻”地立了起来。

“不晓得能不能钓到鱼？”阿敦期待地说。

“一定没问题。”健二说完，两人相视而笑。

接着健二开始确认鱼饵等，想办法钓到第一条鱼。阿敦观察健二的举动，询问钓鱼知识，耐心地等待。两人使用的圆形浮标浮在水面上，偶尔剧烈地上下浮沉，可惜迟迟没钓到鱼。

“健二同学，浮标在水面上掀起涟漪，那就表示鱼上钩了，对吧？”阿敦问。

“是啊。”

“那为什么我们都钓不到鱼？”

“那可能是小鱼在拉蚯蚓的尾巴。”

“把鱼饵弄小一点就能钓到吗？”阿敦问。

“这也是一个好方法，不过耐心等待也能钓到鱼，像这样尝试各种方法就是钓鱼最有趣的地方。”健二说。

“哈哈哈，健二同学，你干吗装成熟啊！”

“哼，你才没资格说我。”

健二的浮标原本一直掀起小涟漪，此时开始剧烈地往旁边滑动。

健二慌张地收回钓线大喊：“啊，上钩了，鱼儿上钩了！”

“你钓到什么鱼？”阿敦兴奋地问。

“鲫鱼，我钓到鲫鱼了！”

“好，我也要钓到才行！”

两人继续专注地钓鱼。从东方天空照射下来的阳光逐渐移动位置，照耀着泵小屋，专心钓鱼的两人完全忘记了时间。

一个小时、两个小时过去了，待在泵小屋的两人仍然在钓鱼。装了水的水桶里现在有好几条鱼，总计有三条鲫鱼、两条纵纹鱲，还有一条长颌须鮈。不过，这些全都是健二钓到的鱼。

阿敦不解地问：“为什么会这样？为什么我都钓不到鱼？”

阿敦也很清楚自己是第一次钓鱼，但他跟健二使用同样的钓具，同样的鱼饵，就连钓场都一样，为什么只有自己钓不到鱼，他真的无法接受这个结果。

“好奇怪，照理说你也应该钓得到才对啊！”健二顾及阿敦的心情，说得相当委婉。

健二热爱钓鱼，他很清楚只有自己钓不到鱼时心情会有多焦急。

“要不要休息一下，可以换换心情！”健二建议。

“嗯，我要休息。”

两人稍微打开泵小屋的门，确定附近没有人才走出来。

“哇，阳光好刺眼。”

“眼睛都睁不开了！”

两人刚刚一直透过小屋地板的缝隙低头盯着水面看，一出来遇到刺眼的阳光不禁大声叫出来。接着两人走到桥边的洗涤场，那是两个像坐垫一样大小的平坦石板形成的区域。两人坐在石板上，露出双脚泡在水里。

阿敦惊呼：“哇，水好凉啊！”

健二见状笑了出来：“阿敦同学。”

“什么事？”

“开心吗？”

“你是说钓鱼吗？”

“是啊。”

“比我想象的还开心。”

“没钓到鱼也开心？”

“嗯，要是随便都能钓到鱼就太无聊了。你可以钓到鱼，我却钓不到，所以我刚刚一直在想，怎么样才能钓到鱼，至少要钓上一条才行。”

“你真是不服输。”

“或许吧！话说回来，钓鱼真的很好玩。”

“你觉得你会爱上钓鱼吗？”

“我一定会爱上钓鱼，每天都要来钓。”

“什么时候开始？”

“明天开始。”

健二开心得不得了，他很高兴阿敦了解自己最喜欢的休闲活动，这样就够了。

“还有一件事。”阿敦接着说。

“什么事？”健二问。

“我原本以为钓鱼就是在河边发呆，虚度时间。现在我发现根本不是这样，钓鱼会让人专注在钓鱼这件事情上，到最后完全忘记了时间。”阿敦说完便往后躺，双脚浸泡在水里，肩膀和头部躺在柔软的草地上。健二看到阿敦的模样，对他说的话感到欣慰。阿敦第一次接触钓鱼，却很了解钓鱼的本质。

“唉，我真的好想钓到鱼，难道我没有钓鱼的天分吗？”阿敦叹气道。

“才没这回事,你只是刚好没钓到鱼而已。”健二安慰说。

“噢，健二同学，所以你今天只是刚好钓到而已吗？”阿敦开玩笑地说。

“才不是呢……我是靠实力钓到的，我有技术、技术！”健二急着解释。

“哈哈哈。”阿敦笑着翻过身去，健二也跟着在草地上滚来滚去。

“好痛！”健二一个翻身，头部撞到某个坚硬物体。“这是什么啊！”健二定睛一看，草丛里有一个老旧的捕鼠器。

“为什么这里会有捕鼠器？”阿敦问。

“一定是有人将抓到的老鼠水葬。”健二回答。

“水葬？”

“就是让老鼠沉入水里，将它活活淹死。”

“噢，我看到过。”

接着两人拿起捕鼠器，开始聊起它的构造与威力。他们打开开口，重新设定好机关，用木棍碰触它。

结果机关咔一声合上，看来这个捕鼠器还能用。

健二想到了一个点子："不晓得可不可以用捕鼠器抓鱼？"

"我也不知道，先把它带走再说吧。"阿敦拿着捕鼠器跳起来，两人一起走回泵小屋。

走进小屋后，阿敦暂时将捕鼠器挂在柱子的钉子上，转身走向装着蚯蚓的罐子，拿起里面的蚯蚓，盯着它说："喂，蚯蚓，拜托你，被鱼吃掉吧！"

阿敦将蚯蚓挂在钓钩上，取下圆形浮标放进口袋，接着对健二说："健二同学，接下来我决定不用浮标了。"

"好啊，尝试各种方法是对的。不用浮标的钓鱼方式我们称为扑通钓鱼法，因为线锤会扑通一声掉进水里。"

"是啊，真有趣。"阿敦说完便将钓线放进脚边的缝隙，鱼饵与线锤垂直掉落水面，发出轻轻的砰声。

阿敦笑着说："哈哈哈，这叫作砰砰钓鱼法。"

过了一会儿，两人一起盯着阿敦的钓线。阿敦忍不住开口问道："健二同学，你不钓鱼吗？"

"我想看你钓鱼，见识一下。"

"不要啦，压力好大！"

不久之后，原本垂直往下的钓线开始传来微微的震动。

"鱼在吃饵。"

“嗯，在吃饵。”

“刚刚也是这样，可是鱼就是不上钩。”

“阿敦同学，试着将钓线放松一点。”

“像这样吗？”阿敦按照健二的说法将线放长一些，就在下一秒，放松的线再度被拉紧，钓线用力地拉扯阿敦的指尖。

阿敦无法掩饰兴奋的心情，大叫着：“有了，有了，鱼上钩了！”

健二也兴奋地大喊：“稳住，稳住！”

阿敦钓到一条鲫鱼，一条金色鲫鱼从泵旁跃出水面。

“我要收线喽。”

“慢慢来，动作慢一点，等鱼浮上水面后，一口气拉上来。”

阿敦站起来拉线，健二则从地板缝隙中低头看着水面。鲫鱼被阿敦拉至木地板上，一个不小心又“咚”地往下掉。

健二迅速伸出手，将快要掉进缝隙里的鲫鱼按压在地板上。

“抓到了！”

“哇，太棒了！”

虽然这条鱼不是阿敦原本想钓的青猫，体形也没有特别肥硕，但却是阿敦钩的最值得纪念的第一条鱼。

“阿敦同学，恭喜你。”健二开心地说。

“我钓到了，我钓到了！”阿敦看起来也很高兴。

两人将钓上来的鲫鱼放进水桶里，频频抚摸那条鱼。

“阿敦同学，这是我们今天钓到的最大的鱼啊。”

阿敦满足地回答：“健二同学，钓鱼真的好好玩，我明天还要来。”

阿敦说到做到，第二天也来到泵小屋，第三天、第四天也是一样。只要有空，阿敦就会来泵小屋钓鱼，其热衷程度就连健二也甘拜下风。

今年暑假健二比往年忙碌，因为他不只跟阿彻他们一起搭建秘密基地，还跟阿敦一起钓鱼。一开始健二对自己左右逢源的行为感到内疚，但日子一久，愧疚感也越来越淡。暑假过了一半之后，他不再躲躲藏藏，早上跟阿敦在泵小屋钓鱼，下午到傍晚则跟阿彻他们一起搭建秘密基地。

这一天，健二从早上到中午都在芒草平原，与阿彻、拓也一起开心地制作陷阱。中午健二回家吃饭，刚吃完午饭，家里的电话响起。

“喂……”健二接起电话说。

“健二同学，是我啦。”

“噢，是阿敦同学啊！”

“这阵子都没见到你，你最近过得怎么样啊？”

“抱歉，最近忙着搭建秘密基地，阿彻那家伙好认真啊！”

“认真的不只是阿彻同学而已吧？”

“嘿嘿，不要这样挖苦我嘛。你钓鱼钓得还开心吗？”

“超开心的，我几乎每天都钓。”

“每天？”

“是啊，我还研究了各种钓具组合。”

仔细想想，健二这才发现自己已经一个星期没到泵小屋了。由于健二的父母要求他中元节不可杀生，因此这段时间他一直专心制造秘密基地。

“我好久没去了，好想去。”健二感叹地说。

“我今天会去，你要一起来吗？”

“嗯，其实我下午也跟阿彻他们约好了。”

“这样啊，那就没办法了。”

健二想了一下说：“我要去，我还是想去，我会想办法跟阿彻说不去了。”

“嗯，这样的话，我在泵小屋等你。我有好玩的事要跟你说。”

阿敦说完便挂了电话。

健二没有把话筒挂回去，而是直接拨电话给拓也。

“喂，拓也吗？我是健二。”

“阿健，什么事？”

“我下午不能去了。”

“为什么？”

“我突然有事，帮我跟阿彻说一声。”

“好，我知道了。可是，阿彻学长会不会生气啊？”

“不会啦，不用担心。拜托你啦！”健二胡乱敷衍了一下便挂断电话。

若是以前的健二，一定不敢这么说话，但现在不一样了，自从开始搭建秘密基地后，健二的地位越来越高，每天都是由阿彻主动来约他，所以他认为偶尔放阿彻一次鸽子也无所谓。接着健二便飞奔出庭院，跳上自行车出门了。

（不知道阿敦同学要跟我说什么好玩的事情，他研究出的钓具又是什么，真想知道！）

健二满脑子都是待会儿要跟阿敦一起钓鱼的事情，当他抵达泵小屋时，阿敦早就在那里等他了。

阿敦看到健二马上打招呼：“哇！这么快就来了。”

“我是急急忙忙跑出来的，要是在家里待太久，阿彻就会到家里来找我了。”

两人一如往常地走进泵小屋，健二按照惯例拿水桶，阿敦手中却拿着一个塑料铅笔盒。健二看到阿敦手上的东西，好奇地问：“这是什么？”

“这是我新发明的钓具。”阿敦一说完便坐在木地板上，将铅笔盒放在膝盖上打开。

铅笔盒里放着还没拆开的免洗筷和细长形塑料板，塑料板与筷子一样长。阿敦将塑料板插入免洗筷的缝隙中，再用橡皮筋绑紧，交给健二。

健二问：“这是什么做的？”

阿敦回答：“这是我用刀子切割垫板做成的。”

“这我知道，可是这是做什么用的？”

“你看不出来吗？这是钓竿！钓竿啊！”

“哦！”喜欢钓鱼的健二一下子就明白了这个钓竿的使用方法。

“用这根钓竿，你会发现鱼的上钩率高十倍呢。”阿敦得意扬扬地说。

“真的吗？”

“你试试看就知道了，我还有另一根钓竿。”

健二立刻拿出自己的钓具套装，挂在钓竿前面，他装好后问阿敦："这样可以吗？"

"不要装浮标比较好。"阿敦建议。

"好。"

接着健二将蚯蚓钩在钓钩上，跟以前一样从木地板的缝隙中垂入水里，蚯蚓摇摇晃晃地下沉，钓线拉直后，钓竿前方竟稍微往下垂。

（应该是线锤和鱼饵的重量将竿头往下拉了吧……）

正当健二这么想的时候，竿头出现了变化，开始小幅度地振动，健二见状立刻握紧免洗筷。

不一会儿，竿头便大幅度往下垂。

"趁现在！"健二说完高举右手，他从钓竿的细微变化感觉到鱼上钩了。

健二把鱼拉上来，鱼在木地板上啪嗒啪嗒地跳动着。

阿敦大声拍手叫好："哇！你的扬竿技巧真熟练。"

健二看着阿敦笑着说："阿敦同学，你做的钓竿真的很好用。"

"对吧！我每次用这根钓竿就会钓到很多鱼，轻轻松松就能钓到十条左右。"

“嗯，我真喜欢这根钓竿，感觉很灵敏，真的很棒。”健二从心底里佩服阿敦的创意。虽然一开始是健二想到在这里钓鱼，但他从没想过要在这个狭小空间里使用钓竿，用垫板做成的钓竿灵敏度比市售钓竿还要好。接下来两人像是在比赛一样陆陆续续钓到鱼，总共钓到二十几条鱼，是他们有史以来钓到鱼最多的一次。

渐渐地，鱼儿上钩的次数慢慢减少，此时健二放下钓竿对阿敦说：“阿敦同学，你不是在电话里说有好玩的事要跟我说吗？”

“是这样，我抓到好玩的东西了！”

“好玩的东西？”健二不解地问。

“你觉得会是什么？”阿敦故意卖关子。

“鱼吗？”

“答错。”

“昆虫吗？”

“又猜错。”

“哎哟，我猜不出来啦！”健二歪着头抱怨。

阿敦见他困窘的样子，开心地将上半身往前倾，凑近健二的身边说：“给你一个提示，我是用我们刚来这里时捡到的某个物品抓到的。”

“刚来这里的时候……难道是捕鼠器？”

“答对了！”阿敦开心地说。

“你用捕鼠器抓的，该不会是老鼠吧？哈哈哈。”健二开玩笑地说。

没想到阿敦一脸认真地回答：“你说对了！我就是用那个捕鼠器抓到一只老鼠。之前我带了一根香肠当点心吃，来到这里后想试试看能不能抓到什么，就将香肠挂在机关里，并将捕鼠器放在小屋里面，没想到真的抓到了。那只老鼠大概有十厘米长，尾巴如果伸直的话，长度可达二十厘米呢！老鼠的眼睛又大又圆，越看越可爱。”

“原来你抓到了老鼠。那后来怎样了？放生了吗？”健二问。

“没有，老鼠在家里。我把它养在饲养箱里，每天都把它喂得饱饱的，真的很好玩！”阿敦开心地说。

“养老鼠真的是阿敦同学家才会允许做的事，要是换作我家，我妈一定会被吓死。”

“哈哈哈，你说得太夸张了。”健二的话把阿敦逗乐了。

“一点都不夸张，我是说真的。一般家庭就是这样啊！

对了，你抓到的是哪一种老鼠？沟鼠吗？”

“我也不知道，市面上虽然有卖鱼类图鉴和昆虫图鉴的，但没有人卖老鼠图鉴，所以我不知道它叫什么名字。”

“没错……你说得也对。”

“下次要不要去我家看老鼠？”

“要，我要去。”健二想也不想便一口答应。

不晓得那只老鼠是恰巧来到泵小屋才不小心闯入阿敦设好的陷阱里，还是它原本就住在这里。无论如何，健二说什么都想亲眼看看阿敦在两人专属的秘密钓场抓到的老鼠。

“怎么样，要不要现在就去？”阿敦提议。

“方便吗？”

“当然没问题。”

两人赶紧收拾钓具，卷好钓线，收起钓竿，将水桶里的鱼放回河里。当他们对准木地板的缝隙，将水桶里的水与鱼统统倒进河里时，水面上激起无数的水花。等水面恢复原本平静的模样，泵小屋里也充满了静谧的气氛。

“走吧！”

“好。”

阿敦使劲打开泵小屋的门，沐浴在阳光下，健二也跟着阿敦跑出来。

“咦？钉子呢……噢，找到了。”健二关好小屋的门之后拿起掉在脚边的五寸钉将门锁好，接着他用手拨开堤防上的草，追上走在前面的阿敦。

就在此时……

阿敦在堤防中间停了下来，健二望着阿敦的背影，不晓得发生了什么事。他又继续往前走了两三步，正要开口叫阿敦时，突然惊呼了出来：“啊……”

下一秒，健二脸色发青，站在原地一动也不动。

他们看到了阿彻。在桥的对面，也就是河的对岸，阿彻跨坐在自行车上瞪着阿敦与健二两人。

这一刻没有人做出任何举动，不，应该说没有人动得了。阿敦与健二望着阿彻，阿彻则瞪着阿敦。阿彻瞪的人不是健二，而是阿敦。

（怎么办……怎么办……）

健二的心脏跳得越来越厉害。

（怎么办……怎么办……）

健二完全无能为力，脑中一片空白。

（怎么办……）

下一秒，自行车原本放松的链条瞬间拉紧，开始往前转动。阿彻瞪着阿敦，率先打破僵局，慢慢踩动自行车的踏板，接着全速往前飞奔。

（阿彻……）

健二看着阿彻远去的背影，在心中默默喊着他的名字。阿彻一路上都没有回头，直到消失在健二的视线之外。

过了一会儿，阿敦开口说："我要回去了，你呢？"

健二背对着阿敦，头也没回地说："……我也要回家了。"

"那就再见了……"阿敦向健二道别。

"……"健二没有回答。

两人默默地往前走，健二往南，阿敦往北，离开了泵小屋。

（不晓得这件事会变成什么样……）

健二一边推着自行车，一边心里这么想着。

（不晓得这件事会变成什么样……）

健二一路上完全不想骑自行车。

（不晓得这件事会变成什么样……）

健二的脚步就像绑上铅块般沉重，嘴里不断念着同一句话。

沿着蚬川建造的堤防上，恣意生长的夏季杂草随风摇曳，不时遮住澄澈的水面，让人平添各种想象。

第八章

毒花

毒 花

“阿健。”

第二天，拓也到健二家找他，墙上的时钟指针指着下午一点。由于昨天被阿御撞见自己与阿敦在一起玩，健二无精打采地到玄关开门。

“阿健，我们去基地吧。”拓也说。

“今天……我不太想去……”健二吞吞吐吐地回答。

“不行啦，今天阿御学长命令所有人都要到场。”

“所有人？”

“是啊，暑假快结束了，阿彻学长要所有人出席，他要开重要会议。”

健二一听就知道这个会议的目的是什么。

（一定是要处罚我。我跟美里住宅的阿敦一起玩，阿彻一定是想要处罚我。）

健二越想越害怕，跟拓也说：“我还是不去了。”

“不行，你这样会害了我，阿彻学长特地跑到我家，要我一定要叫你去。他还说，如果你不去，要自己跟他说明理由。”

听完拓也的话，健二心里明白自己这次是逃不掉了。

（就算这次逃得了，一个星期后就要开学，到时候我还是得跟阿彻见面。要是今天不去，阿彻一定会暴怒，对我的惩罚肯定会更严厉。到了那时候，就更不会像之前那样轻松了事。）

“阿健，你怎么了？”拓也看着健二一脸铁青，担心地问。

（这一天迟早会来，我很清楚这一点，而且早就有心理准备。一味地逃避反而突显出我的狡猾，我不只对不起阿敦，也没脸见阿彻。）

“……我没事，我们走吧。”健二做好接受一切的心理准备，跟着拓也一起出了门。

两人离开健二家，往蚬川走去，头顶上夏末的太阳直接照在他们的肩膀与手臂上，在脚踝四周洒下小小的、清晰的影子。健二与拓也脚上穿着凉鞋，踩着自己的影子并肩往前走。

走过石墙路来到蚬川，健二开口说：“拓也。”

“什么事？”

“要不要去看看我们的鱼钩？”

“好啊。”

两人在洗涤场上方的堤防停下来，从桥下取出牛奶瓶。

“不会吧！都生锈了。”健二惋惜地说。

健二从瓶中取出的鱼钩已锈到棕黑，无法再使用。现在回想起来，他已经一个多月没有使用这个鱼钩了。

“因为你这阵子都没来啊，你不钓鱼了吗？”拓也说。

“也不是这样……”

健二一直都在钓鱼，只不过他都是在泵小屋跟阿敦一起钓。

“我一直都来，可是因为你没来，我觉得好无聊。”拓也说着将自己的鱼钩拿给健二。

健二收下鱼钩小声说：“哇，好亮！”

拓也的鱼钩完全没生锈，而且还闪闪发亮，看起来十分新。

“拓也，你的鱼钩好尖啊。虽然我的鱼钩也很尖，但还是你的鱼钩保持得更棒。”

“因为我每天都有用磨刀石磨。”拓也开心地回答。健一将尖锐的鱼钩还给拓也，再次看向自己已经生锈的鱼钩。

（好可惜，这是我很爱惜的鱼钩，现在却锈得这么厉害，即使用磨刀石也无法恢复原状了吧。）

健二觉得很感慨，他将生锈的鱼钩放进牛奶瓶，然后像是对自己喊话般说：“走吧，去找阿彻吧！”

拓也用力地点头。

健二与拓也沿着蚬川的堤防来到秘密基地前面，发现其他人已经到了。两人穿过夏草隧道，往栗子树方向走。拓也看着生长在隧道两边差不多一人高的草，对健二说：“阿健，这些草……”

“你是说这些吗？”

“是啊，我们刚来这里的时候，我曾跟你说过，去年这里没有这些草。”

“嗯，好像有这么一回事。”

“我听说这里以前只有芒草，所以才叫芒草平原。”

拓也说得对，健二也是这么认为的，每年一到秋天，这里就会看见一整片芒草穗。银色的芒草穗布满整个平原，因此才叫作芒草平原。不知道今年会如何，过去从未见过差不多一个人高的草四处丛生，开出黄色的花朵。

“不知道这种草叫什么名字？”

“我们以前没见过。”

两人一边闲聊，一边往基地走去。不一会儿，栗子树已近在眼前。健二的心扑通扑通跳着，拓也仍在谈论着草的话题，但他早已无心聆听。两人穿过夏草隧道后，发现其他人早已等在栗子树下，不只是阿彻与圣阳，低年级的学生也到齐了。

拓也大喊：“我们迟到了，真抱歉。”其他人转身看向健二与拓也两人，这个举动让健二更加紧张。

（阿彻一定跟所有人说我和阿敦同学一起玩，而且跟大家讨论如何惩罚我。）

一想到这里，健二就感到焦虑，想要立刻转身逃走。健二低着头，站在众人面前。

此时，阿彻大声喊道：“健二，过来，到我这里来。”

健二不发一语，慢慢地往前走。

（绝对不能逃避，绝对不能逃避！阿敦同学是个好人，只因他住在美里住宅就认为他是坏人，这种想法太奇怪了。

我一定要坚定地跟阿彻这么说。）

健二站在阿彻面前，准备迎接即将面对的批判，他抬起头来。

阿彻说："大家听好了，就像我刚刚说的，健二是指挥队队长，秘密基地的指挥队队长就是他。健二，知道了吗？"

"呃……"健二不知道该说什么。

（难道阿彻忘记昨天发生的事情了吗？我跟阿敦同学一起玩的事情，他决定当作没发生过吗？）

健二不敢置信。

拓也率先鼓掌，接着低年级学生也跟着鼓掌祝贺。

"我……我……"健二以求救的眼神看着阿彻，阿彻什么话也没说。

圣阳接着说："健二，请你教一下低年级学生如何使用武器。"

健二轻轻地点点头。

接下来，健二花了一些时间简单说明武器的使用方法与躲藏场所，帮助低年级学生进入状态。与看起来严肃强势的阿彻相比，健二说起话来轻声细语，其他人都听得很专注。完成口头解说之后，健二还带着低年级学生查看陷阱的位置，进行自制弹弓的实弹演习。

“听好了，闭上左眼，将弹弓放在右眼前，不要用右手拉弓，而是以左手将子弹拉近眼前，再将子弹射出去。对了，这样很好，接着停止呼吸，放手。”

只见子弹嗖的一声往前弹出。

“很好，就是这样。”健二说。

健二训练所有低年级学生使用弹弓，依次或同时射击奶粉罐，每个人都训练得很开心。阿彻一直坐在栗子树下观察训练情形，拓也走到阿彻身边搭话。

“阿彻学长，你不教他们吗？”

“我不喜欢小孩子，交给健二去教就行了。”阿彻坚定地说，仍然维持双手抱胸、盘腿而坐的姿势。

阿彻什么事都不用做，什么话都不用说，只要待在那里就很有威严，这就是阿彻的独特之处。低年级学生的射击训练结束后，阿彻再次将所有人集合起来。

“大家听好，这个秘密基地是属于桑原村的财产，不只是五年级、六年级学生，一年级、二年级学生都欢迎来这里玩。”

“哇！”低年级学生大声欢呼。

“不过，我有一个条件，绝对不许让转学生来这里玩。

除了桑原村的人，谁都不准到这里玩，这是使用秘密基地的条件。明年由拓也来建，后年由下一届的学生建，知道了吗？”低年级学生无不瞪大双眼，用力点头。

阿彻接着说：“很好，圣阳，把那个拿出来。”

“知道了。”圣阳从栗子树后方拿出一个大包裹，外面用报纸仔细包着。

“那是什么啊？”

拆掉报纸后，原来那是一个写着“秘密基地”的立牌。阿彻将立牌立在栗子树前，拿起石头往下打，想将牌子敲进土里。

“圣阳、健二、拓也……”阿彻叫着所有人的名字，大家依次拿起石头将立牌往下打。固定好立牌后，阿彻站在前面，双手抱胸，欣赏自己的杰作，健二、拓也与圣阳也站在他身边。

“嗯，感觉很好，看起来很棒。”

站在后面的低年级学生也摆出相同的姿势，点头赞赏。

就在此时，排在后面的某个低年级学生，说了一句令人匪夷所思的话：“可是，这里不久后就会被烧掉呀。”

“什么！”

秘密

“喂，这是怎么一回事？”

阿彻的气势让低年级学生感到害怕，但他很快就冷静下来，接着说：“我也不是很清楚，这是我妈妈说的。她说芒草平原有毒草，要把毒草烧掉。”

“毒草……你知道这件事吗，健二？”

“我不知道。”

“圣阳呢？”

“我连听都没听过。”

大家都不相信这件事。

“我不知道什么毒草，只知道绝对不能让这里被烧掉。”

“我们好不容易才把秘密基地盖好。”

“一定是听错了。”

大家都在内心里期待着这里能保留下来，希望这件事只是一场误会。

“阿彻学长……”拓也说。

“什么事？”

“他说的是不是那种开黄色花的草？”

“不会吧！”在场的所有人都一脸铁青。

开黄色花的草已蔓延了超过芒草平原一半的面积，莫非这开个黄色花的草就是毒草？

“去年这里完全没有这种开黄花的草，芒草平原只有芒草，连一株开黄花的草都没有。”拓也继续说。

圣阳立刻用双手捂住口鼻，低年级学生看到他这么做，也跟着用手捂住口鼻。

“不要自己吓自己，现在还没确定这就是毒草。”可惜其他人听不进去阿彻的话。

“现在怎么办？今天就先解散吗？”健二说。

阿彻同意健二的提议，向大家说：“好，今天就到这里，大家解散！”

低年级学生听到阿彻的指令，全部跑向隧道，圣阳也跟着跑了出去。

“圣阳这家伙在干吗啊？”阿彻忍不住嘀咕。

阿彻与健二等其他人跑光后才慢慢走出去。拓也忍住往前跑的冲动，走在两人身边。他们仔细观察后发现，夏草隧道的两旁几乎都是刚刚说的开着黄花的草。

阿彻折断了一棵草说：“这么小的草，怎么可能会有毒？”

阿彻将草放在肩膀上，哼着歌往前走。

健二与拓也惊讶地互看一眼，心想果然是阿彻的作风，小声地笑了起来。

走出芒草平原后，桑原村的孩子们成群结队地走在一起。由于蚬川旁的堤防上也长着毒草，低年级学生很害怕，决定走农业道路。

“你们这些胆小鬼，要是这些草有毒，我早就死了。”阿彻一边说着，一边挥动开黄花的草，他打心底不想承认这是毒草。虽然健二与拓也不想碰那些草，但他们很能体会阿彻不希望秘密基地被烧掉的心情。因此，他们默默地走在阿彻身边，表达自己支持的态度。三人走过西瓜田时，看到原本因为害怕毒草而逃之夭夭的圣阳大惊失色地向他们这边跑来。

“不得了了，不得了了！”圣阳说。

“发生了什么事？”阿彻问。

“阿敦来了，美雪也来了！”

“什么？”阿彻突然停下脚步，看了健二一眼。健二察觉到阿彻的目光，故意撇开视线。

“阿彻，现在要怎么办？”

“……先去再说！”阿彻一说完便冲出去，圣阳跟在后面。健二与拓也呆立在原处，往前跑的圣阳发现他们没有跟上来，于是大叫：“健二、拓也，快点来。”

可是两人仍然没有要往前跑的意思。

拓也说："圣阳学长好亢奋啊！"

"……"健二沉默不语。低年级学生站在前方等阿彻与圣阳，阿敦和美雪在更遥远的前方朝他们走来。

由于农业道路只有一条路，没有地方可以避开。

"阿彻学长为什么要把美里住宅的同学当成敌人看待？"拓也问。

"……"健二没有回答。

"转学生又没有错。"

"……"健二还是不说话。

"阿健？"拓也看健二没有回应，出声喊叫。健二依旧没有反应，拓也再次呼唤："阿健……"

"……"健二觉得眼前一片漆黑。

阿彻与圣阳就站在路上，低年级学生围着他们站立。

阳光猛烈地照着大地，今天一点风也没有。阿彻与圣阳的前面是阿敦和美雪。阿彻与圣阳的后面是健二和拓也。两边像是说好的一样，一起走到阿彻身边。四周一片静默。

阿彻的脸上都是汗水，从太阳穴一直流下来。阿彻问阿敦和美雪："你们要去哪里？"

“我们去哪里不关你们的事。”美雪立刻回答。

圣阳一团火冒了上来：“你闭嘴！”

“你这个小喽啰有什么好神气的！”美雪也不甘示弱地说。

“你说什么？”

阿彻与阿敦彼此瞪着对方。

现场气氛一触即发，一不小心就会擦枪走火。

阿敦淡淡地说：“我们现在要去葫芦池，请让开。”

圣阳大喊：“不行！”

气氛再次紧张起来。

健二站在阿彻身后，一脸忧虑地看着阿敦。阿敦知道健二也在，但故意不看他。阿敦不希望别人发现他们两人的交情，也不希望增加健二的负担。

阿彻与阿敦就这样瞪着对方。

美雪忍无可忍，开口说：“我们没做错任何事，让我们过去！”

圣阳再次阻止：“我不是说不行了吗？”

“你有什么资格不准我们过去？”

“你们去葫芦池做什么？”

“我们要做什么不关你们的事，管太多了吧？”

“哎哟，好厉害呀！我看这两个人是要到葫芦池亲亲吧！哈哈哈。”

低年级学生也跟着讪笑，美雪的脸因怒气而涨红。

“你们看，她脸都红了。这也难怪，我听说名古屋来的都很早熟，没想到是真的！”圣阳继续欺负美雪。

美雪很不服气，脸越来越红。阿敦与阿彻无视身边的躁动，坚定地瞪着彼此。

不一会儿，圣阳煽动低年级学生大声嘲笑阿敦和美雪。

“名古屋人！”“名古屋人！”

虽然这个名词没有恶意，但足以挑动美雪的情绪。

“名古屋人！”“名古屋人！”

美雪气不过，大吼：“出生在名古屋有什么错？转学生哪里不对？”

没有人回答美雪的问题，低年级学生只是一味重复同样的话。

“名古屋人！”“名古屋人！”

美雪再也忍不住哭了出来，双手遮住脸大声哭泣。阿敦继续瞪着阿彻，并把手放在美雪肩上安慰她。

“名古屋人！”“名古屋人！”

众人还是不罢休，继续用言语攻击两人。看到美雪哭泣圣阳很得意，他一一看着每个人，接着对沉默的拓也说："拓也，你也要说。"

"咦？我……"

"难道你不想说？"

"不，我说！"拓也逼不得已，小声地加入攻击阵营。健二看到拓也的遭遇，更想逃离现场。

果不其然，圣阳叫着健二的名字。

"健二。"

"……"健二一言不发。

"喂，健二！"

"……"健二还是不说话。

就算是要与众人为敌，他还是没办法对自己的朋友阿敦说这样的话。

"什么！你不打算说吗？"圣阳抓住健二的手臂说。

"……我不说。"

"你这家伙吃里爬外？"圣阳更用力地抓住健二的手。健二立刻将圣阳的手甩开："我不说！"

"……"健二的反应让圣阳瞠目结舌。

其实不只是圣阳，在场的其他人都盯着健二。其他人并不知道健二为什么要反抗，只有阿彻与阿敦知情。

“我不说，我不说，我不说……”这是健二第一次坚决反抗，他红着双眼，几乎快要哭出来了，谁都不知道接下来会发生什么事。

“健二，过来！”阿彻依然瞪着阿敦，开口叫健二过去。

健二不得已，走向阿彻。就在健二走到阿彻身后时，阿彻转身给了健二一巴掌。那巴掌发出响亮的啪的一声，四周鸦雀无声。健二用右手抚着脸颊，却一点也不觉得痛。这是阿彻第一次打健二，健二受到的惊吓远胜于疼痛。

“给我说……”阿彻命令健二。

“……”健二仍无反应。

“给我说，健二！”阿彻又说一次。

“……名古屋人。”健二哽咽着从喉咙里挤出微弱的声音，听起来万分哀戚。言语中的悲伤不仅被好友阿敦看在眼中，也同时深深地刺在他自己的胸口。原本在眼眶里打转的泪水一下子夺眶而出，无法停止，感到全身无力的健二马上要瘫软在地。

就在健二快要跌倒的时候，一只手臂伸出来紧紧抱住他的肩膀。出乎意料，那是阿彻的手。

“走吧！”阿彻紧紧抱住健二的肩膀往前走。瘫软的健二根本止不住眼泪。拓也和圣阳还没搞清楚刚刚到底发生了什么事，立刻跟在阿彻的身后。

抱住健二肩膀的阿彻走近站在美雪身边的阿敦，两人依旧互相瞪视。两人之间的距离越来越接近。接着，像是什么事都没发生过一样，双方人马交错而过。阿彻与阿敦擦身过后，眼睛还是盯着前方。

目标不是眼前的敌人，而是遥远的前方。

第九章

心在哪里？

心在哪里?

漫长的暑假一眨眼就结束了。那天之后，直到新学期开始之前，健二再也没跟阿彻或阿敦见过面，一个人度过了暑假最后的日子。

九月一日，下学期开始，健二心情沉重地出门上学，低着头走到集合地点，他很不想跟大家见面。

“早安。”一早就到集合地点的拓也主动向健二打招呼。

但健二仅轻轻点头回应：“……早啊。”

圣阳也跟健二打招呼，他跟拓也一样都很关心健二的心情，打招呼的语调也特别谨慎，不过情绪低落的健二没有察觉到这一点。

不一会儿，阿彻到了。

“哈喽！”阿彻的声音像以前一样充满活力。

“哈喽。”

“早安。”

其他人看到阿彻心情很好的样子，不禁松了一口气。

“大家走吧！”

阿彻拍了一下健二的肩膀，站到队伍前方。这个举动显露出阿彻的好心情，其他人像以前一样排好队，边走边聊天，快乐地去上学，只有健二一个人闷闷不乐。

新学期的第一天就这样开始了。学校在体育馆举办开学典礼，典礼结束后，各班级回到教室开班会。开班会时，其他同学都在交暑假作业，选出班级干部并排定值日生，只有健二依旧垂头丧气。

（如果可能，真希望不要见到阿敦……）

这是健二真正的想法。

班会结束后，老师站在黑板前说：“大家注意，差不多到要回家的时间了，不过，学校有事情要向大家宣布。”

所有人都坐直身体，专心听老师说话。

“各位听说过加拿大一枝黄花吗？”

“加拿大一枝黄花？”学生们议论纷纷，没有人听说过，不知道那是什么。

老师接着说：“加拿大一枝黄花因为跟人一样高，所以有着背高泡立草这个日文名称。这种植物可以长到两米或三米高，还会开出像泡沫一样满满的黄色花朵，大家可能在家附近的空地、田埂或堤防上看到过这种花。加拿大一枝黄花的花开得很密，看起来像是一团一团的感觉。”

“哦，我知道，我知道。”

“我看到过！”

学生们你一言我一语地讨论着。刚刚还在开玩笑的圣阳突然脸色一变，回头看向阿彻。健二看着同学们的反应，心想该不会……不，应该就是了。加拿大一枝黄花应该就是生长在芒草平原的杂草，那天阿彻手中挥动的草……

老师清了一下喉咙，暗示学生们安静下来，继续说：“各位听好，接下来要说的事情很重要，要仔细听！”

“……”整个教室鸦雀无声。

“加拿大一枝黄花的花有毒。”

“不会吧！”

“怎么会有毒……”

“碰到会死吗？”

学生们开始骚动。

老师赶紧维持秩序：“大家安静一点！用有毒来形容是为了让大家容易理解，绝对不是碰到花就会死，毒性没有那么强烈。每年秋天，加拿大一枝黄花会开满黄色花朵，那个花粉对身体不好，可能会引发气喘。所以最近会选一个时间，请各位帮忙驱除加拿大一枝黄花。”

“老师，什么是驱除？”

“驱除就是去除、清除的意思。我们要将越长越多的加拿大一枝黄花全部割掉，连根拔起。驱除的日期这几天会公布，到时候请大家多多配合。”

“好。”学生们似乎不觉得事情有多严重，回答得很轻松，只有阿彻与健二表现出心事重重的样子。班会结束后，学生们向老师说再见，阿彻叫住正要走出教室的老师：“老师！”

“阿彻同学，怎么了？”

“芒草平原会怎么处理？那里长满了加拿大一枝黄花，最后会变成怎样？”阿彻担心地问。

“听说芒草平原会整片烧掉。”老师说。

“烧掉……”

“那里原本长了一片美丽的芒草，但今年被加拿大一枝黄花入侵得很严重，惨不忍睹，所以今年秋天要将芒草平原烧干净，明年才能恢复原有的芒草平原。”

“……”阿彻默默地看着老师。

“阿彻同学，你为什么这么问？”老师关心地问。

“……”阿彻还是不说话。

老师虽然感到疑惑，但是看阿彻没有任何反应，最后走出了教室。老师离开后，圣阳跑到阿彻身边，两人一脸严肃地聊了起来。

健二在远处观察两人的模样，但没有加入他们，而是开始收拾东西，准备回家。健二将老师发的讲义折好，收进书包里。就在这个时候，有个人站在健二的桌子前，叫他:“健二同学。”

健二坐在椅子上抬头，发现刚刚是阿敦在叫他，不禁感到有些意外。过去从来没在教室里跟健二说话的阿敦，现在站在桌子前看着他。

“健二同学，明天星期六，要不要来我家玩？”

“明天？”阿彻与圣阳正好看向健二，让他不知该如何回答。虽然阿敦看起来跟以前一样平静，但健二相信他应该很生气，他不可能原谅脱口说出“名古屋人”这种话的自己。

“明天放学后立刻过来噢，我有东西要给你看。”对于阿敦的邀请，健二没有任何反应。阿敦接着说：“一定要来，我在家等你。”阿敦一说完便转身走出教室，而且还故意经过阿彻面前。

阿彻瞪着从他面前走过的阿敦。

健二谨慎恐惧地望着两人的背影，低下头来。

（看来我跟阿彻的关系会越来越糟，我的立场也越来越尴尬……）

出乎意料的是，阿彻并没有对健二说什么。

第二天。

外头的天气相当好，健二的心里却蒙上一层阴影。健二放学回家吃完午餐后，骑着自行车前往阿敦家。自从昨天阿敦约他之后，健二一直在考虑要不要放阿敦鸽子，但既然阿彻没说话，阿敦也说有东西要给他看，他无法坚持不去。

健二经过泵小屋进入农业道路，开始变黄的稻穗沉甸甸地往下垂。不久前还绿油油的景象在进入秋天之后越来越成熟，洋溢着沉稳宁静的感觉。健二将自行车停在阿敦家门前，往玄关走去。

“午安。”健二大声地说。

“……来了。”隔了一会儿，屋内传来阿敦的回应。

原本在自己房间的阿敦从走廊尽头走出来，热切地挥动双手。

“家里没人在,不用客气,进来吧！”阿敦亲切地招呼健二。

“好。”健二将脱下来的鞋子摆好，往阿敦的房间走去。越往走廊尽头走，健二的心情越紧张。

（我来这里是正确的决定吗？）

但现在说这些都太迟了，健二如今已经无法回头。

阿敦带着健二来到自己的房间后，站在工作台前。

“健二同学，你看这个。”

阿敦指着一个玻璃水槽，里面放着稻草、米糠、木块和竹制茶筒。

“里面有什么？”健二问。

“里面是你跟我的秘密。”阿敦的话意味深长。

“什么意思？”

“什么啊？你忘了吗？泵小屋的居民啊！”

“啊，那只老鼠！”健二想起了阿敦用泵小屋的捕鼠器

抓到的老鼠。

“太阳下山前，它都会待在茶筒里不出来。”

健二探头望向茶筒内部，入口处覆盖着稻草，往里看可以看到老鼠的背部。

“哇，真的在里面！”健二开心地说。

“这家伙什么都吃！”阿敦得意地说。

“你看过它吃东西的样子吗？”

“晚上看过，我坐在书桌前写作业，一回头就发现它在吃东西。不过只要靠近，它就会立刻躲起来。”阿敦一边说着，一边在椅子上坐下，接着他对健二说，“我很高兴你来。”

健二不好意思地坐下。明明自己刚来时表现得像小媳妇一样乖巧，一看到老鼠就忘了自己是要来道歉的，这样的自己真是不可救药。

健二深吸一口气，说：“……阿敦同学。”

“什么事？”

“上次的事，对不起……”

“哈哈哈，没事啦，你不要想太多。”阿敦爽快地说。

“可是……”

“可是什么？”

“我背叛了你，不只是你，我也背叛了阿彻。”

“健二同学，你希望自己被说成是吃里爬外的家伙吗？”

“不希望。”健二把双手放在膝盖上，低着头说。

阿敦的脸上浮现出体谅的笑容。“健二同学，你不是吃里爬外的家伙。从你跟我去村积山的那一天，我就料想到会有这么一天。”

“可是，我对着你说‘名古屋人’……”

“哈哈哈，那有什么关系，不过是一句话而已。”阿敦豪迈地回答，接着又说，“正因为那时候你说了那句话，事情才能告一段落。要是你逞强不说，场面可能会变得无法收拾。”

“什么意思？”

“如果你继续嘴硬不说，阿彻就得更猛烈地揍你才行，而且他也一定会揍我。所以，你的那句话不只救了我，也救了阿彻同学。”阿敦认真地说。

“不会吧……”健二这才发现其中的利害关系。

“我是说真的，我相信阿彻同学也松了一口气。阿彻同学身为老大，他必须顾及自己的立场。不知道为什么，我很清楚阿彻同学的心情。”

健二听到阿敦这么说感到很惊讶。那天之后他烦恼了很久，但他只考虑自己的事情，从来不曾这么冷静地分析过别人的心理状态。

“我从来没想过阿彻的心情……”健二沮丧地说。

“其实我自己也没有想得很透彻，只是刚好想到而已。我之前也跟你说过，我并不讨厌阿彻同学。再说，我觉得我跟阿彻同学有一点像。”

“会吗……”健二怀疑地说。

“不像吗？”阿敦反问。

“不像，一点都不像。”

“是吗？我想你可能无法理解吧！”

健二歪着头，努力寻找阿彻与阿敦的共通点，可是两人无论是个性、行为与想法都完全相反，找不出任何相似的地方。此时，健二忽然想起一件事。

“等一下……”

“怎么样，你想通了吗？”阿敦问。

“之前我跟阿彻他们说过‘看不见的敌人’那个故事，就是你告诉我以前在名古屋盖秘密基地，与‘看不见的敌人’打仗的故事，阿彻很喜欢那个故事。”

“是吗？阿彻同学很喜欢啊……”

“你说的相似处就是这个吗？”健二问。

坐在椅子上的阿敦重重地点头，身体往前倾着，说：“这一点确实很像，不过，我说的相似处更简单。”

“更简单？”

“我跟阿彻同学都很喜欢你，就是这么简单。”

“什么……”

健二不晓得该如何回答。朋友之间难免会有喜欢或是讨厌谁的偏好，可是没有人会在当事人面前说“我喜欢你”。可以坦然说出内心的想法确实是阿敦的长处，但健二没料到阿敦如此直率……

“还是一头雾水吗？”阿敦问。

“嗯……”健二回答。

“表达自己的想法与了解别人的想法，都是很难做到的事情，真的很麻烦！”

“很麻烦？”

“让我们的心很麻烦。”

“我们的心？”

“人的内心都是看不见的，就是这样才很麻烦。健二同学，心是看不见的东西，对吧？”阿敦说。

“嗯，看不见很正常，不是吗？”健二笑着说。

阿敦突然大声说：“很正常？才没有这回事呢！健二同学，绝对不能乱用‘很正常’这个形容词！”阿敦的声音听起来有些激动。

“你还好吗？”健二问。

“我没事。健二同学，我有些事想弄清楚，可以问你一些问题吗？”

“嗯，可以。”健二迟疑地说。

“我问你，你觉得心在哪里？”

“在这里吗？”健二慢慢地将手放在胸前。

“真的在那里吗？”阿敦反问。

“那……在这里吗？”健二接着将手放在头上。

“是吗？”

“嗯，我也不知道。可是，我们是用头脑思考，所以应该在这里。”

“是吗？如果我将你的脑袋切开，会看到你的心吗？”

“你说什么！”阿敦惊人的言语让健二不知该如何回答。

（阿敦在说什么傻话，开玩笑也要有分寸啊！）

没想到阿敦没有就此停住，反而更严肃地说：“今天我叫你来，是想请你在一旁看我做一个实验。你在身边，我会更安心，而且我也想让你看一样东西。”

“咦，想让我看什么东西呢？”

“我想让你看见‘心’。我想了解心在哪里？我一直在想，心到底是什么，心到底在哪里？”

（阿敦同学怎么了？跟平时完全不一样。他平时很随和，但今天有点激动……）

阿敦站在工作台前，从抽屉里取出一个玻璃瓶，瓶中放着白色脱脂棉。

阿敦将玻璃瓶砰的一声放在工作台上，接着将手伸进水槽，打开茶筒的盖子，将茶筒立起来。

茶筒里的老鼠受到强烈惊吓，立刻四处乱窜。

（阿敦到底想做什么呢？）

健二不安地在一旁看着。

只见阿敦闭着眼睛，将茶筒的盖子放在手里思考了一会儿，接着像是下定决心般睁开眼睛，拿起玻璃瓶，用镊子从玻璃瓶中夹出浸湿的脱脂棉放入茶筒中。

这个举动让茶筒里的老鼠产生了剧烈反应，乱跑乱撞。

“你放了什么东西进去？”健二紧张得脸上没有任何表

情。阿敦没有回答健二的问题。

老鼠继续在茶筒里冲撞，骚动着。过了一会儿，茶筒里不再发出任何声音。

健二害怕地问：“老鼠死了吗？”

阿敦面无表情地回答：“没有，它只是睡着了，我放了氯仿进去迷昏它。”

健二以前听过氯仿，去年上生物课解剖青蛙时，就是用氯仿迷昏黑斑蛙。不仅如此，推理剧里的犯人也是用手帕蘸氯仿迷昏被害人的。

（不过，阿敦同学到底是从哪里拿到氯仿的啊？）

健二很在意这一点，开口问：“你……你是从哪里拿的啊……”

阿敦回答：“你是说氯仿吗？这是从我爸房间拿的。我应该告诉过你，我爸的研究室有学校自然教室经常使用的化学药品。”

“原来如此……”健二觉得阿敦的回答很合理，不禁松了一口气。不过，他还是不明白阿敦为什么要迷昏老鼠。

（不知道阿敦同学想做什么？）

正当健二想问清楚时，阿敦边整理工作台抽屉里的工具边说：“健二同学，你刚刚说心是看不见的，对吧？”

“嗯，对……”

“我们上生物课时，老师教过生物的身体具备许多功能，令人类感到惊艳。相对于其他身体功能，心就显得复杂难懂。”

“这个道理对小学生来说太难了，课本都还没教呢。”

“可是，我从以前就想了解心，无论看多少书，都找不到任何答案。所以，我想亲眼见证心的位置。”阿敦说。

“可是，要怎么做呢……”

“接下来，我要解剖老鼠。”

“什么……”健二不可置信地惊呼出来。

“不过，我不敢一个人做……我希望你能在旁边看着。”

“……”健二完全没有反应。

阿敦在工作台上摆了一个大盆，中间放着跟课本差不多大小的合板，接着他又将剪刀、手术刀、镊子整齐地排列在工作台上。健二越看越害怕。

（为什么要选择解剖老鼠……）

就在健二思绪混乱之际，阿敦已经快要准备好了，健二真的很想夺门而出。阿敦拿起茶筒，打开盖子，将老鼠倒在工作台上。

一只拳头大小的老鼠咕噜一声滚到台面上，灰色的毛和长尾巴清晰可见。阿敦右手拿起老鼠，把它轻轻放在合板上。老鼠的头部垂下来，摸起来很柔软，长着白色细毛的腹部轻微地上下起伏，证明老鼠还在呼吸，它还活着。

（阿敦同学为什么要这么做？再怎么想知道心在哪里，也不用解剖老鼠啊……）

健二认为这不是阿敦会做的事。

（心在哪里？莫非阿敦同学想测试我的心？他想测试我会不会再次背叛他？）

健二低着头默默思考。

阿敦盯着健二看：“健二同学……”

“……”健二没有反应。

“健二同学……”阿敦再次呼唤。

“……”健二低着头心想，阿敦现在的表情一定很恐怖。他开始后悔今天来这里，因此完全不敢回答。

（阿敦是一个充满独特魅力、让人想要接近的人，但自己却曾经背叛过他；阿敦提议解剖老鼠，说出来的话令人害怕。）

健二不只说不出话来，还想逃离这里。各种想法在健二脑海里打转，思绪十分混乱，仿佛自己就是工作台上的老鼠。

阿敦说："如果你不想待在这里，你可以回家。"

"你说什么！"健二不敢相信自己的耳朵，他感到惊讶的原因并非阿敦叫他回家，而是阿敦的声音相当温柔、沉稳。

"我不想硬把你留在这里，也不想让你感到困扰。我是说真的，你不想待在这里的话，可以回家。"

阿敦说话的声音安抚了健二的情绪，让他不再感到害怕，同时也减轻了健二认为阿敦想要测试自己的疑虑。

（就像我喜欢钓鱼一样，阿敦喜欢做实验，他只是在做自己感兴趣的事而已。）

"我要开始了！"阿敦站在工作台前，像是在提醒健二似的这么说。

健二站在阿敦身边，专注地看着他的一举一动。阿敦左手压着老鼠，右手紧握手术刀。

"我要先切开血管放血，这刀下去就无法回头了！"

健二默默地点头。阿敦用左手抓住老鼠的脖子，迅速地划上一刀。布满细毛的皮肤被割开，流出鲜红的血。血是红色的，颜色比想象中深。健二转开水龙头，流出的血溶解在水中，流入流理台里的排水口，呈现出浅浅的红色，像花的颜色一样。

阿敦忍不住感叹："好美啊！"

健二回答："嗯。"

健二是真心这么想，连他自己也吓一跳，流入排水口的血色竟如此漂亮。他发现刚刚沉重的气氛一扫而光，他的内心反而充满期待，就像当时两人一起前往村积山，阿敦带领他走向未知的世界一样。阿敦很快将老鼠的伤口清洗干净，再用浸湿的白色手帕包起来放在工作台上。白色手帕接触老鼠伤口的部分，逐渐染成粉红色。

接着阿敦拿起剪刀，对健二说："你帮我压着。"

健二走到工作台对面，伸手压住老鼠。阿敦确认包在手帕里的老鼠颈部位置后，用剪刀剪出一个小洞。

看来阿敦也很害怕解剖时看到老鼠的脸，发现这一点之后，健二的心情轻松不少。透过白色手帕的小洞，可以看到长满体毛的老鼠头部。阿敦用剪刀将老鼠全身的毛剪光后，就要开始解剖。阿敦再次拿起手术刀，健二心中又涌现一股紧张的情绪。

"我要割出一个圆形伤口。"阿敦慢慢地用手术刀在老鼠皮肤上划出一个二分硬币大小的切口，再用指尖捏起切口的皮肤，慢慢地将老鼠皮剥下来。

健二屏住呼吸盯着某处，皮肤底下露出老鼠的头盖骨。虽然覆盖着红色的肉，但可以清楚地看见白色的头盖骨，这是健二有生以来第一次亲眼看到皮肤里的模样，他的心扑通扑通地跳着。阿敦一毫米、一毫米地剥起外皮，在切除最后一毫米时发生了一个意外。

“好痛！”在切开所有外皮后，阿敦不小心手滑，割到了自己的指尖。

“你还好吗？”健二担心地问道。

“我没事。”话虽如此，阿敦的无名指不断地流出红色的血。

“不快点清洗干净会有细菌跑进去。”

“说的也是。”阿敦跑到流理台前清洗伤口。

“我听说老鼠身上有许多细菌，待会儿要记得消毒哦。”健二一脸担忧地说。

不过，阿敦却一直盯着自己的伤口。“健二同学，你看，血又流出来了……”

阿敦手指的伤口看起来很深，紧压的指尖滴出红色的血，鲜血像豆子一样冒出来，从指尖滴落。

“创可贴放在哪里？”

“在那个抽屉里。”健二打开抽屉，拿出创可贴，立刻帮阿敦包扎。阿敦将创可贴缠在指尖上，让伤口密合。等处理好伤口之后，健二对阿敦说："你不要再碰老鼠了，它身上有很多恐怖的细菌。"

"健二同学……"

"嗯？"

"对不起，结果变成这样，还差一点点就可以完成了……"阿敦说。

"都什么时候了还在说这个！"

"可是……我也流血了，跟老鼠一样。"

"这倒是真的。"

"那只老鼠太无辜了，无缘无故被我杀掉。"阿敦满脸后悔地说。

健二盯着放在工作台上用手帕包着的老鼠，从手帕切口露出来的头盖骨，看起来好凄凉。

健二忍不住心想，老鼠的身体里有阿敦想看的东西，阿敦想知道老鼠的头盖骨里究竟有什么，但如果要看到一定要完成解剖才行。

健二想了一会儿，坚定地对阿敦说："阿敦同学，我来解剖吧！"

“什么？”阿敦很讶异。

（阿敦想看的东西也是我想看的东西。）

健二咬牙做出代替阿敦解剖的决定。他紧抿双唇，拿起放在工作台旁的镊子，轻轻敲着老鼠的头盖骨，发出叩叩的声音。然后他从抽屉里拿出线锯，不过老鼠的头太小，线锯太大，用起来碍手碍脚的。线锯的刀刃来回削着头盖骨发出嘎吱嘎吱的声音，虽然进度很慢，但头盖骨慢慢被削开了。

头盖骨上出现了一道跟线锯刀刃一样宽、约一毫米的横向切痕，健二变换方向，垂直削出另一道切痕。过了一会儿，健二擦拭额头上的汗水,此时头盖骨中央出现了清晰的十字切痕。

健二呼了一口气，拿起镊子，将镊子前端稍微插入十字切痕的交叉处，手指用力往下压。此时发出吱的声响，就像牙医拔掉臼齿的感觉。尽管如此，两人还是朝切开的头盖骨里看。

“……是大脑！”刚刚一直不说话的健二吐出了这几个字。

太阳逐渐往西偏移，健二与阿敦来到了芒草平原前。两人停下自行车，确定没人来这里之后，他们用手拨开跟自己身高一样高的草，走了进去。两人决定在这里堆一座坟墓，埋葬刚刚解剖的老鼠尸体。

健二感叹地说：“总觉得好空虚。”

阿敦不解地问：“为什么？”

“虽然我们看到了大脑，却没找到心呢！”

“好像不能这么说。我觉得我看到心了。”阿敦说。

“阿敦同学每次都这样捉弄我，真是个坏习惯。”健二愤愤不平地说。

“……这算是我的坏习惯吗？话说回来，真的好漂亮呀。”

“嗯，那应该是脑细胞吧？”

“没想到大脑竟然是乳白色的。”阿敦说。

“这是个大发现！”

“我相信一定没有人知道脑细胞那么漂亮。”

“这是我们两人之间的秘密。”

两人兴奋地谈论着。

阿敦接着说：“你确定这样做好吗？”

“什么意思？”

“你带我来这里，不会有事吗？”

“没关系啦，反正这里再过不久就会被烧掉了。”

对于健二的回答，阿敦没有任何反应。环顾四周，两人身边长满了加拿大一枝黄花。

“低年级学生已经怕得不敢来这里玩了。”

“害怕毒草花的毒性……”

健二快步走到栗子树下，挥手呼喊阿敦：“这里就是秘密基地的总部。你看，这里还写着‘秘密基地’呢。”健二指着阿御竖起的立牌说。

“秘密基地？”

“嗯。”

“哈哈哈。”阿敦忍不住大笑出来。

“你笑什么啦？”

“因为这上面写的是‘秘密墓地’啊！”

“不会吧！”

仔细一看，立牌上写的不是“秘密基地”，而是“秘密墓地”。健二觉得很糗，难为情地笑了起来。

“别在意啦,这应该不是你写的吧。”阿敦好心地安慰健二。

“可是我根本没发现啊，丢死人了！”

“不会啦，没这回事。提到要帮老鼠做坟墓，健二同学立刻就跑来这里了，说不定这里很久以前就注定是墓地了，哈哈哈。”阿敦笑得很开心，健二也跟着笑得很开心，之前在阿敦家的紧张气氛此刻完全烟消云散。

接着健二从基地后方拿出铲子在立牌前方拼命挖，挖出一个很深很深的洞。

“在这里挖洞做坟墓，合适吗？”阿敦问。

“挖深一点就看不出来了。”健二说。

挖好墓穴后，两人在前方蹲了下来，阿敦将手里的茶筒放在墓穴前。

“阿敦同学，我是第一次挖坟墓。”

“是吗？”

“我觉得松了一口气。”健二说。

“什么意思？”

“……没有，没什么。”健二拿起茶筒称了一下重量。

“来埋尸体吧。”阿敦提议。

“连茶筒一起埋吗？”健二问。

“连茶筒一起埋的话，老鼠就不能回归尘土了。”

阿敦拿过健二手中的茶筒，轻轻地打开盖子，将里面的老鼠尸体倒出来，包在手帕里的老鼠就这样掉在墓穴里。

两人看了一会儿墓穴里的老鼠，然后将泥土填回洞里，双手合十默默祈祷。两人闭着双眼，听着风吹动草的窸窣声。天空很蓝，没有阳光晒的芒草平原让人感觉很寂寥，待久了有点冷。秋天的脚步近了。

“回家吧……”

“……好。”

健二与阿敦站了起来，走进高耸的加拿大一枝黄花丛中，风吹向草丛发出窸窸窣窣的声音。

黄色的花被风吹得大幅摆动，将两人紧密包围着。健二抬头看着花，对阿敦说：“老实跟你说……我其实很害怕。”

“害怕什么？”

“怕你会死……”健二说。

“……其实我也很怕。”阿敦也说出自己的心里话。

窸窣，窸窣。窸窣，窸窣。

“健二同学，你觉得加拿大一枝黄花的花有毒吗？”

“我也不知道。不过，老师都这么说了，应该真的有毒吧！”

“才不呢，那是骗人的，老师说谎。”

窸窣，窸窣。窸窣，窸窣。

随风摇曳的加拿大一枝黄花紧紧包围着两人的影子。

阿敦说：“加拿大一枝黄花来自北美洲，它的繁殖能力很强。听说九州的煤矿封起来之后长了一整片加拿大一枝黄花，所以它也被称为闭山草。”

健二问："这么说，加拿大一枝黄花的花没毒？"

"没有，全部都是捕风捉影。大人只是讨厌加拿大一枝黄花惊人的繁殖能力，才说它们的花有毒。"

"为什么要讨厌它？"

"因为它们是外来者……"

窸窣，窸窣。窸窣，窸窣。

随着两人往前走，两人的影子也默默前进。走上蚬川的堤防，两人回头一看，看到一整片加拿大一枝黄花。

阿敦说："你看，全部都是加拿大一枝黄花。"

健二感叹地说："去年这个时候这里还是一整片芒草。"

"大人们一定是忍无可忍，再也没办法忍受芒草被外来者入侵。其实加拿大一枝黄花只是拼命求生，并没有做任何错事。"

"……"健二不发一语。

"话说回来，真漂亮啊。站在这里看一整片加拿大一枝黄花，这个景色真美。"

"就是说啊。"

窸窣，窸窣。窸窣，窸窣。

随风而动的加拿大一枝黄花草原沐浴在夕阳里，闪耀着金黄色的光辉。健二看向夕阳，发现加拿大一枝黄花与阿敦的背影交叠在一起，分不清是虚幻还是现实。不过，健二真心地想，眼前这片一望无际的景色，确实美得无法言喻。

窸窣，窸窣。窸窣，窸窣。

阿敦迎着风，开口问:“健二同学，你听过猎巫行动吗?”

“没有。”

“猎巫行动是很久以前发生在欧洲的事情，当时的欧洲人将无辜的女人诬陷为女巫，放火把她们活活烧死。”

“什么?放火把她们活活烧死?不用拿出证据证明她们是女巫吗?”健二惊讶地说。

“完全不需要证据，只要有嫌疑，就可以说她们是女巫。其实这么做的目的并不是要消灭女巫，而是喜欢将人烧死的感觉。”阿敦说。

“怎么可以这样……”健二突然听到这样的事情，不知道该说什么。

“你不觉得一模一样吗?”

“什么一模一样?”

“把加拿大一枝黄花烧光，就跟猎巫行动一模一样。”

这一刻，健二还没听明白阿敦说这句话的真正含义。

第十章

燃烧的草

燃烧的草

九月过了一半，秋天的感觉越来越明显。白天的阳光很强烈，但树荫下很凉爽，舒适的风不时吹进教室里。今天的课结束之后，学生们在教室里收拾东西，准备回家。

老师站在黑板前，对全班宣布："现在开始开放学前的班会。"

学生们全部安静下来，在椅子上坐好。

老师接着说："有一件事要跟各位宣布，之前有通知各位驱除加拿大一枝黄花的事宜，现在已经决定，这个星期天下午一点开始。大家听到了吗？”

“听到了。”几名学生零零落落地回应着。

老师继续说：“这个星期天不只要请各位帮忙，也要请各位的爸爸妈妈帮忙。换句话说，我们整个村子都要齐心协力完成驱除行动，希望各位努力配合。”

“好。”

“老师，我有问题。”其中一名学生发问。

“什么问题？”

“驱除行动的实际内容是什么？”

“好，各位听好了！之前老师说过，加拿大一枝黄花的花有毒，所以我们要把其连根拔起，再放火烧光。那些长得很高大的加拿大一枝黄花的根部往往也会很长，小孩子的力量不够大，无法拔起来，所以大家要尽量多拔一点小草。”

“好！”学生们大声回应。不过，还是有些学生从头到尾静默不语，健二就是其中之一。健二的耳朵听着老师说话，眼睛却一直看着阿敦，阿敦同样也没做任何反应。

“老师，多拔一点是要拔多少？”讲台底下的学生再度发问。

“要全部拔起来。”

“全部？”学生们感到十分惊讶。

“加拿大一枝黄花的繁殖力十分惊人，要是没有全部消灭掉，要不了多久就会越长越多。为了避免这个问题，一定要把它们全部拔光，再用火烧掉。”

“哇，这样要拔很久，会很辛苦呢！”

“当然会很辛苦，不过，今年秋天全日本的学校都要驱除加拿大一枝黄花，如此一来明年才能大幅降低加拿大一枝黄花的生长数量。”

“全日本都长了加拿大一枝黄花吗？”

“是啊，再这样下去，整个日本都会被加拿大一枝黄花占领。到了那个时候，秋天就没有芒草，我们也没有月见丸子可以吃了；春天也没有五月艾，我们也吃不到艾草丸子了，要是这样就太惨了。”

“哈哈哈。”老师有趣的比喻惹得全班哄堂大笑。

就在这个时候，阿敦突然站起来，椅子撞到地面发出砰的一声。

（阿敦同学……）

健二的心跳得很厉害。

老师问：“阿敦同学，有什么事？”

阿敦瞪着老师说：“老师，我不会参加这次的行动。”

“家里有事吗？”

“不，是我不想去。”阿敦话一说完，全班鸦雀无声。

阿敦一直是品学兼优的好学生，这次却跳出来反抗老师，大家都不可置信。

老师进一步询问：“为什么不想去呢？”

“因为我没有要去的理由。”

“这是学校决定好的事情。”

即便老师这么说，阿敦也依旧瞪着老师，不发一语。

“说出你不想去的原因。”

“……”阿敦没做任何回应。

健二满脸担忧地看着阿敦沉默的背影。

（阿敦同学，之前听你说加拿大一枝黄花的事情，我很了解你的心情，可是，有必要为了这件事反抗学校和老师吗……）

阿敦一个字一个字地说：“加拿大一枝黄花的花根本没有毒。”

“你说什么？”

“加拿大一枝黄花的花根本没有毒。”阿敦坚定地再说一次。

“老师跟各位说过，加拿大一枝黄花的花会引发气喘。”老师不厌其烦地解释。

“骗人！我查过了，如果要以加拿大一枝黄花的花会引发气喘为理由将其全部驱除的话，那白茅和芒草穗也会引发气喘，为什么只针对加拿大一枝黄花？这样太奇怪了！”阿敦激动地说。

“阿敦，老师知道你懂很多。加拿大一枝黄花确实不能说它有毒，但它是外来的草，要是置之不理，它会把本地原有的草消灭掉。”

“那西洋蒲公英不用驱除吗？菽草呢？春飞蓬和一年蓬也是外来的植物啊！”

“不要跟老师狡辩。”

“说我是狡辩也无所谓，所有植物都生长在一起，却只针对加拿大一枝黄花……只因为它是外来者……”阿敦说到这里，心痛到再也说不出任何话来。

（只因为它是外来者……）

阿敦的最后一句话说得很小声，不仔细听根本听不到，却深深打中健二的心。

（平时总是置身事外，不管别人说什么都不在意的阿敦同学，现在却……原来阿敦同学如此在意，“外来者”这个词伤他这么重……）

健二想起自己也曾被迫说出“名古屋人”这几个字，内心万分后悔，几乎都要哭出来了。他也想跟阿敦一样起立抗议，但现在整间教室鸦雀无声，要在这种状况下站起来需要极大的勇气，可是如果不站起来就太窝囊了。健二双手用力抓着书桌边缘。

就在此时，意想不到的事情发生了。阿彻跟健二同时站了起来，健二一脸惊讶，其他同学也跟着骚动了起来。老师搞不清楚到底发生了什么事。

“阿彻同学，你有什么事吗？”老师先点名阿彻，其他人的目光全都集中在阿彻身上。

“我也不去。”阿彻的回答让全班议论纷纷。

谁都没想到一直以来与阿敦水火不容的阿彻，此时两人竟然站在同一阵线。

“理由也跟阿敦的一样吗？”老师似乎被激怒了，语气变得很不客气。

“不，我的理由跟阿敦的不同，不过，我也不去。”阿彻坚定地说。

“说说你的理由！”

“……”阿彻一句话也没说，他紧闭着嘴，打定主意不再开口。但是，健二很清楚阿彻在想什么。

（阿彻不希望芒草平原被火烧光，我们花了一个暑假才做好的秘密基地，怎么可以就这样被烧掉！）

阿彻默默地盯着老师，阿敦也抬头挺胸地站着，两人都表现出坚定不移的态度，健二则是来回看着两人的背影。

教室里陷入一阵静默，不一会儿，老师忽然开口：“健二，那你呢？”

“……”健二没有任何回应。

“你到底有什么事？”

“……”健二还是没开口。事实上，他根本紧张到不知该如何回答，因为这是他有生以来第一次违背老师的意志。他的双腿直发抖，不敢看老师，也不敢看同学。即便如此，健二也跟阿彻和阿敦一样，抬头挺胸地站着。他的眼睛直视前方，稍微错开老师的视线，仿佛穿过黑板看向遥远的远方。

教室里所有同学都在交头接耳，只有阿敦、阿彻与健二三人抬头挺胸站着，眼睛盯着同一个方向。健二为自己的行为感到自豪，他向来懦弱胆怯，如今却能坚定自己的意志起立表态，虽然只是一件很小的事情，却令他无比骄傲。

尽管三人反对的原因不同，但他们都以同样的姿势看着相同的目标。他们注视的目标就是潜藏在黑板后方的金色世界，也就是被加拿大一枝黄花染色的芒草平原。健二可以清楚地看到加拿大一枝黄花的颜色，以及随风摇曳，像是蒙上一层纱的芒草平原。

“好，我知道了。你们三个，随便你们怎么做吧！”老师气愤地丢下这么一句话，头也不回地走出教室。

不过，老师说的话听在健二耳中，却像做梦一般甘甜。

星期天。

驱除加拿大一枝黄花的日子很快就到来了。健二、阿彻与阿敦各以不同的心情迎接这一天，从反抗老师的那天到现在，三人没说过一句话。

当天早上，健二待在家里，中午过后他独自前往蚬川，他去的地方不是泵小屋，而是附近的洗涤场。他已经很久没来这里了，站在堤防往下看，可以看见一群逆流而上的纵纹鱲健二捡起小石头，丢入河流中央。

河面扑通一声激起一阵涟漪，鱼儿瞬间抖了一下。不过就在涟漪逐渐平静之后，鱼群又再度回到原先的地方。

“嘀！嘀！嘀！嘀！”健二像是故意惊吓鱼群般抬起脚用力踩出声音，从堤防跑下来。等他来到洗涤场前，鱼群全部消失无踪。

这条河已经出现秋天的景色，水草随着澄澈的水流漂动，缓慢地呼吸着。虽然无法明确说出现在与夏季的景色有何不同，但可以确定的是，此处已经是秋天的河流景象了。

健二走到桥下取出牛奶瓶，牛奶瓶里放着钓暗色沙塘鳢的钓具，里面的鱼钩早已锈到看不出原有的样子。

“来磨磨吧……”健二拿着鱼钩走到洗涤场一角的水桶旁，弯低身子往水桶里装水，浸湿里面的磨刀石。原本偏白的磨刀石吸饱水分后散发出红褐色的光芒。健二将鱼钩放在磨刀石上，慢慢地来回摩擦。

不一会儿，磨刀石上的水逐渐溶解出棕黑色的铁锈。

嘎吱嘎吱……健二的额头上开始冒汗，但他手上的动作没有停下来。等他磨到令自己满意的程度后，便用双手捧起河里的水淋在磨刀石上。棕黑色的锈水被冲洗干净后，鱼钩又散发出微微的银色光芒。

健二放心地笑了笑，虽然他手里的鱼钩还是布满锈斑，但在努力之后可以清出这么一小点，他已经心满意足了。

（继续磨下去绝对能清干净……）

看到自己努力的成果，健二还想继续磨下去。

就在这个时候，有人在堤防上叫他：“健二同学！”

只见阿敦从堤防冲下来，两人一起坐在洗涤场的石板上聊天。

“那是什么？”阿敦问。

“我之前告诉过你吧，这是钓暗色沙塘鳢的鱼钩，用铁丝做的。今年夏天都放在牛奶瓶里，没想到锈成这样，早知道一开始就教你钓暗色沙塘鳢了……”

当初健二不希望别人发现自己跟阿敦玩在一起，所以暑假刚开始时，他并没有教想学钓鱼的阿敦钓暗色沙塘鳢。健二自顾自地在心中回想起那段过往。

阿敦接着说：“不过，要是钓暗色沙塘鳢，就不能去泵小屋玩了。”

“嗯，说的也是。”

“我从来没想到钓鱼这么有趣。”

“我也没想到阿敦同学会这么热爱钓鱼，虽然没钓到青猫，但我们钓到好多别的鱼。”

“是啊，我还经常一个人去泵小屋钓鱼呢。”

两人越聊越起劲，仿佛回想起遥远的从前。

“咦，健二同学，你的指尖都变黑了！”阿敦惊讶地说。

“真的噢！”

健二的指尖被鱼钩的锈斑染黑了，用海绵擦过还是很脏，锈斑顽固地黏附在手指上。健二将手指凑近嘴巴，想要吐口水擦拭。

“咦，这个气味……”健二闻着指尖上的黑色锈斑，发现他以前闻过这个气味。

“健二同学，怎么了？”

“这个……这个气味……”

“气味怎么了？”阿敦不明所以地问。

健二说：“这个气味好像血的。”说完还让阿敦闻一下。

“不会吧……唉，真的是血的气味！”

健二指尖上的污渍的确是锈斑，但也确实散发出血的气味，那个气味跟之前解剖老鼠时沾到的血的气味一样。

“……好神奇。”

“嗯……”

两人默默地盯着健二脏污的指尖。

“健二同学……”

“什么事？”

“有件事我要向你坦白，那天晚上，我的脑海中一直忘不掉这个气味。”

“血的气味？”健二问。

“……嗯，我不知道是不是血的气味，不过是这个气味没错。我竟然为了实验杀死一只老鼠，还硬把你牵扯进来，那天晚上我一直在想这些事情……最令我印象深刻的就是这个气味。”阿敦像是告解一样说出自己当时的心情。

健二立刻接着说：“其实我也是。”

健二一直在等阿敦为那天的事情对他说些什么，如今他终于能释怀了。健二将染黑的指尖轻轻收进掌心后用力握拳，小小的拳头看起来好凄凉，却很坚强。

秋天的蚬川水面相当澄澈，水草随着水流缓缓漂动。刚刚被健二吓跑的纵纹鱲又在水草前形成小小的鱼群。河边只有健二与阿敦，四周相当宁静，属于两人的时间慢慢流逝，愉快的时光总是过得很快。

“阿……阿健！”桥上突然传来呼叫声，原来是气喘吁吁的拓也在叫健二。

“什么事？”

“阿彻学长他……阿彻学长他……”拓也急得快哭了。健二与阿敦互看一眼，急忙跑上堤防。

“阿彻怎么了？”健二焦急地问。

拓也情绪激动地回答：“阿彻学长……阿彻学长快死了！”

健二连忙安抚拓也：“冷静一点，慢慢说，到底是怎么一回事？”

“阿彻学长在树上，在芒草平原的树上！”

今天是驱除加拿大一枝黄花的日子，大人们打算将芒草平原烧光。

“大人们怎么说？”健二问。

“没有人发现，阿彻学长躲在树上动也不动！”

“你没向其他人求救吗？”

“我……我好怕……好怕……”拓也说着快要哭出来了。他不知道该怎么办，赶紧跑来找健二。

阿敦当机立断地说：“健二同学，我们赶快过去！”

“好！”

三人立刻跑上蚬川的堤防，往芒草平原奔去。健二与阿敦并肩跑在前头，拓也跟在后面。即将收割的稻田在三人的右边无限绵延，垂头的稻穗在逐渐西移的阳光照射下越来越干燥，呈现出十足的秋日景色。

不过，健二、阿敦与拓也三人完全无心欣赏美景，眼睛直盯着前方。蚬川沿岸的小路是一片翠绿，与稻田的秋黄形成强烈对比。长到膝盖高的草一直绊到他们的脚，他们只好一边拨开杂草一边继续往前跑。锐利的草叶将他们的脚划伤，但没有人停下脚步。

健二大声地喊：“阿彻这家伙到底在想什么！”

阿敦大声地回答：“跟我们一样，他想的跟我们想的一样啊！”

不久之后，健二与阿敦在蚬川的堤防上大转弯，前方出现一群人的身影。两人停下脚步，调整紊乱的气息，擦拭脸上的汗水，不断揉搓被草割出伤口、又痛又痒的小腿。不一会儿，跑在后头的拓也追了上来，健二开口说：“拓也，我跟阿敦从后面跑过去救阿彻，你继续往前跑。”

“往前跑？”拓也说。

“你去通知大人们，跟他们说阿彻在树上。”

“可是……”

“别再跟我争了，快去！”

“嗯，好！”拓也被健二的气势吓到，不假思索地立刻回答。健二与阿敦看着拓也跑向人群，接着就跑下堤防，走入蚬川，避开其他人的耳目朝芒草平原前进。

哗啦，哗啦！哗啦，哗啦，哗啦，哗啦！

两人跑在河边激起水花，弄湿双脚，溅起来的水花不仅溅湿短裤的裤管，也弄湿了胸口的衬衫，不过，两人丝毫不在意地往前跑。他们发现前方有人影，立刻停了下来蹲低身体，隐身在高高的草丛里观察前方状况。他们听到有人在说话，那是大人的声音，虽然听不清他们在说什么，但听得出人很多。

"走吧！"

"好。"

两人走上另一边的堤防，进入杂树林。

"这一边。"健二拨开枯枝对阿敦说。

"不知道阿御同学有没有事。"阿敦跨过倒下的树说。

"你很担心吗？"

"不，不是这样。"阿敦闪烁其词。

健二追上他问："那是怎么了？"

"我不希望阿御同学打输这场仗。"阿敦的回答令健二感到意外。健二惊讶地看着阿敦的背影，下一刻，脸上露出了笑容："我也希望他赢。"

两人争相跑在没有路的杂树林里，突然之间，杂树林的对面传来一阵尖锐的机械运转声。

"那是什么？"

"除草机的声音。"

除草机嘎吱嘎吱的噪声在杂树林里回响，越往阴暗的杂树林走去，嘈杂的机械声越响亮。两人走上陡坡，前往可以眺望芒草平原的高处。站在坡顶，头上是一片无垠的天空，往下看就是芒草平原，即使在这里仍然可以听见除草机的运转声。

嘎吱嘎吱！轰隆隆！嘎吱嘎吱！轰隆隆！

好几个手里拿着除草机的男人围着芒草平原在割除加拿大一枝黄花，逐渐朝阿彻藏身的栗子树及大家合力打造的秘密基地靠近。除草机发出的诡异声响让两人越发不安。

"阿彻真的在树上吗？"

"我不知道。"

"所有草都会被割掉吗？"

"我不知道。不过，他们一定会割掉周围的草，其他的放火烧掉！"

“要是这样，阿彻不就……”健二紧盯着被加拿大一枝黄花围绕着的栗子树。

就在此时，他们从栗子树的绿色枝叶间发现了穿着白色衬衫的身影。

“那是阿彻，阿彻在那里！”

“嗯，我也看到了！”

健二使尽全身的力量大叫：“阿彻！”

不过，他的叫声很快就被除草机的噪声掩盖掉。

嘎吱嘎吱！轰隆隆！嘎吱嘎吱！轰隆隆！

看着割除加拿大一枝黄花的除草机，两人完全无计可施，健二只能祈祷拓也可以顺利向大人们通报这件事。

不久之后，除草机的噪声突然停了下来。

“阿敦同学……”

“……”阿敦默不作声。

两人越来越紧张，除草机停下来就代表接下来要点火了。

“健二同学，我们再往下走一点。”

“好。”

两人跑下坡道，可以清楚地看见阿彻的身影，同时也看到了站在岸边的大人们。

健二大喊："那是阿彻，我看到阿彻了。"

阿彻拿着竹刀站在栗子树上，腰上挂着自己做的弹弓，双手戴着皮手套，健二一看就知道那双手套的意义。

（阿彻那家伙打算发射栗子果壳攻击大人……）

栗子果壳是暑假期间健二与阿彻做的秘密武器，虽然只是用大型弹弓发射栗子果壳的简单武器，但威力超乎想象，也很危险，因此禁止大家使用。阿彻当时还说："这个武器只能在对抗'看不见的敌人'时使用。"健二不禁想起当时的情景。

（"看不见的敌人"，这就是阿彻的"看不见的敌人"吗？）

阿敦说："健二同学，你看那个……"

"糟了！"

站在岸边的大人们围成一圈，中间开始燃起火堆，大人们打算从火堆中取火烧掉眼前这一整片芒草平原。此时已经接近傍晚，熊熊的红色火焰加剧了两人的紧张情绪。

健二说："阿敦同学，我们去把阿彻带出来吧！"

就在这个时候，几名大人绕过火堆，往芒草平原走去。

"他们要点火了吗……"

"不，是拓也顺利赶上了。"

大人们径直朝栗子树走去。

（太好了，阿彻有救了……）

健二在心中默念着。不过，健二也很明白树上的阿彻打算打一场仗，事情不会就这样落幕，不禁感到万分紧张。

大人们站在栗子树前对着树大叫：“喂，在树上的人是谁？”

“……”阿彻沉默不语。

“快点下来！我们现在要点火了,这里会全部被烧光噢！”

“……”阿彻依旧没做任何反应。

大人们的声音听起来一点都不紧张，因为他们不知道阿彻真正的心意，不清楚阿彻抱着什么心情爬上树，抱着什么想法准备开战。

此时阿敦突然喃喃自语：“阿彻同学，发动攻击吧！”

“什么？”健二一时之间不知该做何反应。

“上吧！”阿敦口中念念有词。

大人们再也等不下去，其中一名男子走近栗子树大喊：“再不快点下来，我就要把你拉下来了！”

正当那名男子伸手钩住树枝之际，阿彻举起竹刀往下敲。

幸好竹刀没有打到男子的手，但打在树枝上发出的声响精准地传达出阿彻的坚定意志，他的举动引起大人们的挞伐。

“你想干吗？”

“不要胡来！”

“这个混账家伙，看我把你拉下来！”

所有人围着栗子树，慢慢往里聚集。

“啊！”阿彻大叫一声，使出全身力气挥动竹刀。

啪啦，啪啦！

挥动的竹刀砍断了小树枝，剧烈的震动将栗子果实震落下来，噼里啪啦地打在大人们的头上。

“好痛！”大人们被栗子果实打得离开栗子树，第一回合暂时由阿彻领先。

“小子，你到底想做什么？”

“你再这样会被烧死！”

“我们没空陪你玩小孩子的游戏。”

“赶快给我下来！”

大人们再次喊话，不过阿彻完全不予理会。

不一会儿，其中一名年轻男子盯着阿彻的脸看，终于认出他：“阿彻，你是阿彻！”

“糟了！”阿彻察觉不妙，拿起腰上的弹弓，装上栗子果壳，朝围着栗子树的大人们猛烈攻击。

栗子果壳像下雨一样“啪啪”地打在大人们的身上，被打到的大人无不大声喊痛，无情的栗子果壳攻势打得他们落花流水。

“混账！你们谁去叫阿御的爸爸来，他应该在火堆那边。”其中一名男子说，另一名男子应了声好，转身跑向火堆。

阿御见状脸色一变，他一开始就知道自己与大人的战争不可能获胜，但为了抵抗看不见的敌人，他仍然背起武器爬上这棵树。输了也无所谓，他一定要与看不见的敌人对抗，奋战到最后一刻，这是阿御的心愿。

“待会儿你爸就会把你拉下来了。”其中一名男子挑衅地对阿御说。阿御满肚子火，他丢出手中的竹刀，接着双手握住树枝，用力摇晃。

窸窣，窸窣，哗啦，哗啦。

窸窣，窸窣，哗啦，哗啦。

随着树枝摇动，树叶纷纷飘落，栗子果实也噼里啪啦地往下掉，这是阿御的最后一击。

在远方杂树林观察战局的阿敦不禁大声喊道：“太棒了！就这么干！”

阿敦的兴奋情绪也感染了健二，他忍不住说：“阿御这家伙竟然一个人打败了那么多大人！”

这是阿彻壮烈的攻击，在他的爸爸出面阻止之前，他只能奋力一搏。

“健二同学，那是谁？”阿敦问。

“……那是阿彻的爸爸！”

阿彻的爸爸进入平原，朝栗子树下走去，对着树上大声叫：“你这小子快给我下来！”

“我不要！”

“……”阿彻的爸爸默默不语，抬头瞪着自己的儿子。

“我不下去！”阿彻坚决不从。

没想到下一秒，阿彻的爸爸用自己粗壮的双手抱住阿彻的脚。

“我不要！我不要！”

阿彻拼命抵抗，但还是抵不过爸爸的蛮力，从树上被抓下来。

阿彻抱着头跪趴在地上，他的爸爸啪一声赏了他一巴掌，接着跨坐在阿彻身上，毫不留情地教训阿彻。

由于阿彻的爸爸打得太过激烈，站在他身边的男子忍不住出面制止：“好了，别再打了……”

在旁人的劝说下，阿彻的爸爸终于停手，阿彻立刻跳起来，瞪着爸爸。阿彻的脸颊又红又肿，双眼含泪。

阿彻的爸爸生气地大骂：“你这个蠢货！”

阿彻的眼泪几乎夺眶而出，但他拼命忍住，不让眼泪掉下来，就在他快要忍不住之际，突然跑出去。

“呜哇哇哇！”阿彻跑过爸爸身边，往芒草平原里跑去。

从加拿大一枝黄花的缝隙中，隐约可见号啕大哭的阿彻。

“呜哇哇哇！”悲伤的哭声像是喊出他堆积在心里的情绪，在芒草平原中回荡。阿彻奋力冲出整片的加拿大一枝黄花，直接突破人墙。

“呜哇哇哇！”阿彻的气势突破了大人们筑起的人墙，他单枪匹马地冲出去，消失在远方。

（阿彻在哭……）

这是健二第一次听到阿彻的哭声。

夕阳快要没入西边的山后，将天空染成美丽的橘红色，大人们开始点火燃烧芒草平原。

健二与阿敦一直在杂树林的斜坡观察整个过程，几名大人用棍子拖着起火的自行车胎，点燃最外围的草。如此一来，事先用除草机除过草的区域会冒出火苗，在最外围形成一个火圈，接着火圈会往内烧，越来越小，最后自然就能烧光整片平原。

昏暗的暮色逐渐笼罩着芒草平原，没有风四周十分安静。大人们完成初步的点火工作后，火势逐渐蔓延开来，在芒草平原里形成一个熊熊燃烧的火圈。火星在空中交错，清楚映照出加拿大一枝黄花的模样。

啪滋，啪滋。啪滋，啪滋。

火焰啪滋啪滋地响着，白色浓烟直往上蹿，红色的火焰发出轰隆隆的声音，芒草平原很快便陷入火海之中。

由于火势相当猛烈，健二忍不住后退两三步，不过阿敦仍然不为所动，不，他甚至一步步地往前走。健二望着阿敦的背影，从后面看，阿敦形成了一道黑色的剪影，就像皮影戏一样。阿敦慢慢地伸出手，抓住一根斜向生长的小树枝。

“可恶……你看，他们多么开心。”阿敦望着大人们的反应。

“像这样纠众霸凌的行为，真的会让参与者失去理智，觉得有趣。”健二像是在回应阿敦的话，也像是在喃喃自语。

“驱除加拿大一枝黄花根本是一场骗局，大家根本不在乎烧掉的是什么，除掉的是谁……”

点火的大人们围着燃烧的加拿大一枝黄花开心地大笑，甚至还有人发出诡异的欢呼声。聚集在堤防的大人们看起来就像是在欣赏烟火。在逐渐西沉的夕阳前方，这样的场景确实令人感到怪异。

阿敦背对着健二开口说："我以前曾经告诉过你，这就是猎巫行动。不管是遥远的过去还是现在……即使是未来，这样的事情还会持续下去。猎巫行动、战争是永远不会消失的罪行，人类就是无法戒掉这种不正常的行为。"

阿敦手中的小树枝忽然发出啪的一声，阿敦没有回头看健二，就这样默默离去。

健二一动也不动地目送阿敦离去，接着再次望向加拿大一枝黄花。此时夕阳已没入山的另一边，夜色越来越深，燃烧加拿大一枝黄花的火焰显得越发明亮。

阿彻的加拿大一枝黄花在燃烧着。

阿敦的加拿大一枝黄花在燃烧着。

健二的加拿大一枝黄花也在燃烧着。

三人在同一个地方度过同一个夏天，望着同一片加拿大一枝黄花，但每个人看到的东西都不一样。健二想着大声哭泣着跑出去的阿彻，想着越看越生气的阿敦，不仅如此，他

也想着此刻还盯着加拿大一枝黄花看的自己。

（我要见证到最后一刻……）

火势从外圈逐渐往里烧，火光照射在最后仅存的加拿大一枝黄花上，往上蹿的烟朝着墨绿色的天空延伸。

健二喃喃自语："加拿大一枝黄花在摇晃……"

明明没有风，最后仅存的加拿大一枝黄花却在摇晃，应该是被火焰影响的吧。不过，眼前这幅景象却成为加拿大一枝黄花最后的挣扎。

在这个无风的傍晚，健二将眼前的景象深深烙印在心里，直到最后仅存的加拿大一枝黄花燃烧殆尽。

河川成长小说系列

说谎的阿大

[日]阿部夏丸 著　游韵馨 译

中信出版集团 | 北京

图书在版编目（CIP）数据

说谎的阿大 /（日）阿部夏丸著；游韵馨译. --
北京：中信出版社，2019.7
ISBN 978-7-5217-0531-7

Ⅰ.①说… Ⅱ.①阿… ②游… Ⅲ.①儿童故事—日
本—现代 Ⅳ.①I313.85

中国版本图书馆 CIP 数据核字（2019）第 082380 号

说谎的阿大
（河川成长小说系列）

著　　者：［日］阿部夏丸
译　　者：游韵馨
出版发行：中信出版集团股份有限公司
（北京市朝阳区惠新东街甲 4 号富盛大厦 2 座　邮编　100029）
承 印 者：北京联兴盛业印刷股份有限公司

开　　本：880mm×1230mm　1/32　　印　　张：8.75　　字　　数：142 千字
版　　次：2019 年 7 月第 1 版　　印　　次：2019 年 7 月第 1 次印刷
京权图字：01-2019-3199　　广告经营许可证：京朝工商广字第 8087 号
书　　号：ISBN 978-7-5217-0531-7
定　　价：45.00 元

作者的话

我是个超级大懒虫，至于我有多懒，你们听我说一件事就知道。我儿子读小学一年级，他在玩动物游戏时说："爸爸，我当兔子，你当树墩。"但是，我也有自己引以为傲的事。

我去河边钓鱼时就不再是懒洋洋的树墩了，不仅两只眼睛好像翠鸟的眼睛般发亮，灵活的身形就连山猫都会被吓到。

每次带儿子去钓鱼，我都很神气地问他："怎么样？"所以，我完全不会因为自己平时的懒惰而感到难为情。

然而说到难为情，其实有几句话一直让我感到很难为情，那就是时下流行的"善待大自然""善待地球”这几句话。

我很喜欢上山或是去河里玩，却从来没有想过要“善待大自然”这件事。对大自然来说，“人类的善待”其实很无力，也没用，我相信那是打着领带的大叔在办公桌前想出来的广告词。

前几天，我遇到这样一件事。

我带着儿子一起去钓鱼，听见一位母亲和她儿子之间的对话。

“把这只小龙虾放回去吧？”

“我不要。”

“带回去也没用啊。”

“我要养！”

“反正早晚会死啊。”

“不要，我要养！”

“听我说，我们要保护大自然，不能随便把它们带回家或是弄死它们。”

“不要嘛，我要养……”

“你是个乖孩子，对不对？”

“不要嘛，我要养……”

那位母亲抢走哭喊的孩子手上的水桶，将小龙虾倒进了水池。

“你看，小龙虾也很开心。”

当时，我很想对那位母亲说：“等一下！”

虽然我无意对这位母亲说什么，却发自内心地同情那个孩子。

我小时候曾经夺走无数小龙虾和蝌蚪的生命，但小龙虾和青蛙从来没有写信来向我抗议。大自然对小孩子的捣蛋行为很宽容，姑且不谈那些因为私人利益破坏山林和河川的大人，小孩子应该多走到户外，接触昆虫、花草和鱼这些小生命。看到昆虫就抓，看到路边的野花就摘，大自然不会因为小朋友的这些行为而受到影响。但我并不是提倡小朋友动手破坏，千万不要搞错了。

我在读小学时，曾经和其他三个同学把堤防上

的百合花全都摘了下来，总共摘了几百朵花，然后躺在上面睡午觉。结果被大人狠狠骂了一顿："堤防上的百合全毁了！"我们这些捣蛋鬼全都被骂得号啕大哭，但是我至今仍然无法忘记那些百合花的浓烈香气。长大之后，我也没有打算再做这种事。最让我惊讶的是，翌年的堤防上，绽放了比一年前更多的百合花。

小朋友来到野外，眼睛都会闪闪发亮，他们看到的事物比大人看到的多一百倍。回想往事，我也曾经有过那种眼神，所以长大后，我用相同的方式试图找回幼年时的眼神，似乎真的看到了一些东西，但是还差得很远呢！

河川三部曲就是在这种心情下创作出来的，其中，《不会哭泣的鱼》更是处女作。

阿部夏丸

目 录

第一章

第一次钓鱼

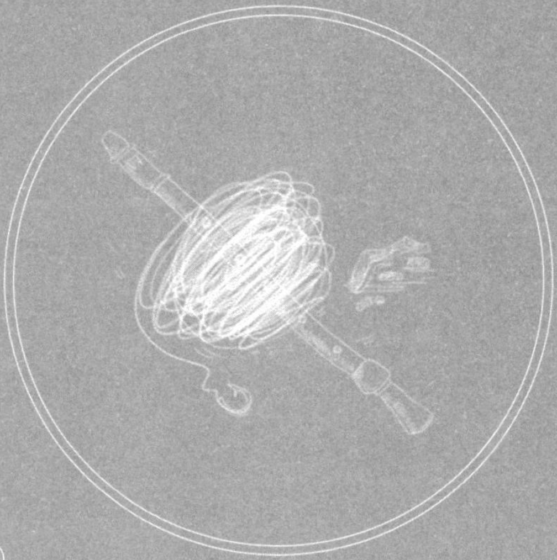

第一次钓鱼

我讨厌书包。

这原本是我最喜欢的书包，可是升六年级以后，越背越不舒服。

以前背起来刚刚好的背带最近勒得我的肩膀好痛，也让我这一阵子的心情越来越烦躁。

这一天，补习班下课之后，我骑着自行车经过家下川[1]，过桥的时候看到河岸边有一个可疑的人影。

1. 家下川：位于日本爱知县丰田市，是矢作川水系的小支流。

“咦？”那是一个小孩戴着帽子，背着书包，走在河边的堤防上。

（那顶帽子……该不会是……）

原本已经骑过桥的我，立刻停下自行车，回头看个究竟。我悄悄躲在桥上，往家下川上游的方向看去。

（原来是阿大……他在那里做什么？）

阿大是我的同班同学，他的名字叫作新见大介，同学们都叫他“骗子阿大”。

大介在三年前，也就是三年级的时候从长野县搬到我们住的爱知县丰田市。虽然长野县就在爱知县隔壁，但我从来没去过。对我来说，长野县是很远的地方。

班上同学叫大介“骗子阿大”是有原因的。

事情发生在他刚转进我们班不久，全班同学一起为新同学举办欢迎会，老师原本希望他能尽快和班上同学打成一片，然而事情并不顺利。刚开始同学们表演唱歌、变魔术等，炒热了现场气氛，可惜败就败在最后的“大介提问时间”。

班长杉本夏叶首先提问：“你在之前的学校，同学们都叫你什么？”

大介马上立正站好，恭敬地回答：“大家都叫我阿大。”

或许是因为这个绰号听起来太亲切，同学们都笑了起来。

接着，高才生吉冈敬一问他："阿大，你最喜欢吃什么？"

大介认真地回答："我喜欢吃红薯、芋头。"

大介的表情再度让同学们都笑了，所有同学都好喜欢他。

"那你最讨厌吃什么？"敬一又问道。

"我最讨厌吃虫。"大介的回答出乎众人意料，教室里立刻又充满了笑声，同学们都觉得大介好幽默。

就在此时……

"奇怪，大家不吃虫吗？"反倒是大介自己惊讶地问。

大家听到大介的疑问，愣了两秒钟，教室里的空气瞬间凝固。过了没多久，同学们你一言、我一语地喊了出来。

"你骗人的吧？"

"你不是说真的吧？"

尽管没人相信大介的话，但他还是继续说："你们应该都吃过水里的幼虫或是虫蛹吧？"

"水里的幼虫？虫蛹？那是什么？"

"哎哟！好恶心噢！"

就算是开玩笑，这个笑话也太令人不舒服了。如果是真的，那就太恶心了，就连老师听到也吓了一大跳。所以，大家都认为大介吃虫的事情一定是他在说谎。

我听爸爸说过，长野县有些地方的人以前就有吃河里的幼虫和蚕蛹的习惯，但是已经来不及洗刷大介的清白了，人一旦被贴上标签就很难再撕下来。

从那件事之后，同学们就叫他“骗子阿大”，认为他满口谎言。

我蹲在桥上看着大介，觉得自己好像侦探一样。虽然没必要这么鬼鬼祟祟，但我还是不希望被他发现。

老实说，三四年级的时候，我每天都跟大介一起玩，我们可以说是死党。可是升上五年级之后我就渐渐不跟他玩了。不，应该说不能再跟他一起玩了。理由很简单，他的种种行为都让我看不透，我不知道他为什么要做那些事情。当时班上同学不是迷上新的游戏机，就是玩卡片游戏，可是大介对这些完全不感兴趣。不仅如此，他还是跟三年级时一样，每天跑到森林或空地去捡橡实或空罐子玩。

大介玩的游戏太幼稚了，六年级学生有六年级学生该玩的游戏。他偏偏跟别人不一样，才会老是被同学排挤。尽管大多数同学在学校还是会跟大介说话，却没有人想跟他一起玩。

其实，还有另一件事也让我害怕与大介相处，那就是他的大眼睛。他和我的体格差不多，不算高大也不算矮小，但每次只要一被他那圆滚滚的眼珠子盯着看，我就会没来由地感到畏惧。

妈妈老是开玩笑说：“阿大的眼睛好大噢，长大后一定是个大帅哥！”但我真的很怕他那双眼睛，每次跟他说话时总觉得他像是看穿了我的内心，那种感觉真难受。

我看见大介沿着家下川旁的堤防朝上游方向走去，并不时从口袋里拿出什么东西往河里丢。

（他在丢什么？）

他的行为让我感到十分好奇。

大介接着走上一座水泥小桥，那座桥距离我藏身的桥有数十米。

那座水泥桥桥面很窄，勉强能容两个人擦身而过，汽车与摩托车都不能通行。大介在桥中央停了下来，又从口袋里拿出什么东西往河里丢。

（他到底在做什么？）

我真的好想知道大介在做什么，于是慢慢从躲藏的桥边栏杆下探出头来。

缓缓流动的河水从大介所在的那座小桥慢慢流向我藏身的

这座桥，我看见有一个像小纸屑的东西漂浮在浑浊的水面上。

我尽可能地将身体探出栏杆，想要看清楚那是什么。

（是面包吗？啊！那是吐司边！）

大介将吐司边撕得碎碎的，丢进河里。

（可是，大介为什么要丢吐司边？为什么要这么做？）

“嗨——阿健！”

我正沉浸在自己的思绪里，突然听到有人喊我。

我不小心被大介发现了！虽然情急之下想要躲起来，但在桥上也无处可躲，只好站起来挥了一下手。

（啧！真丢脸，竟然被大介发现我在偷窥。）

不过大介根本没有察觉到我的心情，再次大声对我说：“阿健，快过来！这里有不得了的东西噢——”

（不得了的东西？）

那句话引起了我的兴趣，于是我走下桥，往大介那里走去。

“快来！快来！”大介不断地向我大声喊叫。

（我们现在又不是死党，叫那么亲切干什么……）

虽然我表面上装作没什么，其实心里觉得这样好烦噢！

我往上游走去，走上那座水泥小桥。大介笑着对我说：“阿健，你怎么会在这里？”

（我才想这么问你呢！）

“我刚上完补习班要回家……”我回答。

“这样啊，阿健好忙呀。”

“别说我的事了，你怎么还背着书包？”我反问大介。

“噢，因为放学了要回家啊！”大介一副理所当然的样子。

“你是说你从放学到现在都还没回家吗？”

“是啊。”

我太惊讶了。我们每天上下学都有一定的路线，要是偏离这个固定路线被那些大嘴巴的女生发现，她们肯定会向老师打小报告。再说，这里距离大介家将近一公里远，这与“放学途中到附近玩一下再回家”根本是两码事。

“你不怕回家被骂啊？”我好奇地问。

“还好啦，我常常这样。”大介回答。

（常常……这家伙该不会每天放学后都在路上闲晃吧？）

大介一脸不以为意的模样，神色自若地说：“放学后我会到处走走，最近我每天都会来这里。”

“这样啊，那你在这里干吗？”我脱口问出心中的疑问。

大介慢吞吞地说：“就……来撒这个。”

大介一边说着，一边从口袋里拿出刚刚往河里丢的吐司边。

“……”我一点都看不懂大介在做什么。

“不要用奇怪的眼神看我，我这么做是有原因的。”

（有原因？大介到底在说什么啊？）

大介看我一脸疑惑的样子，于是跟我说：“好吧，阿健，到这里来，坐在这里看。”

我就这样在大介身边坐了下来。

我坐在小桥边，双腿自然往下垂，鞋尖离水面只有两厘米。接着，只见大介撕下手里的吐司边，一点点、一点点地丢进河里。

“先别问，仔细看。”大介继续丢着。

“……”我也默不作声地静静看着。

水面上漂浮着几块吐司边，从我们的脚下往下游缓缓流去。

（到底会发生什么事啊？）

我完全不知道大介要给我看什么，只好一直盯着流动的吐司边瞧。

吐司边一直往下游漂流了十米左右，眼见就要卡在前方芦苇丛根部。

“快来喽，仔细看！”

大介话一说完，平静的水面就掀起了涟漪，发出“扑通”

一声。

“快看，出现了！”大介说。

一条全身黑色的鲤鱼从水面探出头来，它张着大大的嘴，一口吃下吐司边。可能是那条鲤鱼发出的声音惊动了周边，接着又有第二条、第三条鲤鱼陆续浮出水面，一眨眼的时间，刚刚漂动在水面上的吐司边全都不见了。等到吐司边全被吃光后，水面又恢复了原本平静无波的模样。

“很惊人吧！没想到这里竟然有那么大的鲤鱼！”

“……”一时之间我不知道该说什么。

大介得意扬扬地说：“怎么样啊，阿健？”

“……”我脑中一片空白。

“很壮观吧！”

“……”壮观是壮观，可是我说不出口。于是我反问他：“阿大，我问你。”

“什么？”

“你每天都来这里喂鲤鱼吗？”

“是啊。”

“为什么啊？”

“什么为什么……”

“有人拜托你来喂鲤鱼吗？这些鲤鱼又不是你养的。”我脱口问道。

只见大介看起来有点不好意思地说：“……其实我想要抓鲤鱼。”

“什么？抓鲤鱼……”

直到刚刚那一刻为止，我从来不知道这条家下川里有鲤鱼。光是这一点就够让我惊讶了，没想到大介竟然还想要抓鲤鱼！对于抓鱼什么的一点兴趣也没有的我来说，那简直是未知的世界。

“你来得正好，我一个人恐怕钓不起来，你刚刚也看到了，那条鱼有六十厘米那么长呢！”

（等一下，我可没说要帮忙啊！）

“从我喂它们开始到今天已经有两个星期了，刚开始它们都很小心，不会像刚才那样抢食。但每天喂、每天喂之后，就变成你刚刚看到的样子了。现在这些鲤鱼完全不怕我，我想，我们应该可以轻松钓起来。阿健，来帮我吧！”大介自顾自地说着。

我跟他说：“不行啦，我又不会钓鱼。”

“没关系，没关系。”

大介根本不管我说什么，我搞不清楚他究竟是太想钓鲤鱼，还是完全活在自己的世界里。只见他一脸兴奋，抽出插在书包里的竖笛拿到我眼前。

大介说：“你先拿着这个。”

我问：“这是什么？”

“风筝线。”

大介的竖笛上卷着一圈又一圈的风筝线，由于卷了太多圈，整支竖笛看起来就像研磨棒那么粗。

“这条风筝线也太长了吧？”

“我卷了二十米呢！”大介得意地说。

风筝线的最前端绑着大大的鱼钩，大介将大拇指大小的吐司挂在鱼钩上，抛进水里，吐司在水面浮浮沉沉。

“好了，阿健，接下来就顺着水流放线吧。”

大介将卷满风筝线的竖笛交给我，我有点不知所措地说：“我不知道该怎么做……”

“不要怕，你只要慢慢松开线，让吐司像刚刚那样往下流就可以了。这样的话，鲤鱼一定会上钩。”大介解释给我听。

“你来钓！”我想把竖笛还给他。

“不行不行，我待会儿要负责捞鱼，这么大的鱼很难捞。

你只要拉紧线就好，知道吗？”

“……真拿你没办法。”我一脸不情愿地拿着竖笛。

虽然我表面上十分不情愿，其实心里觉得这种奇怪的钓鱼法还挺有趣的。

“阿健，我来把鲤鱼引出来。”

大介瞄准鱼钩上的吐司，又连续丢了五六块吐司边到水里。吐司边在水面上聚在一起，往前漂流。

我盯着水面上的吐司边，同时不断转动着竖笛放线，让鱼钩上的吐司与其他吐司屑混在一起，随着河水慢慢往下流。

“注意喽。”大介话才说完，就有一条大鲤鱼浮出水面，一口吞下吐司边。

看到这个情景，我的心脏跳得好快，可惜那条鲤鱼吃的不是鱼钩上的吐司。

“快吃吧、快吃吧。”大介喃喃地说着。

说时迟那时快，第二条鲤鱼跳了出来，吃了鱼钩上的吐司。

“上钩了！”大介大声喊道。

原本松弛的风筝线瞬间拉紧，我的手感受到一股拉力，我知道鱼上钩了。

咕噜！咕咕咕咕……鲤鱼四处乱窜，河面上激出一大片水花。

那是我从来没有过的感觉，好重，真的好重，比我想象的还重。我的右手紧紧握着钓线。

“哎呀！不要慌张，冷静下来。”大介看到我慌张的模样，赶紧安抚我。接着又说：“不要硬拉，要慢慢地、慢慢地。”

我大叫：“你这样讲我听不懂啦……”

鲤鱼也奋力拼斗，不断地左右游动。它每动一次，风筝线就深深陷入我的手指肉里。

大介问我：“现在拉力应该很大吧？”

“嗯。”

“等鲤鱼快没力气了，我就下去把鱼捞起来，你一定要撑到那个时候呀！”

“嗯。”

“可能要花上十分钟，你一定要撑到鲤鱼没力气！”

“嗯。”

刚开始我还手忙脚乱的，但听到大介说的话，我的心情渐渐稳定下来。

（好，我跟你拼了！）

大鲤鱼不断用力拉线，我也不服输，下定决心坚持到底。

就这样过了十分钟左右——因为大介说过了十分钟，所以我想应该真的是十分钟。不过，跟鲤鱼拔河的这十分钟我感觉像是过了很久很久。

大介看着河里的鲤鱼说：“好，看样子差不多了。”

他沿着岸边的堤防墙面往下攀爬。这座由水泥砖堆起的堤防约有两米高，大介紧紧抓着钻出墙面的杂草，用脚踩着水泥砖的缝隙，利落地往下爬。

“嘿哟嘿哟。”大介落地时，潮湿泥泞的地面发出扑通的一声。

堤防下方是泥土堆积成的河岸，现在鲤鱼的位置大概在距离桥下几米的下游处，离河岸边差不多一米远。

大介眼睛紧盯着鲤鱼，慢慢靠近岸边。

他抬头看着我说：“我要开始喽！”

我点了点头，没说任何话。

我知道大介接下来要做什么，他要把风筝线拉往岸边，想办法把鲤鱼拖上岸。

（希望一切顺利。）

大介说：“阿健，你要拉好线噢！”

“嗯！”

大介表情很凝重，他站在岸边将手慢慢伸向风筝线，然后用手卷起线，一边卷，一边用力往岸边拉。

受到惊吓的鲤鱼果然开始反抗，将大介扑腾得一身水。

“阿大，你还好吗？”

“没事，我没事。”大介一会儿伸长手，一会儿前后走动，想要消磨鲤鱼的力气。虽然鲤鱼已经很累了，但它反抗的力气还是不小。

我在桥上望着与鲤鱼搏斗的大介，心情忽然变得很复杂。

（我到底为什么会在这里呢？我现在应该在家里打电话才对啊！为什么我会在这里钓鲤鱼呢？而且还是跟大介在一起，为什么会变成这样？）

原本深深陷入我手指肉里的风筝线现在的力道已经轻很多了。线的另一端是大介的背影，而在他眼前的是仍在做最后挣扎的鲤鱼。

鲤鱼不断激起水花，不过它的力道已经越来越微弱。

我一回神就看到鲤鱼的白色腹部浮出水面，大介将那条大鲤鱼慢慢往自己的方向拉。只见那条鲤鱼双眼无神，嘴巴张得大大的，就连鱼鳍也无精打采地往下垂，看来这场仗是大介赢了。

“我要将鱼捞上岸喽！”

大介继续将鲤鱼往浅滩带，浅滩的水深只有十厘米，鲤鱼的身体有一大半都在水面上。不久之后，鲤鱼就躺在浅滩上，一动也不动了。

大介左手伸向放弃挣扎的鲤鱼，想要轻轻抱起它，不过他的手太小，无法抓稳那条大鲤鱼。

就在这一刻……

那条鲤鱼竟然又挣扎了起来。

“你这难缠的家伙！”大介奋力阻止鲤鱼的反抗，大叫，“别跑，给我停下来！”

大介穿着鞋跑进河里按住想要溜走的鲤鱼，他的短裤沾满了泥巴，鲤鱼拼命地想往芦苇根部逃窜。

我不禁大喊：“大介，千万别让它跑了！”

大介也大声回答：“我也不想放过它啊，可是我抓不住它啦！”

“加油，别让它跑了！”

“不行，我一个人撑不下去了！”

一听到他这么说，我想也没想，立刻起身，“干脆我也下去！”我二话不说，从桥上往岸边跳下去。

鲤鱼奋力反抗的结果反而让风筝线缠住芦苇根部，它再也无处可逃。大介冷静下来之后解开风筝线，弯下腰来抱起很重的鲤鱼，回到岸边。

大介目不转睛地看着鲤鱼说：“阿健，我们成功了！真是太厉害了，这条鱼好大啊！眼珠子也好大，嘴巴也好大。真的好大一条啊！对吧，阿健？你别站在那里，快过来看啊！你怎么了？”

“噗——哈哈哈。”大介抬头看着我的样子忍不住大笑了起来。

我刚刚从桥上往下跳时，双脚不小心陷在河岸的泥滩里，想动也不能动，想走也走不了。我现在根本动弹不得。

“你的脚拔不起来吗？真的拔不起来吗？”

“嗯……”

后来还是大介用力拉我，我才好不容易从泥滩中脱身。沾在我脚上的泥巴还带着微温的感觉，闻起来的味道让我感觉好熟悉。

这就是我第一次钓鱼的经历。

第二章

放学不回家

放学不回家

第二天，由于老师要参加示范教学，第三节课改为自习课。

老师离开前再三叮嘱我们不能吵闹，但没有人听得进去。当然，我也是。意外赚到的一堂自习课就像是台风突然来袭时学校放假一样，每个人都欣喜若狂、跃跃欲试。

老师离开之后，教室里安静了一阵子，但没多久，就有同学开始聊天，教室里弥漫起一阵阵嘈杂声。大家都在聊昨天看的电视或最近玩的电子游戏，女同学们轻声细语，顽皮的男同学们则坐在桌子上嬉闹。

在那一片喧闹声之中，我听到敬一的声音。

敬一是个很适合当班长的同学，功课又好，也有正义感。重点是他性格开朗，和每个人都聊得来，不只受班上同学欢迎，也很受老师与家长们的喜爱，大家都叫他高才生敬一。每次只要教室里吵吵闹闹，敬一就会摆出老师的模样要大家安静一点，没想到今天他竟然跟大家聊开了，而且还聊得很开心。

敬一说：“上个星期天，我跟我爸去海钓公园钓鱼。”

“海钓公园？”说话的是博之，另外还有几名同学围着敬一。

敬一解释说：“海钓公园在三重县，那里海上有一座超大的浮桥[2]，长达一百米，我们就在那上面钓鱼。”

博之问：“一百米？太长了吧？”

“不骗你，真的有一百米！大得像运动场一样，桥上还有游泳池，也有商店和桌椅，钓到的鱼还可以当场煮来吃呢！”

“好棒的地方啊！”

“就是说啊。而且浮桥四周全都是钓场。”敬一说得眉飞色舞。

2. 浮桥：以浮箱或小船并排，再铺上层板架成桥。

博之又问：“可是那是在海上，不会摇晃吗？”

“那里是峡湾内部，比较像湖，不像海，几乎没有海浪。”

“真是太好了！那你钓到鱼了吗？”有人好奇地问。

“当然啦！虽然浮桥四周都是海，但海面下有网子围起来，网子里都是鱼，随便谁来都能钓到鱼。”

“好好啊——”同学们纷纷发出羡慕的惊叹声。

敬一接着说：“我钓了好多条四十厘米的鲷鱼和竹荚鱼，最大的鱼是六十厘米的幼鲕鱼。”

“幼鲕鱼就是经常做成生鱼片的那种鱼，对吧？”博之说。

“没错，它的力量好大，我还以为我会被拉到海里呢！”

我想起了之前跟大介一起钓鲤鱼的事情，到现在我都还记得当时的兴奋感，鲤鱼激起水花窜逃的模样、钓线拉扯手的触感，都记得清清楚楚。有机会的话，我还想再去钓一次鲤鱼。

“六十厘米的幼鲕鱼啊，好厉害啊！”

“我也好想去钓一次啊！”

听到同学们你一言、我一语说出羡慕的话语，敬一开口说：“你们也叫爸爸带你们去啊，很好玩！”

“不行啦，我爸爸根本不钓鱼。”

“敬一家好好呀。”

就在敬一那一群人聊得正开心的时候，我听到一个熟悉的声音。

“大家都喜欢钓鱼吗？”那是大介的声音。果然看到大介满脸笑容地站在那群人面前。

“我们在说敬一钓到一条六十厘米的幼鰤鱼啦！”其中一名同学跟大介解释。

“好厉害啊！”大介充满敬佩。

“对吧！”

“不过，如果是六十厘米的鱼，谁都能轻松钓到。”大介似乎也想跟大家聊天，于是说起自己的经验。

“……”原本开心聊天的一群人忽然安静了下来。

此时博之开口问他：“你在哪里钓的？”

“就在附近。”

“附近？”

“家下川。”

众人听到大介的话，全都静默不语。

博之露出冷冷的笑容说：“大介，你还是跟以前一样爱说谎，家下川怎么可能会有鱼？”

大介坚定地说："真的有！"

"你真的去家下川钓鱼吗？"

"没错！"

"我再问一次，你真的在家下川钓过鱼吗？"博之再次逼问大介。

我好紧张，要是大介说出实情，我跟他一起钓鱼的事情就会曝光。虽然那是事实，但我不希望他这个时候说出来。

大介想了一下，说："嗯——不过，我不是一个人钓的。"

"我就知道！"博之立刻说道，"骗子阿大果然在说谎。"

"我才没有说谎。"

"好好，随你怎么说，骗子阿大。"

"哈哈哈。"其他同学也跟着博之起哄，开始取笑大介。

大介看起来很不服气，而且完全没有想要认输的样子。大家都等着看大介出糗，在一旁嘲笑他。我的心情好复杂，不过我也不会因为这样就站出来向大家证实大介说的是真话，我不想卷入这场纷争。

"大介，我能理解你想跟我们聊天的心情，可是说谎是不好的行为——"

"就是啊，说谎也要说得高明一点！"

大介每次都会这样被同学们围剿，不过今天博之不想那么轻易放过他。

博之说："我知道了，我们都会听你说，你就说一个让我们捧腹大笑的谎吧！"

大介反驳："我没说谎，家下川真的有很多鱼！"

"家下川只是条排水沟，怎么可能会有鱼？"

"就是说嘛，家下川根本不可能有鱼！"同学们也纷纷附和博之的话。

"真的有。"大介还是坚持自己的立场。

"才不可能有鱼呢！"

高才生敬一看到大家一味指责大介，试图缓和一下气氛："不一定，鲤鱼可能会有的。我对鱼还算有点研究，鲤鱼可以生活在很脏的水里，即使是那条排水沟应该也能生存。"

"真的吗？"

"是这样吗？"

敬一的话让紧张对峙的气氛瞬间缓和下来，没想到大介在此时竟又补了一句："不只是鲤鱼，还有鲫鱼、平颌鱲以及香鱼。"

大介真的是哪壶不开提哪壶，也不看看现在是什么情形，如果他明白自己的处境就应该顺着台阶下，难得敬一都帮他搭好台阶了。

敬一挠着头说："大介，香鱼必须生长在清澈的河流里，排水沟里是不可能有香鱼的。"

"可是真的有啊，而且还有鳗鱼、鲇鱼和乌龟。"

敬一看着大介，不发一语。

博之接着说："敬一，算了，不要管这家伙。喂，骗子阿大，家下川里还有没有别的动物啊？有没有狮子或是长颈鹿？对了，你不如说'大野狼来了'比较好。"

"噗——哈哈哈！"

"博之说得好。"

教室里又掀起了阵阵笑声，就连原先没有加入话题的同学们也都笑了。

我看着让自己陷入困境的大介，心里觉得他好可怜。即使如此，大介还是不以为意地继续说："虽然没有大野狼，不过有老鼠，有八十厘米长的大老鼠。"

唉，他真的没救了。

"……你有完没完啊？！"同学们不客气地回他一句。

"就是说嘛，你这个骗子！"

“骗子阿大！”

“骗子——骗子——骗子——骗子——”

不知是谁起的头，所有人一起齐声攻击大介。

“骗子——骗子——骗子阿大——大介是个骗子——”

到了这一步，大介只能垂下头来，在所有人的嘲讽声中默默走出教室。

（我不懂为什么大介要那样说谎，我们两个人一起钓鲤鱼的事是真的，他如果要证实自己的清白，只要把我供出来就可以了。虽然我很感谢他顾虑到我的感受而没说出来，但他后来也没必要一直说谎啊。）

我坐在桌子上想着大介的事情，却完全想不出任何头绪，于是我也站了起来，悄悄离开了教室。教室里又恢复了之前的嘈杂，没有任何同学在意大介刚刚垂头丧气离开教室的情形。

我知道大介经常在屋顶发呆，于是假装要去上厕所，也顺着楼梯走上屋顶。我并不是要去找他说话，或是去安慰他，只是有点担心，所以去看一下而已。

楼梯的尽头有一个平台，平台墙面上钉着一排铁梯子。我爬上梯子，看见眼前贴着一张“禁止攀爬”的贴纸，但我装作没看见那张纸，继续往上爬。铁梯子上方有一个类似入

骗子阿大！
骗子——骗子——

孔盖的盖子，我打开盖子，探头向外看。

（奇怪，他不在这里……）

我小心翼翼地把盖子整个打开，爬上屋顶。

今天天气真好，晴空万里，微风吹拂。我吸收着阳光的温暖气息，挺直背部，大大地伸了两次懒腰。

“阿健！”

突然有人叫我。是大介，刚才我明明没看到他。

（又被发现了！）

虽然觉得很丢脸，但也来不及了。事到如今我也不能偷偷溜走，只好假装“我是碰巧来这里，并不是特地来找你”的模样看着他。

大介瞪着圆圆的大眼睛向我招手，“过来过来，到我这里来。”

（不要，我只是碰巧来这里，不是来找你的。）

大介完全不了解我的心情，仍旧兴奋地看着我，说：“阿健，快过来，给你看一个有趣的东西，快来看。”

“……”没办法，我还是败给他那双大眼睛和一脸天真的表情，最后只好默默地走到他身边。

大介指着校园里那棵大银杏树说：“看得到吗？”

“什么？”我问。

“就是那根树枝啊，由上往下数第三根，很粗的那根树枝。”

“……”我只看到满树的枝丫。

“阿健，仔细看，在树枝的根部有一个蓝色的东西。”

“蓝色的东西？哦！”

大介没有骗我，在第三根树枝的根部果然有一个蓝色的东西。我眯着眼睛仔细一看，发现那是一个大约两手环抱那么大的垃圾块。

“那是……垃圾？”我不确定地说。

“虽然是垃圾做的没错，不过用垃圾来称呼它，也太可怜啦！那是鸟巢。”

“什么！那是鸟巢？”

“你看得出那个被当成鸟巢的是什么吗？”

“看不出来。”

“那是废弃的衣架。只要是能用的东西，乌鸦都会拿来做巢。”大介解释。

“那是乌鸦的巢吗？”我问。

“没错。”

“你怎么会知道？”

“因为之前有乌鸦在啊。”

“你看到过吗？”

大介开心地点点头，兴奋地告诉我那个乌鸦巢里除了两只大乌鸦，还有三只小乌鸦。而且其中两只小乌鸦早已顺利离巢生活，另一只小乌鸦则是小时候就夭折了。

我抓着屋顶的栏杆远远眺望那个乌鸦巢，以前只在照片上看过，这还是我第一次看到真的乌鸦巢。我紧盯着乌鸦巢看，脑中想起了那些曾经待在巢里的小乌鸦。

我喃喃自语：“好羡慕……”

大介问：“羡慕什么？”

“你之前看过小乌鸦，对吧？”

“是啊。”

（可恶，我也好想看！为什么不早一点告诉我……）

我好想这么说，可是我不能。毕竟是我自己先不跟大介说话的，现在哪有脸抱怨？

大介忽然说：“太好了。”

我问：“什么事太好了？”

“看到你这么开心太好了。”

“我才没有开心呢……”

老实说，我真的很开心。不只是钓鲤鱼的时候，现在望着乌鸦巢，我也很开心。不过，我可不会乖乖承认。

“阿健，你以前读三年级和四年级的时候就很喜欢动物。”

“那是以前……”我还是嘴硬不肯承认。

“这样啊！不过，对于自己感兴趣的事情，还是会觉得很好玩。”大介深有感触地说完这句话后，看向一望无际的蓝天。

我凝视着大介的侧脸，心中百感交集。

（自己感兴趣的事情，还是会觉得很好玩。）

我好羡慕能说出这句话的大介，我相信班上没有其他同学能说出同样一句话。大家都想跟同学一起玩、一起聊天，仿佛只有这样才会觉得放心。所以，为了融入小圈圈，不得不玩电子游戏、看电视。

我坐在屋顶的水泥地上，对大介说：“你为什么知道这么多事？”

“哪些事？”

“你知道家下川有鱼，也知道银杏树上有乌鸦。”

“这些事只要注意一下就会知道啦！”

“可是一般人不会注意到啊。”大介真的与众不同。

“是吗？”大介歪着头问。

“是啊。”

“我知道了，一定是我放学都不回家，老是在路上闲晃的关系。”

“在路上闲晃？”

“嗯，我没有参加社团，也没上补习班，所以放学后我有很多时间在路上闲晃，我想可能就是因为这个缘故吧。”大介说。

“原来你放学后都不回家啊……可是，放学不回家不太好吧。”我不禁担心大介哪天会被老师逮到。

“都怪平常上下学的路线太无趣，走两天就腻了。”大介似乎丝毫不觉得自己有错。

“可是，规定就是规定，一定要遵守。”

“你还真敢说，明明自己也翘自习课，在这里看乌鸦巢。”

“嘿嘿嘿。”

“呵呵呵。”

好怀念哪！以前我们也经常这么笑。

（为什么后来我不再找他玩了呢？）

“对了，阿大，刚刚你为什么不说出我的名字？”

“唉，没什么……说出来比较好吗？”

“也不是这样啦。”我低下头，闷闷地说。

“算了，虽然我没说出你的事，但我也没有说谎啊。如果我说我是一个人钓鱼，那才是说谎吧？”

我腾的站起来，对大介说：“等一下，你敢说你没说谎？”

“为什么不敢？我才不是骗子呢！我虽然放学没有直接回家，也会搞恶作剧，但我绝对不说谎，我是说真的。”大介的语气非常坚决。

“等一下……”我想起大介在教室说的话，忍不住问，“那我问你，家下川有香鱼吗？”

“嗯，有。”

“有鳗鱼、鲇鱼，还有乌龟吗？”

“有。”大介瞪着大眼睛回答。

虽然我很怕看他的眼睛，但他的表情看起来不像是说谎的样子，就是这双眼睛发现了我从来没想到的鲤鱼和乌鸦巢。

（可是……）

我再问他最后一个问题：“那么……你要老实说，真的有八十厘米的老鼠吗？”

“有，我看到过。”

我看着他不发一语，大介也坚定地看着我。当我注视着他的脸时，实在很难想象他会说谎。可是，如果他没说谎，那么根本不可能发生的事情，怎么可能是真的？

我说：“日本才没有那么大的老鼠。”

大介说：“就真的有嘛！”

“可是……”

大介打断了我：“阿健，你要相信我。”

“唔……”我实在没有办法相信。

“我知道了，这样吧，我让你亲眼看看，你就会相信我说的话了。”

“如果能看到的话……”我的态度有些软化。

“好，就这么决定了！我就让你看看，今天放学时一起走吧！”

大介坐回水泥地上，脸上露出满意的笑容，向后躺在地上仰望天空。

我喃喃地抱怨：“你这个人为什么老是想到什么就做什么……”

我觉得自己好像被大介牵着鼻子走了。不想让他看出我窘迫的样子，于是我也学他坐下来伸了个懒腰，向后躺。

不用说话的感觉真舒服，我们两个人就这样静默不语，一起度过了一段不算长也不算短的时光。

从屋顶仰望的天空蓝得不像话，也宽阔得令人嫉妒，怎么看都看不腻。

我开口问："阿大，放学后不回家，在路上闲晃，这样好玩吗？"

大介自豪地回答："那还用说，当然好玩了！"

"可是好像会引来很多麻烦……"

"才不会呢！"

"是吗？"我还是不太相信。

"你不觉得一放学就回家很无聊吗？绕小路到其他地方走走，可以发现很多新鲜事噢！"大介自顾自地说着放学不回家，在路上闲晃的好处。

我静静地听着阿大说话，脑中一片空白。

我一直认为道路存在的意义就是为了走到目的地，不禁喃喃自语："在路上闲晃真的有那么好玩吗？"

一道笔直的飞机云划过我们两个人仰望的天空，不久之后，那道白色的飞机云被风吹散，逐渐消失在蔚蓝的天空里。

第三章

好大一只老鼠

好大一只老鼠

由于自习课时我跟大介在学校屋顶上约好一起去看大老鼠，所以放学以后我没走平时回家的路，而是绕到家下川找大介。

我们约在上次钓鲤鱼的那座桥上见面，再由大介带路。我刻意避开同学们的耳目，不跟大介一起离开学校。不过，走在与平时回家不同的道路上，我的心中不免感到紧张。

来到约定的那座桥，大介已经在那里等我了。他兴奋地跟我打招呼：“阿健，你来啦！”

我还是不太习惯大介总是这么有精神的样子，只小声地回一声“嗯”。

我们一起走在河边的堤防上，堤防路面铺满碎石子，并不是那么好走。

沙沙、沙沙……大介穿着运动鞋，用鞋尖踢着碎石往前走。

沙沙、沙沙……看到大介走路的样子，我也将双手插在口袋里，学着他的走法，边踢石子边往前走。

沙沙、沙沙……这个走法虽然很孩子气，不过走起来好舒畅啊！

我们走了一会儿，大介停了下来。

我问他：“你说的大老鼠就在这里吗？”

“哦，不是这里，不过这里也有好玩的东西噢！”大介说完就往前走，我跟在他的后面。

大介走到水门前几米处蹲了下来，蹑手蹑脚地走着。

“呵呵，我们这样好像小偷啊！”我不禁笑了出来。

“嘘，不要这么大声！”大介出声警告我，我立刻闭上嘴。

大介继续小声叮咛：“你听我说，接下来你走在我前面，不要出声，安静地走在路中间，走到水门柱子前面的时候，就往河岸的方向看。”

我问他："那里有什么？"

"不告诉你，你自己看就知道了。记得往水门旁的岸边看，不要忘了啊。"

"知道了……"我完全按照大介的话做，一走到柱子前面立刻往河岸方向看去。

"……"

（到底要看什么？根本什么也没有啊，不就是一条河吗？而且水门下方的水很深，既没有鱼，也没有乌龟，这里哪儿有什么好玩的东西？）

大介小声地对我说："快看，就在你前面。"

我一抬眼，忍不住大叫一声："哇！"

前方岸边的石头上，有三只乌龟叠在一起。

我开心地喊："好酷哇！是乌龟！"于是想也没想就站了起来。

"哎呀！不可以！"大介立刻拉住我。

可惜我起身太快，那三只乌龟一发现我就扑通一声跳进水里了。

"对不起……"我觉得有点过意不去地看着大介。

"没关系，算了！不过，你看到了吗？"大介并不在意。

“嗯，我看到了，是乌龟，乌龟！”我兴奋地回答。

真的，我从来没想过这么轻易就可以看到乌龟。虽然我以前也看过乌龟，但那是在宠物店或动物园里看到的，是由人类饲养的乌龟。没想到我家附近的河里就有野生乌龟，真是太意外了！

我还沉浸在兴奋的情绪里，大介站在我身边对我说：“我们继续走吧！”说完就往前走。

我问他：“阿大，我问你，那些乌龟可以抓吗？”

“我是没抓过啦，不过应该可以吧。”大介也不是很肯定地说。

“这样啊……”

（连大介也没抓过啊……）

大介问：“阿健，难道你想抓乌龟吗？”

“这个嘛……”我也说不上来。

“哦！这个点子不错。那我们下次来抓吧！”

这种感觉真奇妙，我也不知道为什么，不过就是看到乌龟而已，怎么我会这么兴奋呢？

（这根本不是我的个性。）

于是我刻意压下自己兴奋的情绪，装作若无其事地说：

“没想到这条河里真的有乌龟呀。”

“你在说什么？我以前就说过家下川有乌龟了呀！阿健，你果然不相信我！”

“那是因为……”

“阿健，我问你，你认为我是骗子吗？”大介认真地问。

“你才不是骗子呢！”

“好吧，那我原谅你。”大介一边走着，一边开心地笑了出来。

（不妙，再这样下去我就会被大介牵着鼻子走了！）

尽管如此，我心中还是很享受现在的状况；再说，如果没有大介带路，我也看不到乌龟。只有我一个人的话，就算碰巧走到水门那里也不可能安静地走到那里，更别说看到乌龟了。

（大介知道很多我不知道的事。）

我想，就这样被大介牵着鼻子走好像也不坏。

我们又往前走了大约五百米，大介再次停下脚步。

我忍不住开口问：“是这里吗？你说的大老鼠就在这里吗？”

大介回答：“是啊。”

我们将书包丢在草地上，并肩站在堤防上。我们站的位置就在两条沟渠的汇流处，河面相当宽阔，而且水泥堤防的坡度只有这一段比较平缓。这里长着茂密的芦苇丛，那里看起来好像有什么东西的样子。

不一会儿，大介就说："今天大老鼠不在。"

"你确定吗？"

"是啊，如果那只大老鼠在的话我们马上就会看到，它经常在对岸那里游泳……"

我们目不转睛地望着河流，来回走在堤防上寻找大老鼠的踪迹，可是完全看不到它的身影。

于是大介对我说："我去上游看看，阿健，你要跟我一起去吗？"

我问："你不是说大老鼠都会在这里出现吗？"

"是啊。"大介点头说。

"那我要在这附近找找看。"我一说完，大介就往上游走。

看着大介越走越远，接着，我走下坡度平缓的堤防，堤防的坡面长着茂密的杂草。

（这里该不会有蛇吧？）

我很怕蛇，所以走得很慢。后来仔细想想，我从来没有亲眼看过蛇，只是在电视或照片上看过蛇，就觉得蛇很恶心。

我用手拨开高度及腰的杂草，穿过一片油菜花，来到河边。这里的水比下游浅，可以看到沙子流动的模样。靠近一点看，河水看起来也变得清澈一些。

（那是什么？）

就在此时，我听到一阵水声，原本稳定流过浅滩石头的水发出了哗啦哗啦的声音。我闻到了草的香气、油菜花的香气，微风吹过我的脸颊，我的心中充满了清凉的感觉。

（没想到现在还有如此令人舒畅的地方……）

原以为家下川只是一条排水沟，所以我从来不曾靠近这条河，现在才发现原来这里的环境这么令人舒服。一直以为我住的地方没什么大自然景致，来到河边才发现眼睛看到的全都是绿草和树木。

（不过，不管怎么说，家下川都只是一条排水沟而已。）

我在河边蹲了下来。

（咦？这是？）

低头看向脚边，我发现了一只田螺。

（哇！没想到这里有田螺呀！）

田螺在地上慢慢爬着，我仔细观察，发现它伸出两只角左右晃动，身上背着重重的壳。

（哈哈哈，看起来好像在背书包……）

正当我伸出手想要抓起田螺时，突然听到对岸传来一阵窸窣声。

“在那里！”我惊叫出来。

我看到大老鼠了！而且真的跟大介说的一模一样，是一只长达八十厘米的大老鼠！

（我是在做梦吧……）

我不敢相信自己的眼睛，我一直不认为日本会有大介说的那种大老鼠，但是，现在那只大老鼠就出现在我的眼前……

大老鼠瞪着它那圆溜溜的大眼睛，看见我后立刻慌张掉头往茂密的芦苇丛跑去。就像是有一条狗穿过去一般，芦苇丛发出了一阵窸窣声响。

（喂！你往哪儿跑？给我站住！）

我想也没想就穿着鞋冲进河里，河里的小石头相当湿滑，一不小心就会滑倒，于是我走得很小心，看清楚脚下的石头才一步步往前走，好不容易终于走到对岸，我在大老鼠躲进去的芦苇丛前来回观察。

（那只大老鼠到底跑到哪里去了呢？）

我真的好想再看一次，但我心里其实也很害怕，仔细想想，就算大老鼠出现在我眼前，我也没办法做什么。光凭我一个人的力量根本不可能抓住它，说不定还会被它咬伤。

（大老鼠，你快出来啊……嗯，还是不要出来好了……）

我盯着芦苇丛，心情很复杂。

最后虽然没有见到大老鼠的踪影，不过我发现了另一个有趣的东西。

大介从上游回来了，他问我：“怎么样，阿健，看到大老鼠了吗？”

我回答：“我看到了，就在这里。”

“真的吗？”大介急急忙忙地冲下堤防。

“我看到了，真的看到了！”我兴奋地说着。

“很大一只，对吧？”

“对啊，我看到的时候也吓了一跳。你说的是真的！”

“嘿嘿嘿。”大介笑得比我还开心，接着，他又笑着问我：“阿健，你还认为我是个骗子吗？”

“我知道，你从来不说谎，你不是个骗子。别说这个了，我找到一个很有趣的东西！”

“什么？”大介好奇地问。

我拨开芦苇丛，用手指着草丛深处，反问大介：“你觉得那是什么？”

这片距离河边有一米远、密密麻麻的芦苇丛里面竟出现了一个洞。仔细看，那个洞的大小就像一个圆形坐垫，上头的芦苇全都倒成一片，看起来像是蓬松柔软的坐垫一样。怎么看都不像是自然形成的现象，肯定是被外力压倒才会变成那样。

大介说：“我想那应该是个巢穴吧？”

“是吧？我也是这么想。”

于是我跟大介一起仔细观察那个大老鼠的巢穴。

“干得好，阿健，这真是个大发现！”

听到大介这样称赞我，我真的好开心。比起找到大老鼠或巢穴，被大介说“这真是个大发现”这件事更让我感到开心与骄傲。

看了好一会儿，我们才离开芦苇丛走回岸边，爬上堤防。

我跟大介说：“现在可以跟同学们证明了。”

“证明什么？”大介问。

“证明你不是骗子啊！”

“没关系啦，我不在意。”

“什么没关系，我会给你做证人的！”

“我都说没关系了……”

大介的反应让我好意外，我还以为他会很开心呢。

“我不想证明是因为到时候事情闹大了，大家都会跑到这里来一探究竟。要是大家都围着巢穴不走，那大老鼠就不能待在这里了……”大介说出了他的想法。

“……”听了他的话，我突然觉得有点惭愧。

大介处处为大老鼠着想，我却没想到这一点，这个认知让我很震撼。老实说，我只想当英雄，只想跟同学们炫耀我看到了大老鼠，而且还找到老鼠巢穴罢了。大介从很久以前就知道这里有大老鼠，却宁愿被同学当成骗子对待，从不辩驳。在他面前，我那邀功的想法真的是太卑鄙、太可耻了。

“抱歉，我知道你是为我好……”大介说。

“你为什么要向我道歉？”

“可是……”

“你说得没错，要是把这件事告诉班上的同学，一定会引起轩然大波。他们不像你，一个人也能玩得很开心。那些人做什么事都要在一起，肯定会成群结队来这里，到时候就不好收拾了。”我认同大介说的话，因为我曾经也是他们的一分子，过去的我也不可能一个人玩。

大介接着又说：“老实说，我也想让大家知道这里真的有鱼、有大老鼠。”

“对啊。不过，我真正想做的是……”

“是什么？”

“我想要洗刷你的污名，我不希望同学们都认为你是骗子。”我还是重申了自己的想法。

“听我说，真的没关系。”

“怎么没关系？既然我已经知道了真相，就不能袖手旁观，这是我的问题。”

“你的问题？”大介惊讶地问。

“没错，是我个人的问题。”

“既然你这么想，我还是希望你能保守秘密。再说，我不在意同学们说我是骗子……我是说真的啊，阿健。”

“……”我真的不知道该说什么，既然大介都这么说了，我只能将这件事放在心里。

那天傍晚，我跟大介一直望着家下川。直到太阳西下，那只大老鼠再也没有出现过。

第二天的午休时间，我跟大介跑到图书馆，我们想要查阅一下有关那只大老鼠的资料。

我们找出两本厚厚的动物图鉴，放在书桌上翻阅。

大介问我："阿健，这里真的会有吗？"

我说："那还用说，这可是图鉴啊。"

"话是这么说没错啦……"

"我真不知道你怎么想的，有那么重大的发现，竟然到现在都没调查过。"我很惊讶大介竟然从来没调查过那只大老鼠的真面目。

"可是，我真的很讨厌看书啊！"大介为自己辩解。

"这是图鉴呀，只要看图片就好了。"

想不到那个在河边表现英勇的男孩，到了图书馆竟成为一个极其普通的人。尽管嘴上说不爱看书，但第一个翻找出大老鼠图片的人还是大介。

大介指着一张图片说："是这个吧？咦，还是这个呢？"

我们两个紧盯着图鉴上的图片，比对脑海中大老鼠的长相。

我说："应该是美洲巨水鼠吧……"

大介说："看起来也很像麝鼠呢……"

"美洲巨水鼠生长于南美洲，麝鼠来自北美洲，这两种动物都是世界大战前日本人为了制作军服毛皮特别养殖的。

这些养殖的老鼠后来有的跑掉或是被弃养，才会在日本各地繁殖，到处都能看到它们的踪迹。现在美洲巨水鼠大多生活在西日本地区，麝鼠则是生活在关东的部分地区……”我仔细读着图鉴上的解说。

“这么说的话，那应该就是美洲巨水鼠喽！”大介高兴地说。

“原来真的有啊。我本来还以为那只大老鼠是人工交配出的新品种，或是突变种，原来是这么有来头的老鼠啊！”我感慨地说。

“看来美洲巨水鼠并不算是稀有动物呢。”

“就是说啊，书里还说冈山有很多美洲巨水鼠……不对，美洲巨水鼠应该很少见才对！你想想看，我们身边根本没人看过那只大老鼠啊，所以它应该可以归类为珍稀动物。”

后来我们又研究了图鉴上介绍的各种老鼠。没想到日本有这么多我不知道的老鼠品种，我只知道沟鼠以及家鼷鼠，而大介竟然还知道日本睡鼠与巢鼠，这令我对他刮目相看。

大介向我解释：“我住在长野县的时候看过日本睡鼠，长得很可爱！”

“长野有好多珍奇动物。”

“对了，我还看过飞鼠。”

“好羡慕你啊。”

“我跟你说，家下川有巢鼠。”

“真的假的？”我瞪大眼睛问。

“当然是真的啊！它们就跟这张照片一模一样，会做网球大小的圆形巢穴，长得超小。”

“是。老鼠真的有好多种，有很大的，也有很小的……”一想到过去从没注意过的动物就在自己身边，让我更想了解所有动物。

我跟大介说：“阿大，请你再多告诉我一些动物的事。”

“不要这么说，我也没有多懂多少……”大介难为情地回答。

就在我们聊得正起劲时，突然有人插话：“你们聊得真开心。”

转头一看，原来是班长夏叶。夏叶是一个长得又瘦又高的女孩，不管是男同学还是女同学都很喜欢她。

她不只功课好，运动神经也很发达，还很会照顾同学，对任何人都很和善，因此班上没有人会说夏叶的坏话。要是有人说她坏话，就会被其他同学认为那是一种因为嫉妒而做

你们聊得真开心！

出的恶意攻击。如果让班上男同学投票选出最受欢迎的女同学，我相信十个人会有九个投票给夏叶。不过，这些都不重要，现在的问题在于我跟大介单独相处的事情被她发现了。

夏叶接着说：“我都不知道大介同学和健太同学是好朋友呢。”

我不动声色地说：“随你怎么说。”

“这样啊。”夏叶直勾勾地看着我们两个，不一会儿，就看到图鉴上的图片，“哎，是老鼠啊。这是大介同学上次说的八十厘米的老鼠吗？”

“才不是呢！”我用力合起放在桌上的图鉴，就连我自己也不清楚为什么会有这样的反应。

“……对不起，打扰你们了。”夏叶一说完，转身就跑出了图书馆。

（我到底在干什么……）

“阿健……”大介觉得我的反应太怪了，我看着大介，勉强挤出笑容，却说不出任何话来。

第四章

夏橙事件

夏橙事件

发现大老鼠那一天之后的两个星期，这段时间里，我每天放学后都不直接回家，而且在外面玩的时间越来越长。不只是不上补习班的日子，就算是要去补习班的日子，我也一定会先绕去家下川晃一下。由于这个缘故，我每天放学后都跟大介玩在一起，我们相处的时间比跟爸妈相处的时间还要长。

虽然我们放学后几乎都黏在一起，但在学校里还是保持一定距离。如此一来，既不会造成彼此的困扰，共同保守一个秘密，也让我们有归属感。

我会再次跟大介变得这么熟，还有另一个原因。自从跟大介玩在一起之后，我体会到一件事，这很难用三言两语解释清楚，只能说我对于一个人独处这件事感到自在。

现在就算是自己一个人坐在教室里，我也不会有被排挤的焦虑感。我再也不用像以前一样配合班上同学赶流行，也不用硬逼自己加入大家的话题。

星期天，我吃完午餐后跑到家下川去玩。我并没有事先跟大介约定，但我认为他应该在那里。

来到之前发现乌龟的水门，这个水门现在已经成为我跟大介的秘密基地了。

一来到水门旁，我要做的第一件事就是将自行车塞进旁边的草丛里藏起来，要是让别人发现这里有自行车，我们的秘密基地就会曝光。

（不知道大介在不在。）

我装作若无其事的样子走到水门旁，往河里看去。岸边没有乌龟，不过旁边的水面有一个橘色的圆形浮标浮浮沉沉的。

（大介在那里。）

“咳咳！”我故意咳了两声，桥下立刻传来同样的回应。

“咳咳！”这是我跟大介之间的暗号。

我看了看四周，确定附近没有人之后立刻拨开草丛，往水门下钻去。

我问：“怎么样，今天钓到鱼了吗？”

大介一脸吊人胃口的表情说：“嘿嘿，你猜。”

水门下面是连接家下川的沟渠，插秧时会有灌溉用水流过，也具有排水功能。不过现在是干涸期，所以沟渠里根本没有水。加上从大马路方向看过来这里是视线死角，因此是最适合做秘密基地的地点。

我们的秘密基地还有很多吸引人的优点，就是够大。堤防下方是一个高达两米、宽约三米的隧道，而且有八米深。这么宽敞的地方，我们两个人想怎么用就怎么用，没有比这个更令人开心的事情了。

此外，隧道正中间有一个两米见方的水槽，水深达四十厘米。刚开始我们都觉得很不方便，但后来才发现它另有用途，我们可以将从河里钓上来的鱼，暂时放养在这个水槽里。

我们的秘密基地里有一个鱼槽，而且在这里还能钓鱼，最棒的是，完全不花一毛钱。这么好的地点，就算在网络上搜寻也找不到，唯一的缺点就是，一下大雨水就会淹进来。

我走进隧道，拿起原本放在那里的钓竿，问大介：“你钓到了什么？”

“我钓到了鲫鱼，还有我不知道名字的小鱼。”

“这不是平颌鱲吗？”我指着其中一条鱼问。

大介说：“不是，长得不一样。”

我坐在大介身边，开始钓鱼。钓鱼的第一件事就是挂鱼饵，将蚯蚓挂在鱼钩上真是一件苦差事。因为蚯蚓会不断蠕动，而且插入鱼钩时蚯蚓的身体还会流出恶心的黄色液体，还记得我第一次挂鱼饵时就吓得抓不住蚯蚓。不过，怕归怕，要是不在鱼钩上挂鱼饵，永远不可能钓得到鱼。

我忍住恶心的感觉，挂好鱼饵后将钓线抛进河里。

扑通！我的橘色圆形浮标在水面上漂动，跟大介的并排在一起。

时间静静地流逝，通常钓鱼时我们都不会说话。即使坐在一起，我们也不会看对方，而是望着同一条河，享受自在舒适的时光。

突然间,其中一个原本缓慢漂动的圆形浮标开始上下抽动。

我大叫：“阿大，有鱼上钩了！”

“嗯。”

大介的浮标受到鱼的牵引，往上游移动。

“阿大，太好了！”我开心地叫着。

大介这次钓上的是一条二十厘米左右的鲫鱼，他利落地取下鱼钩，往隧道中间的鱼槽走去。

我最近迷上了钓鱼，之前大介曾经为了让我看香鱼，还特地走到河里面用网子捞给我看。说真的，家下川毕竟是条有排水用途的河道，就算我再怎么想看香鱼，也不可能自己走进河里。

像这样坐在宁静的秘密基地里钓鱼，不仅轻松舒适，而且无论钓不钓得到鱼，都能享受钓鱼的乐趣。

没多久，大介又钓到一条鲫鱼。

我不禁称赞他：“你好会钓鱼呀。”

“嘿嘿，嘿嘿。”大介开心地笑着。

虽然我表面上看起来很平静，其实内心有点焦急，我好想赶快钓到鱼。

就在此时，我的浮标也开始动了起来。

“上钩了！”收起钓线后，我看到一条从未见过的鱼。于是我问大介：“阿大，你知道这是什么鱼吗？”

“什么样的鱼？我看看，嗯，我也不知道呀。”

其实，我们对鱼的名字并不是那么熟悉。我们也曾经查过图鉴，但河里的鱼颜色都很暗沉，身上也没有明显特征，很难判断是什么鱼。

我说：“好想知道它叫什么名字呀，你认识熟悉鱼的朋友吗？”

“这个嘛……”大介歪着头想。

“阿大，你爸爸熟悉鱼吗？”

“我爸爸只知道长野县的鱼，阿健，那你爸爸呢？”大介反问我。

“不行不行，他根本是外行人。到底有谁对鱼很熟悉呢？”

我从这只无名鱼的嘴边取下鱼钩，认真想想，这个鱼槽里有好多种鱼，说不定里面就有从来没有人看过的珍贵鱼种。

后来我们又钓了一会儿鱼，从水面反射上来的阳光将隧道入口照射得闪亮刺眼，也使得隧道里越来越热。

大介像是想起了什么，突然问：“对了，阿健，你渴不渴？”

我说：“嗯，有一点。”

“告诉你，我发现了好东西，跟我来。”

大介说完就站了起来，要我跟他一起走，我还是搞不懂他要做什么。

“你说的好东西是什么啊？”我问。

“这是个秘密，先不告诉你。”

我不知道大介要带我去哪里，但我还是跟着他走。

大介往隧道里走去，出来再沿着没有水的沟渠一直走。由于这条贯穿整个田地的沟渠深度超过一米，因此外面没有人看得见我们；同样地，我跟大介也只能看到没有尽头的沟渠，以及抬头才能看见的天空。

“这里是哪里啊？”我问大介。

“还用问吗？我们在田地里面啊。从这里右转就是碾米厂，往这里走就是二手车行。”

看大介熟门熟路的样子，他一定经常走这条沟渠。

我又问：“阿大，你经常走这里吗？”

“有时候啦。”

“你真是个怪人。”

“那有什么办法，只有走这里才能接近小鸟，而且不会被它们发现。”大介进一步解释。

“你说谎。”

“什么！你说我说谎？”大介突然爬出沟渠，左右张望。接着再往下跳到我前面，跟我说：“快来，往这里走！”

大介就像书上的忍者一样，突然蹲低身体往前跑，我也只好跟着他跑。

我们沿着沟渠连续右转两次之后，大介放慢脚步，半蹲下来，小声对我说："阿健，你有没有看到前方十米左右的地方插着一根木桩？"

"有。"

"那里有一只很大的鸟。"

"鸟？"

"你慢慢靠近它，看清楚一点。你想抓的话，也可以抓它。快去！"

大介在后方推着我沿着沟渠往前走，我弓着身体，不发出任何声音，安静地走着。

（又不是在玩娃娃机，哪有那么好抓的……）

虽然心里知道鸟类不是那么容易抓的动物，但能近距离看到鸟，我真的很想亲眼看看。我怀着紧张的心情，一步步往前走。

不一会儿，我发现我已经走到木桩前方了。

我回头看着大介，大介用手指着一个方向，提醒我那只大鸟的位置。我咽了一下口水，突然觉得好渴。

我们蹲在地上，我慢慢伸出头来，慢慢地、慢慢地……

突然间，我瞄到了白色大鸟的颈部，于是赶紧缩头，很怕被发现。

（好近，好大一只鸟！）

我离那只大鸟太近了，近到只要我往前扑就能抓到它，这样的距离根本没办法观察。我的心脏怦怦怦怦地跳个不停。

（接下来要怎么办？是要慢慢探出头去，还是一口气往前扑，抓住那只鸟……）

想了一会儿之后，我做了一个决定。

（反正到头来那只鸟都会飞走，不如扑扑看好了！）

我将脚掌抵在沟渠的墙壁上，准备好之后就奋力往上飞扑。

（看我的！）

正中目标！虽然我只是朝着农田的方向胡乱飞扑出去，但位置与距离都刚好精准无误，那只大鸟被我吓得往前蹦跳，拍着翅膀，大叫着飞走了。

我的手中还残留着羽毛的触感，四周还回荡着大鸟挥动翅膀的吧嗒声，那只大鸟就这样消失在天空中。

“阿健，真有你的，你摸到那只鸟了吗？”大介开心地大叫着。

“我摸到了！我用这只手摸到了！”我骄傲地伸出右手

给大介看。

“你好厉害啊，我连摸都没摸到。”

“那只鸟好大呀，它打开翅膀之后有这么大！而且那只鸟应该被我吓到了，表情好夸张啊。我摸到它的翅膀根部，那里好硬，摸起来凉凉的……”我红着脸，兴奋地说着。

“好羡慕你，我下次一定要摸到！”大介也不服输地回应。

后来，我们沿着原本的路往回走，一路上不停地讨论着那只大鸟。

刚刚我们看见的大鸟应该是鹭鸶，换句话说，这附近的农田是鹭鸶这种漂亮鸟类的栖息地。鹭鸶通常会成双成对地出现，遇到危险时，公鹭鸶会刻意采取大动作吸引敌人注意，让母鹭鸶趁机逃走。此外，家下川还有一种小小的、蓝绿色的鸟，名字叫翠鸟，它每次都会停在同一根树枝上捕鱼。

整段路程几乎都是大介在说个不停。不过听大介说话很有趣，因为他说的话都不是从书本或电视里看来的，而是亲眼看到或经历过的事情，不只有临场感，也让我觉得有一天我也能有同样的经历。

我们继续沿着沟渠走，来到一旁的农舍，大介说：“阿健，我们到喽。”

“这里以前不是有猪圈吗？”我回想着。

“你看那个！”顺着大介手指的方向看去，有一棵夏橙树。黄色的夏橙点缀在茂密的深绿色树叶之中，看起来鲜艳欲滴。

“那是……”我没想到这里竟然会有夏橙树。

“那棵树结出来的夏橙都没有人采收，每年熟了之后就会掉在地上。”

“那……你要偷吗？”我问大介。

“什么偷，说话这么难听，是要摘下来吃。”大介继续说。

“那还不是一样。”

我其实有点犹豫，如果只是普通的恶作剧那还可以接受，但偷水果是一种偷窃行为，要是被抓到那会很丢脸，比银行抢匪更丢脸。

可是，大介完全没顾虑到我的心情，他爬出沟渠，向着夏橙树走去。

（怎么办……好吧，管他呢！）

我决定豁出去，跟着大介的脚步爬出沟渠，紧追在他后面。

我们从农舍后方绕到夏橙树下，闻到了一股柑橘类水果的淡雅香气。

“真的要偷吗？”我还是忍不住开口问。

“摘一颗，一颗就好。来选一颗好吃的吧！”大介还是像以前一样我行我素，但我很担心被别人看到，忍不住四处张望。

“阿健，你这样四处张望的样子真的好像小偷啊。”

（喂，你在说什么？就算没有四处张望，我们做的事还是跟小偷没两样啊！）

这时，农舍那边竟然有人开口说话：“你们是哪家的小孩啊？”

我大感不妙，头上像是孙悟空被念紧箍咒一样，突然痛了起来。

“我说你们，到底是谁家的小孩？”我们一回头就看到一位身穿工作服的大婶站在那里。

那位大婶一直盯着我们两个的脸看，要是现在逃跑，我们应该有机会逃掉。不过，要是这位大婶找到学校里来，那就不好办了。

正当我不知道该怎么办的时候，大介突然开口说：“我是住在国江町的新见大介，请问可以给我一颗夏橙吗？”

“原来是新见家的小孩啊！好啊，你们想吃多少就摘多少去吃吧。”大婶爽快地说。

“真的可以吗？”大介再次问。

“反正也没人吃，那些夏橙连鸟都不吃。”那位大婶说完就转身走回农舍里去了。

“谢谢大婶。”大介大声地道谢。

（原来是大介认识的人啊，吓我一跳……）

我不由得松了一口气，放下心来。

于是我跟大介一人摘了一颗夏橙。坐在沟渠边上，我一边剥着厚厚的果皮，一边说：“阿大，你好奸诈啊。”

“什么意思？”

“你明明就认识那位大婶，干吗不先说？害我以为我们真的要偷夏橙，吓死我了。”

大介看着我不发一语。

“你认识那位大婶吧？”看了大介的反应，我又问了一次。

“不认识，我从来没见过她。”

“不会吧……”

“真的，我是第一次见到她。还好那位大婶很亲切，真是太幸运了。”大介笑着说。

我真的是太惊讶了，惊讶到说不出话来。不，与其说是惊讶，不如说是太佩服了！我想一般人应该没办法如此大方地跟第一次见面的人介绍自己，还跟对方要东西吃吧？至少我做不来。大介在处理这类事情的态度上与我明显不同。

“嗯！好好吃呀！”大介吃了一口夏橙，开心地说。

我也立刻咬了一口，“哇！好酸啊！”没想到夏橙这么酸，这根本不能吃吧！

“会吗？我吃一口。嗯，很好吃啊！”大介吃了一口我剥的夏橙，直说好吃。他的反应出乎我的意料，原来每个人的味觉有这么大的差异啊！

我问大介：“没想到你这么爱吃，你不觉得酸吗？”

“夏橙本来就是酸的啊。”

“可是也要看有多酸啊，像这样的酸度，一百个人里面会有九十九个人都说酸。”

“是这样吗……不，我不认为。”大介一点也不示弱，我们就这样争论了好一会儿。

最后，大介说出令我惊讶的话来。

“好，我知道了，那就这样吧。我们拿这个夏橙去给班上同学吃，这样就知道夏橙酸不酸了。”

（大介提出的方法是很好，不过，要怎么做呢？）

就在此时，我想到了一个好方法。

“我有一个好点子，不如我们拿夏橙去戏弄同学如何？”

“戏弄同学？”大介问。

“我们来玩一个无聊的恶作剧，将夏橙切成小块，偷偷加在营养午餐里给同学吃。”我将自己的想法说给大介听。

“只针对我们班上的同学？”

“没错。”

“好像很好玩的样子，大家发现营养午餐多了一道水果，一定会很开心。”

“笨蛋，大家一吃夏橙就会被酸得大叫了。”

于是，这个无聊的恶作剧就这么定了。

后来我跟大介又摘了十颗夏橙，向大婶道谢后回到我们的秘密基地。虽然夏橙还很硬，但却不断飘散出宜人的香味。

到了第二天，计划已经准备妥当。前一天我跟大介先将夏橙藏在学校理科教室后方的空地上，今天再趁着第二节下课的休息时间将夏橙拿到理科教室里。

我们拿出美工刀，将所有夏橙切成四等份，切成四分之一的夏橙看起来就像是营养午餐会供应的水果。最后，我们将所有夏橙放进一个大塑料袋里，藏在理科教室的柜子里面。

“太完美了。”大介说。

“接下来，只要将夏橙放进装面包的箱子里就可以了，绝对不能失败！”我又叮嘱了一次。

“好嘞！”

我们两个既紧张又兴奋，脸上浮现出搞恶作剧的表情。

当上午第四节课的下课钟响起时，我跟大介首先冲出教室，我们必须赶在厨房挤满人之前完成计划才行。

我跟大介说：“我去理科教室，你去厨房。”

“好，我会先抢一个装面包的箱子，等你过来。”

我们在走廊上分配好工作后分头行动，最后在厨房会合，然后趁没有人注意偷偷将夏橙放在面包箱子的底层。

“幸好来得及。”

“我的心脏都快跳出来了。”

计划完成后，我们两个装作一副若无其事的样子回到教室，假装不知情地暗地观察其他同学的反应。

穿上白色工作服的午餐值日生忙着分配餐点，其他同学则排成一列等着拿营养午餐。今天的午餐是肉酱意大利面、凉拌蔬菜、炸白身鱼，午餐值日生一一将料理舀到同学的盘子里，接着再放上面包、牛奶以及夏橙。

我和大介跟着大家一起排队，不过，当我们余光瞄到彼此的脸时，都要拼命忍住快喷出来的笑意。

大介看到我的滑稽模样，对我使出一个恶作剧的笑容，刻意大声惊呼：“哇，今天有我最爱吃的夏橙哟，好幸运啊！”

他的动作实在是太夸张、太好笑了，我快要忍不住了。

“大笨蛋，这样会被发现啦！”

“嘿嘿嘿。”

看着大介的笑容，我小声说：“阿大，你要仔细看噢，大家一定会因为太酸而不吃夏橙。”

“才不会呢，大家一定会说很好吃的。”

我们说着悄悄话，安静地回到座位上。

“同学们，请双手合十。大家开动——”

“我要开动了。”

午餐值日生的指令打断了我们的悄悄话，同学们纷纷吃起了营养午餐。

每个同学的盘子里都放着牛奶、面包、主菜料理以及鲜艳欲滴的夏橙。夏橙是很适合出现在营养午餐的水果，因此班上的同学没有人怀疑它的存在。

我跟大介不断环顾教室，仔细观察大家的反应。不过，由于大家吃饭都有一定的顺序，没有人一开始就吃作为饭后水果的夏橙，于是我们只好暂时不管夏橙的恶作剧，专心吃饭。

不久之后……

“好酸！”有位同学大叫。

“这是什么啊，也太酸了吧！”

教室里开始发出阵阵哀叫声，看到这样的景象，我在心里窃笑。于是我看着大介，向他比了一个胜利的手势。大介则歪着头，不明白为什么会有这个结果。

同学们还在苦叫中——

“好酸啊。”

“唔！太酸了，我受不了。”

（太好了，看样子是我赢了。）

此时我已经确定胜利女神在向我微笑。

（这世上怎么可能会有人觉得那么酸的夏橙好吃呢？）

看到教室里吵吵闹闹的情景，老师也忍不住站起来制止。

“安静，同学们安静一点。夏橙虽然很酸，但是它含有很丰富的维生素 C，对健康很好，大家一定要吃光哪。”

“不会吧！”

“对了，维生素 C 还能养颜美容，想要变漂亮的女同学一定要多吃呀。”老师说完后还做了一个鬼脸，惹得全班同学哈哈大笑。

不管老师说什么，就算夏橙能让人变美、变健康，酸的水果就是酸。教室里还是不断发出同学们喊叫“呃，真的好酸啊——”的声音。

不过，我也听到有同学这么说：

“没想到夏橙还蛮好吃的嘛！”

“我喜欢吃酸的，太好了。”

“我每次上完网球课后一定会吃柠檬。”

“哇——你可以整颗吃下去呀，太厉害了——”

这两个爱八卦又高傲的女同学是优子和里美，她们一边说着，还向其他同学要夏橙来吃。她们似乎认为敢吃酸的东西是一件很酷的事情，这样做很时髦，也很成熟。

（可是，这是连鸟也不吃的夏橙，呵呵呵。）

我竟然会因此感到开心，我在意的点还真奇怪。

不过，好玩的事就是好玩，我也没办法控制，这就是恶作剧的本质。虽然夏橙很酸，但恶作剧的味道就像蜜一样甜。

那天的营养午餐就这么结束了，我跟大介的恶作剧也顺利成功。

太酸了！
这么酸，
我受不了啦！
太酸了吧？

仔细想想，恶作剧成功的要素就是要引起骚动。要是没有人发现今天的夏橙是我跟大介的恶作剧，那么我们只能算是偷偷帮营养午餐加菜的好心人而已。虽然很难为情，但我们一直希望能有人早点发现这是一场恶作剧。

午休时间结束后，终于有人发现这是一场恶作剧了。

原本在操场玩的几名同学气喘吁吁地跑回教室，大声说：

“不好了，今天中午只有我们班上的营养午餐有夏橙。”

“没错，我听说其他班级都没有呢。”

“不会吧！”

“我们也太幸运了吧！”

“笨蛋，这样太恐怖了。”

“可是……为什么只有我们班有呢？”

“该不会今天吃的夏橙有毒吧？”

“别乱说，我可是吃了一堆呢！”

这场恶作剧被揭穿的同时竟演变成一场悬疑事件，同学们怀疑夏橙里有毒的猜测完全超乎我们的想象，也让这场恶作剧一发不可收拾。

原以为传言会愈演愈烈，逼得学校报警，让警察来学校取证调查，或者是会惊动新闻台的记者来采访，结果竟然只是在放学前的例行班会上进行调查而已。不过，不管怎么调查，午餐值日生都不知道那袋夏橙是从哪里来的，又是以什么方式混进营养午餐里的。

只要我跟大介不说，就没有人会知道这场恶作剧是谁搞的。

“这是一件诡异的悬案！”

“到底是谁搞的呢？”

由于同学们议论纷纷，从那一天起，夏橙事件在教室里喧腾了一个星期。直到最后这个事件被冠上了新的名称，演变成另一种形态，才悄悄落幕了。

夏橙事件后来被冠上传说之名，人称“六年级一班夏橙传说”。

第五章

夏叶与大蚯蚓

夏叶与大蚯蚓

这一天的午休，我在学校遇到了一件麻烦事。

“浅野健太同学。”我在操场上玩，夏叶叫住了我。

自从上次在图书馆巧遇夏叶之后，她就没再跟我说过话。我知道当时我对她说话的态度很差，虽然很过意不去，却从来没向她道过歉。

“健太同学，请等一下。”

“你找我吗？”

“我有一件事想问你。”夏叶一副郑重其事的模样。

我静静地看着她，心却扑通扑通地跳。被夏叶同学叫住，相信每个男同学的心里都会小鹿乱撞的。

我避开夏叶的目光，看了一下足球门，镇定地说：“你想问我什么事？”

“在营养午餐里偷加夏橙的人是你吧？”

“你说什么！”突如其来的这句话，让我的心脏都快跳出来了。

（她怎么会知道？我们不可能留下证据的啊！）

我拼命维持表面的平静，不过，夏叶又自信满满地问了一遍：“是你做的，对吧？”

我有点粗鲁地回答：“我不知道，你有证据是我做的吗？”

夏叶看到我的反应，了然地笑着说：“你心虚的样子就是证据。”

“这算哪门子证据……”我还想辩驳。

“这样还不算是证据吗？”

“那是当然的啊，真是胡说八道。”我尽力维持镇定，想要蒙混过去。

夏叶仍然继续追问：“我都看到了。那天你跟大介同学在吃营养午餐之前，曾经慌慌张张地跑出教室。如果只有你一个人，那还说得过去，但就连平时慢吞吞的大介同学都急着往外跑，我认为这事情不简单，一定有问题。”

（怎么办……她连大介都知道了……）

我的脑中一片混乱，完全想不出办法来。

夏叶继续说：“跟我说实话吧，我还没告诉别人。”

“是你想太多了。”我还是嘴硬不肯承认。

“是你们的行为太不寻常了。”

“那只是凑巧而已，没错，只是凑巧而已。”

“你们一定有问题。”无论我如何辩驳，夏叶都不相信我。再这样下去，我们做的事一定会曝光。

“我还有事，不跟你说了。”我说完转身就跑。

夏叶在我身后大声问：“你什么时候还要去家下川？”

“你说什么？”我顿了一下，回头看她。

（为什么她连家下川的事都知道？）

我认为在没有心理准备的状况下继续跟她说下去的话，后果可能无法预料，最后我选择当场逃走。

放学后，我将大介约到屋顶上，跟她说了夏叶的事。

“阿大，怎么办？被夏叶那家伙发现了。”

“……”大介不发一语。

“夏叶那家伙有很多朋友，她一定会跟所有人说的。”

“……”大介还是不说话。

“而且老师一定会相信夏叶说的话，惨了，这下真的惨了。”

“……阿健……”刚刚一直沉默不语的大介，开口说话了。

“什么？”

“刚刚夏叶也来找我。”

“真的吗？然后呢？”

“她要我带她去家下川……”

“她怎么会知道我们在家下川玩的事情？”关于这一点，我还是想不透。

“她说她看过我们在河里玩的样子……可是，如果不带她去家下川，她说她要将我们在营养午餐里偷加夏橙的事情说出来……”

“可恶！竟然敢威胁我们！”我生气地说。

“而且她还说，下次我们搞恶作剧时要跟她说一声。”

“那是什么意思？”

“你也觉得莫名其妙，对吧？”大介也一头雾水。

“是啊……”

（夏叶为什么要我们带她去家下川玩呢？为什么要我们

告诉她什么时候搞恶作剧呢？）

我想破头也搞不清楚夏叶到底在想什么。

“对了，阿大，那你怎么跟她说？”

“嗯……夏橙的事情我当然是装傻混过去了。不过，她说想跟我们一起去家下川玩……”

“所以你就同意了？”

“嗯……哎哟，她都说想跟我们一起玩了，我没办法拒绝啊！而且明天是假日，她说下午想去家下川玩。”

“……”我不知道该说什么，我的心情很复杂。我能理解大介的想法，让夏叶跟我们一起玩也不是一件坏事。只不过我不清楚夏叶到底在想什么，所以感到很不安。

（夏叶那家伙可是模范生呀，干吗要跟我们一起玩……难道她有什么目的吗？）

我没办法乐观地看待这件事，大介看到我深思的模样，觉得很过意不去地说：“阿健，我是不是做错了？”

“不，你没做错……我知道你也没有选择。我只是很担心，我不知道夏叶那家伙到底想做什么。”

“说得也是……不过，我很怀疑夏叶敢走到河里去，她敢走进草丛里吗？我猜，她可能连蚯蚓都没拿过吧？”

（大介说得对，我不认为夏叶敢拿蚯蚓，这样还说要跟我们做朋友？她是个模范生，而且还是女同学，怎么会想跟我们玩呢？）

就在此时，我想到了一个好点子。

我对大介说：“我想到一个好点子，为了让她保守夏橙的秘密，我们就如她所愿，带她去家下川玩吧。”

大介迟疑地说：“真的可以吗？”

“是她自己要我们带她去河里玩，她一定会觉得无聊的。再说，想要钓鱼就一定要用手拿蚯蚓，到时候她就会打退堂鼓了。”

“对呀！不过，这么做有点坏呀。”

“哪里坏？要不要跟我们玩，全看她自己的决定。”

我跟大介说好之后，就等着明天的到来。

第二天出门时，我的心情和往常不同。若要说有什么不同，我也说不清楚，但想到今天夏叶要跟着我们去家下川玩就觉得今天不太一样。我比以前更用力地踩着自行车，往家下川骑去。

到了水门下方之后，我赶紧跑到秘密基地去。

（大介还没来啊……）

看着空荡荡的秘密基地，我发现大介还没来。定睛一看，秘密基地里放着两个黄色塑料箱子。

（那两个箱子是什么？）

不一会儿，大介在堤防上大叫：“对不起，对不起，我来晚了。”大介手里抱着另一个塑料箱子，匆匆忙忙地跑下堤防。

我问大介：“这些箱子是做什么用的？”

大介说：“我在摆放建筑材料的空地那里看到这个，就拿过来用了。这些箱子可以当椅子坐，很好用噢。”

“椅子？喂，没必要因为夏叶要来就特别照顾她吧。”

“不是这样的，只是刚好那里有三个，我就拿过来了。”

“最好是这样啦。”我不知道事实是不是真的像大介说的那样，但我暂时不想追究。话说回来，大介拿来的塑料箱子真的很好用，既可以当椅子坐，多出来的箱子还能当桌子用。

我们一如往常地开始钓鱼，一边等着夏叶的到来。

大介开口说：“我今天带来的蚯蚓很惊人噢！”

“什么意思？”

“你看！”大介拿出两个罐子。

我问：“为什么有两个罐子？”

“一个是我们平常用的红蚯蚓，另一个是大蚯蚓。”

“大蚯蚓？”

我打开盖子一探究竟，罐子里放着松软的泥土和碎稻秆，我想也没想就用手指挖开泥土。轻轻挖开泥土后，我看到一堆闪着蓝色光芒的大蚯蚓。

“哇！”我不禁大叫出来。这些蚯蚓竟然跟我的小指一样粗，长度超过二十厘米。

“哈哈哈，阿健，你怎么还会被吓到啊，太胆小了吧。”大介看到我的反应，忍不住嘲笑我。

（原来这是大介拿来吓唬夏叶的啊！）

“不管怎么说，阿大，你真厉害，竟然能找到这么大的蚯蚓。”我真的很佩服大介。

“这是我在学校农场里找到的，堆肥场那里有很多。”

大介的话提醒了我，之前打扫时我就看过好几次这种大蚯蚓了。但是当时我对蚯蚓一点兴趣也没有，所以没有放在心上。

“话说回来，这么大的蚯蚓可以钓鱼吗？这个比我们平常钓的鱼的嘴巴还大呢。”我说出了我的疑问。

“当然是不能钓小鱼喽，这种大蚯蚓只能钓鲤鱼或鲇鱼那种大型鱼。”大介边准备用具边解释。

“只能钓大型鱼啊。不过，大型鱼很难钓吧。”

“你干吗灭自己威风啊？你忘了之前我们曾经用吐司边钓到大鲤鱼吗？”

大介说得没错，当时我们的确轻轻松松就钓到鲤鱼了，但是我很清楚钓鱼可不是这么简单的事情。

我们那个时候钓到的鲤鱼，是大介花时间喂养，等鲤鱼习惯吃饵之后才钓到的。这跟养在庭院里的鲤鱼一样，习惯人类喂养的鲤鱼一旦肚子饿，看到食物就会扑上来。换句话说，那是特殊情形，无法适用在所有鱼身上。我在这里钓过好几次鱼，慢慢体会出这个道理。

大介接着说：“不过，今天的目的就是要钓不到鱼，不是吗？”

我回答：“嗯，说得也是。”

没错，今天的目的是要让夏叶拿恶心的蚯蚓，让她觉得钓鱼是一件无聊又浪费时间的事情。

就在此时，有个女生的声音从我们的头上传来。

“大介同学！健太同学！”

夏叶来了。

大介同学！
建太同学！

我假装没听到她的呼唤，仍旧自顾自地组装钓竿，大介则向夏叶挥了挥手。

夏叶走下堤防，擦了擦汗说："对不起，对不起，我找了好久才找到这里。"

夏叶今天的打扮很不一样，她穿着蓝色T恤和牛仔短裤，身上背着一个白色大布包。她平常上学时都穿衬衫搭配裙子，我看了有点惊讶。可能是因为穿着不同，也可能是因为地点不同，夏叶今天的感觉看起来很不一样。

夏叶说："你们在钓鱼啊。"

我还是不理会夏叶，继续组装钓竿，我决定在不得罪她的状况下当她不存在。大介来回看着我和夏叶，最后蹲在我身边。我猜他是考虑到我的心情，想让我知道他站在我这边。

大介问："你有粗一点的钓鱼线吗？"

我说："在那个箱子里。"

"鱼钩呢？"

"这个给你。"我跟大介一来一往地对着话，将夏叶晾在一边。

如果是善解人意的男同学，一定会找夏叶感兴趣的话题聊，跟她分享钓鱼的乐趣，帮她将蚯蚓挂在鱼钩上。很可惜，我们不是那么贴心的男生。

夏叶什么话也没说，她将白色包包放在塑料箱子上，就这样站在一边，默默地看着我们。

（夏叶到底想干吗？）

我一直在猜测夏叶来这里的目的。

（夏叶是个养尊处优的大小姐，心里一定很看不起我们坐在杂草丛后方的水门里钓鱼的行为。而且她在班上很受欢迎，每个男同学都想讨好她。现在，只要我们不跟她说话，就一定会惹她生气。）

下定决心之后，我从头到尾都没抬起头，专心组装钓竿，因此我没看见夏叶的表情。我猜我们都不理她，她一定不知道该怎么办吧。

夏叶就在我们身边晃来晃去，独自往水门隧道里走去。

等到看不见夏叶的身影后，大介小声对我说：“刚刚好紧张。”

“嗯……”

“我们都不理她，这样好吗？”

“这个嘛……”我自己也拿不定主意。

大介接着问：“要不要让夏叶钓鱼？”

我没有回答这个问题。其实我也不知道应该怎么办，说我心机深也好，我决定将接下来的事情全都交给大介。

于是我开口说：“大介。”

“什么事？”

“夏叶就交给你了。”

“你说什么……”大介吓了一跳。

我相信大介比我会处理这种情形，他可以不在意别人的想法，若无其事地与对方说话。与其说这是大介的个性，不如说这是他与生俱来的天分。

大介挠着头对我说：“真伤脑筋……”

我回答他：“反正你不要太关照她就好了。”

我真是过分，明明是我想要讨好别人，还说这种话。不过，大介不以为意地说：“这样啊……嗯，好吧，随便好了。”

我真的好羡慕大介这种爽快的个性。

结束与大介的对话之后，我在大鱼钩上头使用了与以往不同的大蚯蚓。大蚯蚓的体形真的很大，而且蠕动得很快，老实说看起来真的很恶心。不过我不会就此退缩。我默默地将鱼钩刺进大蚯蚓的身体里，然后将钓线抛进河里去。

大介一直回头望向隧道深处，看来他很担心夏叶的状况。

没过多久，夏叶走回我们身边，说："呀——这里好好玩啊！"我背对着她，继续钓鱼。

大介问她："哪里好玩？"夏叶回答："这里真的太棒了，空间又大，采光又好，而且还很安静。"

大介开心地说："真的吗？你真的这么想吗？"

"是啊，有一种河畔别墅的感觉。"

"有别墅的感觉吗？"

（喂，阿大，你在感叹个什么劲儿啊？这是场面话，场面话你懂不懂？）

夏叶接着说："我带了自己做的点心过来，待会儿来吃点心吧！"大介兴奋地回应："好啊，我要吃，我要吃！"

（阿大，你这家伙！这么开心做什么？）

"那是我自己烤的蛋糕，可能不是很好吃。"

"什么？你会烤蛋糕？好厉害！我只会泡面而已。"

"呵呵呵。"夏叶开心地笑着。

（喂，大介，虽然我把夏叶交给你处理，但没说要你跟她做好朋友啊！）

大介像是想起了什么似的说："对了，夏叶，你要不要钓鱼？"

（很好很好，这样就对了，让她尝一尝大蚯蚓的威力！）

夏叶惊喜地问："真的可以吗？"

"当然可以啊，我还特地多带了一组钓竿，就是要让你钓钓看。不过，你要自己挂鱼饵。"

（太厉害了，阿大！说得真好！）

我不动声色地回过头，观察夏叶的反应。

夏叶好奇地问："鱼饵，是什么啊？"

"是这个。"大介拿起装着大蚯蚓的罐子，往地上一倒，刚刚看到的那些大蚯蚓就这样随着泥土扑通一声全掉了出来，在水泥地上扭来扭去。

"啊！"夏叶一看到大蚯蚓就放声尖叫，双手抱在一起，一脸受到惊吓的样子。她的反应完全在我们的意料之中。

（呵呵呵，这个世界上没有一个女孩子不怕大蚯蚓。）

大介赶紧道歉："对不起，你怕蚯蚓吗？"

（笨蛋，有什么好道歉的？）

"……"可能是受到了太大惊吓，夏叶一直不说话。

不一会儿，大蚯蚓开始在被太阳照得发烫的水泥地上剧烈蠕动着。蚯蚓很怕热，拼命想要逃到阴凉处，于是大介将那些大蚯蚓一条条抓回罐子里。

我看到大介在抓蚯蚓，开口问：“阿大，要不要帮忙？”

大介说：“没关系，阿健，我自己来就可以。”

夏叶还是一脸受惊吓的样子，低着头一动也不动。

我一转头就看见有一条大蚯蚓落单，朝着夏叶的脚边前进。只见它离夏叶越来越近，越来越近，五十厘米、四十厘米、三十厘米……一直接近到十五厘米时，我注意到夏叶穿着粉红色球鞋的脚往后抬起。

我本来以为夏叶是要往后退，没想到她直接用脚将大蚯蚓踢开。接着她又摘下一片垂挂在水门上的葛叶，走到大蚯蚓前面蹲了下来，开口说：“大介同学，健太同学，不在鱼钩上挂蚯蚓，就不能钓鱼了，对吧？”

“……”我跟大介默默地看着她。

“……既然如此，我也只有拼了。”夏叶一说完就将葛叶盖在大蚯蚓上，用手捏起大蚯蚓。葛叶根本遮不住大蚯蚓，只见大蚯蚓不断地蠕动着身躯，但夏叶完全不为所动，反而一脸惊奇地观察着大蚯蚓。

大介看到夏叶的表现十分惊讶，瞪大眼睛说：“夏叶，你好勇敢！竟然敢抓蚯蚓。”“嘿嘿，我很勇敢吧！我是第一次抓呢。”夏叶也开心地回应。

“好勇敢，你好勇敢，我对你刮目相看了。很好，接下来就把蚯蚓挂在鱼钩上吧。将鱼钩插进蚯蚓的身体里，要一口气插进去。”大介仔细说明挂鱼饵的方法。

“啊，好恐怖，它流出恶心的液体了！”夏叶大叫。

“不要怕、不要怕，蚯蚓是由液体构成的。”

“你在说什么啊？哈哈哈。”

夏叶与大介笑得很开心,我在一旁默默地看着他们的互动。

我看得出来，夏叶虽然在笑，但是她的表情很僵硬，只不过是硬逼着自己笑出来罢了。

大介不一样,他是真的很开心,而且是从心里感到高兴,他现在的表情就跟当时与我一起钓到大鲤鱼所展现的笑容一样。

我大概可以猜到大介开心的理由，因为我曾经跟他一起拥有开心的回忆，共同创造的开心回忆比花时间沟通更能有效建立彼此的信任感。

（看到夏叶拿着大蚯蚓的样子，我的心里似乎也感到一丝欣慰……）

在这一刻，我也察觉到自己的内心变化。

第六章 迷失自我

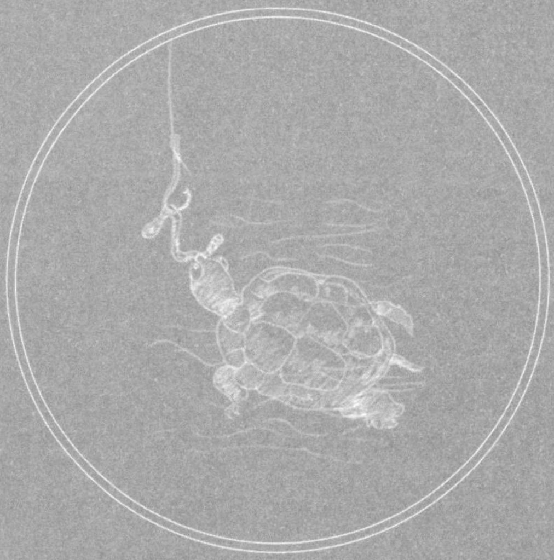

迷失自我

太阳高挂在天空，普照着大地。我、大介和夏叶三个人并肩坐在太阳底下，我们的脚边都放着一支钓竿，呆呆地望着钓竿前方。

“阿健，有鱼上钩吗？”大介问。

“没有，一点动静也没有。”

过了这么久，到现在一条鱼也没钓到。不过这也不是没有原因的，今天我们都在大鱼钩上挂着大蚯蚓，还使用了大铅锤。照理说，我们应该能钓到大鱼才对，但这个世界并没有那么简单。

“我还是换回小鱼钩好了。”大介丧气地说。

“啧，你这个没毅力的人。”

“嗯——好吧，那我再努力一下。”听到我数落他，大介又回心转意了。

原本是为了让夏叶觉得无聊而使用大鱼钩，没想到我们竟然开始觉得无聊，真是没用。

夏叶好奇地问：“换鱼钩是什么意思？”

“换成小鱼钩，挂上小鱼饵，就能钓小一点的鱼了。钓不同大小的鱼，要使用不同形状和尺寸的鱼钩，也要用不同的鱼饵。”大介回答。

大介的细心解说让原本对钓鱼一无所知的夏叶听得津津有味。

“是，原来鱼钩还有不同大小啊，我都不知道。不过，比起钓小鱼，钓大鱼比较好玩，对吧？”夏叶又问。

“不一定，钓小鱼也很好玩。说实在的，小鱼比较好钓，乐趣也比较多。不仅可以钓到很多条，还能钓到各种不同的鱼。”大介回答。

（大介，你这个笨蛋！不要说这些有的没的。）

夏叶接着说："这样啊——没想到钓鱼还有这么多学问。大介同学，你钓给我看，换上小鱼钩，钓很多鱼给我看嘛！"

"这个嘛……"大介转头看我，大概希望我能帮他一把。

我灵机一动，开口说："钓大鱼比较有成就感，再说，我们是为了你才装大鱼钩的。"

"真的吗？没想到健太同学这么为我着想。"夏叶惊喜地说。

（喂，不要误会我的意思！）

"你总是酷酷的，原来心地这么善良。"

（谁来救救我啊！）

"呵呵呵。"大介忍不住笑了出来，我转头瞪着他。

"咦？大介同学，我说的话很好笑吗？"夏叶看到大介的反应，不禁开口问。

"嗯？没有。就是……其实我是在笑你现在才发现。虽然阿健外表看起来很严肃，其实他内心很善良的。呵呵呵。"

（还起哄！大介这家伙，我绝不饶你！）

我咬着牙狠狠地瞪着大介，不发一语。

就在此时，夏叶的钓竿前端开始出现动静。

"夏叶，快握住钓竿！"我跟大介同时叫了出来，夏叶惊慌得连右手也伸出来握紧钓竿。

大介提醒夏叶：“当我说好的时候，你就立刻拉起钓竿。”

“好。”

“不能拉得太用力！”

“线也不能放太松！”我跟大介你一言、我一语地说着。

“什么？那我到底要不要用力拉？我该怎么做？”夏叶听不懂我跟大介说的话，忍不住大叫。只见钓竿前端抽动得越来越厉害。

“好，现在往上拉！”大介下令。

“好嘞！”夏叶听了立刻往上拉起钓竿。

整支钓竿弯出大大的弧度，从这一点即可判断夏叶真的钓到鱼了。

“怎么办？我现在该怎么办？”夏叶慌张地问。可是，我跟大介现在任何忙都帮不上。当鱼上钩时，只能由握竿的人慢慢地将竿子拉起来。于是，夏叶开始战战兢兢地将鱼拉上岸。

我跟大介的注意力都放在鱼钩上，我们都迫不及待地想知道她钓到什么鱼，因此根本没有管夏叶。幸运的是，夏叶钓到的鱼并没有剧烈反抗，而是平静地浮上水面。

“哇，是乌龟！”那是一只像红豆面包一样大的石龟。

“不会吧！哇，好可爱！”夏叶也开心地大叫。

下一刻，乌龟就扑通一声潜下水面，往河里游去。

“啊——我不甘心！怎么会这样？我不是钓上来了吗？为什么又跑掉了？”夏叶不甘心的神情看起来真的好孩子气。

大介对直跺脚的夏叶说：“你的鱼饵太好吃了，你看！”

我们仔细看大介手里拿着夏叶使用的那个鱼钩，原本挂在鱼钩前方的大蚯蚓被撕裂了。换句话说，乌龟并没有真的上钩，而是在嘴里咬着大蚯蚓的状态下浮出水面。

“太讨厌啦——我不甘心！”夏叶还是懊恼地叫着。

“对不起，我的指令好像下得太快了。”大介也感到很气馁。

“你的意思是再多等一会儿，就能钓到了吗？”

“嗯……”

“这样啊……咦？不对，如果我再多等一会儿，那只乌龟就会咬到鱼钩了，不是吗？”

“是啊。”大介很自然地回答。

“这样乌龟不会痛吗？应该会痛吧，这样好可怜……”

“应该是会痛吧，可是钓鱼就是这样啊……”大介从来没想过夏叶问的问题，所以看起来很困惑。

（要是想到这一点，就不用钓鱼了。女孩子就是女孩子，同情心动不动就泛滥了起来。）

虽然刚刚还在可怜乌龟，但夏叶又抓起了一条大蚯蚓，并对大蚯蚓说：“我相信你应该也觉得很痛吧？可是，我还是得将鱼钩插在你身上。”

大蚯蚓顺利被挂上鱼钩，我跟大介互看了一眼。对于夏叶这个意料之外的举动，我们都惊讶得说不出话来。

在这之后的三十分钟，依旧没有任何鱼上钩。我们三个人决定休息一下，一起吃夏叶准备的点心。

夏叶将其中一个塑料箱当成桌子，在上面铺了一块淡紫色的花朵图案午餐垫，再放上粉红色纸杯，以及放在篮子里的杯子蛋糕。

“好棒的点心！”大介从刚开始就不断睁大眼睛大喊“好棒”，我也觉得很兴奋。那些就像是出现在少女漫画里的时尚点心，与这个稍嫌寒酸的秘密基地格格不入。

（每个女孩子都会这样吗？）

我跟大介之前在这里吃过的点心，顶多只有奶酪条以及巧克力棒而已。

“好了，大家开动吧。”夏叶将水壶里的果汁倒在纸杯里，对着我们说。

现在这种感觉真令人兴奋，我转头一看，发现大介竟然跪坐在桌子前。

“哈哈，你在紧张个什么劲儿啊！”我不禁取笑大介。

“嘿嘿，嘿嘿嘿。”大介难为情地笑了笑，不过，我能理解他的心情，我真的很理解。

大介被我取笑，渐渐放松下来，坐得随便一些，夏叶也看着大介一直笑。

“我要开动了——哇，是柠檬茶呀！冰冰凉凉的柠檬茶最好喝了。请问，我可以吃蛋糕吗？好好吃！可以告诉我怎么做的吗？一个人也能做吗？”吃点心时大介相当兴奋，嘴巴一直说个不停，跟平常很不一样。

夏叶看起来也很开心。

虽然我跟大介一样兴奋，但我只会附和他说的话而已。我好羡慕能直接说出内心感受的大介，坦白说，我觉得什么话也说不出来的自己真的好窝囊。

“说真的，那只乌龟逃掉，真的好可惜。”大介说。

“就是说啊，我真的好不甘心！”夏叶回答。

“不过，要是你真的钓上来，会有一个人很不甘心。”大介意有所指地说。

“谁啊？”夏叶好奇地问。

“当然是阿健啊，我们第一次在这里发现乌龟时他就说他想要抓乌龟了。阿健，你说对不对？”大介将话题引到我身上来。

“嗯，是啊。”我小声回答。

夏叶听到我的回答后，挖苦我说：“难不成你看到那只乌龟逃掉的时候，心里觉得很高兴？”

“怎么可能！”

“哦，你看起来很慌张，果然被我说中了。”

“我、我才没那么想呢！”我还是坚持自己的说法。

“不过，你心里多少有这种想法吧？”夏叶也不甘示弱地继续追问。

“……对不起。”

“哈哈哈。”终于问出我的想法，夏叶开心地笑了起来。

这种感觉真是不可思议，之前我是那么防备夏叶，现在竟然能跟她聊得这么开心。现在的她跟在学校时很不一样，完全变了一个人。

“话说回来，我好惊讶。”夏叶突然转了话题。

“什么事让你感到惊讶？”大介问。

“我没想到家下川真的有乌龟。”

“嘿嘿，我很久以前就在教室说过啦！”大介得意地说。

“也是……”

“夏叶，我问你，你认为我是骗子吗？”大介很认真地问。

“你才不是骗子呢！”夏叶赶紧澄清。

“好吧，那我原谅你。”就像我们之前的对话一样，大介又开玩笑似的化解了这场尴尬，露出开心的笑容。

“你明明没有说谎，却要被其他同学说是骗子……”说到这里，夏叶也开始为大介抱不平。

“算了，我不在意。”大介还是像以前一样毫不在乎。

“可是……”夏叶也说了以前我跟大介说过的话。我跟夏叶说的话是一般人都会有的正常反应，同学们都说大介是骗子，大介却可以毫不在乎，老实说，我真的不懂大介的想法。正义感那么强烈的夏叶或许比我还不了解吧！

大介进一步解释：“没关系啦，不管同学们说什么，我都不在意。再说，有阿健还有夏叶知道我不是骗子，那就够了。”

“那是因为我们都亲眼看到的关系，我是真的看到乌龟才相信你的。”夏叶还想要说服大介。

“所以我说，这样就够了。要没有亲眼见证的同学相信我，那才是一件奇怪的事情呢。”

“可是……”

听着大介与夏叶的对话，我更确定自己的想法。

（我不知道让大介继续被同学们误会这件事到底是好还是不好，不过，我可以确定的是，既然大介不想辩解，我要是出面向同学们解释反而会造成大介更多的麻烦。再说，不管别人说什么，大介从来没在意过，而过度在意别人眼光的我，又有什么资格出面呢……）

“不对，等一下，大介同学。”夏叶歪着头说。

“什么事？”

“既然大介同学没有说谎，那么你上次在教室里说过的……我想起来了，大老鼠！你说过这里有大老鼠，对吧？”

“呃……”大介被夏叶这么一问，不知该怎么回答。

夏叶又问了一次：“有没有呀？”

大介没有回答，瞄了我一眼。由于之前我要求大介不能说出去，因此他在观察我的反应。

不过，我心里已经做出决定。我认为既然夏叶已经看到乌龟，而且也想相信大介，那么其他的事情也不该瞒她。

我看着夏叶的脸，坦然地说："有，真的有。我一开始也不相信，不过真的有。阿大已经看到大老鼠好几次了，我也亲眼看到过。"

"真的吗？"

"你自己去确认是不是真的吧！"大介说。

夏叶顿了一下，立刻就说："我相信，我很想相信……可是，没有亲眼见到，我没办法相信。"

我说："那是当然的啊！好，阿大，我们走，我们带夏叶去看那只大老鼠吧。"

"嗯。"大介对我点点头。

于是，我们一行三人就这样前往美洲巨水鼠生活的地方。

我们沿着家下川的堤防，往上游走去。大介快步走在前面，我和夏叶跟在他后面。

夏叶对我说："大介同学真有趣。"

"是啊，他是个怪人。"

"就是说啊！不过，奇怪的或许不是大介同学，而是我们。健太同学，你不会也这么想吧？"

真是不可思议，夏叶竟然跟我有同样的想法。

我回答：“嗯……我有一点这么想。”

话一说完，夏叶就窃笑了起来，说：“我跟健太同学真的好像。”

“我们很像？”

“是啊，我们的想法很接近，我从很久以前就这么想了。”夏叶率性地说。

（这是怎么一回事？）

我搞不懂夏叶说的话是什么意思，我怎么可能跟模范生夏叶有相同的想法。

“我跟你才不像呢！”我反驳夏叶说的话。

“我说我们很像。”夏叶也反驳我说的话。

“才不像呢！”

“就连顽固的个性都很像。”

“你在说什么傻话？我又不像你是模范生，还那么受到同学欢迎。”

“呵呵，这种事情只要有心，任何人都能做到。”

“你说什么？”

我只顾着跟夏叶斗嘴，后来才发现我们落后大介好一段路了。夏叶走在我的斜后方，继续跟我说话。

“我才不像同学们所想的那么乖巧，那么听话，我只是知道怎么做才能成为好学生，怎么做才能让同学们喜欢我，如此而已。我很奸诈吧？”

“……”我完全说不出话来。夏叶说的话简直让我难以置信，我不知道该说些什么。

“可是，这样的日子好累。配合同学们的喜好演戏，真的好累，我越来越不知道自己是谁。”

（我也是，我也有同样的感觉……）

夏叶说的话也是我的亲身经历。

（我也跟你一样。）

要是能说出来，我一定会轻松许多。可是，我还是选择沉默。

夏叶问我：“你一定也很烦恼吧？”

“不会啊。”我还是嘴硬，不肯承认。

“你心里一定在想，我要说出来也会很轻松吧？”

“……”我依旧沉默不语。夏叶看我不说话，继续说：“沉默寡言的男孩子，真的好帅气。”

夏叶一说完就把我抛在后面，大步走向大介。

我看着夏叶的背影，在心中嘀咕：“唉，真是输给她了。”

尽管我不想承认自己输给班上的女同学，但这是无法改变的事实。夏叶不仅长得比我高，感觉也比我沉稳。而且她在教室里表现出的一举一动都很成熟，我们这些大声谈论电视节目或电子游戏的男生根本不能跟她比。

或许夏叶早就看出来我为什么沉默不语了，我彻底输给了夏叶这个深不可测的女同学。

等我走到美洲巨水鼠生活的地点时，大介和夏叶早就在河里面了。大介正指着美洲巨水鼠的巢穴给夏叶看，我站在堤防上大叫：“阿大，看到大老鼠了吗？”

“看到了，看到了，看到两只大的。”大介回应着。

“有两只？”我惊讶地说。

“健太同学，我也看到了——有两只大老鼠从岸边游到另一边的芦苇丛里。我好激动！”夏叶也大喊着。

我赶紧跑下堤防，对她说：“真的很大，对吧？”

夏叶说：“是啊，这里真的有大老鼠啊。”

大介得意地笑着：“嘿嘿。”

“虽然老鼠个头那么大，却游得很快呢！”

大介和夏叶站在河里开心得手舞足蹈，夏叶掩饰不住兴奋的情绪，大介则一副得意扬扬的样子。我很高兴看到夏叶灿烂的笑容，也很开心能解开夏叶对大介的误解。

夏叶问大介：“美洲巨水鼠平时都吃什么啊？”

“书上说美洲巨水鼠是草食性动物，不过肚子饿的时候应该什么都吃吧？”大介回答。

“既然是老鼠，应该喜欢吃奶酪吧？”

“我也不清楚。”大介说。

“搞不好也吃泡面？”

“我又没看过，怎么会知道？”

“对了，美洲巨水鼠是从哪里来的啊？”夏叶又提出了另一个问题。

“南美洲。”

“这样啊，那么南美洲应该会有很大的捕鼠器喽？”

“我不知道。不过，美洲巨水鼠应该不会跑到一般人的家里吧？”

“你确定？”

“应该吧……”

大介与夏叶的对话太逗了，我一边笑一边听着他们说话。

“对了，大介同学，你觉得我们刚刚看到的那两只美洲巨水鼠，它们有没有生小孩啊？”夏叶又继续追问。

“你问我，我问谁啦！搞不好那两只都是公的也不一定。”

“呵！我不喜欢这个答案啦！”

“你跟我说也没用啊……”大介无奈地说。

“我不管、我不管、我不管、我不管，我不管啦！”女生执拗起来可不饶人。

“阿健，快过来帮我，夏叶疯了。”大介转而向我求助。

“你很没礼貌呀，我才没疯呢！”

“谁叫你的表现跟平常差别那么大！”

“我平常那样才不正常呢，哈哈哈。”夏叶说着说着就笑了。

（我才不像同学们所想的那么乖巧，那么听话……可是，这样的日子好累。配合同学们的喜好演戏，真的好累，我越来越不知道自己是谁。）

我看着开心嬉闹的夏叶，想起了她刚刚对我说的话。

第七章 研讨会

研讨会

一周后的星期天，从早上就开始下雨。

昨天也下雨，前天也下雨，对于每天都想去家下川玩耍的我来说，这种阴雨连绵的日子真的好难受。

虽然一直在下雨，但由于秘密基地是个隧道，可以遮风挡雨，因此我跟大介今天还是去家下川钓鱼。

“我们好像坐在水上一样，这种感觉好神奇。”

“是啊，不过这样会不会有危险啊？”

我们会这么担心，是因为我们的脚边都是水。这个秘密基地原本就是灌溉排水用的沟渠，每次下雨就会有水流过。今天的雨势虽然不大，但秘密基地里开始出现水流，现在水深达三厘米。我跟大介坐在塑料箱子上，两只脚踩着水泥碎片，暂时不会被水淹到。不过，如果我们待会儿钓到大鱼，就必须离开水泥碎片站在地上拉竿，到时候我们的鞋子一定会浸泡在水里。

我看着屁股下方流动的水，不禁担心地说：“不知道水位会不会一下子升高。”

大介也往后看，说：“搞不好会出现像海啸一样的洪水。”

我一听大惊失色，也跟着回头看。大介看到我的反应，笑着说：“哈哈哈，阿健，你很担心吗？”

“我才不担心呢！不过，要是真的有洪水冲过来，那我们该怎么办？”

“那就跟着洪水漂流到大海去好了，难得有这个机会啊！”大介天真地说。

“你脑袋坏掉了吗？！”我忍不住吐槽。

我们两个今天都无法专心钓鱼，不只是受到雨势影响，家下川水位变高也增加了钓鱼的难度。其实还有另一个原因，那就是夏叶不在这里。

大介说："夏叶今天是不是不来了？"

我说："不来了吧，今天下雨啊。"

"可是下雨我们也来啦。"

"你说得没错，不过还是有很多事情要考虑。"

"什么事情？"大介问。

"每个人都有自己的状况，我们不像你什么事都不用烦恼。就像我今天也是拼命想了很多借口才能出门，下雨天总不能跟爸妈说我要跟同学去踢足球吧？"

"不能老实说要出门钓鱼吗？"大介的想法相当直接。

"当然不能这么说啊！就算是晴天，我妈也会说去河边玩很危险，要是跟她说我还跑到河里玩，她一定会晕倒，她说水深三十厘米的河也可能会溺死人呢！"

"没错，我也听说过这件事。不小心跌到河里会让人感到惊慌，就算水很浅，也可能会因为腿软而站不起来。"

"可是，你不觉得很奇怪吗？如果担心三十厘米的水会淹死人，那不就不能泡澡了？"

"哈哈哈，阿健说得对。"

"先不管这些了，夏叶也是要找借口才能出来，所以她今天没来也可以理解。"

自从上个星期天之后，夏叶也到这里玩了好几次。不过，我跟大介都是翘社团活动，将所有空闲时间拿来玩；夏叶却只能在参加完社团活动后，到家下川找我们玩个十分钟就回家了。由此可见，她是拼命挤出空当来玩的。

夏叶是排球队队长，每个星期还有三天要上补习班或钢琴课，这么忙还能挤出时间来这里玩，我跟大介都觉得很不可思议。

“阿健，你觉不觉得夏叶很酷？”

“什么意思？”我问。

“就是上次钓小龙虾的时候啊，夏叶竟然敢自己剥小龙虾呢。我们是男孩子，当然没得说，可是夏叶是女孩子，我想班上的女生应该只有夏叶曾经活剥过小龙虾吧？”

“她不剥也不行啊，不把小龙虾的尾巴肉剥下来，就没有饵可以钓小龙虾了。”钓小龙虾最好也最方便的钓饵就是小龙虾的尾巴，听大介说起，我也想起那一次的事。

“可是，她也可以拜托我们帮她剥啊。”

“你还敢说，当初是谁准备一堆大蚯蚓吓她的啊？”我反驳大介。

“那是两回事，不要混为一谈啦。我后来才听夏叶说，那次是她第一次碰活的小龙虾，搞不好也是她第一次杀生吧？”

看着大介认真谈论夏叶的样子，我忍不住对他说：“阿大，我跟你说。”

“什么事？”

“有件事我要告诉你，那次也是我第一次活剥小龙虾。”

“真的假的？”

“真的，我可是吓得半死呢！”

“哈哈哈，原来如此，原来阿健也吓得半死啊。既然你都这样了，那夏叶一定更怕吧。”

瞧大介开口闭口都是夏叶，我故意捉弄他说：“新见大介同学，你刚刚一直在讲杉本夏叶同学的事情，你该不会是……喜欢夏叶吧？”

“阿健，不要乱说！”大介立刻反驳。

“啊，你的脸都红了，你看看你。”

“我才没有脸红呢！”

（大介这家伙，心事全写在脸上。）

我因为说赢了大介而哈哈大笑，没想到大介竟然展开反击。

“哼，还敢说我，我看是阿健喜欢夏叶才对吧！别以为我看不出来，你以前就喜欢夏叶了！”

“……才没有……这回事呢。”大介突如其来的反击，让我一瞬间不知该说什么。

“啊！你没话可说了吧？哈哈哈！”

“我才没有呢，夏叶她……”我实在说不下去了。

“那你说实话，你到底是讨厌夏叶还是喜欢夏叶？”大介还是不放过我。

“我……”

“你如果讨厌她，就说出来啊！”

“……”我完全说不出口。

“哦，我知道了，你并不讨厌夏叶。”大介说完之后就抿嘴窃笑，转身看向自己的钓竿前端。

我拿他没办法，只好默默地继续钓鱼。受到下雨的影响，家下川的水质变得很浑浊，土黄色的水流与平时截然不同。

虽然刚刚说不过大介让我很不甘心，但我不想再争论这个话题了。

（要是继续追问大介夏叶的事情，就等于是在逼自己表态。再说，我也很担心，要是我发现了自己对夏叶的心意……）

听着淅淅沥沥的雨声，我再次告诉自己。

（现在这样最好，就这样维持下去。我希望我们三个人可以开开心心地在一起玩……）

家下川的河面绽开了无数个雨滴形成的涟漪。

第二天，第五节在体育馆上课。

我们班上的高才生敬一明天将代表学校在市立文化会馆发表研究成果，为此学校特别召集所有五六年级的学生紧急举办一场研讨会的彩排。

当敬一走进体育馆时，所有同学们都半开玩笑地损他“你好厉害”“真有你的”，不过敬一将这些语带讽刺的话当成赞美，只说了一句“研究是我的兴趣”就大步往前走。

大介漫不经心地走到我旁边说：“敬一真厉害，他最喜欢做的事就是研究呢。”

大介真是个单细胞生物，他是打从心底敬佩敬一。我不发一语地点点头。

（敬一确实很厉害。）

不过，我敬佩的是敬一能在人前大方为自己感到骄傲的性格。

（敬一跟我不一样，他应该已经很习惯接受他人的赞美，所以才能在众人面前表现得落落大方。）

我跟大介刻意走得比其他同学慢，在不引人注意的状态下排在队伍的最后面。如此一来，我们自然就能一起坐在没有人会注意到的最后一排。

体育馆里事先摆放了好几排铁椅子，我跟大介一坐下来，夏叶就嗖的一声坐在我身边，她好像是看到我和大介的举动后跟着坐过来。夏叶笑眯眯地对我们比了一个小小的胜利手势。

我的左边坐着大介，右边坐着夏叶，夏叶坐在我旁边，让我感到有点紧张。前方舞台上挂着一块白色银幕与白板，白板上以粗体字写着“稀有麦穗鱼之饲育与河川未来”。

过了一会儿，敬一上台发言，他的演讲十分精彩。他将存在笔记本电脑里的图片转接到银幕上播放，整个过程完全不看稿子，顺利地完成了演讲。

敬一如此卓越的表现，不只我做不到，我相信我们班上没有一个同学能做到，他铿锵有力、抑扬顿挫的演讲技巧可以说比老师还要厉害。

我喃喃自语说：“敬一说得真棒。”大介点点头，夏叶则小声回应：“他在家里一定练习过很多遍。”

夏叶的话让我好惊讶，我自认不可能像敬一那样在众人面前发表那么精彩的演说，对于敬一的表现，我也只能用“说得真棒”来形容；而夏叶想到的竟然是敬一要经历过多少次练习才能表现得如此完美，这一刻让我深深感受到自己与模范生之间的差异。

敬一台风稳健地说着：“这就是稀有麦穗鱼。日本总共有三种麦穗鱼，一般常见的麦穗鱼生活在全国各地，北方麦穗鱼生活于东北地区，今天介绍的稀有麦穗鱼则分布在我们居住的爱知县与岐阜县境内。不过，目前稀有麦穗鱼的数量非常稀少，不仅已被国家指定为濒临绝种的保育类动物，更与锦波鱼并列为丰田市的‘天然纪念物’[3]。”

我问：“阿大，你见过那种鱼吗？”

大介摇摇头，回答：“我第一次看到。”

“这是我用来饲育稀有麦穗鱼的水族箱，由于稀有麦穗鱼习惯在石头上产卵，因此我在水族箱里放置剖成一半的花盆取代石头，让稀有麦穗鱼把卵产在花盆上。这样一来，花盆也变成稀有麦穗鱼的秘密基地。此外，稀有麦穗鱼天性很胆小，我特地用黑色木板遮住水族箱四周。”

我不禁赞叹：“好大的水族箱啊。”

大介说：“没想到敬一养鱼的设备这么齐全，跟大人的一样呢。”

---

3. 凡是自然生态中，值得被保存下来的动物、植物、矿物、地质构造等珍贵稀有物，日本政府皆可指定为天然纪念物，予以保护。

我跟大介看着银幕上的照片，专心聆听敬一的演讲，进入忘我的世界。银幕上播放着一张张照片，包括产在花盆上的卵、刚出生的小鱼，还有饲育小鱼的情形。在场的每个人都全神贯注地盯着银幕。

“值得注意的是，在人工饲育下出生的小鱼如今已无法在学校附近的河川里生长，原因就在于河川水质已经遭到污染。请各位继续看下一张表格，这是学校附近河川的水质调查表，内容是针对矢作川、家下川、新川与中川的 pH 值和 COD 所做的调查结果。”

“阿大，什么是 pH 值？”我问。

“我不知道。”

“什么是 COD ？”

“我都说我不知道了！”

“pH 值是用来判断液体为酸性或碱性的单位，COD 是化学需氧量，也就是用来显示水质污染程度的指标……”

敬一的演讲内容越来越艰深，接下来他说的话我一句都听不懂。我唯一发现的事实就是，我们虽然都到过家下川，但敬一在那里从事的是严密精准的研究，我跟大介却是在那里无忧无虑地玩耍。

“从以上结果即可得知，矢作川的水质最干净，也是最适合鱼类生活的河川；相较于此，家下川、新川与中川的水质都很脏，不适合鱼类生长。”

（等一下，有鱼啊！）

“我们能做的就是改用不会污染环境的肥皂，也不要乱丢垃圾到河里，努力让流经整个城镇的家下川、新川与中川恢复洁净清澈的水质。”

（你在说什么？家下川有鱼呀！）

“累积小小的努力就能让河川变干净，也能让地球成为一颗美丽的星球。各位，请让我们一起努力，让每一条河川都能成为适合鱼类生活的乐园。”

（敬一！家下川有很多鱼呢！）

敬一说完最后一句话，整个体育馆响起了如雷的掌声。无论我在心中如何呐喊，敬一也听不见我的声音。我无法像其他同学一样鼓掌叫好，转头一看，大介正低着头沉思，夏叶则是不服气地瞪着舞台。

“夏叶……”

我沉默地看着夏叶，这是我第一次看到夏叶瞪人的样子。

开完放学前的例行班会后，我走向学校后面的绿地。夏叶说她有话跟我说，要我开完班会后到那里跟她见面。我猜她应该是要跟我谈敬一今天发表的研究内容。大介好像还有事要处理，所以晚一点才会过来。

我绕过校舍，来到后面的绿地，就看到夏叶站在校园鸟屋前。

“大介同学呢？”夏叶问。

“他说待会儿过来。”我回答。

我跟夏叶一起盯着鸟屋看。过了一会儿，夏叶开口问我：“你觉得敬一的研究内容怎么样？”

“嗯，老实说，我很生气，他怎么能说家下川不适合鱼类生长！”

“你跟我想的一样，我也是这么想。”

“嘿嘿，我知道，你当时瞪着敬一的眼神充满杀气。”

“有吗？”夏叶说完后抬头看向停着虎皮鹦鹉的树枝。

我接着说：“不过，敬一的研究让我对他刮目相看，我从来没有想过要像他一样去养鱼或是检测水质。”

夏叶听了我的话之后，哧哧地笑了起来。

我问：“有什么好笑的？”

“因为你说的话真的很好笑啊！若是有人要我去调查河

川水质，我一定也会做一样的检验项目，只要上网查一下就能轻松查到检测方法以及图表的制作方式。”

“有那么简单吗？”

“就是那么简单。”

（真不愧是模范生，夏叶知道的东西好多啊。）

“不过，敬一还真的去饲育稀有麦穗鱼，而且还观察它的成长过程呢。”我还是觉得敬一很厉害。

“这一点我也很佩服他，不过，饲育方法也能在网络上找到。之前我就听敬一说过他在养稀有麦穗鱼，当时我不知道那是什么鱼，所以还上网查了一下。那个时候我就找到了跟他今天说的内容一模一样的饲育方法。此外，敬一的爸爸平时就很喜欢养热带鱼，所以家里早就有水族箱、过滤槽等所有设备。再说，敬一的爸爸妈妈是很标准的‘孝子’，也就是孝顺儿子的父母，所以那个研究到底有多少是敬一自己做的……哎呀！讨厌，我竟然在说别人坏话。”

“你、你不用在意啦，要是敬一真的像你说的这样，我也想批评他一下。”

夏叶紧紧抓着鸟屋的铁丝网，用力点了点头说：“我觉得我最近很奇怪……我之前不是跟你说过嘛，我都是在配合同学们的喜好演戏，我只是装成好学生的样子罢了……以前就算是演戏，我也认为那是真正的我，只要继续演下去就好。可是，最近我感到越来越烦，有时候甚至会讨厌戴着假面具的自己，讨厌到不能承受的地步。我好想摧毁一切，重新来过……”

夏叶的侧脸看起来好哀伤，她一滴泪也没流，嘴角还微笑着，可是她的眼睛里充满了哀伤，让我好想安慰她。

“重新来过也很好啊！不管夏叶变成什么样子，你就是你。”

“真的吗？”

“我有时也会这么想……”

“……”夏叶默默地看着我。

这是我唯一能对夏叶说的话，不过，却是我最真实的心情。

夏叶在众人面前扮演一位模范生，我则是想要成为跟其他同学一样的人，虽然我的成绩不好，但我也能理解夏叶的心情。

我接着说：“自从跟阿大一起玩以后，我明白了一件事。”

“什么事？”夏叶问。

“开心的事就是开心，有趣的事就是有趣，这是很正常的道理，所有的一切都取决于自己。还有，不要在意别人的眼光。”

“嗯嗯，不过，这一点我做不到。”

“老实说，我也做不到，看似简单的事情其实是最难的。不过，在阿大身边就觉得这一切都很自然，我相信阿大那家伙根本没想过这些事。”

“原来如此……”

“在他面前装酷会觉得自己好蠢，而且还会被他那无忧无虑的个性牵着走，觉得自己好像什么事都做得到。”我继续说。

“嗯，没错，我懂你的感觉。”夏叶挺起胸膛，像跳舞一般轻盈地转了个圈，又说，“哈，跟你聊了这么多，我心情好多了。大介同学！”

我回头一看，就看到大介匆匆忙忙跑过来，他的书包背在身上，也随着他的脚步左摇右晃。

“对不起，对不起，我迟到了。”大介说。

“我要罚你钱！”夏叶笑着说，一扫刚刚沮丧的心情。大介则“嘿嘿嘿”地笑着，对夏叶说：“对了，你有什么话要跟我们说？”

“不告诉你，谁叫你迟到。”夏叶故意吊大介胃口。

“不要这么小心眼儿嘛。”

“呵呵，其实是这样的，敬一同学说家下川不适合鱼类生长，我听了很生气，很想说他坏话。不过，刚刚跟健太同学说过之后，我现在心情好多了。”

“是这样吗，阿健？”大介转头问我。

我也强打起精神说：“是真的。你别看夏叶这样，她生气起来很恐怖，还说要带敬一去家下川，把他从桥上推下去呢！”

“我才没这么说！”夏叶赶紧反驳。

“你明明就说过。”我故意跟她唱反调。

大介严肃地看着一唱一和的我和夏叶，说：“我同意夏叶的说法。”

“你说什么？”大介说的话出乎我的意料，我跟夏叶对看了一眼。

“不过，把敬一从桥上推下去有点不妥……可是，可以带敬一去家下川。”大介认真地说。

“呃？”我没想到事情会有这样的进展，难不成大介想跟敬一做朋友？

“为什么要带敬一去？”我忍不住问大介。

“因为敬一很了解河川啊。”

“大介同学比敬一同学清楚多了。”夏叶插话说。

“就是说嘛！敬一只会看书和上网查资料，他根本不了解实际情形。”我附和夏叶说。

“可是，我不知道书里写的内容，敬一比我还清楚鱼的名字，我们跟他做朋友，好不好？请他多教我们一些知识。”大介试着说服我们。

“你别忘了，那家伙说家下川不适合鱼类生长呀！”我还是咽不下这口气。

大介忽然笑了起来，像是想起了什么似的说：“阿健之前不也是不知道家下川有鱼吗？”

如大介所说，在不久之前，我对家下川也一无所知。

可是，我还是没办法轻易接受。我斜眼看了夏叶一眼，要她出来说几句话，没想到夏叶接收到我的眼色后说：“这件事我没有资格发言。”

大介还是不死心，想要说服我：“阿健，夏叶当初想来时你不是也很抗拒吗？可是我们还不是跟她变成好朋友了。没关系啦，不会有事的。”

这个道理我也懂，但问题是，我不喜欢敬一。

（我本来就跟高才生敬一不对付，而且我还很讨厌敬一与博之那一群人。最大的问题就是敬一跟我和夏叶不同，他打从心里看不起大介。每次都是那群人起哄说大介是骗子。）

“阿健，好不好嘛？”大介还是不放弃，希望我能同意。

于是，我回答他：“……好吧，既然阿大都这么说了。不过，要不要成为好朋友就看敬一怎么想喽。”

“好……对了，我看这样吧。我们先带敬一到家下川去，让他知道家下川有鱼，如此一来也能让你们消消气。”大介也说出自己的想法。

“好是好啦，不过，要用什么理由约敬一呢？那家伙绝对不可能一个人来，他一定会带博之那群朋友来，我猜那群人至少会来三个。”

“嗯，这一点就是最大的问题了，我希望他能一个人来。”

“阿大，还有一个问题，那家伙不可能保守秘密，他一定会跟他那群朋友说。”

“这一点也很伤脑筋。”

接下来，我们不断在想该如何单独约敬一到家下川，以及要求他保密的方法。可惜的是，不管我们怎么想都想不出结果来。

“唉——有没有什么好方法呢？”大介哀号着。

“就是说啊，我们再慢慢想吧！”我跟大介决定之后再慢慢想办法，此时夏叶开口说：“对了，我问你们，还记得你们刚刚说过的话吗？”

“什么话？”我问。

“我们说过什么吗？”大介一脸疑惑的样子。

“就是你们刚刚提到我跟你们变成好朋友的事情啊，原来你们当时那么讨厌我？”

“糟了！”我跟大介慢慢往后退，然后迅速转身就跑。

夏叶见状大喊：“你们给我站住！”

大介背上的黑色书包随着他拼命往前跑的节奏摇来晃去；我背上的书包也同样地左右晃动。这个阻碍肩膀摆动的碍事书包，现在却让我感到很痛快。

我跟大介一起跑到校舍尽头，然后就分头跑掉了。

在三天后的晨会上，学校宣布敬一的研究报告在市政府举办的环境保护研讨会中获得“第一名”的殊荣。

你们给我站住！

第八章 健太生气了

健太生气了

“敬一好厉害啊！”“敬一的研究报告那么精彩，一定会得名次的啊！”“就是说嘛，他研究得很辛苦呢！”

学校公布敬一得第一名的那一天，所有同学都聚集在教室里讨论这件事。

（我在想，如果我是敬一，我一定会很不好意思，觉得待在教室里很难为情。没想到敬一居然从角落走到人群中开始大放厥词，看来在敬一的字典里没有“谦虚”这两个字。）

大介默默走到我身边说：“阿健，你还好吧？”

“什么意思？”

“你在生气吧？”

“呵呵，没事、没事。我心胸很宽广的。”虽然我说没事，但大介会如此在意我的反应，可见他也对那些人高谈阔论的模样感到厌烦了。

“阿健，你看！”我顺着大介的话回头一看，坐在位子上的夏叶正在看着我们。她斜眼瞪了一下敬一那群人，还迅速扮了个鬼脸。

就在此时，博之突然开口说：“对了，大介！”

我心中有一种不祥的预感。

“你应该为自己撒的谎道歉，还不快向敬一道歉。”

“为什么？”大介听得一头雾水。

博之接着说：“你之前不是说家下川有很多鱼吗？”

“就是说嘛，连研究都不研究，你是个满口谎言的骗子。”其他同学也跳出来指责大介。

博之真是个不可理喻的家伙，表面上装作是通情达理的人，其实只不过是想要找大介的碴儿而已。

他老是以这样的手段煽动同学，我被他气得火冒三丈，转头问大介：“你要怎么办？”

“不要理他就好了。”大介一说完就走回自己的位子。

我知道他是不想让我卷入他们的纷争才坐回自己的位子的，一时之间，我也不知道该怎么反应。

“喂，大介，你以为不说话就没事吗？还不给我道歉！”

“我们已经很久没有一起叫他的绰号了，不如今天就提醒他一下吧！”

那群人还在你一言、我一语地攻击大介，他们彼此对看一眼，露出不怀好意的笑容，开始齐声大喊：“骗子——骗子——大介是个骗子——”

这群人真是不可理喻。但仔细想一想，如果我还是过去的我，搞不好我也会成为他们中的一分子。一想到这里，我的背脊就凉了起来。

“骗子——骗子——大介是个骗子——”

他们不断重复着无情的词语，令人感到悲哀的是，那群人所说的话并不是无意中伤，而是真心这么想。知道这一点让我更加火大。

（这样真的好吗？我该放任他们吗？我该袖手旁观吗……）

大介一如往常地站起来走了出去，我也跟着站起来，还用力撞了一下桌子。接着我将双手插在口袋里，慢慢往前走。

“骗子——骗子——大介是个骗子——”

大介抬头挺胸、毫无畏惧地往前走，我则跟在大介身后。看着对面那群家伙以言语欺凌大介的行为，我的心中涌起了足以煮熟五脏六腑的熊熊怒火。

（这就是过去大介在被他们嘲笑时心中的感受吗？）

“骗子——骗子——大介是个骗子——”

博之、忠则、翔太、真二……大介视若无睹地走了出去；我则不发一语，一个个瞪着他们。

“骗子……”声音突然停了下来，教室里也恢复了宁静，我的目光停留在敬一身上。

敬一从来不会跟着他们起哄，我想这是他的阴谋之一，真是卑鄙的做法。

我瞪够了敬一之后静静地移开目光，像是合上书本一样，将那群家伙抛在脑后。整个过程我一句话都没说。

（我并不是要为大介出头，这么做完全是为了我自己。）

同学们中伤大介就等于是在诋毁我跟夏叶，虽然无法大声怒斥他们，但我也无法袖手旁观。

我缓步走出教室，看到大介在楼梯处靠墙站着。

“阿健，你刚刚做了什么事？教室里怎么突然间安静了下来？”刚刚大介一直看着前方，因此没发现我做的事情。

“哼，我狠狠地瞪着他们每一个人。”我回答。

“这样啊，真可怕！不过，你这么做好吗？搞不好他们以后也会攻击你。”

“我不在乎。再说，我才没将他们放在眼里呢！他们想干吗都不关我的事。”我越说越气愤。

“好，好，你先冷静下来。现在心情如何呢？”

“我的心情啊……不能说是很好。不过，我能体会以前你默默走出教室的心情。那些家伙做的蠢事，不值得往心里去。”

就在这个时候，夏叶跑了过来。

“哎呀，终于找到你们了。”夏叶对我们说。

“嗨！”我说。

“嗨什么嗨，你不会是发烧了吧？”夏叶一边说着，一边用手摸我的额头。

“你在干吗？”

“哈哈哈，你害羞个什么劲儿啊？”

我赶紧将话题拉回来，问：“你找我们有什么事？”

夏叶双脚站定，摆出立正的姿势，严肃地说：“现在教室里的气氛很沉重。”

“很沉重？”

“我相信他们都发现自己做错事了，每个人都感到很内疚。看到他们这样，我觉得好爽快啊！”

“你在说什么啊！”

“感谢健太同学，我现在心情好多了。哦，对了，大家还说你生气了，吓得不敢再多嘴。我走喽！”夏叶说完后，立刻转身跑回教室。

大介一直沉默不语。

“呵呵呵。”我放松地大声笑了出来。

（不晓得是心中大石放了下来，还是紧绷的情绪瞬间纾解开来的关系，我的双腿忽然间使不上力，只好坐在楼梯上。）

老实说，我根本不在意教室里发生的事情，但夏叶对我说她的心情很爽快，这件事让我很开心。

我想起夏叶的表情，突然想到一个好点子。我跟大介说：“对了，阿大，我们约敬一到家下川吧！”

“啊？怎么约？”

我看着大介的脸说：“我敢保证，他一定会来。”

“到底要怎么约？”大介睁着他的大眼睛，直勾勾地看着我。

以前我超怕看大介的眼睛，现在却一点也不怕了，这种感觉真的很奇妙。我也注视着大介的眼睛，认真地说：“阿大，你听我说，你知道敬一喜欢的女孩是谁吗？”

“……啊，我懂了！”

“对吧？只要有夏叶在，他一定会来。”关于这一点，我有十足的信心。

（事实上，敬一喜欢夏叶这件事，不只我们知道，班上每个同学都知道。不用特别说出口，只要看过敬一在夏叶面前的表现，就能明白了。而且敬一经常在同学们面前说：“夏叶同学不管做什么事，都做得很好。”因此，只要拉夏叶邀约，敬一一定会排除万难，独自到家下川赴约。）

“我怎么没早发现这一点呢？”我现在才知道自己有多迟钝。

于是，我们两个就坐在楼梯上，嘿嘿嘿地笑个不停。

第二天，我跟大介决定一起去约敬一。其实如果能请夏叶出面，事情会顺利许多，但我就是无法开口请夏叶帮这个忙。我跟大介从早上就一直在找机会，但敬一身边总是有其他同学在，我们没办法找他说话。

吃完营养午餐之后，机会终于来了。

我走向独自坐在位子上的敬一，开口说："敬一，我有话跟你说，可以请你跟我出来一下吗？"

敬一一脸惊恐的样子，急忙站起来往后退。

博之发现敬一不对劲儿，立刻为他出头。"健太，你想干吗？"

博之的反应让我一头雾水，他看起来相当紧张的样子。博之看我不说话，又说："你找敬一有什么事？就在这里说吧！"

"……算了。"我不可能在教室里说，只好离开教室。

大介看我往外走，立刻追上来。大介说："阿健，大事不妙了，敬一他们在说你。"

"说我？"

"同学们都在传，因为你昨天生气了，所以要将敬一他们那群人一个个叫出去揍一顿。"

"这是什么奇怪的传言？拜托，我又不是流氓！"

"你昨天到底有多生气啊？我好想看啊！"大介笑着说。

（不过，到底是哪来的传言啊！我从来没跟同学打过架，怎么可能把那一群人一个个叫出来揍一顿……）

我不禁叹了一口气，大介看我这样，故意挖苦我："人的刻板印象很快就会形成，以后其他同学都会说我是骗子，你是流氓，我们是最佳搭档！”

“烦死了！”

最后我们决定，放学后再找敬一。

放学之后，我跟大介决定先绕到敬一家。自从中午发生那件事之后，无论是下课时间还是放学前的例行班会时，敬一都跟其他同学在一起，没再落单过。再加上那群家伙都将我当成危险人物，随时监视我的一举一动，我跟大介迫不得已，只好放学后刻意绕远路，避开其他人，前往敬一家。

“阿健，你知道敬一住哪里吗？”

“知道啊。话说回来，那些人从头到尾都在监视我，真是麻烦。”

“那也没办法，谁叫你是流氓。”大介无奈地说。

“别再挖苦我了。不过，像他们这样咄咄逼人，搞不好真的有人会一气之下干脆去当流氓。”

敬一家位于宁静的住宅区里，我们走到那附近之后就开始找方便与敬一说话的地方。我左右张望，发现他家旁边有一个小公园。

我跟大介说：“我们就在这里等吧。”

于是我们各自坐在秋千上，等敬一回家。

大介问：“阿健，你是不是很讨厌敬一？”

我说：“不会啊，他又没有得罪我，你应该讨厌敬一才对吧？”

“其实我也不讨厌他。”

“是吗？都是敬一起哄，你才会被班上同学说是骗子呀。”

“其实我真的没那么在意。”

（我不能理解大介的心情。就算再怎么想知道鱼的知识，也不可能那么轻易就原谅平时老是在找碴儿的敬一啊。）

“老实说，我不喜欢敬一，而且最近只要一看到他心情就很差。他的成绩很好，又是个乖学生，但我认为他所做的一切都是为了让老师和其他同学喜欢他。看他那样，真令人不爽。这是不是大家说的偏见啊？”我决定说出真心话。

“阿健，你这样不行，你连想法都变成流氓的了。”大介担忧地看着我。

“嘿嘿。”

“话说回来，大家都是这样，不是吗？我也会希望别人喜欢我。”

大介这么一说，让我突然惊觉到，其实我以前也是这样。

与大介天天玩在一起之前，我每天满脑子想的都是怎么做才能让大家喜欢我。我之所以会看敬一不顺眼，或许就是因为他让我想起了过去的自己。说到这一点，夏叶曾经说过，她也在演戏，只为了让同学们喜欢她。

（就算是这样，敬一也与夏叶不同，我跟敬一更是不一样，我怎么可能会跟敬一一样呢？）

“哎，敬一回来了。”大介的话将我拉回现实。

此时敬一正好走过公园的篱笆旁，我跟大介赶紧跳下秋千，跑出公园。

“喂，敬一！”我大声喊叫。

敬一一看到我跟大介，立刻露出惊恐的表情。而且下一刻他马上转身，拔腿就跑，我们根本来不及反应。

“等一等，我有话跟你说。”敬一根本不听我说话，继续往前跑。我跟大介在后面追，他就越跑越快。

“阿大，这下该怎么办？”

“这样下去，事情会一发不可收拾。”

大介说得对，敬一误会我们找他的目的，一定会找别人帮忙。要是真让他跑到派出所去，我跟大介搞不好会被警察以伤害未遂罪抓起来。

我跟大介说：“好，我们前后夹攻，一定要逮到他！”

于是我跟大介分头去追敬一。敬一看起来真的很害怕，他不断左弯右拐钻进小巷子里。要是让他一直这样钻来钻去，到最后就会变成捉迷藏，事情反而不容易解决。因此，我们必须在敬一跑到人来人往的大马路上之前抢先一步逮到他才行。

最后，我跟大介好不容易才在神社旁的空地上堵到敬一，我们三个人都已经跑得上气不接下气。

敬一大叫："放开我，放开我！"

（我不会放开的！）

为了不让敬一跑掉，我从背后紧紧抓住敬一的书包，敬一顿时腿软，坐在了地上。我也跟着坐了下来。

"呼！呼！呼！"

"呼！呼！咳咳！"

我跟大介好不容易逮到敬一，却喘得说不出话了。

过了一会儿，调整好气息，大介盯着敬一，首先开口："敬一。"

"干吗，要打架吗？你们要是敢打我的话，我就跟老师讲！"敬一激动地大吼大叫。

大介一脸不为所动的模样，他非但没有被激怒，反而露出善意的笑容。

你听我说，敬一。
放开我！

敬一大概发现了我们没有危险，说话也大声了一点：“你们到底想干吗？”

大介回答：“我们有话要跟你说。”

“是要讲昨天的事吗？那件事跟我无关，我可没说什么，都是其他人在说。”

（敬一果然还是很在意昨天那群人大声嘲笑大介是骗子的事情。）

“那件事根本不重要，我有事要请求你，可以听我说吗？”大介诚恳地说。

“……你说吧。”

“你明天有空吗？”

“明天早上我要去上补习班。”

“这样的话，下午跟我们一起去家下川抓鱼，好不好？”

“我说过好几次了，家下川没有鱼。”敬一加重了语气。

“你仔细找过吗？”大介问。

“这是常识吧？老师也认为那里没有鱼，而且家下川的水质很糟糕呀。”

“一起来吧！跟我们到家下川去看看吧！”大介放低姿态，轻声地邀请敬一。

敬一态度强硬地说：“你脑子有问题吗？干吗做那种浪费时间的事情！”

说完他正想站起来，我用力拉了一下他的书包，于是他又一屁股跌在地上，敬一被我的动作吓到，一直盯着我看，我低声对他吼：“别动，给我好好听着！”

敬一被我这么一吼就乖乖坐着，动也不敢动。

大介说：“既然这样的话，敬一，我坦白告诉你，我跟阿健在家下川抓到了很多鱼，而且是各种不同的鱼，是真的！”

“我才不相信你呢！”

“为什么你不相信我？”

“家下川的水质那么糟糕，根本不可能有鱼。你们到底想要我怎样？”敬一还是不相信大介说的话。

“我们希望你去看看家下川的鱼。”大介的语气十分真诚，他也是真心的。

可是，敬一还是不肯去。

“老实跟你们说，你们这样根本是在为难我。我做了研究，又在那么多人面前发表了演讲，还得到全市第一名。就算我真的在家下川看到鱼，你认为我现在能改口说‘家下川有鱼’吗？我根本说不出口！要是看不顺眼，你们就去跟学校或市政府举报啊！跟他们说我的报告是错的。”

“敬一，你误会了，我们不是要这么做，只是希望你能去看看鱼而已。”

“你们真是莫名其妙！”

大介说了这么多，敬一还是不领情。我决定放弃说服他，放开拉着他书包的手。敬一挣脱束缚，马上站了起来。

即使如此，大介还是不放弃，又问了一次：“你真的不去吗？敬一，跟我们去家下川看看鱼吧！”

“你们有完没完？如果真的那么想看，你们两个人一起去不就得了。”

我突然开口插话，说：“不是只有我们两个人。”敬一吓了一跳，但我无视敬一的反应，继续说，“我们不是两个人，而是三个人，我们三个人经常去家下川玩。”

敬一问：“另一个怪人是谁？”

大介回答：“是夏叶。”

敬一满脸难以置信的表情，瞪大眼睛看着我们，说：“你们是骗我的吧？”

大介说：“我们才没骗你，我们经常跟夏叶在家下川抓鱼和钓鱼。”

敬一沉默不语，不过我跟大介都看得出他正在动摇。

可惜敬一接下来说的话，浇熄了我们的希望。

“那跟我无关，我是不会去的。我要回家了。”

完了，没有希望了。想不到连夏叶都出卖了还是无法打动他，看来真的没有办法了。

大介说：“敬一，刚刚的事，你不要说出去啊。”

敬一回答：“你觉得呢？遇到这种事还默不吭声的人脑袋才有问题，哼！”

我跟大介坐在空地的草皮上，无言地看着敬一走远。敬一的背影消失在神社另一边之后，大介喃喃地说：“看来还是失败了。”

“真是白忙一场，好累啊！没想到用夏叶来引诱他也没用。”

“不过，不到最后关头，还不知道结果会怎样。”

（事情都发展成这样了，大介竟然还抱着一丝希望，我真不懂他为什么老是不肯放弃。）

第九章

蓝色的帽子

蓝色的帽子

今天是星期六，太阳公公难得露脸了。

看到天气这么好，我开开心心地出了门，但是阳光好强，在太阳底下待不到一小时，我就已经热得浑身没劲儿了。

正当我在秘密基地的阴凉处休息时，夏叶大声问我："你不钓鱼了吗？"

"我想休息一下。"

"干吗跟老爷爷一样有气无力的，快提起精神来！"夏叶今天的心情比以往亢奋得多，这一阵子不是下雨就是功课太忙，根本没时间来这里好好玩。今天终于有一整个下午的时间可以好好玩，因此她显得相当开心。

（我还在为敬一的事情感到沮丧，你就不要管我了。）

我在心中默默地说。

大介是个很随和的人，从他脸上的表情看不出那件事对他的影响，他静静地坐在夏叶身边钓鱼。

“健太同学，过来这里坐嘛！”夏叶还是不死心地叫我过去。

我哀求说：“这位同学，如果要钓鱼，早上、傍晚或是阴天都钓得到。现在太阳这么大，天气这么热，没必要硬要钓鱼吧！”

“你看你，说什么丧气话。大介同学，我问你，健太同学说的话是真的吗？”

“嗯……是那样，没错。”大介一边观察夏叶的脸色，一边点头。

“哦！原来是这样啊，那我们也来休息一下吧！”

大介和夏叶放下钓竿，朝我走来。大介坐在我旁边，夏叶在我们对面坐了下来。接着，夏叶从背包里拿出水壶和纸杯，帮我们各倒了一杯果汁。

冰凉的果汁一入喉，让我原本沮丧的心情也舒展开来。

大介客套地说：“夏叶同学，老是让你请喝饮料，真是不好意思。”

夏叶说：“这点小事不要在意。谁叫我是辈分最低的，对吧,前辈？再说,我要是不带饮料和点心来,你们会带吗？”

大介俏皮地回答：“嘿嘿，当然不会啊。”

我也跟着说：“再怎么渴我们也会忍住，对了，就连那个夏橙……阿大，跟她说没关系吧？”

大介笑着点头，夏叶倾身向前，专心听我说话。

我说：“老实告诉你，之前我跟阿大来这里玩的时候口渴得要死，阿大就说要吃夏橙。国江町的农田旁边不是有农舍吗？那个农舍旁边就有夏橙树，我们就去摘那里的夏橙吃。”

夏叶一脸惊讶地看着我们说：“你的意思是，你们让我们全班同学吃你们偷来的夏橙吗？我真是不敢相信。”

“不是啦，你误会了。原本我们是想偷的，但后来获得了夏橙树主人的同意。”

“是真的。”大介也跳出来做证。

“不过，你们原本的确是想要偷的，对吧？”夏叶紧抓着这一点不放。

“我都说不是这样了，其实我也是被阿大骗……呃……也不能说是被他骗……总之，这过程太复杂，很难跟你解释清楚！”

在夏叶持续的追问下，我有点招架不住，只好说出真相。不过，仔细想想，要是没有发生夏橙事件，我们也不可能跟夏叶玩得这么开心，可以在彼此身边欢乐嬉戏。

过了一会儿，夏叶说：“大介同学！”

“什么事？”

“你们不是说要约敬一同学来吗？后来怎么样了？”

大介一边喝着果汁，一边向我使了个眼色。于是我替他回答：“前几天我们两个去找敬一，邀他来家下川玩，还跟他说这里有很多鱼……”

“然后呢？”夏叶接着问。

“他应该不会来吧！虽然这个结果我们早就知道了……”我避重就轻地解释，完全没提我们追逐敬一的过程，以及利用夏叶“引诱”敬一上钩的事情。

老实说，我不希望夏叶知道这些事。再说，大介很希望敬一能来，我却觉得敬一不来也无所谓。不想来就不要来，这样我也乐得轻松。虽然这是我的真心话，但我没办法直接说出口。

“那就没办法了……”

夏叶一这么说，大介就在旁边喃喃自语：“可是，他也可能会来啊。”

（大介真不知道是哪里来的自信，对于他这样的个性，我早就无计可施了。）

后来我们又在秘密基地下游的浅滩抓鱼，夏叶还是跟以前一样兴致勃勃，带着网子和水桶直接走入河里。

“哇，水好凉，好舒服啊！”夏叶开心地叫着。

听到夏叶这么说，我刻意挖苦她：“哪有人会觉得排水沟的水很舒服啊，你真是个怪人。可爱的女孩子绝对不可能走到河里去的。”

夏叶立刻反击：“喂！我才不想当可爱的女孩子呢！”

“你说什么？”

“啊，你干吗啊！”

我捡起脚边的石头往夏叶旁边丢去，转头一看，大介正抬头看着堤防发呆。

“阿大，你在等敬一吗？”

“什么？没有啦……好，我要来抓鱼了，我绝对不会输给夏叶的！”大介故作开朗地说。

不只是我刚刚有点沮丧，大介今天也没什么精神。

后来，我们三个人分头去抓鱼，发现可疑的水草或垃圾时就将网子放在附近，用脚赶鱼。这是我跟大介学来的方法，既可以轻松抓到鱼，过程也很好玩。虽然技术优劣会影响捉到鱼的数量，但最大的变量还是在放置网子的次数，以及捕鱼的地点。由于这个缘故，无论是捉到鱼的数量或种类，我经常输给夏叶。

不晓得玩了多久，我们的水桶中装满了各种鱼，有鲫鱼、青鳉鱼、平颌鱲、蝌蚪、小龙虾，还有许多我们不知道名字的鱼以及虫子。从种类来看，也有很多不知道名字的物种。

“健太同学——”远方传来夏叶的呼喊声。

“什么事？”我也大声回应。

“快来，快来！”

（有事找我的话，应该是你过来才对吧？）

虽然我心里在嘀咕，但并不讨厌她叫我过去。我拿着水桶和网子，摇摇晃晃地走进河里。我走到夏叶身边时，只见她一脸得意地看着我。

（她一定抓到不得了的鱼了。）

我心里这么想，一步步走过去。每次夏叶抓到大鱼或稀奇鱼种时，她就会露出现在的表情。

“健太同学，你的成绩如何？”

“嗯，还可以啦。你呢？”

“你看！我抓到这么多！”夏叶自信满满地拿出水桶给我看。我仔细观察里面的鱼，发现水桶里虽然有很多鱼，但几乎跟我抓到的品种一样。

我说：“真厉害，你抓到好多鱼啊。”

夏叶嘟着嘴向我抱怨：“什么嘛！你根本是在敷衍我，看仔细一点啦！”

我接过她的水桶，重新看了一次。

夏叶在旁边说：“看那里，角落那条鱼。”

“你说这个吗？这是蝌蚪吧？”

“你再看清楚一点！”

我用双手捧起夏叶指给我看的“蝌蚪”，没想到夏叶抓到的是……

“这是鲇鱼！”我惊呼。

“没错！”夏叶得意地说。

夏叶抓到的是鲇鱼宝宝，身长只有三厘米左右，看起来几乎跟蝌蚪一模一样。不过，现在在我掌心里的鱼很明显有长胡须。

我惊叹地说：“鲇鱼宝宝好可爱啊。”

“呵呵，我抓到三条呢。”

“你在哪里抓到的？”

“在那里的浅滩，你要去看看吗？”

“我要去，我要去。”

我也很想抓到鲇鱼，鲇鱼宝宝长得十分可爱，这是原因之一。重点是，身为抓鱼界的前辈，我怎么可以没抓到夏叶抓到的鱼呢？

“在这里，就是这里，水草根部那边。”夏叶指给我看的地方的确像是鱼宝宝会生活的区域。

我放好网子，用右脚慢慢拨动水草根部，河水瞬间变得很浑浊，什么都看不到。即使如此，我还是很沉着地拿起网子。

“抓到了吗？”夏叶关心地问。

鲇鱼宝宝从被我拨进网子的泥沙中探出头来，而且我一次就抓到了四条。鲇鱼宝宝的头在太阳光的反射下发出闪亮亮的黑色光芒。

“厉害吧！我一次抓到四条。”我骄傲地向夏叶炫耀。

快来，快来！

“要不是我告诉你在哪里抓到的，你抓得到吗？”夏叶不满地反驳我。

“话不是这么说，这是实力。这代表我很会抓鱼。哈哈哈！”

“你的个性真的很讨厌呀。哈哈哈！”

我们将水桶放在岸边，仔细观察鲇鱼。后来，大介也走了过来。

大介问：“你们抓到什么有趣的鱼了吗？”

“我们抓到了鲇鱼，是鲇鱼宝宝。是我第一个发现的，我很厉害吧！”夏叶兴奋极了。

“这些都是在同一个地方抓到的吗？”

“是啊。”

“嗯嗯，那么它们一定都是同一家的兄弟姐妹。”大介说完话，又偷偷抬头往堤防看了一眼，才小声对我们说：“阿健、夏叶，你们安静地听我说，我发现敬一在堤防那边。”

我跟夏叶完全说不出话来，这个事实太惊人了，那么笃定说不会来的敬一现在竟然就在附近。

大介继续说：“我刚刚就发现他了，他已经来来回回好几次了。”

我问：“他一个人来的？”

大介回答：“嗯，看起来只有他一个人。”

我们三个人决定假装没有发现敬一，继续说话。我用余光一瞄，果然发现草丛缝隙里有一顶蓝色的帽子在微微晃动。

“阿大，现在要怎么办？要叫他吗？”我问。

“如果我们叫他，他一定会跑掉。因为他本来是拒绝的。”大介说。

“难道我们只能等他自己下来吗？要是他不下来呢？”

“可是，他刚刚已经来回看了好几次，如果没有特别的原因，他不可能自己下来的。”大介说的话很有道理。

“你这么说也对……”我也不知道该怎么办。

夏叶看我们无计可施的样子，只好决定站出来。她拍了一下自己的手，然后双手叉腰，说：“真拿你们没办法，只好我出马了。我去带敬一过来，你们没意见吧？”

大介回答：“当然好啊。”

“健太同学呢？”

我也回答：“好……”

夏叶确定我们都同意后就若无其事地往敬一藏匿的堤防下方走去，堤防那边长满了杂草，从敬一的角度应该看不到夏叶。

我跟大介继续装作认真观察水桶里的鱼。

（不知道夏叶会怎么做？）

夏叶蹲低身体走上堤防，敬一好像还没发现夏叶。

（夏叶能顺利抓到敬一吗？）

我跟大介就这样用眼神交流，此时夏叶已经快走到了，说时迟那时快……

（哎呀！敬一要跑掉了。）

蓝色帽子开始动了起来，肯定是敬一发现了夏叶，转身想要逃走。

我跟大介遥望着那片油绿绿的草丛，看见一个若隐若现的蓝色帽子和夏叶随风摇曳的黑色长发。两个人一直保持着一段距离，就这样往上游跑去。

“我们也去追！”我说。

“嗯！”

我跟大介抱着网子和水桶跑上堤防后，拼了命地在两人后面追着。我们用尽全力跑到水门，却不见两人踪影。

“他们跑哪里去了？”

“不晓得夏叶有没有追上敬一。”

我跟大介口中念念有词，睁大眼睛四处张望，总算看到夏叶和敬一两人从竹林那边走过来。

我们不晓得该用什么表情迎接他们，于是带着网子和水桶走回水门下方的秘密基地，然后再装成若无其事的样子看着水桶里的鱼，等他们过来。

夏叶一进来就说：“健太同学，大介同学，我把敬一同学带来了！”

敬一跟在夏叶后面，一脸防备地慢慢从堤防上走下来。

大介说：“欢迎你来。”

不过敬一没有回应，我也沉默着，不说话。

敬一惊讶地看着隧道里的空间，也不忘为自己来这里的行为找托词，他对我们说：“我是刚好路过这里才来看看的，真的只是刚好经过而已。”

大介问：“那你刚刚要去哪里？”

敬一看向大介，语气强硬地回答：“我刚去冈崎买完东西，回来时刚好经过这条路，谁知道夏叶突然追着我跑，我不得已才过来看看的。我根本不知道你们在这里。”

大介听了敬一的回答后，开心地说：“真是太好了，没想到这么凑巧可以遇到你，我们真幸运。”

（大介说谎都不打草稿的，他明明知道敬一来来回回偷看了我们好几次，而且这件事还是他发现的呢！）

即使如此，大介还是帮自尊心很强的敬一保留了面子，没有刻意揭穿他。我一语不发，静静地听着他们两个人的对话。

“话说回来，家下川还真脏啊，真搞不懂你们怎么会想在这里玩。”

听到敬一这么说，夏叶不甘示弱地回击：“是这样吗？习惯之后你就会发现这里很好玩！”

“……是这样吗？……嗯，如果我能习惯的话。不过，可能要花很长一段时间才会习惯吧？”

“会吗？我一天就习惯了。”

“这样啊……嗯……每个人不一样嘛。”

听着敬一与夏叶的对话，我快要忍不住笑出来了，敬一根本不敢违逆夏叶。看到敬一的表现，我可以确定一点，敬一之所以会来这里，绝对不是因为我和大介的请求，也不是想来这里看鱼，纯粹是因为夏叶在这里的关系。

大介像是想到什么似的说：“对了，敬一，来看鱼。这些鱼是我们刚刚抓到的！”

“……”敬一没有回应大介，还摆出一副厌恶的表情。显然，他还是不想承认家下川有鱼。

大介将三个水桶拿到敬一面前，敬一问：“这些真的是在这里抓到的吗？”

（你这家伙刚刚不是躲在一旁偷看我们吗？再怎么说也应该看到是我们抓的吧！）

夏叶说：“敬一同学，最右边那个水桶里的鱼都是我抓的哟！”

“真、真的吗？哇，好多鱼啊！”

“我很厉害吧？”

“嗯，你好厉害呀。”

我真的是越来越看不起敬一了，站在自己喜欢的女孩面前，平时的样子竟然完全消失。

大介在此时开口问：“敬一，你很熟悉鱼类，对吧？”

“还可以啦！”

“你可以教我辨识鱼的种类吗？我完全不懂。”

“可以啊。你把这个水盆装满水，我把鱼一条条放进这里，顺便教你。”敬一刚说完，大介拿着水盆就往外跑。

大介回来后，敬一一边以熟练的手法从水桶中抓鱼，同时告诉大介这条鱼叫什么名字，一边把鱼放入水盆里。

“这是鲫鱼，这也是鲫鱼，这条是鲬鱼，这也是鲫鱼，这一只青鳉鱼……”

（原来如此，这么一来既可以数数，又可以确认所有鱼的种类。）

大介敬佩地说：“真不愧是敬一，我们都不知道要怎么抓，每次只会搞得水桶里一团混乱。”

敬一对着大介说：“这是常识，你懂吗？一定要温柔地对待抓到的鱼，绝对不能让鱼受伤或是给它造成额外负担。没有这点概念的人，没资格抓鱼。”

这句话惹得我跟大介火冒三丈，但又不好意思当场发飙，幸好当时敬一蹲在地上背对着我们，于是我默不作声，将大拇指往下指。

“哇，太酷了，这是鲇鱼的 larval fish。”敬一大喊。

“larval fish？”大介问。

“就是幼鱼，也就是鱼宝宝的意思啦！夏叶同学，快来看。你看它，有六条胡须对吧？”

大介插嘴说：“敬一，鲇鱼的胡须只有四条呢。”

“所以我才说你们是门外汉啊，鲇鱼小时候的胡须有六条，长大之后就会变成四条，这是它们的生长特性。”

“原来是这样啊！”大介满心敬佩。

敬一继续点名："这是平颌鱲，这只是长颌须鮈，还有这个是……"

大介问："怎么了？"

"这条鱼我不太确定，可能是朝鲜兴凯银鮈，或者是日本银鮈，可能要仔细调查一下才知道。"

我问大介："阿大，你听说过那两种鱼吗？"

大介诚实地回答："我不知道。"

敬一说的鱼名，我跟大介从来没听过。

敬一继续将三个水桶里的鱼全都拿出来放入水盆里，他清点鱼的速度相当快，让我不得不佩服，敬一真的很了解鱼。

"这里有鲫鱼、鲤鱼、平颌鱲、长颌须鮈、青鳉鱼、鲇鱼以及我不知道名字的银鮈，约五十条鱼。"

"敬一，水桶里还有呢。"大介提醒敬一。

"那些都不是鱼，而是蝌蚪、水虿以及小龙虾。哎——说真的，你们抓到的水中生物还真不少呢。"敬一说完便当场坐在地上，不发一语。

"你怎么了？"大介问。

"不管是鱼还是什么……"敬一欲言又止。

"家下川的水中生物真的很多，对吧？"

“这次是我输了，我认输……”平时自信满满的敬一，如今说起话来有气无力，一点都看不出以往的气势。

我们只是想让敬一知道“家下川有鱼”而已。老实说，自从敬一说家下川没有鱼之后，我一直很想看他出糗，现在终于达到目的了。

不过如此一来，因为发表研究结果而获得第一名的敬一现在就变得站不住脚了。我虽然不会落井下石，说他“自作自受”，但也不会同情他。

我能充分感受到他备受打击的心情，夏叶似乎也能理解他的心情，一直盯着沉默的敬一的侧脸。

“敬一。”大介首先打破沉默。

敬一意兴阑珊地“嗯”了一声。

“要不要来抓鱼？用自己的双手抓鱼，这种感觉能让你好一点。”

“不用了，我不要抓鱼……”

“什么不要抓鱼，我看你是不会抓鱼吧？你从来没抓过鱼吧？”大介一反常态地用讽刺的话刺激敬一，但敬一还是不说话。

“敬一如果没在家下川抓过鱼，就不可能了解这里的鱼，也不可能清楚河川生态！”大介继续说着。

“……”敬一依旧沉默不语。

大介那么强势的语气让我跟夏叶都吓了一跳，完全不敢搭话。

没多久，敬一默默地站了起来，对我们说：“……我要回家了。这种鮈鱼可以给我一条吗？我想在家里研究一下这是什么鱼。”

夏叶捡起脚边的纸正想拿给敬一，此时大介突然开口阻止：“不行！”

（大介，你在干吗？）

“想研究就自己抓，河里面还有很多鮈鱼！”大介还是维持强硬的态度。

“……”敬一没再坚持，只是默默地走出去，我一直盯着他那略显落寞的背影。

大介对着那看起来就像是纸人偶一般摇摇欲坠的身影喊着：“敬一，明天星期天，明天下午一点，我等你来！”

敬一头也不回地跑上堤防。

第十章

学不来的天分

学不来的天分

星期天早上，我正在房间里发呆时，听到妈妈叫我的声音。

“健太，有你的电话！”

我走出房间，看到妈妈正拿着话筒，笑着走向我：“是女孩子打的，真有你的。”

“别乱说！”我一把抢过话筒，走进房间里，“我是健太，请问是哪位？”

“我是夏叶……”

“哦，早安……”我一屁股坐回床上。

“今天不是约了要去家下川吗？可是，我有点担心昨天发生的事情。”

“嗯，听你这么一说……”昨天敬一走了之后，情势便急转直下，当事人之一的大介坐在地上不说一句话。看到大介这样，我跟夏叶也不知道该说什么。更糟糕的是，我们三个人都受不了这种沉重的气氛，最后只好各自回家。

“不知道敬一同学今天会不会来。”夏叶说。

“我觉得他不可能来。敬一的自尊心那么强，而且他以前就看不起阿大，昨天被阿大说成那样，今天怎么可能会来？”

“这样啊。”

“你是怎么回事？你是在担心敬一吗？”我反问夏叶。

“才不是这样！我是担心大介同学，要是敬一同学不来，大介同学一定无法振作起来的。”

“你的话也有道理。不过，我觉得敬一也蛮可怜的。”

“是啊，健太同学怎么会同情敬一同学呢？真不像你。”

“我才不是同情他呢！只是觉得……坦白地说，我很讨厌那个家伙，可是现在事情变成这样，我真的不能接受。之前敬一信誓旦旦地说家下川没有鱼，后来阿大还跟我提议去找敬一，想让他看看家下川有鱼，所以我跟阿大才会三番两次找他。这件事你也知道啊！”

“是啊。”

“既然如此，让他看到不就好了吗？事情不就该结束了吗？阿大有必要再说那些话吗？这一点也不像阿大。他总是憨憨地笑着，从来没有发过脾气……我在想，说不定阿大比我还讨厌敬一，再怎么说，敬一曾经那样欺负他，阿大讨厌敬一也是可以理解的。话说回来，那两个人不只是不同类型的人，也没有任何共通点，就像水与油一样，完全不兼容。”我一股脑儿地说出自己的想法。

“……是这样吗？”

“咦？你不这么认为？”

“嗯，我认为不是这样。虽然你说敬一同学欺负大介同学，但敬一同学从来没说过大介同学是骗子。”夏叶也说出自己的观察。

“这件事我也知道，不过，我认为这是他卑鄙的阴谋，自己故意不说，让别人说，你不觉得吗？”

“……这个嘛……”

“你也是这么想的吧？”

“照你这么说，其实我也跟敬一同学一样。我虽然没说过大介同学是骗子，但也没阻止过班上的同学们说。”

（啊，我都忘了……）

事情的确如夏叶说的那样，不只夏叶没有阻止，我也没有。事实上，包括我在内，班上其他同学都是卑鄙的家伙。

“还有，刚刚你说敬一同学和大介同学是不同类型的人，但我认为他们两个有点像。”

“你说什么？不可能，他们一点也不像。”

“是吗？虽然他们两个做的事看起来一点也不像，但其实很雷同……”

我不知道夏叶到底想说什么。

我问夏叶：“我记得你以前曾经说过类似的话。”

夏叶问：“什么？”

“你第一次到家下川玩的时候，你曾经说我跟你很像。”

“你记得真清楚，呵呵呵，不过，我们真的很像。”

“我不懂你的意思！”我真的是快被夏叶搞晕了。

“可能是我自己个人的习惯，我一看到你就觉得我们很像。我认为与其看别人与自己不一样的地方，不如去找彼此相近之处，这样比较有趣。发现彼此有共通点，就会觉得比较安心……不过，若是找到与自己不一样的地方，又会觉得很吸引人……”

“你说的话太高深了。”

“是吗？”

“不管怎么说，我们下午一定要去家下川。就算到时候敬一没来，我们三个人也要好好玩。”我打定主意不受敬一影响。

“嗯，没错。话说回来，你有点出乎我的意料。”

“啊？什么意思？”

“没想到跟健太同学讲电话聊得这么好，人真的不能只看外表呢！”

“要你管，我挂了！”我说完就挂上电话，然后躺在床上，盯着天花板。

（人真的不能只看外表……其实对夏叶也不能只看外表。）

跟夏叶通完电话后，我一直在想大介、夏叶，还有敬一的事情。

（相似的地方、不同的地方，相似的地方、不同的地方……）

虽然我想破头也想不出个道理来，但这个过程真的很有趣。在认识大介之前，我从来没有这么认真地思考过别人的事情。我以前认为我有很多朋友，但从来没有深入分析过他们每个人。

我静静地闭上双眼，回想着他们三个人的脸。

下午一点，我、大介跟夏叶早已聚集在家下川。或许是因为我们很想知道敬一到底会不会来，所以早在约定时间之前所有人就都到齐了。

我带着网子在浅滩上晃来晃去，夏叶向我走来，说："不知道敬一同学会不会来。"

"好，我们来打赌吧！我赌他不会来，赌注是一罐可乐！"

"我也赌他不会来，赌注是一罐可乐！"夏叶跟我都赌他不会来，这样就无法成立赌局，于是我们一起看向大介。

大介一看到我们的眼光，惊讶地说："啊？我也要赌吗？真拿你们没办法，那我赌他会来。"

"好棒啊！今天有可乐喝了！"我跟夏叶故意在大介面前击掌庆祝。

"你们两个不要高兴得太早，鹿死谁手还不知道呢。"今天的大介好像早就将昨天的事情抛在脑后，神情看起来很平静，像以前一样。

大介一看到我将手里的网子放在草地上就问我："阿健，你不抓鱼了？"

“我要休息一下。”

“你已经腻了？”

“嘿嘿，每天抓鱼当然会腻啊，是阿大太不正常了！”

“是这样吗？”大介歪头不解。

“我这个人的缺点就是三分钟热度。”

我一说完，夏叶也放下了网子，开口说：“不过，我认为这不是缺点，这是健太同学的天分。”

“呃？三分钟热度算天分吗？”我反问夏叶。

“是啊。我在书中读过这么一段话，将自己的缺点全部当成天分、当成个性，如此一来就会越来越喜欢自己。”

“这太奇怪了吧！这么说，成绩不好也是天分喽？”

“当然，那是‘在考试中考三十分’的天分。像我就办不到，我每次都考一百分，没办法考三十分。”

听到夏叶这么说，大介开心地笑着附和：“哈哈哈，那跑得慢也是天分吗？”

“是啊，那是‘会慢慢跑’的天分。”

“那歌唱得很难听呢？”大介又问。

“那是‘唱歌跑调’的天分。”

“哇！那我不就超有天分！”

“没错，大介同学是个超有天分的人。”

“这么想真的好好玩啊。”大介对夏叶的话很感兴趣。

夏叶继续说：“不是只有比别人出色的地方才是天分或个性，表现不如人的地方也是别人都不具备的天分与个性。换个角度想就会越来越喜欢自己，也会喜欢别人。”

（虽然我也认为夏叶说的话很有趣，但我并不像大介那么好说服。要是这个世界这么简单，我们就不用念书了。正是因为在社会上生存很辛苦，大家才会这么努力。）

夏叶问：“大介同学，你喜欢自己吗？”

“……我并不讨厌自己。”大介回答。

夏叶又问：“健太同学，你呢？”

“我不知道呢……”我的坏习惯就是不会正面回答别人的问题。

夏叶接着又说：“我最近喜欢上自己了，在跟你们一起玩之前，我一直很讨厌自己。”

我跟大介都沉默不语，夏叶的话让我发现一件事。

（其实我也跟夏叶一样，跟大介玩在一起之前我很讨厌自己，难道这就是我跟夏叶的相似之处？）

正当我沉浸在自己的想法时，大介突然叫我：“阿健！”

“什么事？”

“那边有一个奇怪的人影呀。”

“奇怪的人影？”

我们三个人站在堤防下方，同时看向大介手指的方向。距离秘密基地有点远的上游，那里有一片长着茂密树林的广阔浅滩。

大介说：“你们看，河里有个人。”

仔细一看，真的有个人。正如大介所说，河里有一个人影来回走动着。

从那个人的动作来看他好像是在抓鱼，不过那个人不是穿短裤，所以看起来不像是个小孩。

“会不会是敬一同学？”夏叶问。

“应该不是吧！”我说。

“要不要去看看？”大介说。

“嗯，去看看。”我说。

我们跑上堤防，朝那个人的方向跑去。由于这是我们第一次在家下川发现其他人，我跟大介都很想知道他是谁。

跑在最前方的大介停了下来，我和夏叶也跟着停了下来。

大介说：“阿健，你看！”

“那是……”

站在河里的正是穿得怪模怪样的敬一，他的身上穿着看似长及胸部的大型“长筒靴”，手里拿着黑色网子，在河里走来走去。那个黑色网子看起来相当专业，做工很精致，而且很沉重，跟我们拿的网子完全不同。

看清楚状况后，大介说：“过去吧。”

我回了一声“嗯”，我们三个人十分谨慎地走下长满杂草的堤防。敬一应该听到了我们的脚步声，但还是装作没听见似的继续抓鱼。

大介出声呼喊：“敬一！”

敬一假装吓一跳，装出一副刚刚才发现我们的样子，接着再摆出“既然被发现就没什么好躲藏”的模样，向我们走来。

夏叶说：“敬一同学，很高兴你来了。”

“……”敬一没有回答。

大介也跟着说：“太好了，我一直认为你会来。”

没想到敬一一脸不悦地回答：“你们不要误会，我不是来找你们玩的。”

我们三个人互相看了一眼。

（这个讨厌的家伙，说什么都不中听……）

夏叶一看不对劲儿，赶紧问敬一："那敬一同学来这里做什么呢？"

"当然是做研究啊，还用问吗？既然我已经知道这里有鱼了，那就一定要好好观察并调查河川生态才行。"敬一理直气壮地回答。

"敬一同学好认真啊。"夏叶说。

"嗯，当然啦！"敬一突然变得很开心的样子。

"你穿的那是什么啊？"夏叶指着敬一的"长筒靴"问。

"这叫作涉水裤，我爸叫它笨蛋靴。因为我爸每次都说这个靴筒也太长了，长得跟笨蛋一样没用，所以叫它笨蛋靴。"

我小声说："因为是笨蛋穿的靴子，所以叫笨蛋靴。"

夏叶听到后打了我的背一下，不过大介觉得很好笑，忍不住捂住嘴巴，呵呵地笑了起来。

"原来这叫笨蛋靴啊。"夏叶看起来很感兴趣的样子。

"只要穿上它就不会被污水弄湿，也不会受伤，更不用怕感染霉菌。"敬一说得很起劲儿。

（这条河的水的确不够干净，不过我们一直都是赤脚在水里玩呢。）

敬一说的每句话都让我窝火，如果只有我一个人，我一

因为是笨蛋穿的靴子，
所以叫它“笨蛋靴”。

定当场发飙。不过，我决定让个性成熟的夏叶去处理。

“敬一同学，我们也可以跟你一起做研究吗？”

“如果是你的话，那还无所谓。可是另外两个笨手笨脚的，我又不是来这里玩的，他们会阻碍我的观察，给我造成困扰。”

“那我们可以在旁边看你如何观察吗？”夏叶接着问。

“如果你们坚持要看，那就让你们看好了，不过绝对不能出声。”敬一说完就转过身去开始抓鱼。

于是我们走到堤防上坐着，看敬一抓鱼。

我小声跟大介说：“敬一那家伙真的来了呢。”

“嗯，他果然很喜欢鱼。”

“你真敢说，敬一是因为夏叶在这里才来的。”

“是这样吗？”

（只稍微注意敬一的语气和态度就会发现这一点。）

我说：“他表现得太明显了，只要是夏叶说的话，他什么都会听。”

夏叶问：“你们在说什么？”

“没什么，没什么，我们什么都没说。”我连忙装傻。

后来，我们注意到堤防边放着敬一的物品，大介悄悄地走到那里一看，像是看到新奇事物似的蹲了下来。他对我说：“阿健，敬一带的东西都好酷啊。”

堤防边放着笔记本、彩色铅笔和量尺，除此之外，还有一些我从来没见过的用具。

我问大介：“他要用这些东西做什么啊？”

大介回答：“那还用问？当然是做调查。这些东西可以记录鱼的种类啊什么的。”

“那彩色铅笔有什么用？”

“应该是用来画鱼的吧！”

（哼，这家伙厉害是厉害，但有必要这么大阵仗吗？）

夏叶注意到我们说的话，故意问敬一：“敬一同学，你带这些东西来要做什么啊？”

“我要记录鱼的种类、数量以及大小，如果遇到珍贵鱼种或是我没见过的鱼就画下它的特征。”

大介摆出“你看吧”的表情看着我。

敬一接着说：“我说，大介，你不要碰那些东西。”

“对不起，对不起。话说回来，你还真是专业，吓我一大跳。拜托你，让我看一下嘛。”大介回答。

“你真烦。”看来敬一是不反对了。

每次遇到这种情形，大介总是能厚脸皮地放低身段，达到目的，这一点真的没人比得上大介。

我们三个人随意地拿起敬一的东西，仔细研究一番。

我首先注意到的是一个大型塑料瓶，“这是什么啊？”

“这应该是用来抓鱼的工具。”大介回答。

“那这个呢？”夏叶拿着一个大小像巧克力盒的透明盒子问。

大介说：“这个嘛，这不是我的东西，我也不知道。”

夏叶说：“对哦，喂！敬一同学，这是什么？”她转头问敬一。

“那是抓鱼用的陷阱。”敬一大声回答。

“这个呢？”

“那是观察盒。”

“这个呢？”

“你很吵呀！这样我都不能抓到鱼了！”

夏叶急忙向敬一鞠躬道歉，对我们说：“呵呵，我被骂了。”

我承认我们刚刚吵到敬一了，但他抓不到鱼不是因为我们的关系，而是他自己技术不好。虽然他穿着专业的“长筒靴”、拿着专业的网子，但他抓鱼的姿势一看就知道是个新手，以前应该从来没抓过鱼。

“像他那样在河中间捞，鱼早就跑光了，应该往岸边过来一点才有机会。”

我一说完，大介就劝我：“阿健，不如你教教敬一吧！”

我说：“那家伙不会听我们的话，阿大你去说说看。”

“好，敬一，你往岸边过来一点，那里才能抓到鱼噢。”

敬一对大介的建议摆出“不要吵我”的表情回应。

接着，夏叶说话了。她说：“敬一同学，他们叫你往岸边试试看！”

只见敬一停下手边的动作，回答夏叶：“我正想往岸边走，我想先调查河中间有什么鱼，再去确认岸边有什么鱼，这是标准的调查方法。”

我心想这小子还真是大言不惭。我小声对大介说：“我说对了吧？那家伙只听夏叶说的话。”

即便是固执的大介也不得不接受事实，笑得一脸灿烂地对我说：“敬一真的喜欢夏叶呢。”随后他转过身对夏叶说“夏叶，我有事想要拜托你。”

“什么事？”夏叶问。

“再这样下去，敬一一定抓不到鱼，你去教教他，好吗？”

“我去教他？”

看到夏叶露出为难的表情，我对大介说：“阿大，不要强人所难。”

大介说：“那阿健愿意教他吗？”

“那家伙根本听不进去我说的话。”

“对吧，所以这件事只有夏叶才能做到。再说，敬一看起来真的很想抓到鱼，他如果抓不到鱼，就不可能完成调查或研究……”

听大介这么说，夏叶只好回答：“真是说不过你，就由我来教他怎么抓鱼吧。不过，你们要来帮我。”

“没问题，走吧！”

我和大介接受夏叶的条件，站起来跟在她的身后走入河里。

我们一走进河里，敬一就开口说：“大介、健太，可以请你们不要来妨碍我吗？”

我说：“干吗说我们是来妨碍你的，我们是看你技术太烂，抓不到鱼，才来帮你的。”

没想到敬一反呛：“我说过需要你们帮忙吗？”

（这家伙说的每句话都让我火冒三丈。）

大介一看我生气了，立刻说：“那我们来比赛，看谁抓的鱼多！”

“比赛？”敬一问。

大介说：“没错，敬一与夏叶一组，我跟阿健一组，我们来比赛。”

“什么？我跟敬一同学一组？”夏叶不满地说。

敬一看到夏叶不太开心的样子，赶紧安慰她：“不用担心，夏叶同学，我有万全的准备。”

“呃？”夏叶瞪大眼睛看着敬一，只见敬一举起沉重的网子炫耀。或许“自不量力”正是敬一无人能敌的天分。

第十一章　比赛就是比赛

比赛就是比赛

我们四个人分成两组，站在河中对峙。我旁边站着大介，对面站的是敬一和夏叶。大介以不同往常、浑厚有力的声音说："敬一，你听好喽，这次比赛不以数量论胜负，而是比鱼的种类。谁抓到的种类多，谁就赢了。"

"嘿嘿，你们两个分得出鱼的种类吗？"

这家伙还是那么讨人厌。

（若是以数量决胜负，我跟大介一定会赢。大介明知道是这样，却还是提出要以鱼的种类决胜负，难道敬一就看不出大介的用心吗？）

夏叶抱怨说：“可是我也分不出鱼的种类啊！”

敬一倒是立刻改变态度，跟夏叶打包票说：“不用担心，交给我。我会帮你确认鱼的种类。”

（明明就是连一条鱼都抓不到的人，这家伙哪里来的自信啊？）

我终于忍不住夸口：“最后一定是我们赢，这非常轻松。”

没想到这句话竟激起夏叶的斗志，她大声回击我：“你真是没礼貌，我绝对不会输给你的，你准备认输吧！”

“你说什么……”我的脸腾的一下红了起来。

不只夏叶和敬一在笑我，就连站在我身边的大介也在笑。

大介看大家准备得差不多了，就说：“抓鱼地点没有限制，比赛时间为两小时，也就是到下午四点为止。比赛开始！”

我们全都拿着网子和水桶各自往河里走去，敬一和夏叶一边讨论一边往上游走，我则跑到大介身边抱怨：“刚刚你笑什么？”

“对不起，是我不好。不过，夏叶是认真的。”大介说。

“我知道……”

（既然这样的话，不管发生什么事，我都不能输。）

于是我开始认真抓鱼，不放过河里的任何一个地方，无论是覆盖着河流的草丛、河里的大石头下，还是沉在水底的轮胎或桶子边……只要是任何可能有鱼的地方，我都用网子从头到尾扫过一遍。不只我，大介也很认真。我们俩不发一语，默默地抓鱼。

过了没多久，从河川上游传来了一阵笑声，那是敬一与夏叶的声音。他们两人开心地看着水桶里的鱼，有说有笑，那一幕看得我满肚子火。

我告诉自己“我只是生气，并不是吃醋”，不过会这样告诉自己就代表我对夏叶并不是毫无感觉。

此时大介突然开口说：“敬一他们看起来好开心呀。”

“哼，他们也只有这时候能笑了。”我忍不住地说。

“阿健很认真啊！你的收获怎么样？抓到很多种了吗？”

我往水桶里看，细数鱼的种类给大介听：“我抓到了青鳉鱼、鲫鱼、平颌鱲……这条是？”

“这是长颌须鱲。我除了跟你抓到的一样之外，还有这条。”大介说。

“这是什么鱼？”

“我也不知道。晚一点再问敬一。”

我突然感到不妙，仔细想想，大介其实也不熟悉鱼的种类，连鱼名都要问对手，从这一点来看，我们好像输定了。

我说：“现在看来，我们总共抓到五种。”

“嗯，接下来我们得运用策略才行。阿健，我们换地方吧！我知道哪里有泥鳅。”

大介说得对，一直待在这里也只会抓到同样的鱼而已，我已经抓到超过二十条平颌鱲了。于是我说：“好，说走就走！”

我们跑上堤防，往上游走去。大介在堤防上往河里大喊：“敬一、夏叶，你们抓到几种？”

夏叶大声回应：“……敬一同学说，不告诉你们！”

我拼命地忍住愤怒，低声跟大介说：“干吗不说，真是小气鬼，他们一定只抓到几条鱼。”

“不，现在还看不出来，我们绝对不能松懈。”

我们又走了一会儿，大介停下脚步，对我说：“这附近应该有一条很小的灌溉沟渠，阿健，你也一起帮忙找。”

我们探头望向堤防下方，一边走一边找。可惜堤防四周的杂草长得太茂密，我们根本找不到那条灌溉沟渠。

仔细回想起来，我跟大介第一次在这里钓鲤鱼时，这些杂草只长到膝盖高度而已，现在都已经快遮到我们的胸部了。想不到在不知不觉中，杂草已经长这么高了，季节也在我们不经意的时候，逐渐变换新装。

我说：“找到了，在这里！”

我们一边用网子的铝柄拨开杂草，一边走下堤防。就像大介所说，堤防下方有一条很小的灌溉沟渠。我们的目的地就是这条灌溉沟渠的会流处。

大介开心地回应：“走吧！我们下去抓鱼！”

我们一走入河里就迫不及待开始抓鱼，不过这里的河底淤积着泥土，很难行走。

“哇，全都是淤泥，软软的，好难走。”我忍不住惊呼。

“不过，淤泥里有泥鳅。”大介说。

话虽如此，网子里捞到的全都是淤泥，淤泥的重量让我们拿不起网子。

大介进一步叮嘱：“仔细翻一下捞起来的淤泥，里面会有泥鳅。”

（你不是在开玩笑吧？我才不想摸淤泥呢！）

只见大介将手插入网子里的淤泥不断翻动，看到大介这样，我只好也把手插入淤泥里。

（唉……为什么我要做这种事呢？）

我摸到某种会动的物体，立刻伸手连同淤泥将“它”抓起来，快速放入河水中清洗。

洗完后一看，我忍不住叹气：“什么啊！原来是蝌蚪。”

大介安慰我说：“我这边都是小龙虾。”

我们一直抓不到原本想抓的泥鳅，最后我把大介留在那里奋斗，我则往下游走一点，试试手气。两个人分开抓鱼，抓到不同种类鱼的机会比较多，因此我才会与大介分开行动。但若是问我真正的想法，其实是因为我不想弄得全身都是泥。虽说我很喜欢抓鱼，也很想不顾一切赢得这场胜利，但坦白地说，我还是觉得淤泥很脏，一看到淤泥就觉得很不舒服。

（这就是我跟大介最大的不同之处……）

我稍微喘一口气，重整心情，从泥地走到沙地之后将网子放入河底捞着。突然间，我感觉有东西掉进了网子里，我立刻捞起网子一看……

“这是什么？”我看到一条长达十厘米左右、从未见过的鱼。

大介从上游往下走，满脸泥泞地走到我旁边：“阿健，你抓到什么了吗？”

我将刚刚抓到的鱼拿给大介看："这是我刚刚抓到的，你知道这是什么吗？我从来没看过呢。"

大介兴奋地大喊："哇！这是鳗鱼宝宝，你在哪里抓到的？"

"在那边。"

"太棒了——没想到这里也有鳗鱼！"

我曾经听说过鳗鱼，之前玩电玩的钓鱼游戏时看到过这个名字。

我问大介："鳗鱼很稀少吗？"

大介回答："我第一次在这里看到。"

大介说的话让我不由得笑了起来，我跟大介说："加上这一条，我们有六种鱼了！"

"嘿嘿，我刚刚抓到了泥鳅以及鲤鱼宝宝，所以我们有八种鱼喽！"大介也达到了目标。

"抓鱼真的好难啊！我们抓了这么久，才抓到八种，而且大部分都是鲫鱼和平颌鱲。"

"呵呵，你今天好奇怪。"大介突然丢出这句没头没脑的话。

"你为什么这么说？"

“你以前都是开心地大喊鲫鱼哟！平颌鱲哟！今天却一点也不兴奋。”

大介倒是提醒了我，直到昨天为止，我看到鲫鱼还会开心大喊，今天却摆出一脸不屑的样子说：“什么啊，怎么又是鲫鱼。”然后就丢回河里。明明都是同一种鱼，我却有不同的反应，真是不可思议……

“一定是因为比赛的关系。”大介擅自下了结论。

“因为比赛的关系？”我反问。

“是啊。一定是因为你一心只想赢，所以才无法感到开心。你只想着要增加鱼的种类，因此只要抓到相同种类的鱼就会嗤之以鼻。如果我们现在比的是‘看谁抓的鱼比较大’，你一定连看也不看一眼我们刚刚抓到的所有鱼。”

大介的一席话让我突然想通了，的确，比赛有比赛规则，比赛规则会影响参赛者享受比赛的心态。话说回来，若是不去想“战胜对方”这件事，是否就能享受抓每一条鱼的过程呢？

“觉得大鱼比较好，喜欢外表漂亮的鱼，或是要爱惜珍贵鱼种……这些条件全都是我们人类自己定的。其实我们的喜好根本与鱼无关，因为鱼就是鱼。”大介说。

“鱼就是鱼……”我喃喃自语着。

“以‘什么鱼都好’的角度来看鱼，这对鱼实在是太失礼了，但如果能换个角度，认为‘每条鱼都很棒’，就会觉得抓鱼很有趣了。”

大介说的话深深地打动了我的心。

（原来大介是这么看鱼的，难怪他每次抓鱼时看起来都很快乐。正因为他不在乎输赢，也不要求鱼的好坏，所以才能永远保持自由自在的天性……等一等，这么说来……）

我问大介：“阿大，我问你，你为什么提议要比赛？”

“咦？”

“以你的个性，你根本不在乎输赢的。”

“哈哈哈，是这样吗？嘿嘿，我之所以提议要比赛，有我的理由。”

“所以我才问你，为什么提议要比赛啊？”

听到我又问了一遍，大介突然做了一个鬼脸，回答：“我是为了要堵住敬一和夏叶的嘴，让他们没有理由拒绝，才提议要比赛的！”

“就为了这个？可是，阿大，为什么要把夏叶也算在内？”

“因为一定要让他们两个一组啊……要是让敬一一个人输了，他一定会闹别扭。如果是跟夏叶一起输的话，他就会爽快地认输了。再说，我一定要这么做，如果不是这样，敬一不会仔细观察这条河的。”

“原来如此，你说得对，在夏叶面前，敬一没办法找借口推辞。”我很佩服大介的想法。

后来，我跟大介再次拿起装了水的水桶，摇摇晃晃地开始寻找新的目标。

现在是下午三点四十五分，虽然离比赛结束还有一段时间，但我们已经决定回去找敬一和夏叶了。我们走到秘密基地附近时，看到他们两人早已坐在塑料箱子上等着我们回来。他们两人背对着我们，正热烈地交谈着。

“不知道发生了什么事。”

“不知道呢。”

我们一起跑下堤防，夏叶发现了我们，转身对我们笑，但敬一一直望着河里。夏叶笑得很不自然，让我有点担心，不过，我没有勇气问她。

大介想也没想就直接开口：“你们刚刚在聊什么？”

“没什么，就东聊西聊。”夏叶回答。

“这样啊。”

（阿大，再继续问下去啊！继续问他们在说什么。你难道不是想知道才问的吗？）

夏叶压低声音对我们说：“大介同学、健太同学，我发现敬一同学没有我们想象中的那么糟糕呢。”

敬一还是默默地望着家下川。沉默了一会儿之后，夏叶决定换个话题，“先不管这个了，你们两个的成果如何？抓到了很多种鱼吗？”

“那还用问！我跟阿大联手一定很厉害的啊。这么急着想知道我们的成果，难不成你们早就放弃比赛了吗？”

我一说完，夏叶就站起来反驳我：“那是因为我们抓到很多鱼，种类太多了，而且我还抓到了很棒的鱼！”

“什么厉害的鱼？”我问。

“先不告诉你，而且我们的鱼筌还沉在水里。”

“什么是鱼筌？”

还没等夏叶开口，大介就抢着回答：“阿健，鱼筌就是你之前看到的那个细长形塑料瓶。只要在里面放鱼饵，再沉到水里就能诱捕鱼类。”

“那个东西可以捕鱼？”我太惊讶了。

夏叶回答：“敬一同学说那个可以抓到很多鱼。”

我说：“很多鱼？这样太狡猾了吧？你们这么做是犯规！”

“不要这么小心眼儿，男孩子就要有男孩子的气概。”

“阿大，你也说几句话吧！”我转而寻求大介的支持。

大介说：“嗯，用鱼筌应该也可以吧。我们一开始又没说不能用。”

连大介也站在他们那一边，我真的很生气。

此时敬一回头跟我说：“没关系，鱼筌里的鱼就不算了，晚点再捞出来。”

“敬一同学，为什么不算了？”夏叶不满地大喊。

“没关系啦，只算用网子抓的鱼也可以。再说，输赢我根本不在意……”

“说什么嘛！”夏叶可不同意。

（喂，敬一，什么叫输赢你根本不在意？最怕输的明明就是你。）

敬一的话让我一头雾水，也让我相当震惊，不过，我们还是决定先分出比赛结果。我们各自拿着装了鱼的水桶围在水盆边，相对而坐，然后由敬一决定统计方法。

敬一说：“我会一边说出鱼的名字，一边做笔记，你们就将水桶里的鱼一条条拿出来，再放到水盆里就可以了。这样清楚吗？好，那就开始吧……第一种鱼是鲫鱼。”

大介说：“我有鲫鱼。”

夏叶说：“我们这一队也有鲫鱼。”

两边各自拿出一条鲫鱼，放在水盆里。只见鲫鱼在水盆里游得十分开心。

敬一接着说：“接下来是平颌鱲。”

“我们有平颌鱲。”

“我们也有。”

“第三种是长颌须鮈。”

“长颌……这条是长颌须鮈。”

“哈哈，我们也有。”

真不愧是敬一，他果然对鱼了如指掌。他只要看一眼水桶，就知道彼此抓到了什么鱼。

敬一继续唱名：“接着是青鳉鱼……麦穗鱼……鲤鱼……泥鳅……”

“啊，我们没有泥鳅。”夏叶懊恼地说。

“太好了！”我跟大介相当开心。

此时敬一说话了：“目前这个阶段，由大介健太组领先一分。接下来，就各自拿出一条还没有唱到名的鱼。夏叶同学，把那条鱼拿出来。”

夏叶得意地说："好。这是长吻似鉤，怎么样，你们没有吧？"

"可恶，我们没有。"我紧盯着在水盆里游动的长吻似鉤，它身上的纹路看起来就像是沙子一样，还有白色的胡须，外形相当漂亮。

现在两边打成平手，接下来轮到我跟大介这一组，大介从水桶里拿出一条鱼，对夏叶说："我们有吻鰕虎，你们有吗？"

夏叶回答："有，我们也有。"

这过程真是紧张刺激，虽然刚刚我也认为不要太在乎输赢，但一旦面临决出胜负的关键时刻，还是会感到一股特别的紧张气氛。

这次轮到夏叶。"接下来我们拿出的是这个，敬一，这是什么鱼？"

敬一回答："这是朝鲜兴凯银鉤。"

大介急着问："哪一条才是朝鲜兴凯银鉤？长什么样子？"

敬一看我们慌张的模样，探头看向我们的水桶。"你们也有啊，就是那一条。"

大介惊呼："哇——原来这就是朝鲜兴凯银鉤啊！"

我们经常看到这种鱼，直到今天才知道它叫什么名字。

接下来轮到我跟大介。大介拿出一条鱼问：“这一条你们有吗？我不知道它叫什么。”

敬一看了一眼说：“那是凝鲤，长大后身长会超过六十厘米。”“哦——是这样啊。”大介说。

“讨厌啦，我们没有抓到凝鲤。”夏叶不甘心地说。

比到这里，我忍不住大声说：“太好了！阿大，我们又领先一分了。”

“是啊。”相较于大介的冷静，我看起来相当兴奋。

夏叶瞪着我们俩开口说：“好吧，接下来让你们见识一下我们的秘密武器好了。”

我反击夏叶：“你在装腔作势个什么劲儿啊？”

夏叶别有深意地“嘿嘿”一笑，从秘密基地里面拿着另一个水桶过来，小心翼翼地打开盖子说：“这个你们就没有了吧？”我忍不住惊呼：“哇！这是什么？”

水桶里装着的是身长有五十厘米的大鲇鱼，全身散发着光滑的黑色光芒，还有直挺挺的长胡须。这是我有生以来第一次看到这么大的鲇鱼。

我问：“这是夏叶抓的吗？”夏叶回答：“当然啦。”

“可恶！不过，我们的比赛与鱼的大小无关。啊，我怎么会忘了抓鲇鱼？真糟糕！只要去昨天那里就能轻松抓到鲇鱼宝宝了，哎哟，我在干吗呢！”

战局就这样不小心被他们追平了。我们的水桶里只剩下一条鱼，夏叶看起来相当得意，我们却已面临最后关头。

眼看挣扎下去也没用，于是我拿出最后一条鱼：“这是我们的最后一条鱼。你们有吗？这是鳗鱼！”

“真的假的——你们抓到鳗鱼了吗？好厉害啊！”敬一突然大叫起声，把我吓了一跳。

而且，敬一还说我们“好厉害”，这种感觉并不差。第一次看到鳗鱼的夏叶，也瞪着大眼睛，看起来十分惊喜。

突然，她像是想到什么似的开口说：“呵呵呵，你刚刚说这是你们的最后一条鱼，对吧？也就是说，我们现在输你们一分，只要我们的水桶里还有两种以上的鱼，我们就赢了！”

“不要再装腔作势了。”我又忍不住回击了一下夏叶。

“我才没有装腔作势呢。你想看的话，就给你们看好了。锵锵——”

夏叶露出赢定了的表情，指向他们那一组的水桶，我探头一看，完全不知道该说什么：“你刚刚锵什么锵，里面根本都不是鱼！”

水桶里只剩下蝌蚪以及小龙虾，就算是小学一年级也知道它们不是鱼。夏叶故意装傻，说："不行吗？"

"当然不行！比赛就是比赛，要遵守规则。"我态度坚决地说。不过，夏叶还想再拗一下："有什么关系，那都是用网子抓的呀。"

"那用网子捞到的空罐也算数吗？"

"你干吗这样啊！也不想想看之前在钓小龙虾时是谁笑得那么开心啊？现在就排挤小龙虾，这样小龙虾很可怜啊。"夏叶还抱有最后的希望。

"那是两回事吧！我也抓到了很多小龙虾和蝌蚪，但因为它们不是鱼，我全都丢掉了呢。"我也不甘示弱地维护自己的立场。"哼，你竟然说'丢掉'，有爱心的人都会说'放回河里'。说丢掉太过分了吧！说到底，健太同学就是歧视小龙虾，唉——我真是对你太失望了，没想到你是这种人。"

看来要用道理说服夏叶是不可能了。我转头一看，不只大介在笑，就连敬一也笑得很开心。他们两个人脸上都有一种难以言喻的祥和感，只有我跟夏叶在争辩比赛结果。

"大介，你可以接受吗？小龙虾根本不是鱼啊！"我要大介站出来帮我说话。"我是无所谓啦……毕竟我是有爱心

这个你们没有了吧？

的人，呵呵呵。”没想到大介竟然跟着夏叶挖苦我！

（你这个叛徒！）

“敬一呢？你怎么想？”敬一回答：“我认输。蝌蚪是两栖类，小龙虾是甲壳类，它们都不是鱼类。不过，我是夏叶同学的徒弟，师父说的话我一定要听。”

“徒弟？”

夏叶说：“没错，敬一同学向我学习抓鱼技术，当然是我徒弟喽。你认不认输？一句话。”

“什么一句话……这根本不是鱼啊……气死我了，好啦，算你们赢啦！”事情发展到这样，我只好妥协。

“好棒啊，我们赢了！”夏叶兴奋地大叫。

（哪有这样的……这个死阿大……亏你还说要堵住敬一和夏叶的嘴。）

大介似乎早就将刚刚跟我说的话抛在脑后，一直在呵呵笑。敬一也笑得很开心，只有我垂头丧气。结果，最后的赢家就是夏叶。不过，一看到夏叶的笑脸，我的心情也逐渐开朗了起来。

第十二章 敬一的决心

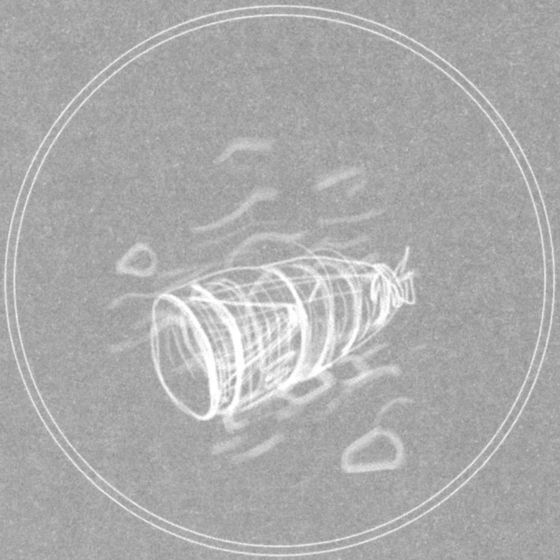

敬一的决心

抓鱼比赛告一段落后，我们将敬一用来捕鱼的鱼筌从水里捞出来。

敬一说："架设鱼筌时要将入口处对准鱼头，如此一来，鱼进入瓶子里之后就再也出不来了。因此，一定要注意入口的方向。鱼在游泳时都会将头朝向上游处，所以鱼筌的入口处要朝下游摆放。"

"朝上游放不行吗？"

"不行，朝上游放的话，抓到的鱼就会少一半以上。你们想想看，鱼筌里会放鱼饵，此时鱼饵的味道会往哪里流？”

“直接往下游流出来……”

“没错，如此一来，鱼就会从下游往上游聚集。”

我们都没看到过鱼筌，因此敬一简单地说明了鱼筌的原理和用法。

大介探出头盯着放在河里的鱼筌看，跟我们大家说：“真的呢，真的是这样呢，跟敬一说的一模一样。”

我们也连忙探出身体，仔细观察沉入河里的鱼筌。那个鱼筌沉在水深六十厘米处、靠近岸边的河里，因此即使是在水质浑浊的家下川也能看得清楚。

看到鱼筌的模样，大介兴奋地说：“你们看，瓶子里面的鱼饵一直在溶解，变成一条长长的带子。仔细看，那里有鱼的踪影，啊！进去了，鱼进去了！里面有好多鱼啦！”

“在哪里？我没看到。”

“哇，我看到了，好多鱼啊。”

第一次使用鱼筌，让我们三个人拥有了全新的体验。

等眼睛看习惯流动着的水之后，就会看到鱼受到鱼饵的味道吸引游进鱼筌里的模样。

夏叶说：“敬一同学，这样可以了吧？把鱼筌拉上来吧！”

“不要紧张，鱼不会跑掉的。”敬一先稳定我们的情绪，接着拿起网子，仔细观察河里的动向，他说，“我等一下会拉起装在鱼筌上的绳子，大介帮我用网子捞起鱼筌，避免鱼从入口跑掉。”

“嗯，没问题。”大介回答。

准备好之后，敬一就拉起了绳子，大介则伸出了网子。我跟夏叶挤在敬一和大介中间，紧盯着河里。

不一会儿，就看到鱼筌在水里浮浮沉沉，大介立刻用网子接住，敬一再将绳子往上拉，装满鱼的鱼筌就这样捞出水面了。

大介将鱼筌拿到岸上，放在我们的脚边。我们可以看到鱼不断在啪啪、啪啪地跳动着。

（这里面到底有几条鱼啊？十……二十……不，应该超过三十条鱼在鱼筌里跳来跳去。）

鱼筌捕到的鱼多得惊人，敬一与大介合力捞起鱼筌后，就打开鱼筌，将鱼倒入水盆里，三十多条鱼一下子就挤满了水盆。

“哇，好多鱼啊，太棒了！”夏叶兴奋地大叫。

虽然我没有说一句话，但我的心中也很激动。

“看到这个状况，我真的没话说了……没想到这么脏的河也有这么多鱼。”事实摆在眼前，让敬一不得不低头。

大介听到敬一坦白，立刻安慰他：“家下川真的有很多鱼，不过，我从没想过可以抓到这么多鱼。敬一，你带来的鱼筌真的好厉害。”

“我也没想到可以抓到这么多鱼。不过，这些几乎都是……应该说，全部都是平颌鱲。”

“全部都是？怎么可能会这样……哎呀！真的呢，全部都是平颌鱲。”

敬一和大介看着水盆里的鱼交谈了起来，我站在大介身后，默默听着他们的对话。

敬一说：“大介，为什么我们捕到的都是平颌鱲呢？”

大介进一步问：“你用的什么鱼饵？”

“我用的是蛹粉炼制成的鱼饵。”

“用那个的话，应该什么鱼都爱吃才对，唯一有可能的原因就是地点。”

“地点有什么问题吗？”敬一认真聆听大介的见解。

“这里的水流比较快，如果将鱼筌放在水流较慢的地方或是水较深的地方，可能就会捕到不一样的鱼。而平颌鱲的性子比较急，所以才会抢着跑进鱼笙里。”大介详细分析给敬一听。

“平颌鱲的性子比较急？”

“是啊，敬一。我们钓鱼的时候，最先钓到的一定是平颌鱲。”

“原来是这样啊——没想到大介连鱼的个性都这么清楚，不愧是每天都在钓鱼的人。”

“嘿嘿嘿。”

看着两人一唱一和，感觉真好。大介与敬一毫无芥蒂地都看着水盆。

夏叶站在敬一后面，转头对我微笑。

大介接受敬一，敬一也认同大介。再说，大介原本就不讨厌敬一，也希望敬一能告诉他更多鱼的知识，因此只要敬一改变态度，他们很快就能打成一片。

老实说，看到他们两个人相处融洽，我真的感到很欣慰。不过，我自己又是怎么想的呢？我能抛开过去接受敬一吗？我不禁思考起这个问题。

敬一接着说：“等一下……我知道了！”

“什么事？”大介抬起头，看着敬一。

“你吃过虫蛹，对吧？我记得你刚转学过来时，曾经这么说过。”敬一问。

“是啊。”

“就是这个！就是因为你跟鱼吃一样的食物，所以才会这么了解鱼的习性。”

“哪里有这回事？”大介也忍不住怀疑。

夏叶开玩笑说：“那如果我也吃虫蛹的话，我也能了解鱼的习性喽？”

“夏叶同学一定吃不下去的，这就是蛹粉。”敬一将蛹粉拿给夏叶，夏叶战战兢兢地闻了一下。

“呃，好臭！”

“哈哈哈。”看到他们三人放声大笑，我也跟着笑了起来。不过，我的心中在想其他事情。我想起大介被班上同学当成骗子的原因。

（大介在三年级刚转来时曾经说他吃过虫蛹，也就是吃过虫，从那时候开始，他就被班上的同学取了个绰号叫“骗子阿大”，而且当时的始作俑者就是敬一……）

敬一继续对大介说：“话说回来，我的记性很棒吧！我还记得你刚转学过来时的情形，你那时长得好像山里的猴子，令人想忘都忘不掉。”

（喂！大介的特色才不是这样呢！）

夏叶也跟着搭腔：“我也想起来了，那时候大介还说自己吃过虫，惹得同学们哄堂大笑。不过，好多女同学都在私底下说大介‘好可爱’呢！”

（才不是这样呢！大家都说大介是个骗子。）

正当我内心开始义愤填膺之际，大介说话了。

“……有这回事吗？我完全想不起来了。”

我搞不清楚这到底是怎么一回事，难道人类的记忆有这么不可靠吗？

（不，事情不该是这样的。）

我鼓起勇气，刻意问：“我记得班上同学说阿大是骗子，是在大介说他吃过虫蛹之后，不是吗？”

“什么？”大介回过头看着我。

敬一说：“才没那回事呢！再怎么样我们也不可能对着一个刚认识的转学生说他是骗子吧？”

夏叶也说：“嗯，我也不记得有这回事……你怎么会突然这么说？”

我回答：“不是啦……我只是有这个印象而已，才会这么说。你们不用在意。”

看来真的是我记错了,或许小时候的记忆就是这么不牢靠。

不一会儿，大介像是突然想起什么似的说：“对了！敬一！”

“什么事？干吗那么大声？”敬一被吓了一大跳。

“你还没说出最重要的那句话。我问你，家下川有鱼吗？”大介问。

“干吗这么郑重其事？有鱼啦。”

“我要你好好说！”大介难得如此坚定。

“家下川有鱼，家下川有很多鱼，我承认这一点。”敬一只好回答。

“那我再问你，你认为我是骗子吗？”

“呃……你不是骗子。”

“好吧，那我原谅你。”大介笑了。

夏叶大声叫好，对敬一说：“敬一同学，大介同学也这么对我说过。”

敬一挠着头，苦笑道：“对的，阿大，你之前在学校说过这里有香鱼，那也是真的吗？”

“嗯，是真的。”大介回答得很诚恳。

“那——八十厘米的大老鼠呢？”

“那也有。”

“我看到过。”夏叶跳出来帮大介证明。

“我也看到过，那只大老鼠是美洲巨水鼠。”我也站出来附和。

“原来如此……”敬一沉思了一会儿。

“怎么了？”

“没什么，我好羡慕你们。不过，美洲巨水鼠的确有可能在家下川生活，它们这几年不断在扩大生活区域。下次也让我看看吧！”敬一真心地说。

“那有什么问题。没想到敬一也知道美洲巨水鼠啊，不愧是高才生。”大介一脸感动地说。

后来我们又在秘密基地待了一会儿，夏叶说她要去买可乐。那是稍早我、大介还有夏叶三人打赌敬一会不会来所下的赌注。最后敬一来了，因此就由我和夏叶付钱买可乐。

夏叶临走前说：“那我去买可乐喽。敬一同学，那件事你要好好说啊。”

敬一“嗯”了一声，算是回应了夏叶的话。

（那件事到底是什么？）

夏叶走远后，秘密基地忽然安静了下来。

虽说刚刚一起抓过鱼，但我还很讨厌的敬一现在就在我眼前，这种感觉真尴尬，也觉得很奇怪。不，说起尴尬，敬一应该比我们更尴尬吧？看他明明没事还故意找事做，一会儿整理水桶，一会儿整理鱼筌，明显坐立难安。

大介看敬一那样子也觉得难过，于是主动询问："敬一，你是不是有话要跟我们说？"

大介的主动询问让敬一有了台阶下，他"嗯"地回了一声。

我猜他想说的就是刚刚夏叶说的"那件事"。于是我们盘腿坐在地上，三个人面对面。

敬一说："其实，我有事想跟你们商量……"

我问："什么事？"

敬一谨慎地说出自己要说的话："是这样的，明天……就是星期一，学校会举行一小时的表扬仪式。那是为了之前的研讨会所举行的表扬仪式，表扬仪式结束之后，还会有一场纪念品的揭幕仪式。"

"纪念品？"

"那是一个水族箱，一百二十厘米的大型水族箱。听说某个研究稀有麦穗鱼的老师要送两对稀有麦穗鱼给学校。"

“稀有麦穗鱼不就是你研究的鱼吗？我记得那是我们这个城市的天然纪念物……”大介说。

“嗯，而且是濒临绝种的动物。”

“那太好了！”

敬一听到大介这么说，不由得低下头来，摇头说：“……才不好呢，一点都不好。家下川明明有鱼……我却公开对外说这里一条鱼也没有。我真的是太丢脸了……”

我问：“既然这样的话，你打算怎么做？”

“我要拒绝领奖，既然我已经知道我的研究成果是错的，就不能隐瞒这件事去领奖。”

敬一的话让我好惊讶，一向把奖项当成生存意义看待的敬一，竟然想要拒绝领奖。

于是，我劝他：“敬一，不要冲动。再说，都到这个节骨眼儿了，现在拒绝的话，事情会很难收拾。”

“要是我就这么收下这个奖，你们一定会看不起我。”

“那根本不重要，不用管我们。”

“不行！”敬一的态度相当坚决。

“我们一点也不在意。”大介也加入说服的行列。

“不行！”敬一再次坚决地表达自己的立场。

前几天我跟大介在放学途中堵敬一时，他明明最在意的事情就是，若承认家下川有鱼，就会影响这个奖项的正当性。可是，今天站在我们眼前的敬一，在乎的竟然不是奖项，而是担心我们会看不起他。

“你是认真的吗？”我再次确认他的决心。

“嗯。我还想在这里做研究……不，我还想在这里玩……”

（他说，他还想在这里玩……）

听到敬一说这句话，我第一次有了想要原谅他的心情，尽管我之前那么讨厌他……

我问大介：“阿大，你认为呢？”

“我认为敬一只要按照自己想的去做就好了……”这的确是大介会说的话，可是我没办法接受。

“阿大，你在说什么？你们两个听好，奖项绝对不能退回去，那是敬一花了很多时间和心力做的研究，为什么不能拿？那跟你之后才知道的事情又没关系！敬一，那个奖要拿，绝对要拿！你接下来还要在这里做研究不是吗？既然这样，那就拿啊！这一点也不可耻！”不知道为什么，我的情绪有些激动，激动到他们两个都惊讶地看着我。

“可是……”

“可是什么，敬一？”

“如果我领了奖，我就说不出口了。”

“什么事说不出口？”“就是家下川有鱼的事啊！我想让大家知道，家下川其实有鱼。”

敬一想说的事，也是我们的希望。可是，我不觉得为了要让大家知道家下川有鱼，敬一就必须要放弃领奖。

过了一会儿，大介打破沉默：“我有一个好点子，敬一同学，那个养稀有麦穗鱼的水族箱不是很大吗？”

“是啊。”

“既然如此，我们不如将这些鱼全部放进那个水族箱里。让这些在家下川生活的鱼类，把具有纪念意义的水族箱变成水族馆。如此一来，同学们就知道家下川里有这么多鱼啦！”

“你说什么？”敬一没想到大介会有这样的提议。

“其实我以前就希望同学们看看在这里生活的鱼，可是一直不知道该怎么做。阿健……”大介忽然叫我的名字。

“什么事？”

“你觉得我的点子怎么样？我们一起将这些鱼偷偷放进水族箱里吧！这个做法既能让敬一上台领奖，也能让大家看到鱼，所有同学一定会吓一大跳的。”

大介的提议真是天马行空，根本就是胡闹乱来。可是一看到大介坚定的表情，我又觉得这个提议一定会成功，也觉得这么做会很有趣。

所以最后我还是妥协了，我跟大介说："嘿嘿，阿大，这会是个史上最强的恶作剧！"

"嗯，这是我们的第二个传说！"大介点点头。

敬一对我们的对话感到一头雾水，开口问我们："你们在说什么传说？"

"就是夏橙传说啊！"夏叶突然冒出来回答这个问题。她一跑到我们面前就将可乐放在塑料箱子上，向敬一解释夏橙传说的来龙去脉。

敬一听完后不禁大叫："什么！那些夏橙是你们放的！我竟然都没察觉到。"

我说："那件事就先放在一边，总之我已经知道你的心情了，我们可以帮的忙一定会帮。"

"你真的愿意？"大介问。

敬一说："我刚要问你，你真的确定要这样做吗？当然，这只是个恶作剧，只要不被发现就好了。"

"没错，所以敬一就安心领奖吧！"

听到大介这么说，敬一毫不犹豫地伸出手来，想要跟大介握手。对于敬一突如其来的动作，大介不知道该如何反应。他似乎有点不太习惯这种只有偶像剧才会出现的狗血情节。

不过，大介还是默默地伸出右手来，但他不去握敬一的手，反而将手放在敬一的手背上。接着，他面带笑容地说：“阿健也一起来吧！”

（什么！连我也要？唉，算了，偶尔一次也无所谓。）

我也慢慢伸出手，放在两人交叠的手上。

“我也要加入！”夏叶也伸出手，放在我的手背上。一想到除了跳土风舞之外，女孩子根本不可能握我的手，我的心里就觉得暖暖的，感觉轻飘飘的。

没想到敬一突然抽出最下方的手，放在夏叶的手背上，嘿嘿地笑着。

“敬一，哪儿有这样的，我也想握夏叶的手……”这次换大介拉下敬一的手，把自己的手放上去。

“你在做什么？不要乱摸夏叶同学的手！”敬一大叫了起来。

“你干吗啦，你这个、这个家伙！”大介也不甘示弱地反击。

（唉——这两个人怎么能在当事人面前争风吃醋呢？）

夏叶目瞪口呆地看着这两个人说：“你们两个都是大笨蛋！唉——当一个受欢迎的女孩也很累人呢！”

原本是要表达我们四个人坚定的决心而将手背叠在一起的加油，最后却变成一场搞笑的闹剧。

不过，仔细想想，或许我们的友情就是这么一回事。我们四个人都有不同的形象与个性，脑袋里也想着截然不同的事情，虽然前一刻还七零八落，但慢慢就会达成共识。

无论如何，我认为我们三个男生的共通之处就是“喜欢鱼类、喜欢夏叶”这一点吧！

“来，这瓶是健太同学的，这瓶是我的，这两瓶是大介同学的。”夏叶将刚刚买来的可乐分给大家。

大介拿到两瓶可乐，将其中一瓶分给敬一。

“谢谢，不过，我可以喝吗？”敬一觉得很不好意思。

“当然可以啊，你要是没来，我就喝不到可乐了。”大介将我们打赌的事转述给敬一听，而且描述得活灵活现，敬一只好苦笑着收下可乐。

接下来，我们四个人一边喝着可乐，一边讨论明天的计划。

“我们要带几条鱼去学校？”

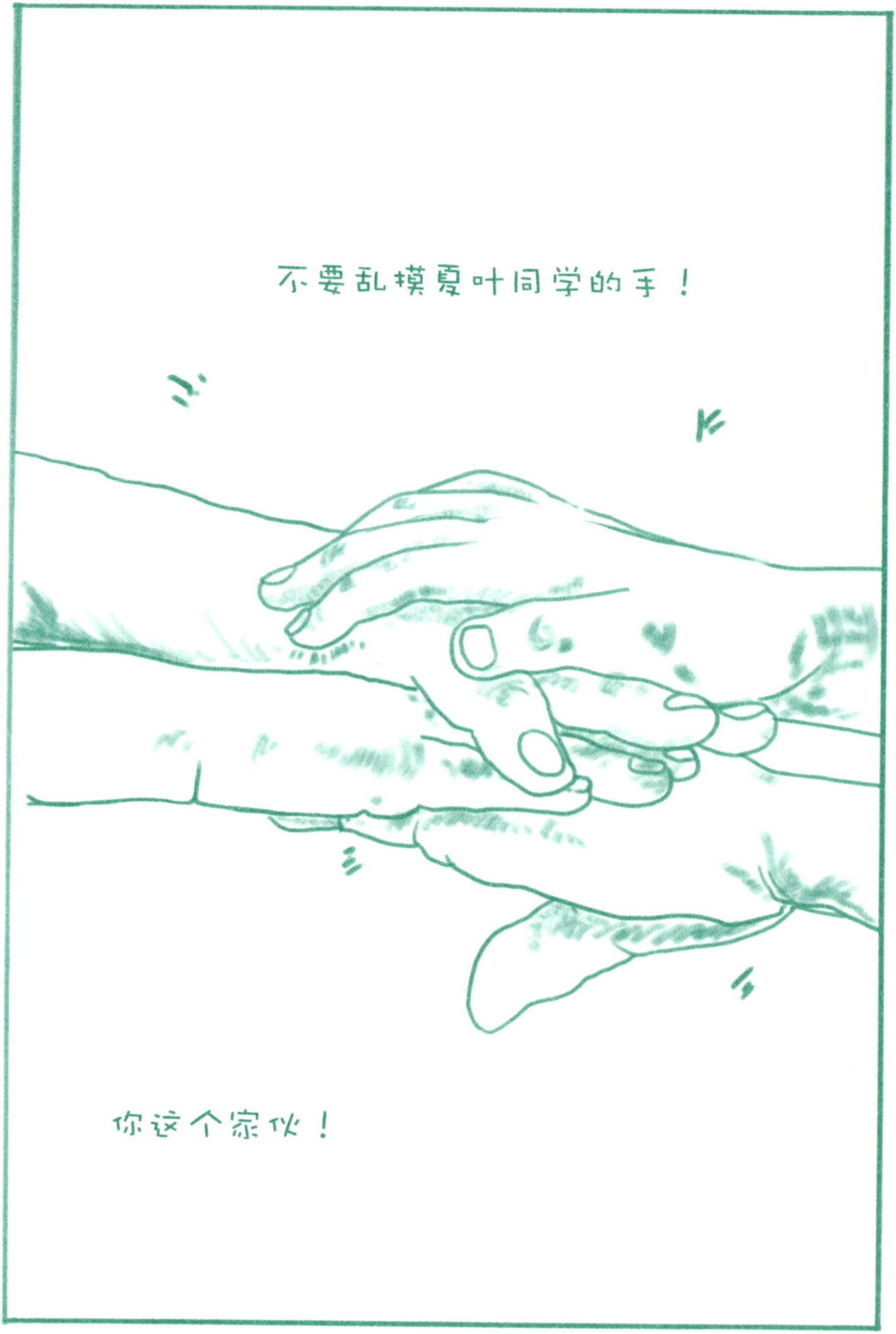
不要乱摸夏叶同学的手！
你这个家伙！

我一问完，敬一就说：“不能带太多条，放太多鱼会导致缺氧，鱼就会死掉。可以的话，我希望能带齐所有种类。”

“这里有几种鱼啊？”大介问。

敬一拿出笔记本翻阅：“我刚刚写下来了，今天抓到的有鲤鱼、鲫鱼、平颌鱲、长颌须鮈、朝鲜兴凯银鮈、青鳉鱼、泥鳅、长吻似鮈、吻鰕虎、鲇鱼和鳗鱼……”

“好，那就全部都带，每种鱼各十条怎么样？”大介提议。

“那太多了吧？”敬一说。

“可是，既然要让大家吓一跳，那就要多一点鱼才有效果啊！”

敬一想了一下，说：“你说得对，那就分成四等份，我们尽量多带一点。”

我问：“不过，敬一，我们要将鱼装在水桶里带去吗？”

敬一回答：“这一点我已经想好了。我明天早上会带瓦楞纸箱和大塑料袋来，我们就将鱼装在那里面带到学校去。纸箱可以绑在自行车后座上，这样就不会引起大家注意。”

“那我们约明天几点？”夏叶问。

“我们将鱼运到学校后，还要回家准备上学……就六点吧，六点可以吗？”

“好的！不过，你们都可以那么早出门吗？”大介有点担心。

“总会有办法的。”

（明天的计划就在集思广益之下逐渐成形。接着我们将水桶和水盆里的鱼，全都倒入隧道里的鱼槽。）

夏叶看着鱼槽说：“对了，我抓到的那条大鲇鱼要怎么办？我担心我一个人搬不动。”

“我帮不上忙，我想要带很多鱼去学校。”我立刻表明自己的态度，我真的很想要带自己抓到的鱼。再说，鲇鱼会乱跳乱动，要是压死了我最重要的鳗鱼，那该怎么办？

大介也开口拒绝：“我也帮不上忙，我想带很多小鱼去学校。”

最后夏叶只好装可爱，向敬一求救：“那……敬一同学呢？

没想到连敬一也断然拒绝：“不行！就算是夏叶的请求，我也没办法帮忙，鱼才是最重要的。”

（好样的，敬一！说得真好！）

“这样啊，好吧，我自己想办法。不过，敬一同学，你要帮我带小龙虾和蝌蚪噢，我也要把它们放进水族箱里。”

夏叶决定用这个跟敬一交换条件。

“唉——难得的家下川鱼类生态水族馆，竟然要变成大锅菜了。”

“哈哈哈！”

这个时候，放声开怀大笑的我们，还没有察觉到这次的恶作剧会带来多么严重的后果。

第十三章　表扬仪式

表扬仪式

举行表扬仪式的当天早上，阳光普照，连平常走惯了的上学道路，看起来也比以往闪闪发亮。

“早安！”

“早啊！”我跟大介碰巧在校门口遇到。

大介问：“阿健，怎么了？”

我回答：“我真的很倒霉，一大早就被我妈抓到，一直问我：‘你去哪里了？你出去做什么了？’”

今天早上六点，我、大介、夏叶和敬一睡眼惺忪地在秘密基地集合：为了将鱼带到学校去，今天一大早大家就偷跑出来。

我们在敬一的指示下迅速地完成前置作业，我跟夏叶用双手打开装了水的大塑料袋，由大介和敬一负责捞起鱼槽里的鱼，陆陆续续放进塑料袋里。接着我们又将养鱼用的固体氧珠[4]，丢入装了鱼的袋子里，再用橡皮筋绑起袋口，放入纸箱里。

大介继续问："那你后来还好吗？你妈应该骂了你一顿吧！"

"没事，我已经习惯了被骂，你呢？"

"我完全没事，我们家采取彻底的自由主义。"大介耸耸肩。

"不知道夏叶和敬一有没有事。"我不禁担心起来。

"我想他们两个应该没事，他们平常表现那么好，就算父母担心，也不会怀疑他们去做什么坏事。"大介安慰我。

"是啊，说得也是。"

我们一边往教室走，一边回想着今天早上的事情。

大介说："今天早上载箱子时，自行车一路摇摇晃晃的，

---

4. 固体氧珠：利用碳酸钠、稳定剂、增效剂等制成的颗粒，放入水中会慢慢释放出氧气，常运用于活氧运输或没有空气循环设备的鱼缸。

真的好危险啊！”

我说：“就是啊。敬一和夏叶还说因为自己的自行车没有后座，所以骑妈妈的自行车来。”

“是啊，好好笑，真是太好笑了。”

“今天从一大早就好刺激啊！兴奋的感觉藏都藏不住。”

“把箱子藏在体育馆里，感觉好像小偷啊。”

“最怕的人其实是敬一，我看他一直在发抖呢！”我跟大介就这样你一言、我一语地走进了教学楼，在换鞋处遇到了敬一。

只见敬一表情慌张地跟我们说：“大事不妙了，现在有点麻烦，老师有事找我，我必须去老师办公室一趟。”

我问：“真的吗？为什么找你过去？”

“说是要讨论表扬仪式的细节。总之我先去找老师，鱼的事情拜托你们处理一下，绝对不能让它们死掉！”

“我知道了。”

“还有，找机会去体育馆看一下状况。”敬一一再叮嘱。

“好的。”我跟他承诺。

敬一匆匆忙忙地赶往老师办公室，我跟大介一走进教室就跑去看夏叶的储物柜，发现她的红色书包正躺在储物柜里。

我说：“夏叶已经来了，她应该在体育馆里。”

大介说：“那我们也赶快去吧！”

我们丢下书包就往楼梯跑，跑出教学楼之后飞速跑过操场，然后再偷偷摸摸地跑到体育馆后方的空地。体育馆和围墙之间相隔两米左右，这块空地相当安静，感觉很舒服。

有好几个低年级生在那里玩耍，我跟大介假装没看到他们，继续往前走。最后来到体育馆旁的体育器材仓库。我们将所有纸箱藏在体育馆和体育器材仓库之间的空隙里。

“箱子还在吗？”

“还在，还在。”我们确认纸箱还在之后就打开纸箱，看看鱼的状况。

对鱼知之甚详的敬一最在意的就是氧气是否充足，以及水温是否合宜。他之前不断叮嘱我们：“移动鱼的时候，要是这两项出错，鱼就会马上死掉。”我原本没将他的话放在心上，但听到他说“袋子里的鱼只要死掉一条，其他的鱼就会全死光”后，我不由得担心起来。

我负责把风，大介负责确认鱼的状况。

我问大介：“怎么样？”

大介回答：“这一箱没事，这一箱也没事。确认完毕，全部完好无损！”

“那我们走吧！”

确定鱼没事之后，我们终于放下心来，正当我们想到体育馆里查看状况时，夏叶从走廊的另一边走了过来。夏叶一看到我们，急忙向我们跑来。

夏叶着急地说：“大事不好了，这下糟了！”

我说：“没事，所有鱼都还活着。”

“我不是说这件事，你们去体育馆看过没有？”夏叶神情很紧张。

“还没有。”

“跟我来。”

我们跟在夏叶后面往体育馆的方向跑去。学校的体育馆有三个大铁门，夏叶打开最靠近舞台的那扇门，跟我们说：“你们快看。”

“哇……”我跟大介忍不住惊呼出来。我们一直以为今天举行的表扬仪式跟平常的晨会没有两样，没想到舞台上挂了一个大型广告牌，上面写着“丰田市环境保护研讨会第一名受奖仪式暨纪念品捐赠仪式”，而且中央讲台上还有麦克风和花篮，旁边摆放着由一块灰布盖住的水族箱。此外，舞台下方除了给全校学生坐的椅子之外，还有铺着白布的桌子，上面放着写有贵宾名字的名牌。直到这一刻，我们才发现这场表扬仪式比我们想象的还要盛大。

“这底是怎么一回事……”看到这样的场面，我不禁望而却步。

说真的，我没有胆量破坏如此盛大的仪式，而且如果真的破坏了，后果将不堪设想。

夏叶也说：“健太同学，我们的计划不可能执行了。”

“嗯……”看来夏叶的想法跟我一样。

不过，大介什么话也没说，一直盯着舞台看，最后才缓缓开口：“阿健，我去看一下。”

“什么？你要过去看一下？阿大……”大介完全不顾我的阻止，鞋一脱就跑进体育馆里，往舞台方向跑去。

我只能关上铁门，跟夏叶一起默默离开体育馆，走到前方中庭的石头上坐着等大介。

夏叶说：“大介同学该不会想要执行到底吧？”

我说：“我也不知道，他应该没有这个胆量吧……夏叶，你觉得应该怎么办才好？”

“……放弃是比较聪明的做法。这么盛大的仪式，实在不适合搞恶作剧。”

“我也是这么想，要是真的做了，事情会一发不可收拾……”

现在的情势的确如夏叶所说的那样，小孩子做了还能被大人原谅的恶作剧里，不包括破坏这么盛大的仪式。

“不只是市议员、环境保护课课长，还有动物保护协会、家长会会长以及其他贵宾，这次有很多校外人士来参加。我没想到这场仪式会这么隆重，我想敬一同学一定也没预料到。”夏叶说。

“是啊……”

不一会儿，大介推开沉重的铁门，向我们走来。

我问：“大介，怎么样？”

大介回答：“那个水族箱好漂亮啊，还有一个很大、看起来很专业的过滤设备。”

我说：“你在说什么？我不是在问这个，我是在问你还要执行计划吗？今天的贵宾来头都不简单，而且要是真的做了，老师是绝对不可能一笑置之的……”

“说得也是……”

“我跟健太同学都觉得应该停止计划，大介同学，你认为呢？”夏叶说出了我们刚刚讨论的结果。

“我……我没办法回答。我觉得这件事要问敬一的意见……”大介吞吞吐吐地回答。

“这样啊……”如此一来，夏叶也没辙了。

“……”我也说不出任何话来。

（一切都要看敬一的决定。）

当然，只要我们三人决定不做，这个计划就不可能执行，但这个计划的发起人是敬一，我们不能不顾虑敬一的心情。

“是敬一。”我说。

老师带着敬一走在走廊上，他们刚刚应该是去察看舞台状况。我们偷偷向敬一挥挥手。敬一看到我们后就跟老师说：“老师，我想去一下厕所。”说完，他立刻向我们跑来。

我说：“敬一，现在骑虎难下了，你打算怎么办？”

敬一说：“我也吓了一大跳，怎么办？我没想到这个仪式这么盛大。”

“是继续？还是放弃？”

“……大家的意见呢？”敬一转而寻求我们的看法，我们的表情看起来犹豫不定，如果敬一说要放弃，我们就会放弃。

不过，大介却坚定地说：“如果敬一想继续，我们就继续吧！”

大介的话让敬一陷入思考。仔细思虑之后，敬一说：“……还是放弃好了，目前的状况不适合执行计划。……我也不想为大家带来麻烦。”

敬一的答案让我松了一口气，只要放弃就能避免引起难以收拾的麻烦。

不过，敬一点出了另一个问题。他有点迟疑地说：“……可是，放弃的话，还有另一个问题要解决。”

我问：“什么问题？”

“嗯……就是鱼啊。那些鱼要是不放进水族箱里就会死光的。”

（糟糕……）

敬一这么说我才想起来，我竟然完全忘了鱼的存在！

大介问：“敬一，箱子里的鱼可以撑多久？”

敬一回答：“顶多到中午……不，可能撑不到中午。”

听了敬一的回答后，大介断然说：“那就没得选了，一定要继续才行。”

夏叶默默地想了一会儿之后，看着我说：“好，我已经做好心理准备了。健太同学，继续吧！”

“好。”我也重重地点了点头。老实说，在这样的情况下我只能答应。

敬一看到我们都同意了，觉得很愧疚地说：“抱歉，我没想到事情会变成这样。”

我说：“不用自责啦。我们不是为了你，是为了鱼才这么做，要是鱼死了就太可怜了。”

夏叶听我这么一说，也忍不住开口：“骗人，不要再说谎了，说什么为了鱼才这么做，其实大家都是为了自己。健太同学在钓鱼过程中杀了几条上钩的鱼呢？”

“我才没有杀鱼，只是它们碰巧死掉而已。”

“那还不是一样！”

“哈哈哈，这么说也是。”

这一席话让大家的紧张情绪放松了。

接着，大介向大家说：“敬一继续去跟老师开会吧，接下来由我们三个人处理。只要先将箱子偷偷放在舞台旁边，不到五分钟就能将鱼放进水族箱。待会儿等上课钟响，老师们走出体育馆之后我们就开始行动。知道了吗？”

我们全都明白地点点头。

晨会结束后，所有学生往体育馆走去。我们走在队伍的最后面，离前方同学有一段距离。

敬一小声地问：“大介，水族箱的事搞定了吗？”

大介回答：“不用担心，敬一，我们已经将所有的鱼都放进去了。完美犯罪，成功！”

我说：“对了，敬一，你研究的稀有麦穗鱼看起来真不起眼。那个水族箱太大了，我还以为里面没有鱼呢，还好有我们带鱼来学校。”

夏叶说：“就是说啊，现在看起来真的很像水族馆呢！”

“谢谢你们……”敬一只回了这句话。

我、大介和夏叶只要将我们带来的鱼放进水族箱里就完成了我们的工作，但敬一还有事情没做完，他接下来必须站在全校师生以及各界来宾的面前接受表扬。

“敬一同学，你的气色看起来不太好呀。”夏叶忍不住担心地说。

“呃，是吗？”敬一的脸色发青，对于早就习惯站在众人面前的他而言，这样太反常了。后来老师将敬一叫过去，我们目送他离开，一起坐在位子上。

舞台前方依照年级顺序，从一年级、二年级开始依序坐定，右手边为贵宾区，左手边则是老师们的座位。敬一被安排坐在老师区第一排最前方的位子，由于我、大介和夏叶坐在最后面，看不见敬一的表情。不过，从他低头看地上的姿势来看，他根本不像是待会儿要上台接受表扬的主角。

仪式开始的时间终于到了，体育馆的舞台幕布往两边拉开，舞台上的灯光亮了起来，担任司仪的老师拿着麦克风，郑重地宣布表扬仪式开始。

“校长、各位老师、各位贵宾以及所有同学们，丰田市环境保护研讨会第一名受奖仪式暨纪念品捐赠仪式正式开始。现在请校长上台致辞。”

“各位老师、各位贵宾以及所有同学们，今天本校有一件喜事要宣布，那就是本校六年级生吉冈敬一同学在丰田市举办的环境保护研讨会上，发表了惊人的研究成果，荣获第一名的好成绩。此外，环境保护委员会也特地致赠纪念品，以赞扬吉冈敬一同学的好成绩。这个纪念品就是一个大型水族箱，里面还有由藤村老师饲育的稀有麦穗鱼。藤村老师也是环境保护委员会的委员，感谢他今天在百忙之中莅临现场。话说回来，稀有麦穗鱼是濒临绝种的保育类动物，是很珍贵的鱼种。希望各位同学一定要好好饲育稀有麦穗鱼，从中体会保护大自然的重要性，并学习爱护动物……”

我的心脏扑通扑通地跳，校长的语气越亲切，越是强调稀有麦穗鱼的重要性，我就越觉得我们犯下了不可原谅的大错。

我忍不住开口问：“夏叶，你会不会很紧张？”

夏叶回答：“我有点担心呢。”

我又问：“大介呢？”

大介回答：“我也很紧张，我好想知道大家看到鱼之后会是什么表情。”

（喂，你根本不是紧张，而是既期待又兴奋吧！）

看来大介的大脑结构真的跟我们的不一样。

校长致辞完毕后，还有两位来宾上台致辞，分别是市议员以及环境保护委员。我完全不记得他们说什么，脑中只想着待会儿即将发生的事情。

终于要开始颁奖了。司仪请敬一上台领奖，只见敬一慢慢地走上舞台。

夏叶看着敬一走上舞台的样子，对我们说：“你们觉不觉得敬一同学的样子怪怪的？”

我说：“应该是紧张的关系吧？”

“是吗？如果是平时的敬一同学，他一定会边挥手向大家打招呼边走上舞台。”

夏叶说得对，敬一现在还低着头看地上。他最擅长的就是在众人瞩目的舞台上表现出过度成熟的行为举止，今天为什么会这么反常……

“敬一同学真的很不对劲儿。”夏叶再次确定了自己的想法。

整个颁奖过程毫无意外地顺利进行，颁奖贵宾先颁发奖状，再颁发奖杯，敬一站在明亮的灯光下乖乖地领奖。我猜想，他会这么没精神可能是认为自己没资格领奖吧。

“敬一同学，恭喜你获奖。接下来请你发表获奖感言。”

司仪说完后，敬一就拿着奖杯走向位于舞台中央的麦克风前。

“咳。”敬一先假咳一声，吸引在场人士的注意。没想到之后的发展出乎众人意料……

“那个，我……”说完这几个字，敬一就再也不开口了，陷入一阵沉默之中。

由于敬一一直不说话，因此会场中开始议论纷纷，老师正想走过去关心敬一的状况时，敬一举手阻止了。他再次开口：“嗯，我不知道……该说些什么……我……”敬一看起来已经快要承受不住压力了，“我……”

（只要谢谢大家就可以下台了，他到底想说什么？）

夏叶耐不住性子，大声喊道：“敬一同学，加油！”

大家被夏叶的呐喊吓了一大跳，纷纷回头看她，不过敬一听到她的加油之后，终于稳定下来，再次开口：“谢谢丰田市环境保护研讨会颁给我这么棒的奖。”

敬一说完话就深深一鞠躬，全场热烈鼓掌。不只老师松了一口气，我们也全都松了一口气，我认为就连敬一也松了一口气。接下来他只要走下舞台，就会直接进入纪念品的捐赠仪式，当揭开灰布后水族箱展现在众人面前的那一刻，现场就会引起一阵骚动。

没想到，敬一显然没有按照写好的剧本走。他从麦克风架上拿起麦克风，坚定地说：“我有一件事想跟各位报告……我的研究成果有一处很大的错误，所以，我没有资格领这座奖杯。”

这句话一说完，会场一片哗然。

（敬一，你这个笨蛋！你在说什么啊！）

我们三个人互看了一眼，老师们在舞台旁不安地走动，连连挥手向敬一做手势，要他早点结束演说。

只见敬一将奖杯放在地上，继续说道：“我说的错误，是关于鱼的生活状况。我只调查了水质就断定家下川没有鱼，可是……家下川有鱼，而且还有很多鱼！”

敬一大声地做出结论，原本静悄悄的体育馆再度骚动起来。

我说：“那家伙真是个笨蛋，这种事不说也没关系。”

夏叶喃喃自语：“不晓得他想干吗！”

大介说：“不知道，我也不懂。”

我们完全不知道敬一的葫芦里卖的是什么药。

“各位同学，请安静。敬一同学，请你下台来吧。”现场有一位老师跳出来维持秩序，现场的学生开始安静下来。不过，敬一还是纹丝不动，一点都没有想要从舞台上下来的意思。

“敬一同学，请下台。”老师再次催促，此时敬一说话了。“我不要，我还没说完！”敬一的这句话让体育馆内的气氛瞬间凝固，所有人都不敢相信，高才生敬一居然在如此隆重的会场上明目张胆地忤逆老师。

“我一定要把话说完……家下川里……有……很多鱼……呜呜呜……”敬一突然哭了出来。

仔细想想，在场最无法相信敬一会引起这场骚动的人，应该就是敬一自己。敬一独自站在舞台上努力奋战，他擦干眼泪，用尽全身力气说："家下川里有很多鱼，我之前只从堤防上看，没发现有鱼。可是，我后来走到河边，走入河里，还实际用网子捞鱼之后，才看到过去从来没有发现的宝物。"

然后，敬一像是下定决心一般，走到盖着灰布的水族箱前，大声说："各位请看！"

（笨蛋，不要啊！）

哗啦——灰布揭开之后，在场所有人都倒抽一口气。舞台上的水族箱里，有很多小鱼在游来游去，在灯光的照射下闪闪发光。里面有鲫鱼、平颌鱲、长颌须鮈、青鳉鱼、吻鰕虎、鳗鱼，以及大鲇鱼。

"哇！"坐在前排的低年级学生纷纷发出惊喜的叫声。

"哇，是鲇鱼哟！"

"好多鱼啊，好棒呀！"

每个人都开心得手舞足蹈，受到现场欢乐气氛的感染，我们几个也感到相当兴奋。

夏叶碰了一下我的手臂说："健太同学，太好了！"

大介也开心地说："成功了！"

不只是我们感到开心，敬一也同样很开心，刚刚哭泣的脸现在变得很红润，他兴奋地介绍水族箱里的鱼。

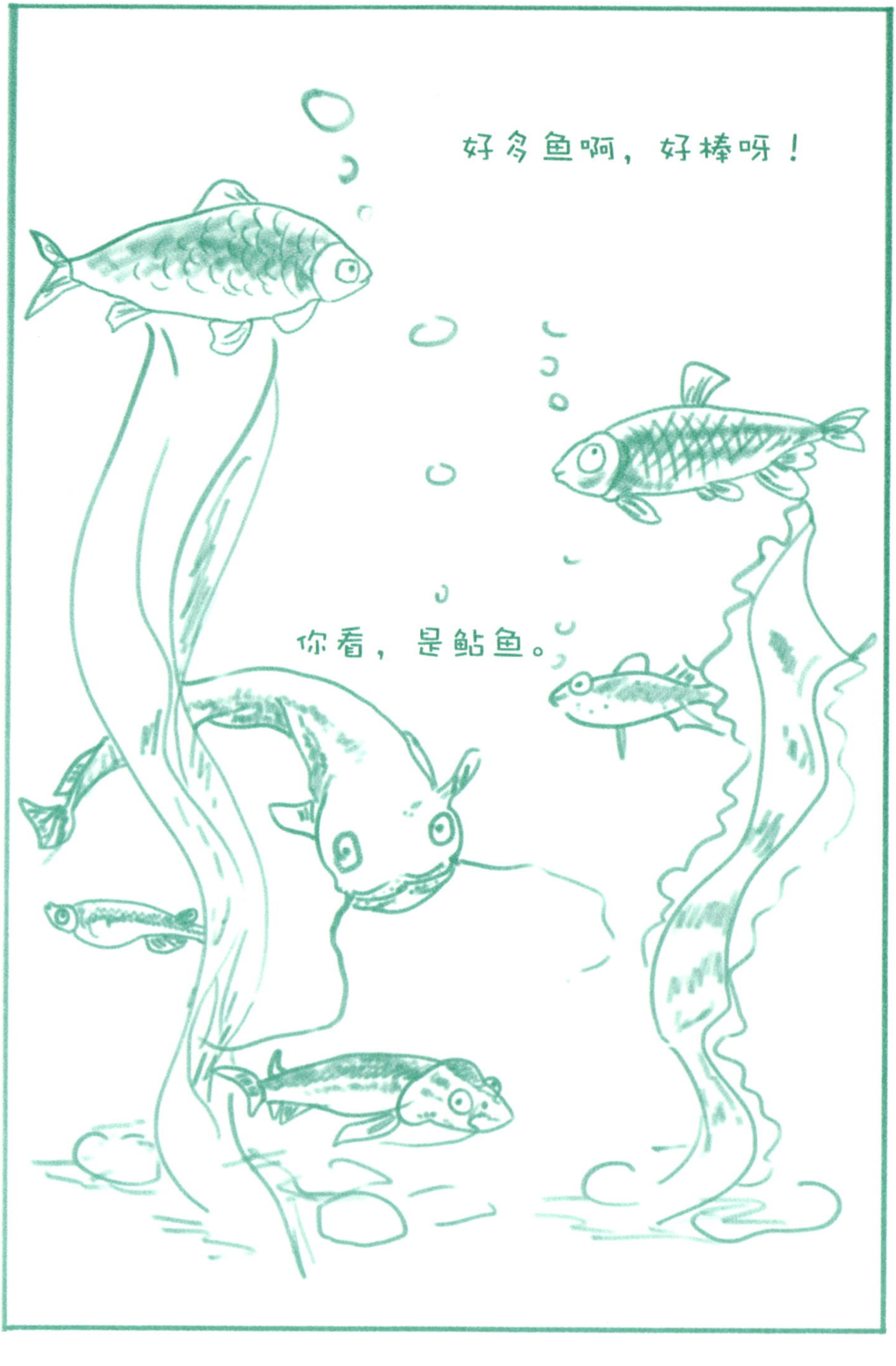
好多鱼啊，好棒呀！
你看，是鲇鱼。

“大家看得到吗？这是鲇鱼，这是鲫鱼、青鳉鱼、泥鳅，还有鳗鱼！这些全都是在家下川生活的鱼。各位觉得怎么样？是不是很棒呢？”

就在此时，有一位低年级的学生大声提问：“那些鱼都是你一个人抓的吗？”

“呃……”敬一有点犹豫。

这个突如其来的问题也吓我了一跳。

（敬一，不要多话——）

不一会儿，敬一微笑着说：“好吧，我告诉各位实话，做人绝对不能说谎。大家听好了，这条大鲇鱼是杉本夏叶同学抓到的。”

（呃！）

“鲫鱼、鲤鱼以及泥鳅是新见大介同学抓到的。”

（哇！不要再说了！）

“这条鳗鱼则是浅野健太同学抓到的。”

（没救了……）

“换句话说，光靠我们四个人就能抓到这么多鱼，如果大家一起去，一定能抓到更多鱼！”

低年级的学生一听到敬一说的话，纷纷争先恐后地说：

“我想去！”“我也想去！”“我一定要去！”

我已经忘记这之后发生了什么事，只记得敬一后来被老师拉下台，我们三个人则被其他同学的冷眼瞪到快被冻死了。现在根本不是担心敬一的时候。

“阿大，那家伙毁了我们的传说！”我说。

“那也没办法啊。不过，现在这样也够具传奇性的了……”大介说。

“我今天回不了家了。”夏叶说。

“为什么？”我问。

“坐在那里的家长会会长，是我妈妈……”夏叶回答。

“糟了！”

直到仪式结束，我们三个人都没抬起头，一直在说悄悄话。

原本应该成为传说的恶作剧演变成完美解决的事件，顺利落幕了。在这之后，身为事件嫌犯的我们四个人也被老师严厉地责问了一番。

第十四章 仰望天空

仰望天空

被我们搞砸的颁奖仪式后来还是顺利完成了，听说多亏有环境保护委员会的藤村老师，我们最后才得以全身而退。

藤村老师不仅不在意没人关心自己捐赠的稀有麦穗鱼，在敬一被拉下台之后，他还一直带着笑容介绍水族箱里的鱼。他告诉所有学生，鲇鱼的胡须可以感觉到味道，鳗鱼在水中无法呼吸，等等，说了很多有趣的小常识，就连大介也忘了自己做的事，听得很入迷。

颁奖仪式结束后，我们三个人被老师带去办公室。虽然知道老师一定不会放过我们，不过大介还是一如既往地带着笑容，夏叶则抬头挺胸地走着，我也做好最坏的打算，昂头向前走。我们完全不觉得自己做错了，也毫不后悔。

“好了，你们回教室去吧。现在是上课时间，一定要保持安静。”

“好的。”

“谢谢老师。”

我们三个人向老师行礼后，垂头丧气地走出老师办公室。

大介说：“阿健，要不要去？”

我回答：“好啊，去吧！”

夏叶问：“去哪里？”

我回答：“还用问吗？当然是屋顶啊！”

我们打算翘掉第二节课剩下的时间，夏叶想了一下说：“我也跟你们去好了。”

“这样好吗？身为班长竟然逃课？”我问。

“当然好啊，我不在意。对了，你这样是把我当外人看喽？”

听到夏叶这么说，大介也站在夏叶那一边：“就是说嘛，阿健，夏叶可是我们的共犯呢。”

夏叶接着说：“不过是被老师骂，这样哪儿算是犯人啊？

你们先去吧，我还要去带另一个人。”

我问：“敬一吗？”

“嗯，我相信他现在一定也很沮丧。”

或许是因为校长认为敬一是主犯，我们三个人是在教师办公室被老师骂，只有敬一被带到校长室骂。我真希望我们四个人可以一起被骂。

我跟大介蹑手蹑脚地走上楼梯，直接走到屋顶。

屋顶上的天空分外辽阔，不只是比从教室里看到的天空大，也比从操场看到的天空宽广。

“哇！好舒服啊——”大介惊叹地说。

“被老师骂还真累人哪，我的肩膀都僵硬了。”

我们两个尽情张开双手，不停地伸懒腰。

我说：“话说回来，真是拿敬一没办法。”

“嘿嘿，真的，真拿他没办法。”大介也附和我。

我忍不住说出我的感想：“你有没有觉得平常一板一眼的好学生真的很恐怖？他们一旦走上与平常不一样的道路就没办法停下来了。敬一长大后说不定是捅出大娄子，还闹上新闻的那种人。”

大介听到我这么说，也笑着说：“哈哈哈，阿健这样说真过分，敬一是个认真又具有强烈正义感的人。”

“才不是呢！那家伙哪有什么正义感？”

“他才不是你说的那样呢！我觉得阿健误会敬一了，我认为这次发生的这件事就说明了这一点。”

“是吗……我那么拼死拼活地阻止他，最后他还是坚持退回奖项。”对于敬一的做法，我还是觉得不可思议。

“那是因为他只想做自己想做的事情，不管做什么都很用心，完全看不见其他的东西罢了。”大介分析敬一的想法给我听。

“你对他的评价太高了吧！他要是真的有正义感，会把我们的名字说出来吗？”

“正好相反，那是因为他相信我们做的事情是对的，才会说出我们的名字，他不想独占功劳……再说，当时是低年级的学生问他‘那些鱼都是你一个人抓的吗’，他如果回答说‘是啊’，那不就是说谎了吗？敬一是不可能说谎骗人的。”

大介的话在我听来就像是在袒护敬一，我抓着屋顶的栏杆，低头望着空无一人的运动场，低声呢喃：“……说谎骗人啊……”

大介站在离我一段距离的位置，用手抓着栏杆对我说：

“阿健，我要告诉你一个秘密。”

“咦？什么秘密？”

“一件连阿健也忘记了的事情。”

“……”我看着大介，一头雾水。

“其实第一个叫我骗子的人，是阿健你！”

“什么……”

（怎么可能？不可能会有这种事！）

大介接着说：“之前我们四个人在一起玩的时候你曾经说过，班上同学说我是骗子，是三年级时我说我吃过虫蛹之后，对吧？我当时听到你这么说，我就知道你忘了。其实第一个叫我‘骗子’的人，是你。”

“真的吗？”我还是不敢相信。

“嗯，千真万确。”

这下我更是一头雾水了。“骗子”这个绰号对大介来说是屈辱的象征，也是我最痛恨的绰号，原来我才是始作俑者？我真是不敢置信。可是，大介都这么说了，应该不会错……只是……

“你忘了吗？三年级时你经常来我家玩，后来我跟你谈起之前住在长野县的事情……我一说常有猴子来我们家的屋顶玩，你就说‘你这个骗子’……我还说冬天我都在庭院里滑雪，你也说‘你这个骗子’……你都不记得了吗？”

我真的是一点都不记得了。

“其实那时还挺好玩的，我说褐色的兔子身上盖上一层雪之后，兔子就会变成白色，你就会说‘你这个骗子’……我们就像这样你一言、我一语，不管我说什么，你一定会搭腔说‘你这个骗子’，即使是平凡无奇的事情，也被我们说得很精彩。我们经常像这样对话！而且只要阿健提到我的眼睛，就换我说‘你这个骗子’……”

（阿大的眼睛……对了！我想起来了！我经常看着阿大的大眼睛，说我可以从他的眼睛里看到我的脸。）

我下意识地开口说：“我在……阿大的眼睛里……你这个骗子……”

多年来的疑问终于解开了。

（我想起来了……我们当时经常在玩“骗子游戏”。不管对方说什么，另一方一定要笑对方“你这个骗子”……这个游戏太残酷了。）

我们两个经常玩这个游戏，即使在学校也玩，于是不知不觉间就变成了全班同学一起玩。最后“骗子”就成为阿大的代名词。不到半年，“骗子游戏”就退烧了，只留下“骗子阿大”这个绰号。

刚开始大家都不是恶意要叫大介骗子，而且不管怎么说，第一个叫大介骗子的人是我。

我到底做了什么？我竟然忘了这件事，还认为这个绰号是敬一取的！

“阿大……”我支支吾吾。

“什么事？”大介走到我的面前。

“……我完全忘记这件事了。”

“没关系，你还是想起来啦！”

“你为什么不早点告诉我？对不起。”我真的感到很抱歉。

“你在说什么啊？这没什么好道歉的啊！我以前不是说过，其实我并不排斥被叫骗子。因为那时候真的很好玩，而且还是你帮我取的绰号……”

大介直勾勾地看着我，这次我不移开眼睛，也直勾勾地望着他。他的眼睛还是那么圆滚滚的，跟以前一模一样。我定睛一看，他的眼睛里有我。与小时候不同，现在的我虽然不是大人，但又长大了一些。

（原来如此，我之所以不敢看大介的眼睛，是因为我讨厌看到在他眼中的自己……）

后来我们两个人就这样抓着栏杆，什么也不想，眺望着屋顶的风景。

（自从好好跟大介相处后，我变了。以前的我喜欢待在一群人之间，每天都在想现在流行什么、什么最好笑、什么可以拿出来炫耀之类的事情，跟别人聚在一起只是为了混时间。即使大家聊得很开心，也不过就是重复别人说的话而已。我们既不在意对方是谁，也不在意自己是谁。现在的我，终于学会一步步发现自己、找到自己。）

大介突然开口说："阿健，你觉得学校会怎么处理水族箱里的鱼啊？"

"这个嘛……"其实我也不知道。

"真希望能维持现状，让所有的学生都能欣赏那些鱼……我第一次发现鱼这么漂亮。刚抓到的鱼虽然比较有活力，但养在水族箱里感觉也很不同。"

"我也是这么想。这是水族箱的关系，还是灯光的关系？"

大介想了一会儿之后说："哦，我知道了！"

"什么？"

"把鱼养在水族箱里感觉很不同的原因，就是因为里面有很多种类。”

“很多种类？你是说鱼吗？”我问。

“嗯。你想想看，我们根本不可能在河里同时看到所有的鱼类，而且每条鱼的长相都不同。”

“就像是长得像阿大的青鲔鱼、长得像我一样的鲤鱼，还有长得像敬一的鲔鱼，以及长得像夏叶的……”

“鲇鱼！”

“哈哈哈！”

就在我跟大介捧腹大笑的时候，敬一和夏叶也来到了屋顶。虽然敬一刚刚才被骂一顿，但他看起来并不沮丧。

我开口问：“敬一，你还好吧？”

“真惨……我跟你们不一样，我很少被骂，所以好累啊！而且我一个人在校长室要面对四个人呢，真是累死我了。”敬一虽然故作开朗，但被一群老师责骂肯定不轻松，我相信他真的很累。

“哦，对了，我要向你们道歉。”敬一说。

“什么事？”我问。

“我把你们的名字说出来了，刚刚在路上，我被夏叶同学骂死了。”

夏叶毫不留情地说：“那还用说，你真是会找麻烦！”

“你不要那么生气嘛！”敬一赶紧求饶。

“我妈妈知道了呀，我回家一定会被骂死的，讨厌啦——我好难过！”夏叶想起自己可能的遭遇，不禁悲从中来。

我真不习惯看到敬一那么窝囊的样子，我猜想敬一长大后一定是那种怕老婆的人。

我对敬一说：“不用担心我跟阿大，我们没放在心上。”

夏叶不满地说：“不会吧，健太同学，你就这么轻易原谅他啦？你刚刚不是还很生气吗？”

“我已经不在意了……”

我对敬一的厌恶和偏见就像雾一般地消失了，我在想以前一定是自己将心中讨厌的部分投射在了敬一身上。

大介说：“敬一，最后你还是把奖杯退回去了吗？”

“这件事有点麻烦。我不是说我要归还吗？不过那个担任什么委员的老师当场阻止了我。”敬一详细讲述着刚刚发生的事情。

“你是说藤村老师吗？”

“没错，就是那个老师。他说人家要给你的奖，你就乖乖收下。如果你真的不想要，就先收下来，自己再偷偷丢掉就好了。那个人说的话还真特别。”

“这样啊——”大介也觉得不可思议。

“后来他还说我应该多多出去玩，而且还说起为了让别人称赞而做的研究真的很无聊，请多做一点会让自己开心的研究，在玩乐中开心地研究。在听了他的话之后，我就想起了大介。”

大介对于敬一的话没有任何回应，不过我跟夏叶都点头认同。

后来大介盘腿坐在水泥地上，对敬一说：“那你最后怎么做的？”

敬一也坐下来说：“我还是先收下了。下次我要好好做研究，再拿一座奖杯。两个奖杯放在一起，看起来一定很酷。”

“太好了，你真棒，这样一定很酷！既然这样，我们得好好向你道喜才行。敬一，恭喜你！”大介很开心有这样的结果。

“恭喜你！”夏叶也很开心。

“恭喜啊！”我也很开心。

“不要闹了……”敬一躺了下来，静静地享受这一刻。

我们四个人就这样躺在自己喜欢的地方，仰望着天空。

今天天气很好，万里无云。

我们四个人就在伸手可及之处，却没有任何人开口说话，也没有人彼此对看。就这样凝望着蔚蓝的天空，感觉像是飘浮在半空中一样，真是舒畅！

这种感觉真是不可思议！

夏叶望着天空，突然打破沉默："接下来，请各位说出自己喜欢的事物，依照我、敬一同学、大介同学以及健太同学的顺序说。那就由我开始……我喜欢钢琴。"

"……显微镜。"

"乌龟。"

"……拉面。"

接着继续进行第二轮。

"指甲油。"

"数码相机。"

"鲫鱼。"

"……咖喱饭。"

"为什么健太同学总是慢半拍？"夏叶不禁抱怨。

"时间这么短，怎么可能想得出自己喜欢什么？"我为自己辩解。

“好吧，接下来改说自己讨厌的事物。要开始喽！……自己的个性。”夏叶继续展开另一轮真心话游戏。

“鼻涕虫。”

“……胡萝卜。”

“补习班。”

“……说别人坏话。”

“……毛毛虫。”

“纳豆。”

“……家庭作业。”

“好学生。”

“铁棒。”

“考试。”

“……书包。”

“书包？”敬一没有料到会有这个答案。

“健太同学，你讨厌书包吗？”夏叶问。

“哈哈哈，你真是个怪人！”大介开心地笑了。

大家这样笑我，让我一时下不了台，我生气地对着天空说：“对啦！我讨厌书包，我最讨厌书包了！它总是勒得我的肩膀好痛。再说，背书包好丑啊！背着书包，大家一看就

补习班
说别人坏话
纳豆
胡萝卜
毛毛虫
鼻涕虫
家庭作业

知道我刚放学，根本没办法到处乱晃。”

夏叶说：“嗯，确实如此……”

敬一说：“书包啊……我本来觉得没什么，不过听你这么一说，好像真的有点被它束手束脚的。”

其实书包并没有错，只是我们的身体已经长大，变得不再适合背书包罢了。没错，就是这么一回事。半年后，我们就不再是小学生，以后再也没有机会背书包了。

就在这时，大介大声惊呼：“你们看，是乌鸦！”

乌鸦盘旋在高空上。

我们依旧躺在屋顶上，望着乌鸦来回盘旋。

强烈的阳光普照在我们的身上，我们硬撑着睁大双眼，仔细欣赏乌鸦的黑影，以及炫目的天空。

（这种感觉真舒服……）

河川成长小说系列

不会哭泣的鱼

[日]阿部夏丸 著　王蕴洁 译

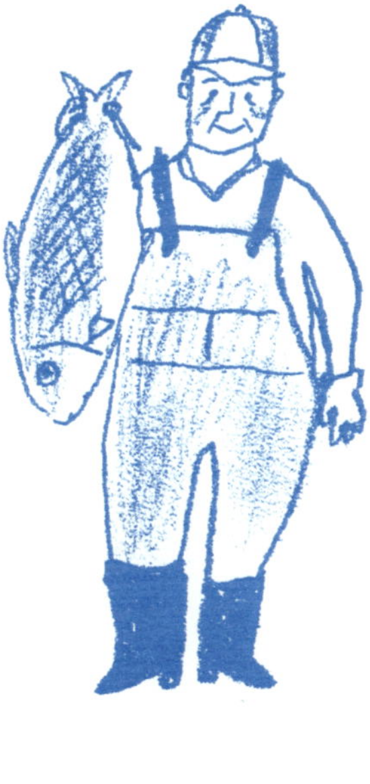

中信出版集团 | 北京

图书在版编目（CIP）数据

不会哭泣的鱼 /（日）阿部夏丸著；王蕴洁译．-- 北京：中信出版社，2019.7
ISBN 978-7-5217-0369-6

Ⅰ．①不… Ⅱ．①阿… ②王… Ⅲ．①儿童故事—日本—现代 Ⅳ．①I313.85

中国版本图书馆 CIP 数据核字（2019）第 064999 号

不会哭泣的鱼
（河川成长小说系列）

著　　者：[日] 阿部夏丸
译　　者：王蕴洁
出版发行：中信出版集团股份有限公司
（北京市朝阳区惠新东街甲 4 号富盛大厦 2 座　邮编　100029）
承 印 者：北京联兴盛业印刷股份有限公司

开　　本：880mm×1230mm　1/32　　印　　张：7.75　　字　　数：122 千字
版　　次：2019 年 7 月第 1 版　　印　　次：2019 年 7 月第 1 次印刷
京权图字：01-2019-3295　　广告经营许可证：京朝工商广字第 8087 号
书　　号：ISBN 978-7-5217-0369-6
定　　价：45.00 元

作者的话

我是个超级大懒虫，至于我有多懒，你们听我说一件事就知道。我儿子读小学一年级，他在玩动物游戏时说：“爸爸，我当兔子，你当树墩。”但是，我也有自己引以为傲的事。

我去河边钓鱼时就不再是懒洋洋的树墩了，不仅两只眼睛好像翠鸟的眼睛般发亮，灵活的身形就连山猫都会被吓到。

每次带儿子去钓鱼，我都很神气地问他：“怎么样？”所以，我完全不会因为自己平时的懒惰而感到难为情。

然而说到难为情，其实有几句话一直让我感到很难为情，那就是时下流行的“善待大自然”“善待地球”这几句话。

我很喜欢上山或是去河里玩，却从来没有想过要“善待大自然”这件事。对大自然来说，“人类的善待”其实很无力，也没用，我相信那是打着领带的大叔在办公桌前想出来的广告词。

前几天，我遇到这样一件事。

我带着儿子一起去钓鱼，听见一位母亲和她儿子之间的对话。

“把这只小龙虾放回去吧？”

“我不要。”

“带回去也没用啊。”

“我要养！”

“反正早晚会死啊。”

“不要，我要养！”

“听我说，我们要保护大自然，不能随便把它们带回家或是弄死它们。”

“不要嘛，我要养……”

“你是个乖孩子，对不对？”

“不要嘛，我要养……”

那位母亲抢走哭喊的孩子手上的水桶，将小龙虾倒进了水池。

“你看，小龙虾也很开心。”

当时，我很想对那位母亲说：“等一下！”

虽然我无意对这位母亲说什么，却发自内心地同情那个孩子。

我小时候曾经夺走无数小龙虾和蝌蚪的生命，但小龙虾和青蛙从来没有写信来向我抗议。大自然对小孩子的捣蛋行为很宽容，姑且不谈那些因为私人利益破坏山林和河川的大人，小孩子应该多走到户外，接触昆虫、花草和鱼这些小生命。看到昆虫就抓，看到路边的野花就摘，大自然不会因为小朋友的这些行为而受到影响。但我并不是提倡小朋友动手破坏，千万不要搞错了。

我在读小学时，曾经和其他三个同学把堤防上

的百合花全都摘了下来，总共摘了几百朵花，然后躺在上面睡午觉。结果被大人狠狠骂了一顿：“堤防上的百合全毁了！”我们这些捣蛋鬼全都被骂得号啕大哭,但是我至今仍然无法忘记那些百合花的浓烈香气。长大之后，我也没有打算再做这种事。最让我惊讶的是，翌年的堤防上，绽放了比一年前更多的百合花。

小朋友来到野外，眼睛都会闪闪发亮，他们看到的事物比大人看到的多一百倍。回想往事，我也曾经有过那种眼神，所以长大后，我用相同的方式试图找回幼年时的眼神，似乎真的看到了一些东西，但是还差得很远呢！

河川三部曲就是在这种心情下创作出来的，其中，《不会哭泣的鱼》更是处女作。

阿部夏丸

目 录

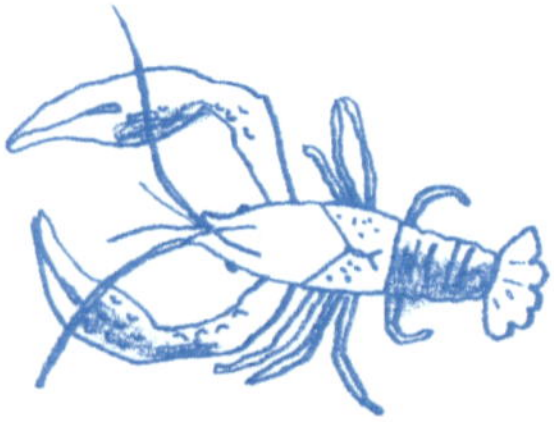

第三部 金爷爷的鱼

第一部

筑堰抓鱼

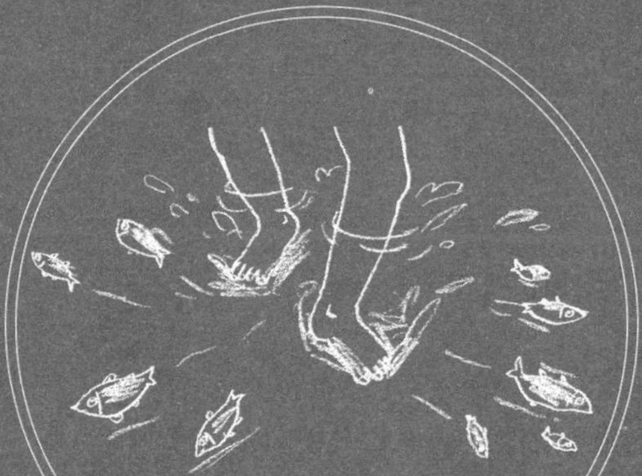

筑堰抓鱼

“健司，明天要去筑堰抓鱼！”成濑明良对我说。

“好啊，去啊去啊！”我二话不说就答应了。

七月的校园，烈日似火。明天是星期天，我正想痛快玩一玩，一听到他的邀约，心情立刻雀跃起来。

筑堰抓鱼就是用石头、泥土或是沙包在小河筑起堰堤，把水流堵住，再用水桶把水舀干后抓鱼的方式。和钓鱼相比，收获大太多了，也不需要运气、工具或技术，只要愿意流汗肯花力气，就一定会有收获。

明良把贴了很多漫画贴纸的书包挂在单杠的一角说：

“不过，只有我们两个人好像太少了。”

“对啊，筑堰超累人的。”

“最好再找两个人一起。”

“找雅秋吧，他一定会答应的！”我很有自信地说。

“那还缺一个人。”

“敦史怎么样？”我提议。

“不行，不行，他会告诉他妈。”明良立刻反对找敦史加入。

我们每次都去妖怪水车那里筑堰抓鱼，因为学校规定学生不能去那里，所以筑堰抓鱼必须秘密行动。让大嘴巴的敦史加入，一定会坏事。

在上次“把狗屎放在道子书包事件”中，敦史禁不起老师引导式的问话，最后招认了实话，可把明良害惨了。虽然明良做这种事本来就不对，但他从此对这件事耿耿于怀，觉得敦史“不像个男人”。

“那就只好找雄治了。”明良说。

“雄治？”

“不管怎样，也算是个人手啊。”

“那倒是。”

最后，我们决定找雄治同行。雄治是我们班上的同学，同住在桑原村，个子矮小，性格很文静。他人不错，唯一的弱点就是功课太好，还有他居然穿三角小内裤。我们男生多半都穿白色大内裤，之前身体检查，大家第一次看到他穿三角小内裤时都觉得超惊讶。

“啊，雄治穿女生的内裤！”

不知道谁说了这句话，从此决定了雄治在学校生活中的地位。

放学的钟声一响，我们就去操场排队，像往常一样走出校门。明良和雅秋走在前面，我走在他们后面，雄治跟在我后面。虽然从来没有讨论过，但似乎时间一久，自然就形成了这样的队伍。

明良是行动派，是我们这几个人中带头的，雅秋是在沿途发现各种新奇事物的天才。他们经常问我的意见，再由我依据常识来判断。

比方说，曾经发生过这样一件事。某天放学回家的路上，雅秋像往常一样，眼尖地发现了豆腐店庭院内的石榴红了，他模仿大人的语气说：

“啊哟，石榴红了，已经是秋天了呀。”

于是，明良就大步走到树下，哧溜一声摘下石榴，然后才问我：

“健司，现在该怎么办？”

他每次都这样，如果他在摘石榴前问我，我还可以叫他住手，但他每次都在事情发生之后才征询我的意见。

“被逮到就惨了，还是放在树下吧。”我回答说。

“也对。”明良顺从地把石榴放在树下，然后立刻说，“雄治，那里掉了一颗石榴，你赶快去捡。”

雄治只好偷偷捡起石榴，跟在大家身后。

来到神社，明良叫大家围在一起，啪的一声掰开石榴，粉红色的颗粒掉了下来，明良一一捡起那些颗粒，说：

“现在还不能吃哦，等我分好再一起吃。”

虽然明良一副老大作风，也常把雄治当成奴隶使唤，但是在这种事上（尤其关于吃的问题），明良一定力求公平。也许是因为明良家里有五个兄弟，他在家中排行老大的关系。

结果第二天，不知道谁去向老师告了状，我们四个人全都被老师叫去，用竹刀打了三下屁股。老师虽然知道谁是主谋，却一视同仁地骂我们四个人，我们挨打的次数也一模一样。

当时雄治忍不住掉了泪，明良凶巴巴地对他说：

“大家一起做的事，不要一个人哭哭啼啼。”

这就是我们之间的关系。

从县道转入产业道路后，就可以直接通往我们住的桑原村。这条产业道路差不多一公里，路的尽头就是矢作川的堤防。

我们差不多走到一半，听到身后传来车子的声音。

“是乡长的车子。”雅秋说。

在桑原村，只有乡长家有私人轿车。乡长叫中野银造，是桑原村唯一的名人。我以前曾经听我爸说，桑原村是乡里面的偏僻村庄，能出一个乡长，简直就是奇迹。

我们这些小孩子虽然搞不懂这么复杂的事，但从他有私人司机，学校举办运动会时，他会坐在贵宾席上，听校长叫他“中野乡长”这几件事，就知道秃头中野银造是个大人物。

银造的黑色皇冠车在碎石路上扬起阵阵尘烟，车子开到距离我们将近一百米时，明良突然大叫：

“秃头来了，秃头来了，赶快躲起来！”

我和雄治蹲进路旁的草丛，一听见明良和雅秋喊“战斗！”，立刻趴在地上。

咕噜噜 。

车子的声音越来越近。

雄治微微缩起脖子。明良和雅秋把身体压得更低了。

咕噜噜。

一辆黑色车子突然出现在眼前，转眼之间就消失了。我似乎隐约看到后车座一个光秃秃的脑袋。

车子一过，明良和雅秋立刻冲到路上，做出举枪射击的动作，嘴里喊着："呼！呼！呼！"

乡长的车子像是完全没发现我们，继续沿途扬着尘烟，驶向村庄的方向。明良等到车子走远了，丢了一块石头大喊着：

"王八蛋！你给我记住！"

第二天一大早，我就拎着水桶出门了。我们约在蚬川的新桥上见面。蚬川是和矢作川平行的一条四米宽左右的小河，新桥刚好架在村口的位置。也就是说，桑原村这个小村庄正好被两条河夹在中间。

我来到新桥时，发现其他人已经到了。

"健司，你这么晚才来？"明良叫了起来。

"啊？但现在还没到十点啊。"

"嘿嘿嘿，原来是我们来早了。"

"对啊，明良太兴奋了，九点就到了。"雅秋说。

听到雅秋这么说，明良尴尬地笑了起来。

我们都不约而同地坐在自己带来的水桶上，几乎每个人都带了铁皮大水桶，只有雄治拿的是奶粉罐。雅秋像平时一样调侃他：“雄治，你还在喝奶粉吧？”

我很担心雄治会哭，没想到明良先开了口：

“雄治没什么力气，用小铁罐就好。”

雄治原先紧张不已，这下总算松了一口气。

雅秋发现自己的调侃没有奏效，立刻找其他话题来掩饰：“今天的河水很少，很棒噢。”

“这一阵子都没下雨。”明良说着，探头向河面张望，我们也都从桥上探出身体往下望。河水非常清澈，可以清楚地看到河里一群群小鲫鱼、鲍鱼在游动，还有美国小龙虾的足迹和田螺爬行的轨迹。

“一定可以大丰收吧？”

“一定可以大丰收！”

“那就冲吧！”

“没理由不冲啊！”

雄治听着明良和雅秋的对话，呵呵笑了起来。

我们四个人往上游走去，来到妖怪水车前，首先要执行

雄治，你还在喝奶粉吧！
雄治没什么力气，
用小铁罐就好。

一个计划——偷麻袋。

筑堰抓鱼要用石头和泥土筑堰，河中有水流动，石头和泥土一下子就会被冲走，所以要先把泥土装进麻袋做成沙包挡住，不让河水流过。我们去年想到用沙包筑堰抓鱼的方式，最后大获成功。

“对了，麻袋去哪里弄？”雅秋问。

“只有银造家里有麻袋啊。”明良回答。

“万一被他发现，不是很惨吗？”雅秋不安地问。

“那就不要被他发现啊。”

明良似乎打算像去年一样，去乡长家的仓库偷麻袋。

乡长家在村庄东侧那棵大樟树前，院子里是一栋气派的房子，房子对面是一个大车库，旁边就是仓库。仓库里有耕耘机，还堆着一大堆稻草，而我们想要的麻袋就放在稻草后面。

“他家的麻袋堆得像山一样，偷他十几二十个，根本不可能被发现。”虽然明良这样讲，但老实说，我心里还是很害怕。

不光是我，每个人都很怕，我想就连明良心里应该也是毛毛的。因为一旦被乡长抓到，一状告到学校去，绝对让我们吃不了兜着走，这和偷柿子、西红柿不一样。

“听我说，我和雅秋找机会溜进去，健司负责把风。记住，如果有人来，就学猫叫。雄治留在这里捡我们从窗户丢出去的麻袋。”来到仓库后方的竹林时，明良清楚安排着每个人的工作。

“不会有事吧？”我担心地问。

“你注意看仔细就好了啦，喵呜。”雅秋故意对我学了一声猫叫。

雄治似乎吓得连话都说不出来了。

“走吧。”随着明良一声令下，他和雅秋两个人就消失在仓库门口。

只剩下我和雄治，感觉更加不安了。

“阿健，真的没事吗？”雄治蹲在地上问。

“你真胆小啊。”我逞强地说道，也跟着蹲了下来。

孟宗竹的竹林被风吹得沙沙作响，这片竹林只有上方长满了茂密的竹叶，下面则空荡荡的，我们两个人好像被关在竹子牢房里似的。

“如果被发现，会被警察抓吗？”

“不必担心啦。”

“但这是偷窃啊。”

这的确是偷窃行为，但是我们玩的游戏几乎都会跟偷窃扯上关系。偷西红柿和偷无花果，都是我们热爱的游戏，而且觉得偷来的东西最好吃。

我们是农家子弟，当然知道要珍惜农民流汗种出来的作物，但正因为是农家子弟，所以知道即使偷摘一两个果实，也不会造成太大的损失。

当小偷有当小偷的规矩，就是绝对不能留下证据。

去年偷摘工程行的柿子时就是这样。全村人都知道工程行的柿子又大又甜，我们当然不可能放过。照理说，用竹竿把柿子打下来就好，但明良坚持说：

“这里的柿子很特别，不能摔在地上，要用手摘。”

于是我们从神社搬了梯子去，可是摘了一大堆柿子后，却把梯子忘在原地就回家了。事情当然很快就败露，那天傍晚，我们全都被叫去工程行，跪坐在水泥地的房间被臭骂了一顿。回家之后，又被父母骂了一顿，但是我们觉得超好玩。相反的，如果被发现了，却迟迟没有挨骂，那种感觉反而让人心里毛毛的，也很不痛快。

不过，这次的情况不一样，我真心希望不要被人发现。

雄治突然慌张地说：

“阿健，你看那里！”

“啊！”

我顺着他手指的方向望去，不由得吓到了。一辆车子从竹林远方驶来，隔着绿色竹林缝隙看到的黑色车影，正是乡长的车子。

“不得了，要赶快告诉明良他们。”

我们连忙跑向仓库入口，但乡长的车子已在转眼之间驶进大门，开进仓库。

“喵呜，喵呜……”我小声发出猫哭的声音，步步后退。

“阿健，不会出事吧？”

“惨了吧，我不知道。”

“明良他们呢？”

“人都已经在仓库里了，我猜想他们也躲起来了。”

“砰”，传来关车门的声音。

“怎么办？”

我们不知道该怎么办，只好蹲在仓库后方，不时对着仓库的窗户“喵呜、喵呜”叫几声，但里面完全没有回应。

“真伤脑筋。”

“他们是不是被抓到了？”

这时，听到“啪嗒”一声，几个麻袋掉在雄治的头上。抬头一看，明良从窗户探出头，做出“嘘”的手势，然后他和雅秋两个人便不停地把麻袋一个个丢下来。

“你们先走。”

我们听从明良的指示，把麻袋夹在两侧腋下，像忍者一样沿着蚬川在堤防上奔跑。中途遇见一位爷爷正在割草，我们没打招呼就跑了过去。那位爷爷虽然露出纳闷的表情，但很快就继续低头干活。

我们冲进堤防上的芦苇丛中，倒在地上，急促地呼吸。草丛散发着热气，我们躺在草丛中，汗水滴滴答答地流。我努力克制着不安和紧张，以及因为快速奔跑而剧烈的心跳。过了一会儿，呼吸终于恢复平静，我对雄治说：

“我们去喝清水。”

雄治用力点了点头。

“明良他们很快就来了。”

我们拨开堤防上长长的杂草，沿着堤防往下走。

桥下埋着水泥管，随时都有清水涌出来。蚬川有不少地方会涌出清水，刚好桥下那里也有涌水口，有人在那里埋了水泥管。水泥管旁的竹竿上总是挂着空罐，村民都会来这里喝水。

我探头向水泥管里张望，掬起不断涌出的清水。

“咕噜”，我喝了一口，立刻感受到沁凉的水滑下喉咙。

“真好喝！雄治，你也来喝！”

雄治也像我一样咕噜喝了一口，水从他的嘴角流了下来，顺着他的喉咙慢慢浸湿他胸前的白色衬衫。

这时，突然“扑通”一声巨响，水花四溅。

“啊，好冰！”

明良和雅秋直接从桥上跳了下来。

“真是受不了，都是那个白手套，他停好车竟然就开始擦汽车窗户，害我们一直找不到机会溜出仓库。”

“万一他开始洗车，恐怕就得一直躲在仓库里出不来了。”两个人擦着汗说。

我们把拖鞋和鞋子塞进裤子皮带的后方，走向离桥一百米上游的妖怪水车。

“尽可能用力踩。”

“知道了。”

妖怪水车那里有一个堰堤，我们要把鱼赶去那里。

我们用力踩着水，追得一群鲍鱼落荒而逃，青蛙也立刻逃进草丛里。美国小龙虾钻进了河岸边用泥巴做的巢穴，伸出鲜红的螯钳示威。上游的水很清澈，下游的水已经混浊起来。我们简直就像是小河里的无赖。

“健司，有鱼。”

“嗯，好多，刚才就看到它们咻咻咻地往上游游去。”

“是吗？真期待啊！”

我们踩着水走了一会儿，来到位于村庄死角的位置，大家突然活力十足。大鲤鱼察觉苗头不对，看到我们的身影后，立刻转身逃向上游的方向，我们更加兴奋不已。

“绝对不能让鱼去下游，一定要把它们赶到堰堤下方。”

我们四个人排成一行前进，我和雄治走在中间，明良和雅秋走在两侧，无处可逃的鱼想要从河面的角落突破，全被我们挡住了去路，连一只蚂蚁都别想溜走。

“明良，别让鱼跑掉。”

“交给我吧。”

“好多啊！”

“继续赶，继续赶。”

被逼入绝境的鱼拼命逃窜，有的鱼甚至朝我们的脚撞了过来，也有的鱼难以置信地跳了起来。

“看我的！”雅秋把一条二十厘米左右的鲫鱼踢向岸边。

“等一下再抓，继续赶，继续赶。”

“到了，到了，到了！”

抬头一看，我们已经来到妖怪水车前。妖怪水车就在河的右岸，前方是用石头和沙包建的引水堰堤。堰堤的水落到水车右侧，发出“扑通扑通”的声音。所有的鱼除了少数侥幸逃到了下游，其余的都躲进了堰堤下方的深潭中，我们脚下已看不到任何一尾鱼。

“有不少鱼逃掉了。”我对明良说。

“赶过来这么多鱼，已经很棒了！”明良的眼神中难掩兴奋。

堰堤下方的深潭差不多是三块榻榻米横排的大小，那里的水流静止，有水草和西瓜蒂等垃圾浮在水面上，鱼都放心地躲在下面。

我们慢慢开始做沙包，二十分钟后，沙包完成，筑堰抓鱼也渐入佳境。确认底下的鱼完全无处可逃后，雅秋开始捞垃圾。他悄悄走进水里，把垃圾全捞起来，避免把水搅混浊了。

“哇哈！”明良兴奋地叫了起来。

深潭内，不计其数的鱼已经无处可逃。看着它们在深潭里游来游去的样子，我们努力克制着激动的心情。

“有好多鲫鱼和鲔鱼。”

“还有鲤鱼。”

“是刚才那条大尾的吗？”

“可能吧，长度差不多四十厘米。”

“香鱼，有香鱼！”

“那是珠星三块鱼。”

总之，深潭里的鱼不计其数，种类也数不清。

“好，那就开始吧！”在明良的号召下，我们开始舀水。

四个人都站在深潭处用水桶把水舀出去。我们争先恐后地拼命舀水，水面很快越来越低了。

“太赞了，鱼都撞到我的脚了，好多鱼！”

“舀水的时候，别不小心连鱼也装进去了，哈！”

现在即使徒手也可以抓到鱼。

“好，每人再舀十桶水。”

我们一起数“一、二、三……”，每个人又舀了十桶水，总共四十桶水。现在，鱼儿都无处可逃，也没什么水可游了，只能挤来挤去，发出“啪嗒啪嗒”的声音，有些大鱼连鱼背都露了出来。

“好，开始吧。”

我们同时扑向鱼群。

“王八蛋，王八蛋。”明良只顾着追大鲤鱼。

“这条，这条，还有这条……”雅秋抓到什么鱼，都往水桶里丢。

我当然也不能输阵，把鱼赶到角落，双手紧紧握住。虽然鱼的身体很滑，有时候还是被它们逃脱，但我完全不在意。因为眼前的鱼多得抓不完，即使暂时逃走，也逃不出我们的手掌心。

“鲇鱼，鲇鱼！”雅秋叫了起来。

一条黑色的大花鲇鱼在被我们踩得混浊的水中扭动了一下。

“小心，鲇鱼的鱼鳍很危险，如果用手抓会被刺伤。”雅秋说。

雄治吓得立刻上了岸。

“好，那就用这个来抓。”明良把多余的麻袋口张开，放在鲇鱼面前。他用力抓住鲇鱼的尾巴，鲇鱼就“啪嗒啪嗒”自投罗网，钻进了麻袋。

“成功了！”

明良神气地举起装了鲇鱼的袋子，然后交给雅秋。

“啊，给我吗？”

“是你发现的啊。”明良说完，又去追刚才那条大鲤鱼。

雅秋开心地用藤蔓绑住袋口，开始做临时鱼塘。明良还在追大鲤鱼，我的水桶里已经装满了各式各样的鱼，每个人都用各自的方式乐在其中。

“雄治，你在干什么？”

雄治刚才把奶粉罐装了水之后，就躲在角落不知道干什么，我忍不住问他。

“我吗？我在抓沙丁鱼。”

“沙丁鱼？”

“对啊。”

“不必抓沙丁鱼那种杂鱼,还有大鲤鱼和鲫鱼可以抓啊。”

“但是，沙丁鱼养在水族箱里很好看。”

我听了好惊讶。因为我一直觉得钓鱼、抓鱼、吃鱼才好玩，从来没想过要把鱼养在水族箱里。

“还要喂鱼饲料吗？”

“对，去水沟里抓红虫。”雄治充满爱怜地捞起奶粉罐里的沙丁鱼，又继续说道，“这条小的是蔷薇鱊，比较瘦的是枪鲭，有白色大鱼鳍的是都鱊。蔷薇鱊中还细分成大陆蔷薇鱊和日本蔷薇鱊，但我分不出来。”

我说不出话，纳闷为什么雄治会知道这种事。但他仍一脸得意，喋喋不休："你看，它们的屁股上不是有一根管子吗？就是从这里产卵的，你知道它们把卵产在哪里吗？"

"泥土里吗？"

"不是，它们把卵产在紫贻贝里，你看，就是这个。"雄治从罐底捞出两个黑色的贝壳给我看。

"你挺了解的嘛。"

"我只是有兴趣。"雄治害羞地笑了笑，但我真的很佩服他。

"原来杂鱼也有名字。"

"小健，你说错了。"

"什么说错了？"

"没有名叫杂鱼的鱼，不管是杂鱼还是杂草，都像是在说没价值的鱼和草，但这些价值只是人类自己的想法而已，和鱼、和草都没有关系。"

我觉得他说得很有道理。

"雄治，你在说鳑鱼的时候很神气。"

"嘿嘿嘿。"

我们一起笑了起来。

这时，身后传来明良的大叫声。

“抓到了！抓到了！抓到了！”

回头一看，明良正把那条好不容易抓到的大鲤鱼放进水桶。

“明良，太棒了！”我说。

明良得意地笑着说：“怎么样？怎么样？这尾绝对是第一名！”

因为他笑得太开心了，大家也跟着大笑起来。

抓鱼行动已经告一段落，我们不约而同地坐在堤防上休息。躺在和缓的斜坡上，眼前是一眼望不到尽头的蔚蓝天空，一两朵白云飘在天上，看着看着也觉得自己的身体好像飘到了空中。

“喂，雄治。”雅秋开了口。

“什么事？”

“你知道那个水车为什么叫妖怪水车吗？”

“知道啊。”

雅秋又开始调侃雄治，明良也跟着奸笑起来。

“那你说说是为什么？”

“我妈妈告诉我说，这里住了一个女幽灵，傍晚的时候就会听到女人啜泣的声音，所以学校才会禁止我们来这里。”

明良他们拼命忍着笑说：

“对啊，会听到女人像啜泣般的声音。”

雄治发现大家都在调侃他，又接着说：

“我奶奶也是这么说的。”说完，他就走去河里为鳑鱼换水了。

“不要再捉弄他了啦。”明良笑着说，我觉得很对不起雄治。

以前，雅秋曾经告诉我妖怪水车的真相，所以我知道，女幽灵的声音其实并不是幽灵，而是活生生的女人发出的声音。那个水车是年轻男女幽会的地方，大人希望小孩子远离这里，才谎称有妖怪，但搞不好真的有人误以为是妖怪发出的声音。

“喂，你们看！”雄治紧张地对着一脸贼笑的雅秋大叫着。

“有人来了。”

一个男人沿着堤防走了过来。这里平时没有人走动，到处长满杂草。我们有一种不祥的预感。

“明良，大事不妙了，是银造！”

“不会吧？”

“真的啦，是银造。怎么办？”

这种时候，根本无计可施了。因为银造乡长已经快走到我们眼前了。

“你们不要慌张，镇定一点。”

“麻袋呢？”

“就放在那里。”

我太害怕了，不敢留在原地，就往河岸走去。雅秋也走向水车，四处张望着，似乎在寻找逃生的路。雄治抱着奶粉罐愣在那里。

银造大步走了过来，他似乎发现了我们，把草帽的帽檐往上推了推，然后巡视四周，最后将视线落在躺在堤防上的明良身上。

“你们在筑堰抓鱼吗？”

他的声音低沉而粗犷。

“嗯。”明良坐了起来，瞪着银造的眼睛回答。

银造仔细打量河面问：

“抓到很多鱼吗？”

我们虽然很担心麻袋的事被他发现，但现在也不知道该怎么办，只好用力点头。

“给我看看。”银造大步走到河岸旁，把手伸向雅秋的麻袋。

雅秋一副快哭出来的表情，把麻袋递给他后，慢慢向后退。

银造看了一眼麻袋上用油漆写的号码。

我们心想：“这下真的完蛋了，绝对会被他骂。”

没想到银造只是探头向麻袋里张望，开心地说：

“这条鲇鱼很大嘛！”

然后，又看着临时鱼塘，笑着说：“还有这么大的鲤鱼，收获不小嘛。”

因为他笑得太开心了，我们并没有松一口气，反而觉得好像哪里出了问题。而且这也是我们第一次看到银造的笑脸，第一次和他说话。

“很大吧？”听到银造的称赞，明良也开心地说，“我们一起从下游赶过来的。”

“是吗？真聪明！”银造把手伸进鱼塘，摸着鱼问，“那你们抓了几尾鳗鱼？”

“鳗鱼？”

“对啊，鳗鱼。有抓到吧？”

他这么问，我们也不知道该怎么回答。

“什么？没抓到，那可不行。”

他一直对我们说“不行，不行”，我们听了反而更不知道该怎么办了。

“好，你们再下去河里。”银造露出好像山贼大王的表情说。我们当然不敢违抗他的命令，不，应该说我们很期待，不知道接下来会发生什么事。

“听好了，要像我这样，用脚搓河底的泥巴。”

“不对，要更用力。”

“对，对，就这样，就是这样，就是这样。”

用脚搓河底泥巴的样子好像在跳阿波舞，我们觉得很滑稽，忍不住大笑起来。

“对，就是这样，要更用力搓。哇哈哈哈。”站成外八字的银造大笑着说。

不一会儿，我们的脚下都变成了泥水，来不及逃走的小鱼都浮出水面呼吸。不幸被我们踩死的小鱼则翻着肚皮，变成了浮尸。

“好了，好了，差不多了。”银造说完，跪在沙包上，探头看着泥水。我们也很期待，不知道接下来会发生什么事，也学他的样子探头张望。雅秋仍然哧哧笑个不停，明良鼓起勇气问：

“接下来要干吗？”

“当然是抓鳗鱼啊。水变混浊，鳗鱼就会没办法呼吸，所以会浮上来啊，呵呵呵。”银造笑的声音很可怕。

“他说要我们抓鳗鱼。”我们互相看着对方，大家都一脸惊讶。

“你们看，浮起来了。”

鳗鱼果真从混浊的泥水中探出头，开始用力呼吸。银造小心翼翼地把手伸向鳗鱼的头部。他的手臂很粗，手上都是毛。

“听好咯，鳗鱼很滑，迅速抓住后，立刻丢到堤防上。你们可别让鳗鱼逃掉了。”

我们拿了一个麻袋，跑回堤防上。

“看我的！”银造的手臂往水里一伸，立刻抓起了一条鳗鱼。

他的动作太快，一眨眼的工夫就抓到了。鳗鱼随着水花好像被吸入蓝天般蹿了起来，在空中扭动着身体。然后，它黑色的身体就掉在我们等待的堤防上。

“银造太厉害了！”

“是啊，他是单手抓鳗鱼！”

大家忙着把鳗鱼抓进麻袋里，始终无法平静兴奋的心情。

“我之前都不知道，可以用这种方法抓鳗鱼。”

“他搞不好是筑堰抓鱼的天才。”明良一脸严肃地说。

之后银造又抓了两尾，我们总共有三尾很粗的鳗鱼。

“吃鳗鱼可以固精强骨，把这些鱼带回去给你们的爸爸，你们的妈妈一定乐坏了。”银造说。

明良态度很坚定地说：“不，这是你抓到的，所以你带回家吧。我带鲤鱼，雅秋有鲇鱼，雄治有他最爱的沙丁鱼，这样才对。”

“好，那就这么办，这尾鳗鱼我就带回家了。不好意思，可不可以给我一个麻袋？”银造说完，把鳗鱼装进麻袋里。

那一刻，我们也紧张死了。

“对了，告诉你们一件有趣的事。下个星期天，这条河会很热闹。”

“为什么？”

“先不告诉你们，反正，到时候可以尽情捞鱼。哈哈哈。”鳗鱼在麻袋里面不停挣扎，银造拎着麻袋说了声“多谢啦”，就一步步沿着堤防走远了。

“有趣的事是什么？”

“不知道。”

“他说可以尽情捞鱼。”

“我知道了，一定是让全村都来筑堰抓鱼。”

“怎么可能做这种蠢事……”

“那到底是什么呢？”

我们把从银造乡长家仓库偷来的麻袋全都洗干净才踏上归途，堤防上杂草遍布，必须不停拨开已经高到胸前的杂草才能前进。

“银造那家伙应该有发现麻袋的事吧？”雅秋突然说道。

“八成发现了。”明良回答，其他人似乎都在点头。

虽然玩了一整天，但太阳还高高挂在天上看着我们。

这是我们第一次看到大人带着那么天真无邪的表情抓鱼，也是第一次有大人加入我们的游戏。

那天之后，我们整天都在聊筑堰抓鱼的事。明良似乎对抓到鳗鱼这件事很兴奋，还帮银造改名为鳗造。即使在路上再遇到那辆黑色的车子，也不像以前那样躲起来，或是拿石头丢车子；反而故意走在马路中间，试图引起银造的注意。但是银造像以前一样，头也不回地扬长而去，只能从车窗内瞥见他光秃秃的脑袋。

“大人是不是隔天就会忘了前一天的事？”明良难得露出落寞的表情说道。

一个星期在转眼之间就过去了。

那天，我正在吃早餐，听到明良大声叫我：

“健司！”

“怎么了？这么早就来找我？”

“不……不好了，河里都没水了！”

“河里没水了？”

“对啊，全都没了，河里全都空了。”

我跟着明良冲出家门，来到新桥，发现雅秋和雄治已经等在那里，而且全村的人都聚在一起叽叽喳喳。

“好猛，好猛……”

雅秋很兴奋，雄治露出害怕的眼神看着河面，我也跑过去看。

那是以前从来没有见过的景象：蚬川的水都被抽干，河底露了出来。整条河完全看不到水流，只有河底的凹处还积着几摊水。无处可逃的鱼在积水里不知所措，连鱼背都露了出来。我们沿着堤防，跑向上游的方向。

“好猛，好猛！”

“不管走到哪里，都有好多鱼！”

“为什么会这样？”

“不知道。”

“是不是银造干的？”

“不知道呀。”

真的完全搞不懂发生了什么状况，只知道银造乡长上个星期说的话没错，现在大家可以随便抓鱼。

回头一看，新桥上已经挤满了人。

“那是什么？”

仔细一看，桥上停了一辆手推车，推车上面堆满了麻袋。村民接过麻袋，纷纷走到河边。

“银造在那里！”

银造正在把麻袋交给村民，我们立刻跑了过去。

“原来是你们几个啊，你们也来抓鱼啦。”银造开心地说。

“这是怎么回事？”明良问。

“没怎么回事啊，你也看到了，你们也赶快去抓鱼吧。”银造没有回答我们的问题，只是把麻袋塞到我们手上。

“可以抓鱼吗？”雅秋问。

“可以，尽情地抓吧，现在不抓以后就没机会了。”银造一边说着，一边陆陆续续把麻袋交给村民。

我很在意银造说的那句“以后就没机会了”，但听到村民兴奋的声音，不断吆喝大家赶快去抓鱼，也跟着跑到河边。

原本的河已经变成了泥田，村民好像在捡石头一样，捡了鱼就装进麻袋，从爷爷奶奶到小孩子都在捡鱼，到处都响起一片欢呼声，银造的笑声也传得很远。

现在，这条河已经完全是人类的天下，鱼在没有水的河中只能束手就擒，不对，是束鱼鳍就擒，只能在泥地上翻着白肚。

我也捡了很多鱼，全身都是泥巴，但渐渐觉得很无趣。

“雄治，好像感觉怪怪的。”

“对，很不对劲，一点都不好玩。”雄治看着脚下的鱼说。

“是因为不是自己筑堰的关系吗？”雅秋问。

“应该是其他原因，”雅秋想了一下该怎么表达，然后开口说，“对，这样太卑鄙了啦。”

“健司，怎么了？”明良走了过来。

“我觉得好像哪里出了问题。”我回答，明良也默默点头。

最后，我们四个人很快就离开了，但村里的大人和小孩都还挤在河里抓鱼。

“这条河不知道会变成什么样。”

“不知道。”

我们站在桥上，看着没有人影的下游，在黑乎乎的河底零零星星躺着鱼，那些鱼就像白色的贝壳般在阳光下闪烁着。

三个月后，我们才知道那天发生的事，是为了蚬川填河工程进行测量的工作。那一年的秋天到冬天整整半年时间，都在进行这项大工程。整条蚬川都被填满了，完全不见往日痕迹。河的一半变成两线道的马路，另一半则建了细长的水泥的灌溉用水路 。我们每天上下学都可以看到工程施工的状况，等看到推土机出现时，每个人都说不出话来了。

春天时，蚬川灌溉用水路完成了。那天一大早就开始放烟火，举行了竣工典礼。虽然和我们无关，但还是被红豆汤圆和点心吸引，大家都去参加了典礼。新建的路桥变成了有护栏的水泥桥，我们靠在桥上聊天。

“清水的水泥管和锦蛇的石墙都没了。”

“锹形虫的树也被砍掉了。”

整条河都被埋起来，变成了大路，灌溉用水路旁，等距离地种植了一株株幼小的樱花树苗，乡长的声音从带有杂音的扩音器中传来：

“不久之后，这些樱花树就会长大，桑原村会变成一个充满自然景观的村庄！”

喝醉酒的大人热闹地交谈着，鼓掌声和欢笑声不绝于耳。

“他们还真爽啊！”明良学着大人的语气说道。

明良似乎有点懊恼，有一种遭到背叛的感觉。那天跟大家一起抓鳗鱼的银造和今天喝醉酒在台上说话的乡长，好像不是同一个人。

“那只青蛙不知道会怎么样。”雄治幽幽地说。

“青蛙？”

“你们看，那里不是有一只青蛙吗？”

在一点五米高的水泥灌溉用水路底部，有一个积了十厘米左右的水洼，那里有一只黑斑蛙。黑斑蛙攀在灌溉用水路的角落，一直抬头看着天空。

“对啊，这只青蛙一辈子都无法离开这里了。”雄治难得生气地说道。

我们几个人站在桥上，似乎每个人都有不同的想法。我看着笔直而无趣的灌溉用水路，想着毫不相干的事。

那是几个月前发生的事。

美术课时，老师发给每个人一张画图纸，要求我们画下自己觉得最重要的事物。我很会画画，所以想要好好表现一下，却找不到最重要的事物可画。

动作快的同学想了五分钟就开始画了，有人画爸爸，也有人画同学，还有人画自己心爱的东西。我虽然有很多重要的事物，却无法决定哪一个最重要。二十分钟过去了，三十分钟又过去了，最后，只剩下十分钟，我的泪水忍不住夺眶而出。大家都以为我是因为画不出来而哭，其实我是因为无法决定什么是最重要的才哭。

下课后，老师走进教室问我：

“健司，你画不出来吗？”

我低着头不说话。

“不必勉强画，没关系，即使什么都不画，也是很重要的事。有时候，什么都不做反而比做好。”老师说完，拍了拍我的头。

那张洁白的画纸看起来格外刺眼。

我也不知道为什么现在会想起这件事。

明良丢了一块石头，黑斑蛙吓了一跳，跳入水洼中，游往上游方向。它不知道无论它游得多远，都永远无法爬上堤防。

大人们的宴会还在持续。

第二部

不会哭泣的鱼

小龙虾的味道

岩田浩介让我第一次尝到小龙虾的味道。

浩介皮肤黝黑，个子高大，平时沉默寡言。他是六年级那一年的春天，转学到我们班上。虽然我们同一年级，但他留级过一年，以他的年纪应该读七年级。他在之前的学校留过级，留级的原因只有他和老师知道。

大家都议论纷纷，说他是因为功课不好，或是品性很差才留级，但浩介的成绩普通，也绝对不是调皮捣蛋的人。因为浩介很沉默，几乎很少说话，所以大家才会在背后这么议论他，全班只有我一个人和浩介说过话。

星期六下午，我在神社等浩介，因为我们约好要去钓小龙虾。

我之前曾经钓过小龙虾，所以带上了钓竿、塑胶桶，当然也没忘了带要当作钓饵的鱿鱼丝。浩介比约定的时间稍微晚了几分钟才到，手上拎了一个旧铁皮水桶。

“等很久了吗？”浩介问。

“没有，我刚来不久，钓饵用这个可以吗？”

浩介打量了我手上的东西。

“鱿鱼丝我们留着自己吃，塑胶桶和钓竿都不需要。”浩介一边说着，一边转动着手上的铁皮桶。

我决定把钓竿藏在神社樟树上的小祠中。这棵大树的树围足足有十五米，被政府指定为天然纪念物，听说树上的小祠中住着猫头鹰，但我没见过。

我把钓竿藏好之后从树上跳了下来，跟在咔滋咔滋地啃着鱿鱼丝的浩介身后，也咔滋咔滋地啃了起来。

“小智，你知道大人把鱿鱼丝称为‘a–ta–ri–e’吗？”

“啊，不是叫‘sv–ru–me’吗？”

“日语里面‘su–rv–me’的‘sv–rv’和偷钱的偷同音，有漏

财的意思，大人觉得不吉利，所以改叫‘a-ta-ri-e’。”

“是啊。”

“河边不是长了芦苇吗？其实应该念成‘a-shi’，但因为‘a-shi’和坏事的坏同音，所以改读‘yo-sh’，变成了和好事同音。”

“原来是这样。”

“大人很奇怪，鱿鱼丝就是鱿鱼丝，芦苇就是芦苇嘛。”

浩介的心情似乎不错，他今天很健谈，就是最好的证明。虽然他在学校时都不开口说话，但我们两个人在一起时他会告诉我很多事。

我们来到位于近郊的味噌工厂旁的小巷，小巷内有一整排大木桶横倒在地上，小孩子可以整个人躲进去，最大的木桶差不多有我的书房那么大。浩介手脚利落地爬上木桶，在木桶上跳着走。走过昏暗的小巷后就是家下川。

“小智，这个地方是秘密噢。”浩介得意地说。

味噌工厂的排水口排出的水冒着热气，咕咚咕咚流入河里，那里比其他地方更深，形成一个小水潭。

“因为这里一直有温水流进河里，所以下面有很多小龙虾。而且工厂排出来的是煮黄豆的水，超有营养的，有些小龙虾长得又大又肥！”

太令人惊讶了。原来味噌工厂后方是不为人知的小龙虾巢穴，而且才转学到我们学校还不到一个月的浩介竟然会知道这样的宝地。

浩介在堤防上折了两根芦苇，把其中一根交给我。

“小智，这就是好事坏事分不清的芦苇。”

“拿这个当鱼竿吗？”

“没错，这就是鱼竿。”

浩介利落地剥下芦苇上的叶子，只留下最前面那一片，然后从草丛中抓了一只黑斑蛙。

“你抓这只青蛙做什么？”

“看我的。”

浩介咬了一口青蛙的脚，三两下就把它的皮剥光了。

“呃……”

我叫不出声音，因为浩介一下子就把青蛙的皮从脚往头剥了下来。

这家伙是野蛮人！我忍不住这样想。

“怎么？你没有剥过青蛙皮吗？”

“没有。”

“要不要试试？”

“不……不用了。”

“好，小智，你看好了，我马上就钓一只小龙虾上来！”浩介说完，灵活地用芦苇叶绑住青蛙的脚。

青蛙仍然不停挣扎，剥了皮的青蛙被吊在芦苇上放入水中，胡乱蹦跳着，在水面上形成阵阵涟漪。

寂静的时间流逝，不一会儿，水底的泥巴动了起来。

“来了，来了，小智，你看仔细咯。”

浩介才把青蛙往上拉，没想到，立刻就有举着鲜红色螯钳的小龙虾，接二连三地从有点混浊的水底冒了出来，总共差不多有二十只。

浩介锁定了最大那一只，不一会儿，那只小龙虾举起一只螯钳抓住了青蛙，缓缓抱住。浩介成功钓到第一只小龙虾。

“怎么样？”浩介得意地问我。

“嗯，好厉害，好厉害！”

“你害怕用青蛙当饵的话，那就这么办。”浩介才说完，“咔嚓”一声就把刚钓到的小龙虾身体折断了，右手和左手分别拿着小龙虾的头和尾巴。

“你看好喽。”

怎么样？
嗯，好厉害，好厉害。

他把小龙虾的头和尾巴放回地上，小龙虾的头竟仍举着鲜红的螯钳威吓我们，然后好像没事般后退，退回到了河里。

“它会再长出尾巴吗？”

“嘿嘿，它又不是章鱼。”浩介笑着把小龙虾尾巴的壳剥掉了，露出半透明的白肉，形状有点像独角仙的幼虫。

“小智，你摸摸看。”

“好。”

我接过来拿在手上，发现小龙虾的肉冰冰凉凉，仍然在抽动。我学浩介把小龙虾肉紧紧绑在芦苇叶子上。

“小龙虾的肉最适合拿来当小龙虾的饵。”浩介说完笑了起来。

接着我们两个人争先恐后钓起很多小龙虾。以前钓小龙虾时，都是等小龙虾上钩，但今天完全不一样，小龙虾在等我们的饵，一只只小龙虾张开红得像草莓般的螯钳，等着我把饵放下去。

我们大约钓了两个小时，铁皮桶里已经装满了小龙虾。一只只小龙虾排在铁皮桶里叠了好几层，很有分量的螯钳敲在铁皮桶上，发出“哐当哐当”的声音。

这时，浩介对我说：“小智，我们来吃小龙虾吧。”

“什么？”我惊讶得说不出话，因为我从来没想过小龙虾竟然可以吃。

“真的可以吃吗？”我问。

“味道还不错。”

浩介已经做好了吃小龙虾的准备。他这个人说什么就做什么，我只好听从他的指示，捡了树枝回来。

“浩介，在这里生火没问题吗？”

“有什么问题？我经常这么做啊。”

“但学校不是禁止吗？”

“学校禁止玩火，禁止玩水，什么都禁止，只要小心一点儿，不会有问题的。”

“是吗？”

“是啊，我们又不是在室内生火。”浩介说完笑了起来。

然后，他把几根小树枝利落地架在差不多像人头大小的石头上，把枯叶塞在下面，从口袋里拿出便宜的打火机点燃枯叶。不一会儿，火势突然蹿了起来，发出噼噼啪啪的声音，越烧越旺。看着火焰不断变化出各种不同的形状，我内心的犹豫似乎也一扫而光。

好，我要来吃小龙虾。我暗自下定决心。

“小智，我们每个人吃五只。”

铁桶里大约有四十只小龙虾，我们各选了五只。

“你看，这只超大的，恭喜你获选成为我的食物！”浩介笑着说。

“叮咚，恭喜你选上小龙虾小姐，你就做好心理准备吧！”我也笑着说。

“我判处你烹刑！”

“你要成为恶魔的祭品！”

我们笑弯了腰，挑选着自己想要的小龙虾，把其他的放回河里。

浩介用石头搭成炉灶的形状，把铁桶放在上面。装了小龙虾的铁桶在火上发出“扑哧扑哧”的声音，当水烧开时，小龙虾慢慢地开始舞动，不一会儿，原本棕红色的身体渐渐变浅，变成了漂亮的红色。

“好烫，好烫！小智，要这样吃。”浩介像刚才一样剥开小龙虾的外壳后，把肉放进嘴里。“嗯，好吃！你也吃啊。”

“嗯。”

我也剥开小龙虾，虾肉像比生的时候缩小了些，但壳一下子就剥下来了。虾肉是雪白色的，肉质很紧实。我鼓起勇气，放进了嘴里。

“好吃，像虾的味道。”

小龙虾的味道有点儿像带了一点儿泥土味的虾，虽然不是很细腻，但很浓郁，有一种秘密的味道。

我们两个人默默地吃着小龙虾。

我们的行为也许很残酷，但玩得很开心，也很兴奋。如果告诉其他同学，他们可能会看不起我们；如果告诉妈妈，搞不好会挨骂。但是，我都觉得无所谓，因为这是我和浩介两个人的秘密。

“浩介，你平时也常这样煮小龙虾来吃吗？”

“也没有经常啦。”

“虽然很好吃，但有点残酷。”

“会吗？其实吃猪肉、吃鸡蛋也和吃小龙虾一样。”

“是没错啦……”

“但很好吃吧！”

“是没错啦……”

“是没错啦……”浩介用夸张的动作模仿我，我也跟着笑了起来。我不知道怎样是残酷，怎样是不残酷，反正小龙虾很好吃，最重要的是，我们玩得很开心。

浩介在堤防的草上躺成大字形，看着天空说：

“不过呢，小龙虾很可怜。”

“为什么？”

“这种美国小龙虾是从美国来的。”

“不是原本就生长在日本吗？”

“不是，它们最初是为了拿来当饲料特地从美国进口的。”

“饲料？什么的饲料？”

“你知道食用蛙吗？”

“嗯，是牛蛙吧？”

“对，以前打仗的时候没有食物可以吃，有人打算养殖牛蛙作为食物，于是就从美国进口小龙虾作为牛蛙的饲料。”

“所以，它们原本是牛蛙的饲料？”

“那是人类擅自决定的，小龙虾就是小龙虾啊。”

“你知道的事真多啊。”

“那是岐阜的爷爷告诉我的。但是，小龙虾很强，战争结束后大家都不想吃牛蛙了，就把小龙虾全丢进河里。它们在陌生的日本河川、池塘中和一群陌生的同伴一起生活，然后不断繁殖，现在全日本到处都可以看到小龙虾的踪迹。”

“没想到小龙虾这么强。”

“对，真的超强的。即使被丢弃了，也没有流一滴眼泪。”浩介说完这句话，沉默了很久。

天空蓝得吓人，我们不发一语眺望着天空。

当味噌工厂的影子渐渐拉长时，我们踏上了归途。回到白天和浩介相约的神社道别后，我全速跑了起来。傍晚的风吹在脸颊上很舒服，即使已经上气不接下气，我仍然继续奔跑。

很久之后，我才知道浩介没有父母。

香鱼河

我是在春假结束的时候第一次见到浩介。

那天，我去河对岸的文具店买新学期要用的笔记本，回家的路上经过了天神桥。天神桥是矢作川上的一座桥，矢作川在岐阜县、长野县和爱知县的交界处，是流入三河湾的一级河川。

我走在桥上往下看时，发现有人在下游的堰堤旁钓鱼。

那里可以钓到什么鱼？

我停好自行车，好奇地走向堤防。前几天有人在堤防上烧东西，我的球鞋都让灰烬给染黑了。

走近一看，有一个老爹和一个男生。男生看起来比我大两三岁，老爹膝盖以下都浸到水里，把一根十米长的钓竿伸向河川的侧面，目不转睛地看着钓竿前端。男生坐在他后方的石墙上静静地看着，我在离那个男生有一小段距离的地方看着老爹。

老爹似乎在用“毛钩钓”的方式钓鱼。“毛钩钓”是一种钓香鱼的装置，就是在钓线前方绑一个差不多像乒乓球般大小的重锤，下方再绑上装了二三十根毛钩的钓线。只要把这个装置放进香鱼群出没的地方，即使毛钩上没有任何鱼饵，香鱼也会悠然游过来上钩。

早春的凉风拂过河面，吹在我们身上。

这时，钓竿前端动了一下。老爹拉起钓竿，钓线离开了水面，毛钩下方的鱼反射着阳光。

钓到了！

没想到，下一刹那，鱼一转身就消失在河水中了。

“哎呀，不行，现在还没到季节。”老爹说着走到河岸上，又自言自语道，“钓了半天才三尾，香鱼还没有游到这里。”说完，他收起了钓竿。

我探头向他的鱼笼张望，发现十厘米左右的小香鱼露出黑色的鱼背，悠然地游来游去，用鼻尖顶着网。

老爹随意拎起鱼笼，嘴里反复念着“第一波香鱼……”，转身离开了。

河岸上只剩下我和那个男生，原来他不是和老爹一起来的，于是我只好静静听着河水流下堰堤的声音。

不一会儿，那个男生站了起来，沿着浅滩上露出的石头一路跳过去，边走还边探头看向低洼处冒着水泡的地方。那里似乎有什么东西，让他一下子站起，一下子又蹲下，拼命向河里张望。

我鼓起勇气问他：

“那里有什么东西吗？”

但那个男生没有回头。

“那里有什么东西吗？”

我又问了一次，他似乎终于听到了，但却狠狠地瞪了我一眼，又若无其事地继续探头看向河面。

流下堰堤的水声突然变得沉重起来，我转过身，带着气愤和寂寞，一口气冲上了堤防。

第二天，我妈叫我去买东西，我走出了家门，在昨天那

那里有什么东西吗？

座桥上又看到了那个男生，他用相同的姿势，蹲在和昨天相同的地方。

他从昨天开始，就一直蹲在那里吗？

我心里有点毛毛的，但观察了一阵子，发现他开始把河里的石头搬起来，然后又一个个翻过来。

他在干什么？

我正感到纳闷，他已经钻到对岸的银柳树下，我越发不明白他的行为了。不一会儿，只见他双手放在胸前，不知道抱了什么东西回来。

是鱼！

我一口气冲下堤防。

“你抓到什么了吗？”

他有点惊讶地抬起头说：

“原来是你啊。”

他的脚下有一个用石头围起来的小鱼塘，里面有几尾鲫鱼和珠星三块鱼。

“好厉害！这些都是你徒手抓的吗？”

他不耐烦地点点头。

“好厉害，真的太厉害了！”我蹲下来，看着小鱼塘。

不一会儿，他开了口。

“你喜欢钓鱼吗？”

“对，但我技术很差，都不太能钓到。”

“……你跟我来。”

虽然他冷漠的语气和锐利的眼神让我有点害怕，但我还是光着脚跟着他走进河里。河水比我想象中更凉，感觉很舒服。他沿着浅滩哗哗哗地走到对岸，在银柳树前停下了脚步。银柳树根被水流掏空了，露出许多细根，他蹲在树根前，双手浸在水中，好像在洗手，然后对我说了一句：

“看好了！”

他把双手慢慢伸进树根下，树根似乎很深，他肩膀以下都浸入水中了。

“逮到了。”

他的肩膀晃动了一下，把手缓缓拉了出来，他的双手用力抓住了一尾白色肚子的珠星三块鱼。

“哇，好厉害，你好厉害！为什么你抓得到？”我情不自禁地跳了起来。

“你也来试试。”他把手上的鱼放回水中，用眼神向我示意。

我也鼓起勇气，把手伸了进去，树根刺在手臂上痒痒的。

原来这里是鱼的藏身处。我恍然大悟，继续把手伸进去。

啊，好像摸到了什么。

“有，里面有东西！”

我回头一看，他对我扬了扬下巴，示意我抓抓看。我战战兢兢地抓住了摸到的东西，立刻有一个黑影“啪嗒啪嗒啪嗒”地蹦了出来。

“是鲤鱼！”他叫了起来。

我完全搞不清楚状况，一屁股坐在地上。

“没问题，没问题，它刚才钻到树根下面了。那条鱼很大，差不多有五十厘米。”他的声音中带着兴奋。

我浑身湿透地站了起来，问：

“没问题吗？”

“两个人一起抓就没问题。”

他一改刚才的冷漠态度。

“先把手降温一下。”

我们把双手浸在水里。

“鱼都住在冷水中，所以被人类温暖的手摸到时它们会吓到。对鱼来说，那样的温度简直就像快被烫伤了。”

我觉得他说得很有道理。

“好，我抓住它的头，你抓住它的肚子，绝对不要摸它尾巴，它受到惊吓会马上逃走。”

他悄悄把手伸进去，过了一会儿，似乎摸到了鲤鱼。

“好，你很乖，不要动，就这样，对，就这样……”

他好像在哄小孩子。

“喂，你从我旁边把手伸过来，要轻轻地噢。”

我也把手伸了进去。

真的有鱼，就是刚才那一条。

没想到我刚摸到鱼身，鱼就“啪啪啪”地挣扎起来。

“笨蛋，我叫你轻轻地啊！”

“但是……”

“快抓住它！从树根上面抓住它！”

“啪啪啪，啪啪啪”鲤鱼拼命挣扎，当我回过神时，发现我们两个人都坐在河里，全身都湿透了，但幸好抓住了鲤鱼。

“成功了！”

“嗯，成功了！”

他的声音仍然带着兴奋。

我们回到岸边，把湿掉的衬衫和长裤晾在石头上。刚才

那条大鲤鱼在小鱼塘中游来游去，鱼背都露了出来。过了一会儿，他说：

“这里的河水有点混浊。”

“会混浊吗？”

“对，和我知道的另一条河相比，但也不算太差啦，这里有很多鱼。”

“有很多鱼吗？”

“对，超多的。”

“我会钓鱼，但通常都钓不到。”我说。

“那是因为你技术太烂。”

这家伙真没礼貌。

“有鲤鱼、有鲫鱼、有香鱼、有溪哥、珠星三块鱼、突尾美人虾、鳗鱼、鲇鱼，好多好多呢。”

“还有黑腹鲭。”

“是吗？对了，你跟我来。”他冲上堰堤，叫我过去。“你仔细看那个低洼的地方，会有香鱼游上来。”

“哪里？哪里？”我和他一样探头张望。

“你看，游上来了，有看到吗？”

“啊？哪里啊？在哪里啊？”

“就在那石头和石头中间，有细长的影子游上来。”

“咦，我看不到。”

虽然我睁大眼睛，但还是看不到香鱼。我很羡慕他可以看到我看不到的东西。

“时间久了你也可以看到。”他说，然后又接着说，“对了，昨天那个老爹只钓到三尾，你知道为什么吗？”

“他说现在还没到香鱼的季节。”

“才不是呢，有很多香鱼。他的毛钩太粗了，现在的香鱼都还很小，如果不用细一点的毛钩，香鱼不会上钩。而且他的鱼竿也太硬了，春天的香鱼皮很软，即使好不容易上了钩，也只会钩破鱼皮，结果鱼就逃走了。”

“你真内行啊！”

“因为我以前就住在香鱼河边。”

“香鱼河？”

“就是长良川啦，在岐阜县的山里。”

“你现在搬来这里了吗？”

“前天搬来的。”

“你读几年级？”

“六年级。”

“那和我同年。”

我这才知道原来他也是我们学校的学生，这个巧合令我兴奋不已。

但是，他突然站了起来，脸上的表情恢复了原本的冷漠。

“那条鱼送你。”他说。

然后他把衬衫和长裤揉成一团，逃也似的跑走了。我看着他的背影，觉得这家伙真奇怪。

河童的秘密基地

我读的学校是一所很普通的小学，位于离矢作川一公里左右的农田中间。因为在农田中央，所以大家可能会以为是农村，但我住的城镇上有全世界最大的汽车工厂。在我爸爸小的时候，周围都是一望无际的农田，如今光是那家工厂的围墙就绵延了好几公里。

虽然多了工厂，多了工人，也多了很多房子，但只要开一小段路的车，就有山有水，有原野，还有空地。

今天是新学期开学的日子，我再一次看到那个在河边遇

到的家伙，他正式转学到我们学校来。

一大早我就有点心神不宁，因为不知道他会不会分到我们这个班级。六年级总共有三个班，虽然和他同班的概率只有三分之一，但我很希望和他同班。早上开朝会时，老师“酷斯拉”比平时晚进教室。“酷斯拉”是我们班导师的绰号，因为他的脸上凹凹凸凸的，生气的时候会发出好像“酷斯拉”般的声音，所以大家帮他取了这个绰号。酷斯拉一进教室就说：“今天有一位新同学要来我们班，来，你进来吧。”

酷斯拉对站在走廊上的学生招手。

“太好了，一定是他！”

他背了一个白色布书包，双手插在口袋里走了进来。他微微低着头，而且始终没有抬起头。酷斯拉拍了他的手，他把手从口袋里拿了出来,但他的样子并没有给大家留下好印象。

“这是本班的新同学岩田浩介。”

“酷斯拉”介绍后，浩介微微鞠了一躬。

“大家要好好照顾他，座位的话就先坐靠窗的最后一个位置吧。如果有什么问题，可以问班长小智和庆子。”“酷斯拉”说完，拍了拍浩介的肩膀。

浩介又鞠了一躬，坐在最后排的座位上。我想向他打暗号，但浩介走到座位之前，完全没有抬头，好像不愿意和任何人眼神交会。

下课时，教室内充满了诡异的气氛。

通常转学生面对一群陌生的同学不是怯生生的，就是努力表现出友好的态度，想赶快交到新朋友，但是浩介始终望着窗外，不和任何人说话，甚至不看别人一眼。全班同学都想要和他打招呼，他都表示拒绝，大家很希望至少听听他说话的声音。

我还记得和浩介一起抓鲤鱼时的兴奋，我相信他应该也没忘记我，于是我起身走向他。

“浩介，你还记得我吗？”我鼓起勇气问他。

我知道全班同学的视线都集中在我们身上，但他瞪了我一眼，起身离开座位走出了教室。

为什么？

这简直让人难以置信，我搞不清楚眼前的状况，不知所措地愣在原地。其他同学都围住我，想要问我很多问题，但我太震惊了，根本无心说话。

一个星期过去了。

浩介虽然和大家一起上课、下课，但仍然不和任何人说话。下课的时候，他始终看着窗外；午间休息的时候，他也独自到操场去。

“那家伙真拽。”政二压低声音说。

“对啊，拽个屁啊。”一郎回答。

这一阵子，只要浩介一离开教室，大家就开始在背后议论纷纷，这些同学都对浩介很反感。虽然也有同学觉得无所谓，但大部分同学都觉得他太拽了，越来越看不下去。越是功课好、运动能力强，平时被称为好学生的人，越无法忍受浩介的这种态度。

“有谁知道他家住哪里吗？”政二用稍微大一点的声音问。

一郎也跟着问：“有人知道吗？”

教室内一片寂静，大家都你看着我，我看着你。

“没有人知道吗？真奇怪。”

的确很奇怪，我们这个学区很小，如果有新搬来的同学，照理说住在附近的同学应该都会知道。

满子说：“我问老师那个新同学住在哪里，老师说，他也没去过他家，所以也不知道他住哪儿。”

越来越奇怪了。

“有人在校外见过他吗？”政二说话的语气比刚才稍微

神气了。

“我曾经在天神桥那里看见过他。”博史说。

“我在神社见过他。”

“他每天都从东门那里回家。”

“我看到他经过自行车行。”

“我在矢作川的堤防见过他。”

“我也在堤防看到他。”

大家提供了很多线索。

“我猜他八成住在东町，好，我们今天去跟踪他。”政二好像在玩侦探游戏般说道，他们决定放学后去跟踪浩介。

“还有谁要去？”

“我去！”

“还有我！”

政二的几个好朋友纷纷回答。虽然还有些人犹豫不决，既想要加入，又有点罪恶感，但最后还是没有吭气，我也是其中之一。政二他们张大了鼻孔，兴奋地讨论着，好像要去抓坏人。最后政二决定和一郎、博史一起去。

第二天，教室内开始流传关于浩介的惊人谣言。

“那家伙绝对是河童。”政二他们信誓旦旦地说，“昨天，

我们三个人去跟踪他，他走出东门后，就直接去了天神桥。”

大家都聚精会神地听着政二说话。

“他走下天神桥的堤防后就脱光了衣服，脱到只剩一条内裤。”

“什么？脱得只剩内裤？”

“好恶心啊。”

几个女生叫了起来。

“对啊，他只穿了一条内裤，就哗哗地走进河里。”

我觉得他们越说越离谱了，他绝对是去河里抓鱼。

“他是去抓鱼吧。”我说。

那三个人异口同声地说：

“不，不是，之后才惊人呢。”

“之后？”

“对啊，他在河里玩了一会儿，抱着衣服上岸了，你们猜他之后去了哪里？”

大家都屏息等待。

“他沿着堤防走去下游那里，没错，他走进了河童林。”

大家听到这里，全都面面相觑。

矢作川在天神桥的下游有一个低洼处，据说那个深渊有

他是河童啦，
绝对不会错。
没错没错。
因为他真的
在太阳下山
后，还没有
出来啊。
他真的走去河童林了吗？

十米深，大家都称为河童渊，没人敢靠近那里。因为老人家说，河童就住在那个深渊里，所以我们绝对不会去那里游泳。河童渊旁的一片树林就是河童林，听说河童就睡在那里。除非有什么重要的事，否则就连大人也不会轻易去那里。

“他真的走去河童林了吗？”我问。

“对啊，真的啊！”

“没错没错！”

三个人齐声回答。

“而且，太阳下山之后，他也没有出来。”

大家的表情都很紧张，因为浩介不可能不知道那里危险而误闯进去，也不可能是迷路。因为那片树林白天也很暗，里面很阴森，比去墓地试胆更可怕，根本不可能一个人跑去那里。

“他是河童啦，绝对不会错！”政二自信满满地说，“因为他真的到太阳下山后都没有出来啊。”

政二、一郎和博史都一再强调这句话。

隔天放学之后，我偷偷跟踪浩介。虽然心里觉得这样很不好，但是我想了解真相，而且，我为自己找了一个冠冕堂皇的理由——身为班长，必须知道这到底是怎么一回事。

走出东门后，浩介果然走向天神桥。我家也在那个方向，于是我和他保持着三根电线杆的距离，悄悄走在他身后。但是我越来越觉得自己很没出息，更觉得很对不起浩介，好几次想鼓起勇气叫他，可是一想起他刚来学校那天的冷漠眼神，最后还是叫不出口。

浩介走上天神桥的堤防，笔直走进了河童林。

我努力克制着内心的害怕，鼓起勇气跟着他走了进去。河童林里杂树丛生，有很多小树枝，光线很昏暗，而且有一股既像是青草，又像是灰尘的怪味道。昏暗的尽头，传来水流入河童渊里的哗哗声，我内心涌起一股难以形容的不安和害怕，终于忍不住叫出声：

“浩介！”

周围的环境似乎被我的叫声吓到了，连水流声也好像暂时消失了。一阵沉默后，浩介从树林深处探出头。

“原来是你啊。”

我可能快哭出来了，搞不好连泪水都在眼眶里打转。

“你一个人吗？”浩介淡淡地问。

“对，一个人。对不起，我跟踪你……”

我以为浩介会生气，对黑暗的不安和害怕，仿佛变成了

对浩介的害怕。

浩介沉默了很久，终于开口说：

“跟我来。”

然后，他就走进了河童林的深处。

树林中有一条像是浩介走来走去形成的小径，像隧道般的小径可以让小孩子蹲着钻进去,大人的高度看不到这条隧道。

“这条路是你走出来的吗？”

“对啊。”

“好厉害！”

“这棵树上有刺，小心点。”

我跟在浩介身后，在隧道里爬行。

隧道从树林的入口蜿蜒了二十米左右，前方突然开阔起来。那里有一片大约三米的圆形平地，周围长满了树木。地上铺着干草，也有可以当成桌子使用的树桩。阳光从茂密的树木缝隙洒了进来，隔着树木看向发出水声的方向，可以看到河童渊的碧水。

浩介有点故弄玄虚地说：

“这里是我的秘密基地。”

“秘密基地？”

“对，别人都不知道的地方。”

“你不住在这里吧？”

“那当然啊。”

“因为……”

我把教室里发生的事告诉了浩介，把有几个人跟踪他，以及认为他是河童的事统统告诉了他。

“不瞒你说，我就是河童。”

“什么？”我愣住了。

“哈哈哈，如果我真的是河童那就好玩了。”浩介笑着说。

“吓了我一大跳。”

看到浩介的笑容，我终于松了一口气，说：

“对不起。”

“为什么说对不起？”

“因为这里是你的秘密基地啊。”

“也对啦，不过，早晚会曝光的。”

“但是……”

浩介看着一脸歉意、手足无措的我，问道：

“你觉得这里怎么样？”

“嗯，好兴奋！”

“那这里就当作是我们两个人的秘密基地。”浩介说完，从干草下抽出一把开山刀说：“跟我来。”

“好。”

浩介拿着开山刀，走到合欢树下。虽然浩介很壮，但毕竟是小孩子，那把开山刀拿在他手上显得特别大。

“我们把这棵树当作我们的守护神。”浩介说完，用开山刀用力砍向合欢树粗大的树干，灰色的树皮被砍裂了，露出了浅白的木头原色。

“换你。”浩介把刀交给我。

那把开山刀拿在手上很沉重，我用力握着刀，对准浩介刚才砍的位置，用力砍了下去。

“咚”！

合欢树的粗大树干上留下了我和浩介合力砍出来的痕迹，看着那个白色的“×”记号，虽然有点于心不忍，但我却好像在念咒语般在心里默念了“秘密”这两个字好几次。

瞭望台上

“小智，把绳子递给我。”

“这根吗？”

“不是，是细的那根。”

“我丢咯。”

“好，谢啦！”

我正站在枝叶茂盛的合欢树下，浩介像猴子一样踩在树枝上，把绳子绑在上面。

从闯入河童林那天至今已经两个月了。我每天都来这里，

为了避免被明良他们发现，我和浩介还故意走不同的路过来，不断改建我们的秘密基地。

这里原本只有一个房间，如今已经增加到五个。我们目前所在的地方是守护神的房间，另外还有仓库和厕所，以及我和浩介的房间。我们可以设计各自的房间，但其他的都两个人一起动手。

“小智，铁线，拿铁线给我。”

“这个吗？”

“对，丢给我！”

“我丢过去咯。”

“谢啦！”

虽然浩介很喜欢使唤别人，但我觉得这种直率的态度反而更容易相处。他和我聊了很多事，学校的事、玩的事，尤其说到钓鱼的事，整个人表情都亮了起来。

我们在学校仍然装陌生，虽然我们在这里聊得很开心，也玩得很开心，但在学校至今仍然没有说过一句话。我曾经向他打过一两次招呼，不过浩介完全不理我。

所以，不要说老师和同学，就连我妈也不知道我们之间的关系。即使我们在学校不说话，也没有影响我们之间的关系，既然浩介喜欢这样，我也无所谓。而且，这种秘密的感觉也很不错！

“已经绑好两根当脚架了，再给我一根新的原木。”

“这根吗？”

“哪一根都可以，快点啦！”

“你拿得到吗？”

“拿得到。”

我踮着脚把树枝递给站在树上的浩介，浩介也用力伸出手，接了过去。

“等我绑好这根，就来吃午饭。”

“OK，你小心点。”

“我怎么可能掉下来。”

浩介把原木绑在树枝上，他用三根圆木在树枝上组成一个平坦的三角形作为房间的地板。也就是说，他要在树上做平坦的地板，把那里当作瞭望台。

老实说，这个计划是我想出来的。我看了一本名叫《水浒传》的书（虽然是漫画）后想到的，我觉得那些绿林好汉攀在陡峭的岩石上瞭望太帅了，所以很想在这里也做一个。

一开始，浩介露出不太乐意的表情，但他最后还是配合

我。我这才发现，当我们两个人决定某件事时，无法少数服从多数，其中一个人必须忍耐，否则就会吵架，这次浩介愿意忍耐。虽说有要忍耐的事，但对我们来说，也是开心的事，像浩介现在就开心地忙得满头大汗。

“好，完成了！”浩介大声说完，手和脚都架在三根原木上，像猴子一样荡来荡去。

“不会有危险吗？”

“小事一桩！”浩介回答得很有自信，之后就沿着梯子下来了。其实也不算是什么梯子，只是一根每隔三十厘米就绑了一个结的绳子而已。

“辛苦了。”

“今天应该可以完成。”

“真的吗？”

“因为师傅很能干啊。”

“来吃午餐吧。”

“好，我先去洗手。”

浩介走去河边，我去自己的房间拿午餐。说是午餐，其实只是加了盐巴的饭团和一个从家里厨房偷来的罐头而已。

虽然我一开始觉得这个树林很可怕，但来了几次之后，就没有这种感觉了。比起在家里和学校，我现在更喜欢这里，被树木的枝叶包围时，可以听到风的呢喃，也可以听到鸟啼和潺潺流水声。这里绝对不是昏暗、可怕的地方，从树叶缝隙照进来的阳光很温暖。

我的房间是四方形的，别以为这是理所当然的事，这里只有我的房间是四方形的，其他的都是圆形。浩介说：“动物的巢都是圆的，因为滚来滚去比较方便，而且也比较安心，所以一定要做成圆形。”

他说得很有道理，我发现以自己为中心的房间的确是每个角落伸手都可以摸到的圆形比较方便。至于为什么我的房间要做成四方形，是因为书桌的关系。

一个月前，在丢弃大型垃圾的日子，我在空地上发现了一张小书桌。虽然是要跪坐才能使用的旧书桌，但我很想要，于是就搬来这里。只不过长方形的书桌放在圆形房间很不稳，所以我才特地把原本圆形的房间改成四方形的。

回到守护神的房间时，浩介已经等在那里了。

“饿死了。”

“来了，让你久等啦。”

我从纸袋里拿出饭团和罐头，放在树桩的桌子上。

“是秋刀鱼罐头，真丰盛啊！”

“偶尔吃的话，应该没问题吧。”

“管他什么偶不偶尔，随时都没问题。”浩介大口吃着饭团。

我之所以会说“偶尔”，其实是有原因的。之前我带了便利商店的便当，浩介嗤之以鼻，说：“这种食物太差劲了，不行啦。”（但他还是把便当吃得精光。）

久而久之，我们就决定午餐都吃盐巴饭团，也经常吃钓到的鱼。虽然一开始我们说好轮流准备星期天的午餐，但每回轮到浩介做午餐时，他都准备烤地瓜或是钓来的鱼，还说：“来吃好的，快吃吧。”之后就变成每次都由我带盐巴饭团了，烤地瓜和烤鱼虽然好吃，但跟我亲手做的盐巴饭团相比，实在逊色多了。

“小智，你不觉得罐头食品是男人的食物吗？”

“有吗？”

“对啊，那是男人的味道。”浩介语气坚定地说完便伸手折断了一根树枝，然后又折成两半，做成了筷子，夹起罐头里的鱼。

“好吃，小智，你也快吃啊！”

“好。”

鱼罐头的确很好吃，但也可能是因为在这里，所以无论什么都变得很好吃吧。

食物全都吃完之后，我们两个人躺在干草上。仰躺在干草上时，浩介刚才用原木绑好的三角形刚好就在眼前。

“浩介，等一下要怎么做？”

“把之前锯好的原木排在那个三角形上，全都绑紧，对，就好像绑竹筏一样。”

“最好要有栏杆。”

“好主意。”

“那我也一起帮忙。”我回答后，站了起来。

“现在就要开始吗？”

“心动不如行动！”

“好啊。”

浩介也站了起来，爬上合欢树后用铁丝绑紧我递给他的每一根原木。虽然很费事，但浩介很懂得诀窍，绑到第十根时，他对我说：

“小智，你要不要上来？”

“已经可以了吗？”

我抓住绳梯爬了上去，树上比我想象中更高。

“很高吧？”

“比我想象中更高。”

“你会害怕吗？”

“没问题。”

其实有问题，我知道自己的双脚在微微发抖，为了不让浩介发现，我急忙说：

“我来绑栏杆，绑在这里可以吗？”我把一根原木架在树枝上。

“要绑紧。”

“我知道。”

浩介似乎没有察觉，我开始放心做事。

我们花了一个小时左右，终于做好了瞭望台。

“完成了。”

“对啊，终于完成了。”

“很不错呢！”

“超棒的啊！”

“栏杆也很结实。”

浩介用双手摇着栏杆，我也站起来摇了摇，现在已经不觉得害怕了。

从树木的缝隙可以看到远处，前方可以看到堤防和房子的屋顶，右侧是天神桥，左侧是茂密的树林，树林后方的河童渊一片透明的碧蓝色。

我们站在瞭望台上，可以感受到风从河面吹过来，吹在汗涔涔的身体上很凉快，和待在树下时完全不一样。浩介说：

“小智，有香鱼的味道。”

“什么？香鱼？”

“风啊，风里有香鱼的味道。”

我用力吸着从河童渊吹来的风，却什么也没闻到。

“你闻不出来吗？”

“嗯，闻不出来。”

“香鱼和西瓜的味道有点像。”

“你少骗我了。”

“我没骗你，下次再教你。”

“真的吗？”我仍然半信半疑。

“小智，我第一次看到你的时候，小香鱼不是都游到堰堤上了吗？那时候差不多十厘米左右，现在应该已经长到十五厘米到二十厘米了。”

小智，风里有香鱼味道。
什么？香鱼？

“长这么快？”

“因为香鱼是年鱼。”

“年鱼？”

“就是出生后一年就会死的鱼。晚秋的时候，香鱼在河里出生，幼鱼还没长到三厘米就沿着河流一直游到大海。它们从婴儿的时候就开始旅行了，在海港度过寒冬，春天的时候再洄游到河里。”

“从大海一直游到这里吗？”

“对啊，差不多是像我们这种年纪的香鱼。”

“太厉害了。”

“很厉害吧？香鱼长大之后会吃岩石上的青苔。”

“啊，这我知道，它们会为了争食而抢地盘、打架。啊，我知道了，因为它们吃青苔，所以才会有西瓜的味道吗？”

“搞不清楚。它们度过整天打架的夏天，秋天产下卵之后就死了。”

“听起来好可怜。”

“为什么？”

“因为它们只能活一年啊。”

“并不是活越久越好啊。”浩介笑了起来。我觉得他说

的话很成熟。

我看着周围的风景，鼓起勇气问他：

“浩介，你为什么在学校都不说话？”

“嗯，有很多原因啦。”

“在学校完全都不说话很奇怪，只要你愿意开口，应该可以交到很多朋友。有很多朋友的话，不是很开心吗？”

“你真的这么觉得吗？”

“呃？”

我很意外，朋友当然是越多越好啊，我好像在向自己确认般说：

“有很多朋友当然就会有很多快乐的事啊。”

“我可不这么认为。”浩介斩钉截铁地说，“我爷爷曾经对我说，靠十个朋友，不如靠一个朋友；靠一个朋友，还不如靠自己。”

“没这回事。”虽然我很想这么说，却说不出口，因为我就是浩介的那一个朋友。我很高兴能够成为他唯一的朋友，虽然在学校时他从来不跟我说话，但我内心有一种独占浩介的优越感，我当然不可能反驳他说的话。

“小智，我爷爷说，一旦发生地震、台风，即使朋友再多也没有用，如果不懂得保护自己，当然也不可能保护别人，而且……”

“而且？”

“问题不在于能够保护多少人，重要的是，能够保护谁。”浩介难得露出严肃的表情说。

我越来越讨厌自己，我讨厌自己内心的“乖孩子”，什么话都说不出来了。

眼前这条养育了无数香鱼的河流，河水哗哗流着。这条河里的水从我出生前开始，不分昼夜，从不间断，我们听着河水的声音出了神。

不一会儿，浩介开口打断了河水声：

“小智，我们要在瞭望台上瞭望什么啊？”

孤独的金鱼

放暑假后，我和浩介有了一项大计划，我们要去钓金鱼店的鱼，说白了，其实就是去当小偷。结业式的前一天，明良在教室里吹嘘，催生了我们这个计划。

“我昨天和我爸去了钓鱼场。”当明良在教室最后一排的座位上说话时，我们立刻围了上去。

“钓鱼场？哪里的？”

“北町的钓鱼场。”

“就在县道旁的那个吗？”

“对，我爸带我去的。那里的鲤鱼都超大，而且超多的。”明良用力张开双手，夸张地说。

“真的假的？怎么可能？”

“你骗人吧。”

听到大家的议论，明良有点不好意思地说：

“不，差不多这么大。”

他把双手之间的距离缩到差不多六十厘米，然后又说：“反正，那里的鱼超好钓的，全都很大，钓鱼场还贴了一百一十厘米的鱼拓呢。”

一百一十厘米的鱼，这已经超出了我的想象，简直就像是浦岛太郎的乌龟世界。我问明良：

“那个池里全都是鲤鱼吗？”

“对，全都是鲤鱼，只要装上鱼饵就可以马上拉起来，鱼一下子就上钩了，而且因为鱼都很大，所以收竿时超累的，我的手都痛死了！”明良得意地甩着手。

包括我在内的全班学生，除了明良以外，都没有人去钓鱼场钓过鱼，所以更觉得羡慕不已。

真希望可以钓这么大的鱼，只要一次就好，我忍不住这么想。

这时，我突然想到一件事，转头看向教室后方。浩介坐在自己的座位上看着窗外，却伸长了耳朵听我们说话。

“你记得明良说的事吗？”我在秘密基地问浩介。

“钓鱼场的事吗？”

“对，都是那么大的鱼，简直就像在做梦，真想去见识一下。”

“那你去啊。”

“我没钱，两个小时就要一千日元。”

“真贵。”

“很贵对吧？所以，小孩子根本没钱去。他说有很多大鲤鱼，而且超好钓的，好棒啊！”我心里很是羡慕。

“你钓鱼的技术这么差，而且在这条河里就能钓鱼，还钓不够吗？”

“这是两码子事。”

“是两码子事吗？”

“完全不一样。”

浩介想了一下，说：“对了，我想到一个好主意。”

“什么主意？”我很好奇。

“我知道有一个地方有超多大鲤鱼。”

我昨天和我爸去了钓鱼场，
那里的鲤鱼都超大的，而且
超多的。
怎么可能？
你骗人吧？
真的假的？

“哪里哪里？快告诉我。”

“就在附近。”

“附近？”

“没错，田中金鱼店。”浩介说完，张大眼睛观察我的反应。

“你是说，要去金鱼店钓池里的鲤鱼吗？”

“对啊。”

“不行啦，那不就是小偷行为吗？”

“的确是……小偷行为。”浩介露出我分不清是开玩笑还是认真的表情说。

“这不行啦。”虽然我嘴上这么说，但还是不由得想起田中金鱼店水池里那一大群鲤鱼。

我曾经跟爸爸去田中金鱼店买过金鱼，县道南北贯穿了北町，那家店就在县道旁，小小的店里除了金鱼和热带鱼以外，还卖饲料和压缩机。

那天，妹妹玩扮家家酒，拿家里的金鱼来炸天妇罗（就是把金鱼沾满沙子，当成天妇罗来炸的家家酒），结果把金鱼弄死了，所以我们又去买了两尾红色金鱼和一尾水泡眼金鱼。其实比起金鱼，我更想要条纹图案的斑马鸭嘴鱼。

店外有十个水泥水池，分别有金鱼和锦鲤在水池里游来游去，后方还有一个二十米左右的大水池。小水池中的水很浅，水也很干净；但像游泳池那么大的大水池很深，池里都是绿色混浊的水，不时可以听到大鲤鱼发出拍打水面的声音，不难想象里面有很多鲤鱼。

浩介特意强调了“假设”这个前提问我：

“小智，假设啦，我是说假设真的要去田中金鱼店钓鲤鱼，你会怎么做？”

“这样啊，那当然要在晚上。在夜深人静的晚上，或是清晨去钓。”

“怎么钓？”

“那家店前面虽然有围墙，但我记得后方只有灌溉用水路和马路隔开，所以，只要从灌溉用水路爬上去就好。”

那个像游泳池般的水池后方就是灌溉用水路，目前这个季节，那里几乎没什么水。灌溉用水路的高度一米半左右，我们只要一伸手，就可以爬上去。

浩介一脸奸笑地调侃我：

“你真是天生的小偷嘛。”

“你不是说假设吗？”我急忙辩解。

“没错，不过，那是个超完美计划。”浩介看着我的眼睛说。

的确是超完美计划。只要沿着灌溉用水路走，就不会被人看到，更何况是深夜或清晨，绝对不会有问题。

“那就只好行动了。”

“……好。”

我这辈子第一次决定当小偷。

第二天，我一大早就溜出了家门。在和浩介约定的凌晨四点，二十四小时营业的便利商店里有两三个客人，但不见浩介的身影。我只好走出店外，在自动售卖机前等他。

“小智，你等很久了吗？”

浩介很快就出现了。

“没有，我也才刚来。”

我们两个人都微微压低了嗓门说话，然后立刻向田中金鱼店的方向走去。我们穿着 T 恤，凌晨的风吹在手臂上很凉爽。满月很明亮，挂在天空看着我们，也好像在监视我们。但是，我心里没有一丝愧疚，反而充满了“好好干一场”的斗志。

浩介也没有说话，我们两个人默默走在路上。走了一会儿，来到田中金鱼店附近的灌溉用水路的桥上。

“走吧。”浩介小声地说，沿着桥下的阶梯走进灌溉用水路，我也立刻跟了上去。

灌溉用水路的底部是水泥地，大约有五厘米的水缓缓流动。灌溉用水路内一片漆黑，只有水面反射了满月，好像一条白色的带子。水都渗进了球鞋，感觉很不舒服，但我们还是蹑手蹑脚地走向田中金鱼店。

“小智，到了。”

“嗯，应该就是这里。”

我们双手紧抓着堤防上的草，爬出了灌溉用水路。伸长脖子一看，电灯照射的巨大水池就在面前，果然就是田中金鱼店。

浩介从口袋里拿出钓具交给我，所谓的钓具，只是在钓鱼线绑个鱼钩而已，但想到万一被逮到，可以马上藏入口袋里，所以最后还是觉得这个简单的钓具最理想。我们带了吐司面包当鱼饵，事实上，这种水池里的鲤鱼什么都吃。

“小智，我帮你把风，你赶快去钓。”

“可以让我钓吗？”

“当然啊，动作快一点。”

我用指尖把吐司面包压扁后，像黏土一样搓圆，挂在鱼钩上。然后四处张望了一下，轻轻扔进水面。

鱼饵沉入水中，泛起一阵涟漪。这时，右手拿着的钓鱼线突然绷紧了。

“来了，来了！”

“别慌，慢慢来。”

我慢慢地把钓鱼线拉了过来,可以感受到鱼在水中甩着头。

“听我说，不要让鱼挣扎，尽可能不要发出声音。”

“好，但是好重啊。”

大鲤鱼似乎想把我拉进漆黑的水底，我手臂用力，想把鱼拉过来。钓鱼线刚开始绷成一直线，然后突然一下子变轻了。

“被它逃走了吗？”

“对，逃走了。”

我紧张不已，心脏快要跳出喉咙了。不是因为偷东西的罪恶感，而是钓大鲤鱼的刺激惊险占据了我的心。我重新装了鱼饵，再度丢进水池。

“咕啵”。

钓鱼线很快又被拉紧了。

“啊！”

但鱼又逃走了。

“因为没有钓竿，所以鱼很容易逃走。”浩介说。

“好难啊。”

“你试着用手增加回弹的力道，然后轻轻拉过来。”

“好。”

“别担心，你很快就会钓到的。”虽然浩介这么说，但我觉得时间很漫长。不知道会不会被店里的人发现，不知道会不会快天亮了，我的内心充满不安。

“好，上钩了。”

没想到这次钓鱼线的拉力很轻。

“浩介，这次应该可以钓上来。”

“是吗？慢慢来。”

那条鱼左甩右甩，还是慢慢靠了过来，等鱼来到我的下方附近，我轻轻地快速拉起钓鱼线。

“咕嘟”。

鱼的影子浮现在半空中。

浩介立刻伸出双手抓住，飞快塞进黑色塑料袋里。塑料袋里传来“啪嗒啪嗒”的声音，浩介边往袋里装水边说：

“很好，再钓一次！”

“不要了啦，走吧。”

“不钓了吗？”

“对，我的心脏快爆了……”

“真没出息。”

我把钓鱼线揉成一团塞进了口袋，然后抱着在塑料袋里活蹦乱跳的鱼，两个人一起在灌溉用水路中奔跑。

来到秘密基地时，天色已经亮了。

我们一口气跑到河童渊，把一路小心翼翼抱回来的鱼放进了鱼塘。鱼塘中原本就有鱼，当我们扯破塑料袋时，鲜红色的鱼在一群黑鱼中格外显眼。

“啊，是金鱼！”我们忍不住叫了起来。

“原来是金鱼，不是锦鲤。”

虽说是金鱼，但也是将近三十厘米的大金鱼，鲜红的身体圆滚滚的，裂开的尾鳍呈三角形。

“真漂亮！”

“对啊。”

金鱼六神无主地在鱼塘里游来游去。一直到前一刻为止，我们的心脏像是快要爆炸了，但我想今天最受惊吓的应该是这条金鱼。

“金鱼是从中国来的。”

“什么？中国？”

“对，金鱼是在中国制造出来的。”

“制造出来？”

“对，是制造出来的。你知道基因突变吗？”

“我知道。”

“金鱼原本是鲫鱼，鲫鱼发生基因突变，变成了红色，称为红鲫。被人发现后，用人工的方式让这些产生基因突变的红鲫相互交配，就变成了金鱼。”

“是噢，难怪这么漂亮！”

“哪有漂亮？”

“啊？你不觉得金鱼漂亮吗？”

“外表的确很引人注目，对了，你打算怎么处理这条金鱼？”

“嗯，怎么办呢？”

“又不是要吃的鱼，总不能让它一直留在鱼塘里。”

“嗯，对啊，那就把它放去河童渊。我想金鱼回到大自然，应该会很高兴吧。”

我觉得自己的点子太棒了，把金鱼店的金鱼放回大自然

的河里，金鱼一定会很高兴。而且，我觉得自己好像营救了被囚禁的金鱼，这种感觉超帅的，也许是我内心试图用这种想法让自己的偷窃行为合理化。

“放到河里去吗？”浩介问。

“对啊，你不觉得是好主意吗？”我有点得意地回答。

“放回河里。”浩介又说了一次。

“你觉得有什么问题吗？”

“没事。”

“干吗这样，有话就直说啦。”

“没事，这是你钓到的鱼，你想怎么处理都没问题。”浩介说完，独自走向我们的秘密基地。

我继续看着金鱼在水中游动的样子，红色的鳞和透明的尾鳍非常漂亮。

那天晚上，我做了一个梦，这个梦很真实。我在梦中变成了一条红色的鱼，在河童渊游泳，水流很急，鼓起的肚子和大鱼鳍很碍事，无法顺利向前游。其他鱼都咻咻地游过我身旁，就连鲹鱼也都嘲笑我。我游去水流速度很慢的深潭，一条大鲇鱼从岩石后方张着大嘴现身了，还有一条鳗鱼躲在一棵倒在水中的树木后方对我虎视眈眈，个个都想把我吞下肚。

“我才不要被你们吃掉！”

我拼命逃走，但无论怎么逃，都迟迟无法前进，即使大喊大叫，也没有朋友来救我，我是一条孤独的金鱼。

好不容易逃脱险境，我决定在浅滩休息一下。才刚松了一口气，一个黑影从天空中飞过来。是黑鸢！黑鸢的尖嘴咬住我的身体，一口气就吞了下去。我在黑鸢温暖漆黑的肚子里想：“水流太急的地方，我游不动，但在清澈的水中，我又太明显了。”

醒来时我满身大汗，发现闹钟指向凌晨四点。我偷偷溜出家门，以免被家人发现，然后直奔秘密基地。我在水桶里装了水，把金鱼放进水桶后拔腿跑了起来。我奋力跑向田中金鱼店，水桶里晃出来的水弄湿了我的白色球鞋。

金鱼乖乖地在水桶里晃来晃去，不知道它是醒着还是睡着了。

精灵巡游

暑假期间，我和浩介玩得很痛快。可以说，是至今为止的六个暑假中，玩得最尽兴的一个暑假。我几乎很少在家，从一大清早到天黑，整天不是去河里玩，就是待在秘密基地里。

虽然我已经完成了暑假作业，但妈妈整天没有好脸色。吃早餐时，妈妈开了口：“小智，你又要出门吗？今天就留在家里，别出门了。”这句话已经成为她最近的口头禅了。

“嗯……”我故意低头吃饭装糊涂。“爸爸，你偶尔也说说他嘛。”

今天是星期天，爸爸难得在家里。

“小智，怎么了？你整天都往外跑吗？”

“对啊，哥哥每天都出去玩，好坏哟。”妹妹雅子说。

“雅子，你怎么不出去玩？”爸爸问。

“因为妈妈会生气。”

“我也骂了小智，但他越来越不听话了。”

“是吗？”爸爸笑着回答。

妈妈很啰唆，我喜欢爸爸。虽然他发脾气时很可怕，但不管我做什么，他都不会干涉我。

“你偶尔也要听妈妈的话。”

“嗯，我知道了。”

“小智每次答应了却做不到。”妈妈插嘴说。

“小智，你晒得很黑。”

“嗯。”

“哥哥好像河童！”雅子说。

“你少啰唆。”

“好痛！”我踢了雅子一脚。

爸爸看着我的脸说：

“真的像河童，不，像渔夫的小孩。”

“渔夫？”

“妈妈可不想你变成渔夫的小孩，所以要好好用功。”虽然妈妈这么说，但我很开心。

渔夫对我来说具有特别的意义，因为浩介的爷爷是专门在河里打鱼的渔夫。

盂兰盆舞大会的那天晚上——平时我在晚上出门，妈妈都会很啰唆，只有这天是特别的日子，所以我和浩介相约晚上去秘密基地。夜晚的河童林静悄悄的，远处传来盂兰盆舞大会的鼓声和扩音器的声音，却让夜晚的天空也热闹起来。

“嗨，小智，你这么晚才来。”

“我刚才去学校晃了一下。”

“看盂兰盆舞大会吗？”

“对啊，你有没有去？”

“来这里之前，去瞄了一下。”

“你讨厌人多的地方吧？”

“不会啊，我喜欢庙会。”

“是啊。”

我很意外，因为浩介是怪胎，我以为他会讨厌盂兰盆舞大会或是庙会。

妈妈可不想
你变成渔夫的小孩。
真的像河童，
不像渔夫的小孩。
你少啰唆。
哥哥好像河童。

“但看了之后很失望。”

“为什么？”

“因为我之前住的地方，盂兰盆舞大会不是这样的。”浩介有点得意地说，“整个城市都在疯狂跳舞，连续四天彻夜狂欢。”

“彻夜狂欢？”

“对啊，而且除了本地人，还有观光客，大家从白天到晚上一直又唱又跳，超热闹的！”

“是啊。”

我很想见识一下，我也想去看看浩介从小长大的城市和河流。

“以前爷爷经常带我去。”

“你爷爷带你去？”

“我爷爷会绑上兜裆布，铆足了劲去参加。”

“每个人都绑兜裆布去庙会吗？”

“不是每个人，而且我爷爷平时也绑兜裆布，不穿内裤。”

“兜裆布呀。”

我们想象着自己绑兜裆布的样子，忍不住笑了起来。

“我爷爷是在河里打鱼的渔夫。”

“河里打鱼的渔夫？”

“专门抓河鱼和螃蟹去卖。”

原来浩介的爷爷是在河里打鱼的渔夫，难怪浩介游泳游得这么好，而且关于鱼的知识也很丰富。之前的疑问终于有了答案。

“我想听你爷爷的事。”

“我爷爷……”浩介迟疑了一下，再度开了口，“我爷爷现在住在岐阜的一家大医院里。”

“什么？住院？”

“对，他喝太多酒了，肝脏出了问题。”

“是啊。”

“所以，我才会转学，搬到这里。”

我第一次听说这件事，虽然我们是好朋友，但之前我从来不向他打听这种事。

“其实我一个人住，自己去学校都没有问题，但之前学校的老师坚持要我来亲戚的阿姨家住。”

“那你的爸爸和妈妈呢？”

“……我才没有这种东西呢。”

他没有爸爸，也没有妈妈。我在惊讶的同时，也觉得自

己问了不该问的问题。

但是，浩介并没有察觉我内心的想法，继续说了下去。

“我爷爷很喜欢河，所以他靠抓鱼、卖鱼为生。春天时可以抓石川鲑（石川鲑，樱花钩吻鲑亚种之一），夏天专门抓香鱼和鳗鱼。我从小就跟着爷爷到处去玩，爷爷除了抓鱼以外，还会抓螃蟹、采蕈菇和野菜。”

“好厉害！”

“我爷爷在我们那里是名师。”

“原来是名师啊。”

“嗯，比方说，只要看到一条河，他就可以说出哪里有什么鱼，鱼现在在想什么，在吃什么，反正他统统都知道。”

“原来你和你爷爷一样。”

“我差远了，只知道一点皮毛，不过是在模仿爷爷而已。”

“但是，你爷爷为什么会知道？”

“我也问过爷爷，问他怎么会知道河里的情况。爷爷回答说：‘只要每天看，每天看，每天都想着鱼的事，自然就会知道。’”

“只要每天看就知道吗？”

“爷爷是这么说的。”

“所以，你每天都在看河吗？”

“是啊，虽然我还没有办法变成名师。”

“你也想当在河里打鱼的渔夫吗？”

“对啊，但爷爷说不行。”

“为什么不行？”

“爷爷说，已经没有任何一条河可以让渔夫靠抓河鱼为生了。”

“什么意思？”

“河里的鱼越来越少了，市面也有很多养殖的鱼，所以越来越难养活自己。”

“是啊。”

浩介爷爷说的话很有意思。我没有爷爷，而且觉得男人不当上班族，靠打鱼为生的生活方式超酷的。

“你爷爷很凶吗？”

“嗯……他很古怪。他对我很好，但村里的人似乎不喜欢他。”

“为什么？”

“说来话长……”

“没关系，你说嘛。”

“这样啊……”浩介稍微皱了皱眉头，慢慢说了起来，“我是听爷爷的渔夫朋友说的，他们说我爷爷以前很开朗，很喜欢参加庙会，其他渔夫也都很喜欢他。但自从某起事件之后，他就不再和其他人说话了。”

“某起事件？”

“那是我刚出生不久的事，河的上游建了一座纺织厂，工厂排放的废水污染了河流，很多鱼都死了。”

“那不是很糟糕吗？”

“很糟糕啊，因为村民都很喜欢那条河，大家都很生气。村里的渔夫都说，一旦鱼死了就没办法过日子了，所以这件事在村里引起了轩然大波。”

“结果呢？”

“工厂方面派人和村民沟通了好几次，但是有很多村民也在那家工厂上班，所以村民分成了两派，一派希望工厂关门，另一派则睁一只眼，闭一只眼。工厂方面试图用金钱来解决。”

“后来呢？”

“那件事之前，爷爷是一个开朗、善良又温和的人……有一天，他闯进工厂叫骂，然后切腹了。”

“什么？切腹？”

“对，没错。大家都吓坏了，爷爷大叫着：‘既然你们放毒杀了我们的河流，就等于叫我们去死。如果你们要杀了这条河，我今天就死在这里。’爷爷当时就拿起刀子，立刻刺进自己的肚子。”

“真的切腹？”

“是啊，但爷爷并没有死。”

“之后呢？”

“爷爷想要以自己的生命保护那条河，却没有成功。工厂方面扬言，一旦把事情闹大，就不愿再付钱了。后来村民中也有人开始责怪爷爷，说他做得太过火了，还有人说他根本就疯了。”

“怎么会这样？”

“爷爷想要用生命保护那条河，没想到……”

“……”

“虽然大部分渔夫都认同爷爷，但那次之后，爷爷不再理任何人，他的朋友一个一个离开了他。所以爷爷很古怪，只对我很好，却不理其他人。”

我太震惊了，一句话都说不出来，我以为只有在电影中

才会有这么夸张的事。

“小智，你是不是觉得这件事很愚蠢？”

“不会，虽然我也不太清楚，但我很震惊。”

“是啊。”

“浩介，你在学校不说话，也是因为你爷爷的关系吗？”

“那是两码事，因为我和爷爷不一样。”浩介说完，爬上了瞭望台。

我抬起头，觉得浩介一个人站在瞭望台上的身影就像停在树上的鸟。他抬头仰望着夜空，一动也不动。

我忍不住心想：

浩介的爷爷想要用生命保护什么？

为什么浩介的爷爷不再说话？

浩介的爸爸和妈妈到底怎么了？

但无论我再怎么绞尽脑汁，都想不出答案。

不一会儿，树上响起了浩介的声音。

“小智，这里可以看到好东西。”

“看到什么？”

“别问了，你上来吧。”

我握住绳梯，爬上瞭望台。

“哇，好漂亮！”

是精灵巡游！矢作川宛如黑暗中的大蛇般弯曲着，几百个灯笼沿着这条黑色的河从上游漂向下游。

河水在夜晚也继续流动。

浩介幽幽地说：

“小智，你知道什么是绝交制裁吗？”

“嗯，我听说过。”听说从前日本农村里，如果有人破坏了村落秩序，经过村议会决定将他制裁或放逐，全体村民就跟他绝交，不能往来。

“但我爷爷不是遭到村民的绝交制裁，是他主动和其他人绝交。”浩介看着河面说完之后，又陷入了沉默。

灯笼一直连绵到很远、很远的地方，好像在确认这条河的流向。

我们身后持续响起盂兰盆舞大会咚咚咚的鼓声。

鸟巢

暑假快结束了。

那天，我和浩介一大早就跳进河童渊嬉戏、抓鱼，中午之前就累瘫了，趴在石头上晒日光浴。

“浩介，你暑假作业都做完了吗？”

“暑假作业？我才不做呢。”

“不做？完全没做？”

“对啊，我根本不想做。”

“这样不行啦。”

“你全都做完了吗？”

“我吗？做完啦，只剩下美劳而已。”

“那你不也还是没做完？”

“因为我不太会美劳嘛。”

浩介翻身躺着，看着天空，半晌后对我说：

“好，那我们现在来做美劳。”

“在这里？”

“对啊。”

“但这里没有工具啊。”

“不需要什么工具，不是可以自由发挥吗？那就用这里的树木和石头来做啊。”

“可以吗？”

“当然可以，你不是自己动手建了秘密基地吗？”

浩介说的没错，听他这么一说，就觉得的确没有不可能的事。浩介穿上原本晾在石头上的衬衫后，说：

“问题是要做什么。”

“对啊，我每次都无法决定。像是画画或是美劳，每次老师说可以自由发挥，我就迟迟无法决定。”

“这样啊……好，就这么办！”

“你已经决定了？”

浩介跳下石头，走进树林里。

“浩介，你打算做什么？”

“不告诉你。”树林里只传来他的声音。

我独自留在岸边，思考着到底要做什么，但无论怎么想，都想不出什么是能够在这里做的。

不一会儿，浩介从树林里拖着一根很长的藤蔓走了回来。虽然我不知道那是什么藤蔓，但藤蔓长度约有三米长，上面有不少像手掌般大的树叶。

“浩介，你要用这个做什么？”

“这个嘛，你就拭目以待吧。”

浩介一只手握住藤蔓，另一只手则把藤蔓上的枝叶搓了下来，藤蔓立刻变成了一根很长的绳子。我自己迟迟无法做出决定，直盯着看浩介打算做什么。

浩介开始用双手慢慢搓着藤蔓。

“为什么要这么做？”

“这样搓一下之后就会变得很牢固，藤蔓的质地原本很脆，但只要像这样搓一下，就会变得又软又牢固。”

浩介似乎打算用这根藤蔓做成的绳子来做些什么。

浩介，
你要用这个做什么？
这个嘛，
你就拭目以待吧。

“可以做什么？”我问。

“你赶快去做你自己的啦，你一直问会让我分心，等我做完了再给你看。”说完，他就走向上游的方向。

我只好回到秘密基地所在的树林。树林里有很多刚才浩介带回来的藤蔓，我原本想要使用，但却不想和浩介做一样的事，我也有自尊心。于是我爬上瞭望台四处张望，却看不到浩介的身影。回头一看，有一辆带着车篷的卡车驶过远处的堤防，扬起一阵尘土。

“唉，真伤脑筋啊。”我自言自语着。

这时，我突然听到一阵拍翅的声音，一只鸟儿飞了起来。鸟儿躲进了茂密的树叶中，我不知道那只鸟的名字，但那的确是一只大鸟。

难道那里有鸟巢吗？

我定睛看向传来鸟儿拍翅声音的方向，冬天的时候很容易找到鸟巢，但夏天时，鸟巢在树木枝叶的掩护下很难被发现。就在这时，我想到了一个好主意。

对了，我来做鸟巢！

虽然我从来没有做过鸟巢，但以前曾经和浩介一起爬上电线杆仔细观察过。那是乌鸦的巢，除了树枝以外，还巧妙地使用了衣架和坏掉的雨伞。既然乌鸦能够做到，我有双手，不可能做不到。

我爬下树，尽可能搜集了很多树枝，坐在秘密基地的正中央，开始制作鸟巢。我想模仿乌鸦的巢，把树枝做成圆圈的形状，却无法顺利组合起来，树枝很快就散掉。我只好把树枝一根又一根缠起来，固定在一起，这需要极大的耐心。

中途有好几次以为无法成功，但我没有气馁，继续努力着，渐渐掌握了诀窍。树枝终于能顺利组合在一起，慢慢有了鸟巢的形状。

“太好了！”看到自己的成果，我忍不住欢呼起来。

“浩介！”我大声叫着冲了出去，发现浩介在刚才的石头上等我。

“完成了吗？”

“嗯！”

“给我看。”

我把藏在身后的鸟巢递到浩介面前。

“原来是鸟巢，很不错嘛。”

“很不错吧，我很喜欢，我也要看你做的。”

“我做了这个。”

浩介单手递过来的是石斧。他用藤蔓把一块差不多像手掌大的扁石头绑在一根看起来很坚硬，长度大约四十厘米的漂流木上，形状好像是原始人用的石斧，拿在手上时沉甸甸的，而且他绑得很牢。

“这个很棒！”我说。

“是不是超棒的？”浩介说得很得意。

“对，只比鸟巢差一点点。”

我笑着说道，浩介也哈哈大笑起来，然后我在脚边捡了两颗像鸟蛋大的石头，放进鸟巢里说：

“这样就一百分了。”

漫长的暑假也在转眼之间就结束了。开学后，鸟巢、石斧和其他同学的作品一起陈列在教室后方的置物架上，其他同学的作品都是用硬纸板、空盒或轻木材制作的，我们两个人的作品在其中显得与众不同，吸引了大家的目光。

“这两个是不是一起做的啊？”有人问道。

的确很明显，我也觉得有点不妙。

一个星期后的某一天，老师叫我们吃完营养午餐后去找他。

“小智和浩介午休的时候来自然教室一下。”班导师“酷斯拉”说完，就走出了教室。

“老师为什么找我们？”我看了一眼浩介，他仍看着窗外。

吃完营养午餐，我和浩介先后走出了教室。因为我很在意其他同学的窃窃私语，我在自然教室前等浩介，两个人一起打开了自然教室的门。一走进去，“酷斯拉”在准备室后方向我们招手。

“不好意思，还让你们特地跑一趟，你们两个过来这里吧。”

我们有点紧张地走进位于自然教室后方的准备室。准备室内放了骷髅头和人体模型，架子上整齐地摆放着浸泡在福尔马林中的鱼和药品。

“谢谢你们来找我，我要找你们谈的事有点难以启齿，那我就实话实说了，老师想要你们的作品。”

“啊？”

“很奇怪吧？照理说，老师不应该向学生索取美劳作品，但我真的很想要你们的作品！”

“酷斯拉”竟然想要那种东西，实在太奇怪了。

“我知道那是你们的宝贝，但如果你们不介意，可不可以送给我？”

“好啊！”我不假思索地回答，虽然我很喜欢那个鸟巢，但老师也喜欢它，这件事更令我感到高兴。

“浩介呢？”老师问，浩介不发一语地点点头。

“太好了，真的太好了！”

“老师，你为什么想要那种东西？”

“嗯，我对那两个作品的喜爱超出了你们的想象。”

“为什么？”

“该怎么说呢……嗯，那个鸟巢和石斧不光是暑假作业而已，而是你们在无意识中，展现了人类从诞生在地球上迄今为止的创造，或者说是人类应有的创造。我有这种感觉……嗯，是不是太复杂了？”

我完全听不懂，但老师努力表达的神情和平时在教室时的表情完全不一样，看起来简直就像小孩子一样。

“我听不太懂，反正你要就送给你吧，我可以走了吗？”浩介不耐烦地说完，就走出了准备室。

准备室里只剩下我和老师两个人。

“小智，你和浩介很要好吗？”

“……”

我没有回答。如果回答“是啊”，等于背叛了浩介；如果回答“不是”，又欺骗了老师。

“怎么了？不说话吗？没关系，不说话也是明确的回答。”

无论如何，我和浩介的关系曝光了。

“浩介虽然有点古怪，但是个好孩子，你也这么认为吧？”

我看着老师的脸，点了点头。“既然你是他的朋友，我就告诉你。浩介没有父母，从小跟着爷爷长大，最近他爷爷生病住院了，所以他住在东町的阿姨家。”

老师说的和上次浩介告诉我的情况一样。我很想问老师，浩介为什么没有父母，但还是问不出口。

“他吃了很多苦，吃的苦比我还多。”老师感慨地说。

“老师也这么觉得吗？”

“当然啊，浩介做的石斧是坚强的象征，如果自己不是开拓人生的强者，不可能做出那把石斧，也不会想到做石斧。”

老师说的话还是很复杂，但我似乎能够了解。

“至于你做的鸟巢，是爱的象征，是保护鸟蛋，养育小鸟的爱。虽然有点粗糙，但真的很棒！”

“没那么厉害啦。”

“不，你只是没有察觉而已。”

我有点害羞起来。

“老师……”

“怎么了？”

“浩介的爷爷身体好转的话，他就要回岐阜吗？”

“你很担心吗？老师目前也不知道会怎么样，以前都是爷爷照顾他，但以后可能没办法了，可是也不能把生病的爷爷独自留在岐阜。”

“是……”

“不必担心，一定会有办法的。小智，我想问你一件事。”

“什么？”

“暑假的时候，你是不是抓了很多鱼？”

“啊？老师为什么这么问？”

老师怎么知道我在暑假时整天都在抓鱼？

“你晒得这么黑，老师当然看得出来啊。而且，上游泳课的时候我观察了一下，只有你和浩介两个人的背特别黑，那是在水中抓鱼的‘证据’。”

“老师观察得真仔细！”

“哈哈哈，被发现了吧，因为老师也一样。”

“老师也喜欢鱼吗？”

“超喜欢的，不过，我只观察而已，毕竟我是自然老师啊。”

“研究鱼吗？”

“没那么了不起，只是在调查矢作川的鱼，有一半是兴趣。”

真是太让人意外了，矢作川是我最喜欢的河流，没想到在我身边就有人正在专门研究生存在其中的鱼类。

“老师，你的研究会让矢作川变干净吗？”

“没办法吧。”

“那就没什么了不起。”

“你可真严格啊。”老师亲切地笑了起来。

这时，我发现老师的眼神和浩介在谈论鱼的时候很像。

“老师，你喜欢鱼的哪一部分？”

“哪一部分……全部吧。好，小智，我问你一个问题，鱼在游泳时看哪里？”

“嗯，看着上游吧。”

“没错，鱼永远都游向上游的方向，这一点很棒。而且，即使停止不前的时候，鱼也在水流中游泳，你了解吗？”

“大概能了解。”

“是吗？太好了，而且鱼在睡觉的时候也不会闭上眼睛，一定在看什么东西，你了解吗？”

“好复杂。”

“是吗？鱼的外形都具有功能性，无论鲇鱼、鳗鱼、鳜鱼还是鲫鱼，都有各自的原因才会变成那种形状，毕竟鱼类

是人类的祖先。所有这一切都是鱼的魅力，你了解吗？”

“不是很了解。”

“没关系，但你再听我说一件事，我在读大学时曾经研究过‘鱼到底会不会哭’这个课题。”

“鱼会不会哭？”

“你觉得呢？”

“好难，但是，鱼应该也有想哭的时候吧？”

“嗯，老师也这么觉得。鱼应该也会哭，只是必须证明。”

“证明？”

“因为肉眼看不到内心，所以必须用具体的方式证明鱼在哭。”

“那就只有眼泪了。”

“没错，关键就在于鱼会不会流眼泪。”

“眼泪……所以，鱼到底会不会流眼泪？”

“目前研究认为鱼没有泪腺，所以没有眼泪。”

“所以，鱼不会哭吗？”

“未必啊，即使没有眼泪，搞不好也会哭啊。”

“真复杂。”

“的确很复杂，所以我至今仍然潜在水里观察鱼。”

老师虽然说不知道，但仍然相信鱼会哭。

“但是今年夏天，我在矢作川看到了有趣的东西。”

“什么东西？”

“河童。我在河童渊发现了两个河童，他们有时候也会爬到树上。”

老师说的是我和浩介。

“老师，原来被你看到了。”

“你说呢？老师看到的是河童，可不是你们啊。”

“不可以告诉别人噢。”

“我知道。”老师说完，拿起桌子上的两本资料夹站了起来，又说：“对了，我想请你转告浩介一件事。”

“转告浩介？”

“虽然别人还没有发现，但绝对不会错：石川鲑已经洄游到矢作川了，这可是二十年来第一次。”

“石川鲑？”

“浩介应该比老师更了解石川鲑。”

“好，我会转告浩介！”

我带着兴奋的心情冲出自然教室。

梦幻鱼

放学后，我像往常一样去了秘密基地。走出树林的隧道，发现浩介已经站在瞭望台上。浩介看见我，顺着绳梯爬下来说：“小智，今天吓了一跳，我还以为发生什么事了！”

“‘酷斯拉’真奇怪。”

“对啊，真的超奇怪。不过，小智，会不会有问题啊？”

“有什么问题？”

“大家都好奇我们的关系。”

“没事，我什么都没说。虽然老师发现了，但没想到他是一个很近人情的家伙。”

“那就好。”

“‘酷斯拉’说你很棒，也很担心你。”

“是啊。”浩介说完后躺在干草上。

“浩介，你知道石川鲑吗？”

“知道啊。”

“怎样的鱼？”

“梦幻鱼。”

“梦幻？”

“对啊，这一带只有我以前住的岐阜长良川才有。”

“你有钓过吗？”

“没钓过。”

“那你没有看过吗？”

“有啊，我可是渔夫的孙子，差不多五六月杜鹃花开的季节，它们就会从大海洄游到河里。”

“它们是海里的鱼？”

“嗯，是可以在海里和河里来来去去的鱼。石川鲑幼鱼是溪流鱼，和鲑鱼一样，长大之后就会回到海洋。现在每条河都建了水坝，石川鲑游去大海和游回河川的旅程比以前更

加困难了，目前只有长良川完全没有水坝，所以石川鲑幼鱼去了大海，长大之后会洄游回来。”

“原来是这样，它们很大吗？”

“很大，差不多有四十厘米到六十厘米，幼鱼身上有椭圆形的幼鱼斑，很可爱，长大之后全身都是银色的鱼鳞，脸就变得很凶。”

“是，所以只有没有水坝的河流才有啊？”我问。

“对啊，你为什么会突然提到石川鲑？”

“不瞒你说，今天‘酷斯拉’叫我转告你一件事，他说矢作川也有石川鲑。”

“什么？”浩介跳了起来，“真的吗？真的有吗？”

“嗯，‘酷斯拉’说是二十年来第一次。”

我一回头，发现浩介头也不回地冲向河童渊。

“喂，浩介！”

浩介跑得很快，似乎没有听到我的声音。我跟着跑向河边，浩介像往常一样站在那块石头上，出神地看着河水。我站在浩介身后问：

“有石川鲑吗？”

“……”浩介没有回答。这是他专注于某件事时的习惯，他专注时的背影感觉像是拒人千里。

“那我先走了。”我对着他的背影说道，然后离开了河童渊。

反正浩介一定会在那块石头上站到天黑。

第二天，我上学时在校门口遇见了“酷斯拉”。

“小智，早安！”

“老师早安！”

“酷斯拉”一脸笑眯眯地对我说：

“小智，昨天晚上，浩介来我家了。”

“去老师家里？”

“对，没错，你是不是告诉他石川鲑的事了？”

“对。”

“他晚上八点来我家，希望我把知道的所有情况都告诉他。”

浩介的行动力果然很惊人。他天黑之前都待在河边，然后就直奔老师家。

“老师跟他说石川鲑的事了吗？”

“不……反而是他告诉我很多事。”

“浩介是不是知道很多鱼的事？”

“他太厉害了，不愧是河里的渔夫。我把石川鲑的详细生态告诉他，他认真听完之后说：‘老师，别说书上写的事，可不可以说你在河里观察到的情况。’”

“很像他会说的话。”

“长良川和矢作川的水质、石头以及石川鲑的食物都不同，所以他想知道矢作川的情况，还说他一定要钓到。”

“他说要钓吗？”

“他这么说的啊。”

“是，老师，你觉得他能够钓到吗？”

“虽然这么说对浩介有点不好意思，但恐怕很难。虽然石川鲑在矢作川出没，但整条河只有几尾而已。从天神桥到水源町的五公里之间最多只有二十尾，要钓到的话，恐怕比中宝签奖券还难。”

“这么难吗？”

“对啊，宝签奖券的话必定有人会中奖，但是石川鲑搞不好没有人可以钓到。”老师拍了拍我的头说，“不过，真希望他可以钓到！”说完老师就往鞋柜走去了。

午休时，我在屋顶和浩介见面。虽然我们以前从来没有在学校说过话，但今天实在太特别，我终于忍不住了。

“浩介，你昨天去了老师家？”

“对，‘酷斯拉’告诉你的吗？”

“嗯。”

“他知道很多鱼的事，对河流的事也知道得很清楚，我学到超多的！”

“哈哈，老师也说你让他学到很多。”

“原来他这么说啊，不过我是为了钓鱼做调查，‘酷斯拉’是为了研究做调查，目的不同时，对鱼的观察大不相同。”

“真希望我当时也在场。”

“是吗？昨天我一直观察到天黑，不知道该在哪里钓，也不知道怎么钓，而且我也很想知道“酷斯拉”看到石川鲑时的情况，所以就去了他家。”

“你现在想好作战计划了吗？”

“差不多了，你要听听吗？”浩介从裤子后方的口袋里拿出一张折起的纸，然后坐在屋顶上把纸摊开，说：“小智，你看。”

那是我们这个地区的地图复印件，上面只有矢作川的部分用蓝色荧光笔涂了颜色，有些地方还用红笔做了记号。

“这是矢作川吧？”

“对，听‘酷斯拉’说，矢作川全长一百二十三公里，从大海到天神桥有三十五公里，再往上游五公里的地方就是水源坝。”

“嗯，我知道，水源町的水坝离大海最近。”

“所以，从大海洄游的石川鲑当然会停在水源坝那里。”

“石川鲑无法越过水坝吗？”

“水坝旁虽然有鱼道，但那条鱼道不合格，像石川鲑那么大的鱼过不去。”

“原来是这样。”

“根据‘酷斯拉’的观察，偶尔会有生活在海里的鲈鱼和乌鱼游得过来。”

“要游四十公里，太猛了！”

“真的超猛。”

“浩介，石川鲑到底在哪里？”我问。

“这些红色圆圈，就是‘酷斯拉’看到石川鲑的地方。”

我仔细看着地图，发现水坝下方有八个红色圆圈。

“都在水坝附近，要在这里钓吗？”

“不行，水坝下游三百米是禁渔区。”

“那更下游的地方呢？”

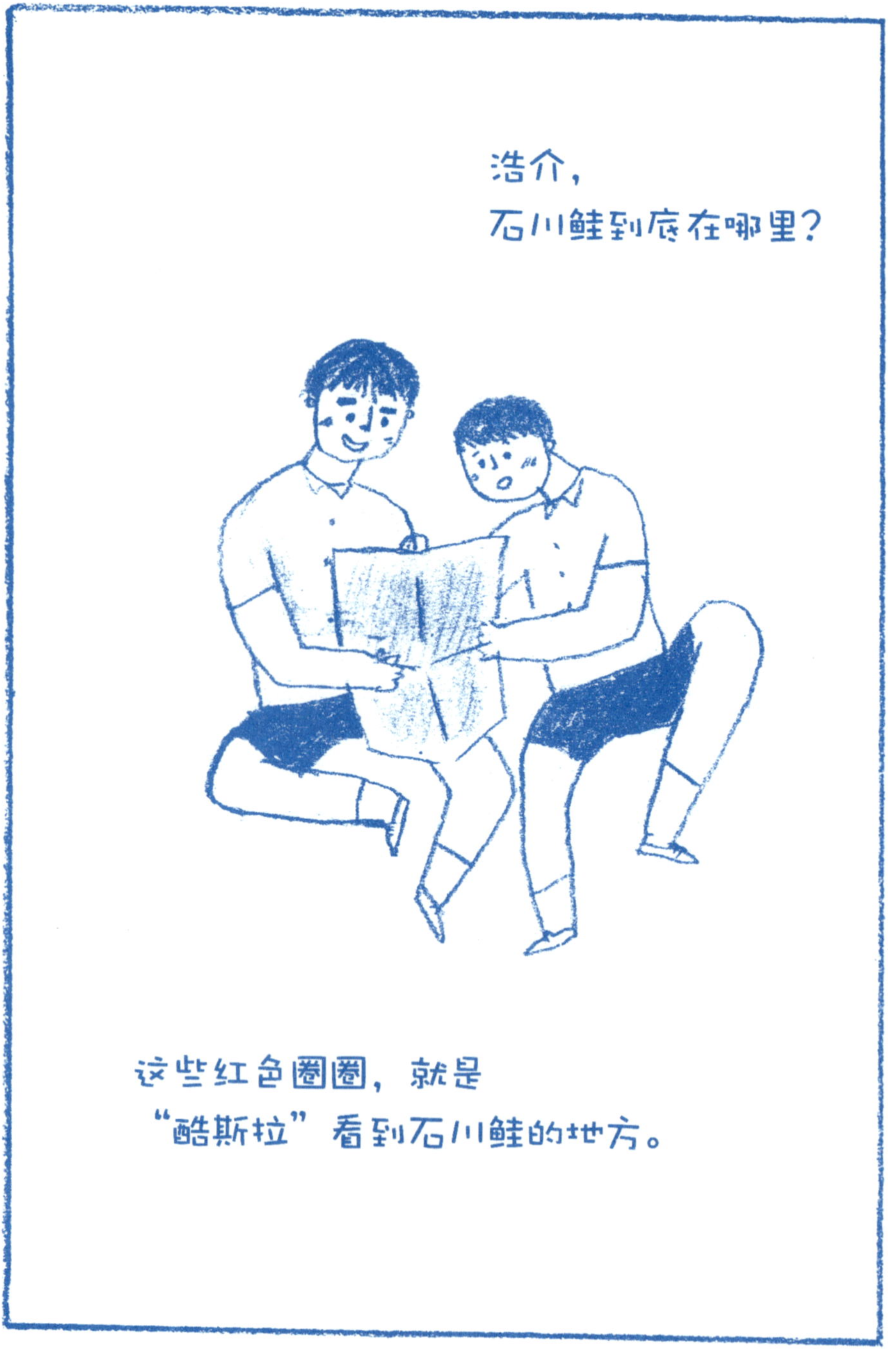
浩介，
石川鲑到底在哪里？
这些红色圈圈，就是
“酷斯拉”看到石川鲑的地方。

“那里是沙地的浅滩，没办法钓鱼。”

“真伤脑筋。”

“但是，你看这里。”

我看着浩介手指的位置，红色圆圈集中在水坝下方，但下游的位置有一个地方也画上了红色圆圈。我很惊讶，因为那里竟然就是河童渊。

“原来那里也有！”

“我之前也没有发现，这条河河水很浅，石川鲑会游到这里休息，之后再一口气游到水坝那里。”

“所以，在河童渊钓就可以咯？”

“那里是唯一可能钓到的地方。”浩介好像在确认般说道。

“你已经决定用鱼饵和钓具了吗？”

“我们的竹竿无法钓到石川鲑，而且现在不是暑假，也没办法每天都坐在河边钓鱼，所以我打算用延绳钓。”

“什么是延绳钓？”

“先准备二十米左右的钓鱼线，每隔一点五米就绑上装了鱼钩的分绳，绑足十根左右的鱼钩，装上鱼饵后沉入河中，你听得懂吗？”

“嗯，我听得懂。”

“每天傍晚放进河里，早上再拉起来。”

“每天？”

“应该吧，我打算每天都去。”

“我也可以去吗？”

“当然啊，那是我和你的猎物啊。”

“啊，太好了！”

我觉得很兴奋，因为浩介一旦投入某件事，就没空理会其他事，我还以为他会觉得我碍事呢。

“鱼饵呢？”

“我打算用活香鱼。”

“活香鱼吗？”

“我爷爷用香鱼当鱼饵钓鳗鱼时，曾经钓到石川鲑。”

哇！这石川鲑到底有多凶猛啊。

这时，第五节课的铃声响了。

“我们今天傍晚先去钓香鱼，明天就开始正式行动。”浩介说完站了起来，走向教室，我也难得兴奋地跟着冲下楼梯。

第二天，我们一放学，就立刻赶到了河童渊，把书包往秘密基地一丢就立刻冲向河岸，脱得只剩下一条内裤。九月的风有点凉意，但河水还不算太冷。我跟着浩介身后，走到河的中央。我手上拿了两个在沿途捡的可乐空瓶，虽然不知道要怎么使用，但浩介说要用来当浮标。

“小智，就在这里吧。”

这里的河底从河童渊最深处开始倾斜，渐渐变浅，和碧绿色的最深处相比，河底有许多圆形的石头。

浩介拿出卷在木板上的钓具，把钓鱼线的一端绑在我带来的空瓶上。钓鱼线被随着水流漂走的空瓶拉成了一条直线，当钓鱼线全都拉出来后，浩介又把另一端绑在另一只空瓶上，交给了我。

“你拿着。”浩介说完，从绑在腰上的鱼篓里拿出香鱼，“鱼钩要钩住鼻孔，香鱼才不会死。”

浩介为我示范如何把香鱼挂在鱼钩上，他的手松开后，香鱼好好地挂在鱼钩上，活蹦乱跳地随着水流漂走了。

“你真厉害！”我说。

“嘿嘿嘿。”浩介笑着往后退，继续把其他的香鱼挂上鱼钩。

我呆呆地看着随着水流漂浮的白色钓鱼线，在所有的鱼钩上都挂好香鱼后，浩介拿起另一端的空瓶。

“好，小智，你再往左边走几步。”浩介大叫着。

“这里吗？”

“再稍微往左，那里不会很深吧？”

“没问题。”

我在河水淹到肚脐位置的地方停了下来，然后浩介走向对岸。两个人之间的白色钓鱼线被水流冲出很大的弯度，挂在鱼钩上的香鱼不时露出水面，但很快又沉了下去。浩介“扑通”一声钻入水中，捡了河底的石头，把钓鱼线绑在上面，然后看着香鱼的位置，慢慢把石头沉入河底。

“我现在去你那里，你等我一下。”浩介沿着钓鱼线走了过来，空瓶浮标出现在他身后。

“感觉很不错啊。”

“能钓到吗？”

“明天才知道。”

浩介接过我手上的空瓶，用和刚才相同的要领沉入水中。走上岸后，回头看着河面，两个空瓶浮在水面左右摆动。

河童的手

到今天为止，我们已用延绳钓石川鲑一个星期。到第七天的早晨为止，我们的成果有三尾鳗鱼、五尾鲇鱼和六尾黄颖鱼（八根胡须的鲇鱼），虽然没有钓到石川鲑，但最大的鲇鱼有七十厘米，活蹦乱跳的模样，让人收绳时格外兴奋。

浩介把钓到的鱼卖给附近的河鱼料理店，他刚好在河边认识了那家店的老板，老板对他说："如果抓到鳗鱼和鲇鱼可以拿到店里来卖给我。"所以我们捕到的鱼变成了料理店的蒲烧鱼，又变成了我们的钓具和点心。

“不知道今天能不能钓到。”

“不知道呢。”

我们拨开树木，走去河边。

“啊，浩介，来了，来了！”

我看到浮在水面上的空瓶激烈摆动，连忙叫起来。这时，浩介已经握紧收成用的大网子跳进河里。我跟在浩介旁边问:

“是不是石川鲑？”

浩介默默地握着钓鱼线往水中张望，准备好网子。我紧张地绕到浩介身后看，浩介手上的钓鱼线被水中的圆形黑影用力拉扯着。

“那是什么？”

“啧，真是的！”

他拉起钓鱼线，一只乌龟浮出水面。

“是乌龟。”

乌龟伸长了脖子，手脚拼命挣扎。回到岸上后，我们打量着乌龟。

“原来乌龟长这样。”

“你第一次看到吗？”

“对，没想到它的鼻子这么尖。”

“被它咬一口超痛的。”

“听说即使打雷，它也不会松口。”

“是这样吗？”浩介说完，拿起一根树枝放到乌龟面前。乌龟可能因为刚被抓到，情绪还很激动，用力张大嘴巴咬住了树枝。

“咔嚓”一声，树枝折成了“<”形。

“好猛啊！”

我们双眼发亮，看乌龟看得出了神。乌龟有点搞不清楚状况，拼命向后退，却紧咬着树枝不放。过了一会儿，浩介抓着树枝，把乌龟拉了起来，放进鱼篓，再用石头压住盖子，以免被乌龟顶开。

“浩介，好像不太容易钓到。”

“对啊，怎么？你已经想要放弃了？”

“不是,钓到乌龟和鲇鱼都很开心,但还是想钓到石川鲑。”

“对啊。”

“应该很快就会钓到吧？”

“可能快不行了。”

我很惊讶，因为没想到浩介会说丧气话。

“为什么不行？”

“因为石川鲑到了秋天的产卵季节就钓不到了。”

浩介难得愁眉不展，我担心地问：

“你怎么了？看起来很没精神。”

“……不知道这种日子还可以持续多久。”

“什么意思？”

“不，没什么。”

浩介似乎在隐瞒什么。

“小智，我之前钓过很多鱼，从来没有像这次这么强烈地想要钓到石川鲑，虽然连这里到底有没有石川鲑都还不知道。”

“……”

“为什么会为了一尾石川鲑这么执着呢？”浩介喃喃说完，拿起装了乌龟的鱼篓站了起来。

我们穿好衣服，像往常一样在天神桥上道别，各自去了学校。虽然浩介沮丧的样子让我很担心，但完成了一项工作后，感觉朝阳特别灿烂，我一路跑着到学校。

第二天早晨，发生了意外。

六点左右，我像平时一样来到河童渊，发现浩介竟然还没有到。我把书包往秘密基地一丢，先去了河边。

我钻过树枝来到河边，以免朝露弄湿身体。碧绿的河童

渊出现在眼前，平静的水面上飘着一层淡淡的雾霭，除了流水声，还不时听到叽叽的鸟啼声，令人心旷神怡。我不经意地向河的中央一看，不由得惊讶不已。

啊，浮标不见了！

前一天傍晚明明设置好了，难道钩到了漂流木，或是被冲到下游了吗？我心里这么想，四处张望着。

啊，找到了！

浮标空瓶逆着水流晃动着，两个空瓶几乎撞在一起了。一定是钓到了什么鱼，这条鱼移动了就连鲇鱼和乌龟都无法扯动的石头，渐渐移向上游的方向。

大事不好了。我暗想道。

我立刻脱掉衣服，跳进河里，不顾脚下踩不稳，一路踉跄着追向浮标。当我和空瓶只差五米的距离时，情况突然发生了变化。不知道是否察觉到我正在靠近，空瓶竟改变方向，移往河童渊的最深处。

完了！

因为河童渊最深的地方是在大岩石前的一个很深的洞，那个洞据说深度有五米或十米，如果鱼逃去那里就绝对抓不到了。

必须赶快趁现在抓住它！

我拼命伸手，水已经淹到我的肚脐了。

还差一点，还差一点。我心想着，继续追了上去。

在即将抓到空瓶的一刹那，我两脚突然悬空，踩不到河底，被水流冲走了。

“扑通”。

我倒栽葱掉进水中，即使手脚拼命挣扎，仍然无法站立起来。

我被水冲走了，但可以看到清澈的水和后方河童渊碧绿的影子，视野很开阔，有一道光穿越泛着白光的水面，笔直向碧绿的深渊延伸，光线的前方有一个影子。

啊，是鱼！

那个闪着银色的影子正是石川鲑！

下一刹那，“咕噜噜噜噜”。

我喝了好几口水。

我好痛苦，手脚只能无力挣扎，既无法站直，也无法浮出水面。水面似乎很遥远，我知道自己正渐渐失去意识。

蓝色的水渐渐变成灰色，发出“哗哗”的声音，我以为自己要死了。

就在这时，深灰色的水底有一个人，不，一个黑色的影子冒了出来。

向我游过来的那个影子绝对是河童，河童的双眼发亮，不断向我靠近，伸出像竹竿般细长的手臂，用力抓住了我的手臂。

我来不及感到惊讶，也来不及感到害怕，意识已经坠向河童渊的深处。

“小智，小智，你醒了吗？”

我听到妈妈遥远的叫声，我在干什么？我缓缓张开眼睛，发现光线很刺眼，妈妈的脸模糊地出现在眼前。

“他已经没事了。”有一个声音说道。

我缓缓看向声音的方向，一位身穿白衣的护士站在白色墙壁前，我立刻知道自己在医院。

“谢谢，谢谢！”妈妈流着泪向护士鞠躬。

“小智，真是太好了！”

啊，老师。我在心里叫着。

老师扶着病床的栏杆说：

“你已经整整睡了三天。”

“对啊，你掉进河里昏迷了三天，把大家都吓坏了。”

妈妈也探出身体说。

我脑袋昏昏沉沉，但终于知道自己掉进河里被救了起来，然后一直昏睡。

“小智……”

“……”

“喂，小智，赶快回答啊，你可以说话吗？”老师一脸慌张地问。

“嗯，我没事。河童怎么样了？”

老师和妈妈互看了一眼，立刻笑了起来，以为我睡糊涂了。

反正他们不会相信我，所以我也没有继续说什么，但那的确是河童。我之所以能够继续活着，不正是河童救了我吗？如果不是河童救了我，我现在早就吓死了，在河底溺毙了。我满脑子都想着这些事，不一会儿，妈妈说：“小智，妈妈去打电话给爸爸，你乖乖躺着。老师，那就麻烦你坐一下。”她说完就走出了病房。

我确认妈妈离开后，问老师：“老师，我真的溺水了吗？”

“对，差一点就没命了。”老师慢慢地坐在病床旁的椅子上。

“河童救了我。”

“河童？你在说什么啊，你没发现吗？是浩介救了你。”

“什么？浩介救了我？”这是怎么一回事？在碧绿色的水底救我一命的不是河童，而是浩介吗？

“幸好是浩介，如果是其他人发现你，即使想要救你，恐怕也会一起溺死。”

“即使是老师也一样吗？”

“我不行。浩介可以像鱼一样在水很深的长良川游泳，所以很了解水性。”

“老师，我要谢谢浩介，他今天会来看我吗？”

“嗯，这个嘛……”

“啊，对了，他有没有说钓到了石川鲑？”

“不，我什么都没有听说，这是怎么一回事？”

我把延绳钓的事，以及这一个星期的事全都告诉了老师。

“真是太惊讶了，你们每天放学后都在忙这件事吗？”

“老师，全都怪你啊，谁叫你对浩介说那些话。”

“那倒是，你在溺水的时候看到了鱼的影子吗？”

“对，很大一条，闪着银光。”

“那一定是石川鲑了。”

“嗯，绝对是，现在它一定在河童渊底松了一口气，庆

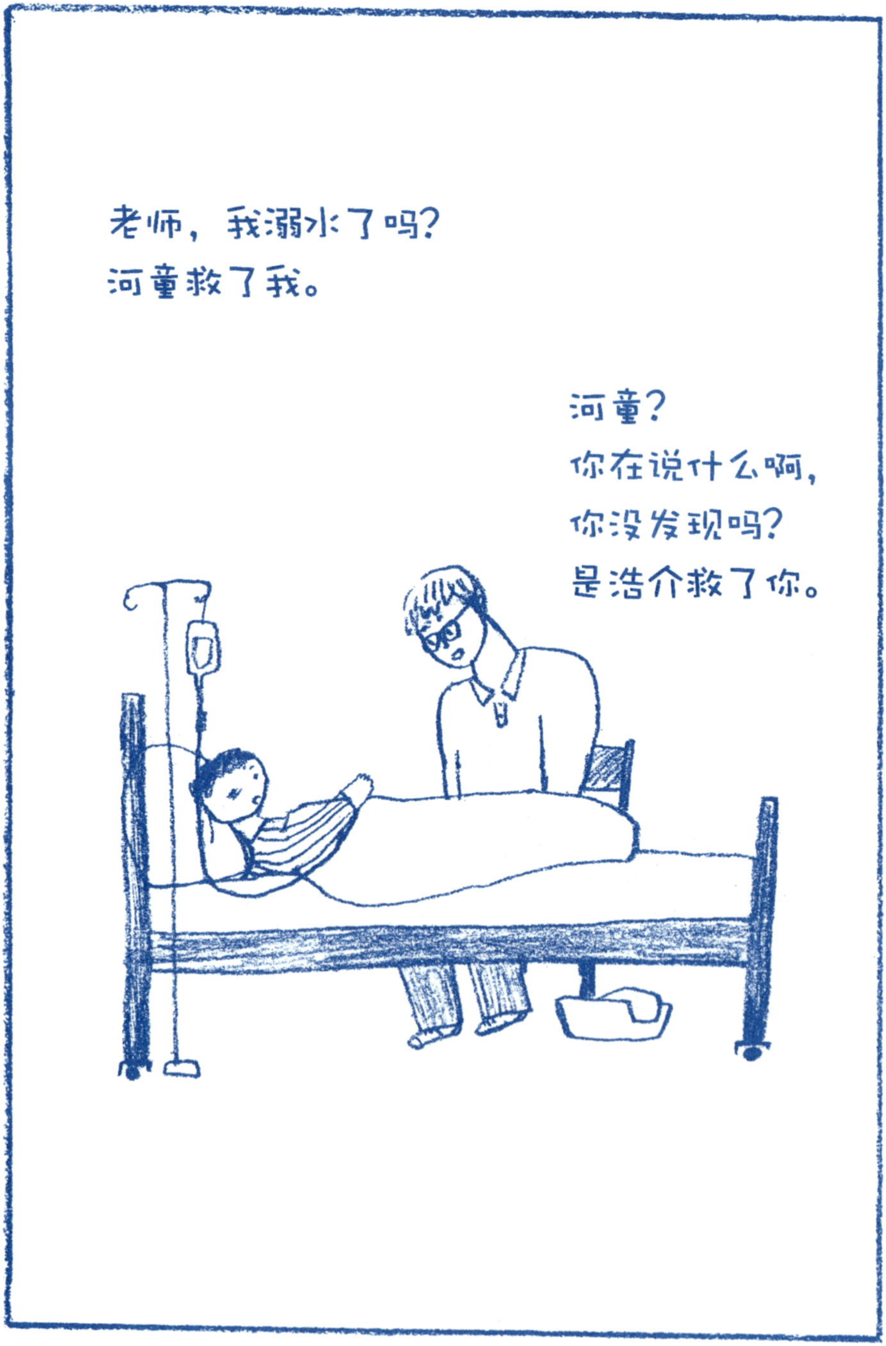
老师，我溺水了吗？
河童救了我。
河童？
你在说什么啊，
你没发现吗？
是浩介救了你。

幸没有被抓到。”

妈妈敲了敲门，走了进来。

“小智，医生等一下就会来看你，如果没有异常，两三天后就可以出院了。”

前一刻还满脸紧张的妈妈表情比刚才柔和多了，眼眶中泛着泪水。

“太好了，真的太好了。接下来就要多吃一点，赶快好起来。小智，你妈妈为了照顾你，整整三天都没有睡觉，你要乖乖听妈妈的话。那我差不多该走了。”老师说完后站了起来。

“老师，谢谢你！”

“让你担心了，真的太感谢了！”妈妈说。

老师走到门口，突然转过头，露出为难的表情，看着躺在病床上的我。

“小智，你听我说。”

“什么？”

“有一件事……”

“什么事？”

“关于浩介的事。”

“浩介的事？”

“他回岐阜了。”

“噢……”

“他在岐阜的爷爷要出院了，他说要回去照顾爷爷。老师和他的阿姨原本希望找出其他解决的方法，但他坚持说要亲自照顾爷爷。”

“……”

浩介竟然不告而别，太过分了。他居然在我昏睡的时候离开，我还没有向他道谢，也没向他说再见，而且，他到底有没有钓到石川鲑呢？

他离开得太突然了。

老师又回到病床旁。

“小智，我一直瞒着你，其实浩介上次来我家时就已经决定要这么做了。”

“浩介什么都没说。”

“他可能觉得难以启齿吧。”

“他太见外了。”

“你不要生气，他其实也很痛苦。”

“但是……”

“他对我说，在他离开之前，一定要和你一起钓到石川鲑，说希望和你一起创造回忆。”

“……”我完全说不出话，用被子蒙住了头。因为只要再说一句话，我的眼泪就会流出来。

“小智，这样对老师太没礼貌了。”我听到妈妈的声音。

“不，没关系。小智，出院之后，要很有精神地来学校上课，大家都在等你。”

随着“砰”的关门声音，老师的脚步声渐渐远了。

我的身体在被子下不停发抖，我握紧拳头，咬紧牙关，回想浩介的脸、浩介的声音，和我们一起玩的很多游戏，想着想着，就更想哭了，但我想到浩介最后说的话，忍住了眼泪。

“为什么会为了一尾石川鲑这么执着呢？”浩介这么说过。

我终于知道，浩介想要钓石川鲑并不是为了吃，也不是为了享受钓鱼的乐趣，而是想要和我一起创造回忆。

两天后，我出院了。

医生在早上巡房后，妈妈帮我收拾好东西，我们就一起搭出租车回家了。虽然我住院五天，但其中有三天都在昏睡，这种时差让我有一种奇妙的感觉。隔着出租车的车窗看到的街景和五天前一样，只是我无法相信浩介已经不在这里。昨天和前天，我都一直在想这件事。

“小智，你怎么在发呆？没事吧？是不是还有哪里不舒服？”妈妈问我。

“我没事啦。”

我很清楚自己的情况，如果我的身体有什么问题，那就是心里破了一个大洞，而且是医生治不好的洞。

出租车在交流道前左转，驶过了天神桥。

“啊，司机，请你停车。”

“小智，怎么了？”

“没事啦。”

“不行，要赶快回家。”妈妈说。

“我马上就会回家。”

我跳下车后立刻冲下堤防，因为无论如何我都要去秘密基地一趟，那是我们两个人充满回忆的地方，也许浩介在那里留了道别信给我。

我像平时一样爬进两旁都是草和树木的隧道，觉得那里的草木似乎有点褪色。秘密基地静悄悄的，我找遍了初秋阳光洒落的守护神房间、整理得干干净净的储藏室、浩介的圆形房间和我放了长方形书桌的房间，还有厕所，但都没有找

到任何信，所有的房间都渐渐闻不到我们的气味了。

“哼，他至少该给我留一封信嘛。”我独自嘀咕着，走到河边。

原本以为看到曾经吞噬我的河童渊会害怕，但眼前碧绿的河流静静流着，好像什么事都没发生过。当我走到鱼塘附近时，立刻发现了异样。平时向来没有用任何东西盖住的鱼塘上，浮着很多黄绿色的芭蕉叶。

我冲过去，往鱼塘内张望，两腿跪在地上，双手轻轻拨开芭蕉叶。

里面有东西！

芭蕉叶下悠然地出现一尾大鱼，虽然是我这辈子第一次看到的鱼，但我立刻知道那是什么。

“是石川鲑！”我情不自禁叫了起来。

眼前的这条鱼，正是我溺水那天在碧绿色的水渊深处看到的那条鱼。我伸手稍微比了一下，足足有六十厘米。

我按照以前浩介教我的方法，用冷水冷却了双手，在水中悄悄把石川鲑抱了起来。石川鲑躺在我手中，宛如洒了很多银粉的鱼鳞闪闪发亮。

好漂亮！

它展现着优美的身体，完全没有挣扎。它的鼻子很尖，看起来凶巴巴的，但双眼充满温柔。在阳光的照射下，它透明的黑色眼睛既像是绿色，又像是蓝色。

“鱼会不会哭？”

我突然想起老师的话，目不转睛地盯着石川鲑的眼睛，好像快被它的一双眼睛吸进去了。

泪水突然流了下来，大滴的眼泪扑簌簌地流了下来。

“鱼也会哭的，鱼也会哭啊……”

我在无人的河畔大声哭了起来，从我的眼中滑落的泪水滴落在石川鲑的身上，眼泪不停地滴在它银色的鱼鳞上。

前一刻还很温顺的石川鲑突然一转身跳离了我的双手，越过鱼塘，它悠然消失在碧绿的河童渊水底。

鱼顺河而下

不知不觉已经十月了。

放学后，我来到天神桥，站在桥的中央，眺望着矢作川的河水流动。秋风吹来，两岸芦苇的花穗翻动着银色的波浪，似乎传来轻声的呢喃。

浩介离开已经一个月了。

之后，我一如往常继续上学，每天过着平凡的日子，既没有钓鱼，也没再去过秘密基地。虽然没有特别的理由，只觉得浩介离开后，就不可能再有那时候的快乐。

感受到身后公交车经过传来的震动,我探出身体看着河面。

浅滩内有黑色的影子。

是顺河而下的香鱼。

聚集成直径五米左右的鱼群聚在浅滩悠然游动，鱼群整体不时闪着光，突然移动一下。天色快暗了，我想起现在是香鱼产卵的时节了。

春天时，和浩介一起看到的小香鱼已经长大，如今正在这座桥下。它们产完卵后，就会结束短暂的一生。

从那时候到现在已经半年了，似乎过了很久，又好像才一眨眼的工夫，这段时间发生了很多事，现在，一切都已经变成了回忆。

秋风呼呼地吹，寂寞地吹着。

不，我一点都不寂寞。

我的口袋里有一张明信片，那是浩介寄给我的明信片。我从昨天开始就不知道看了多少次,现在又忍不住拿了出来。

小智，对不起，我走得很匆忙。

你最近还好吗?

我很好。

六月的时候，请你务必来岐阜，

我一定要让你钓到石川鲑。

浩介

我把那张因为看了太多次，四周已经磨圆的明信片小心翼翼地收进口袋里。

秋风再度从我的背后吹向渐渐染红的天空，香鱼群在被染红的河流浅滩中溅起阵阵水花。

香鱼正要开始产卵。

第三部

金爷爷的鱼

夏天的西红柿

我的朋友中，有一个老爷爷，名叫金爷爷。

金爷爷名叫山部金作，今年六十二岁。虽然十二岁的我和这样的爷爷当朋友很奇怪，但我们真的是朋友，绝对不是我在吹牛。

“我们是朋友嘛。”金爷爷经常把这句话挂在嘴上，所以我觉得我可以称他是朋友。

金爷爷开了一家名叫“鲇鱼屋”的老旧食堂，就在天神桥下那条马路上，店门口挂着写了“鲇鱼”的红灯笼。店面很小，只要有十个客人，就会把整个食堂挤满了，单身的金爷爷经营这家食堂已将近二十年。食堂后方有一块空地，是我们小孩子玩乐的场所。

那是初夏的时候。

我像平时一样，在竖了一块写着“危险！乖孩子不可以在这里玩耍。谷泽工务店”牌子的空地上玩耍。这里每天清晨和傍晚都有砂石车和挖掘机进出，有时候的确很危险。但是这些车子白天几乎都去了工地，所以很安全。再说我也没想当乖孩子，加上这里有很多水泥砖、汽油桶、废轮胎和水泥管，都是很好玩的游戏器材，我和朋友总是在这里玩得不亦乐乎。

那天我正坐在堆积如山的水泥砖上等朋友，听到了叫声。

“嘿呀，嘿呀。”

回头一看，一个矮小的光头老人站在鲇鱼屋的后院，一脸笑眯眯地向我招手。

“小弟弟，你在干什么？要不要来这里？”

我迟疑了一下，但立刻知道他是金爷爷。虽然我从来没和他说过话，但我知道只要有人经过他的餐厅门口，金爷爷就会尖着嗓子打招呼：“你好，你好。”所以，附近一带的小孩子都知道金爷爷的名字。

“有事吗？”

“这里有西红柿，你过来。”金爷爷又眯眼笑了起来。

我被金爷爷像小孩子般的笑容吸引，“咚咚咚”地跳下水泥砖堆起的小山。下来之后，发现矮小的金爷爷被前方绿油油的蔬菜架遮住了，不见他的人影。我只能从西红柿、小黄瓜和玉米间的缝隙探头张望，叫着：

“金爷爷，你在哪里？”

“我在这里啊。”

“咦？哪里？”

我好不容易穿越像迷宫般的蔬菜架，发现金爷爷满脸笑容地站在那里。

“你来啦。”他右手摸着光秃秃的头说道。

我也抓了抓头说：

“爷爷好！”

“小弟弟，你家住哪里？”

“堤防下的水口家。”

“原来你是水口家的小孩呀，金爷爷知道你们家，而且从你爸爸小时候起我就认识他了。”

我有一种奇妙的感觉。因为金爷爷居然认识我出生以前的爸爸。

“你叫什么名字？”

“拓也。”

“原来你叫拓也，好名字，那我叫你小拓吧。”

虽然被叫“小拓”有点害臊，但我还是用力点头。

“你选一个好吃的西红柿吧！每一个都亮晶晶的，很好吃的。”

每个西红柿真的都亮晶晶，又红又大，好漂亮！我找到一个看起来最好吃的，对金爷爷说：“我要这个！”

金爷爷一脸满意，点了点头后，“咔嚓”一声，用金色的剪刀剪下那个又大又圆的西红柿给我。西红柿拿在手上沉甸甸的，手掌感觉凉凉的。我听金爷爷的建议，跟他一起坐在檐廊上吃西红柿。一口咬下熟透的西红柿，整个喉咙都感受到滋润甘甜。

“好甜，这个西红柿真甜！”

我第一次吃到像水果一样甜的西红柿。

“很甜吧？金爷爷的西红柿都很甜。”

金爷爷开心地笑了起来。

由于西红柿太好吃了，我忍不住吃得滋滋作响，金爷爷对我露出温柔的眼神。

“小拓，你吃得津津有味啊。”金爷爷对我说了声，“等一下。”接着他就走进屋里拿了一个陶瓷的罐子出来，说:“再来一条小黄瓜吧。”

“好！”我回答得毫不客气。

金爷爷从罐子里拿出两条小黄瓜，把其中一条递给我。新鲜的小黄瓜细细的，拿在手上触感刺刺的。

“蘸这种甜味噌一起吃最棒了。”金爷爷蘸了陶瓷罐里的红色味噌后，咬了一口。

“甜味噌？”

“红色是辣椒的颜色，里面还加了麦芽糖、米面和其他东西，这是金爷爷特制的味噌。”

我也学金爷爷的样子蘸着味噌放进嘴里，真的很好吃。味噌微微的辣味加上小黄瓜滋润的口感，感觉不像是普通的小黄瓜。

“金爷爷，这个真好吃！”

“是吗？金爷爷听了真开心。”

金爷爷很高兴地看我吃得津津有味。

很甜吧？
金爷爷的西红柿都很甜。

好甜，这个西红柿真甜。

“啊，对了，小拓，给你看一样东西，可以证明金爷爷是真正的老饕。”

“什么东西？”

“那里不是有一口井吗？你往井里看一下。”

我跑到后院角落的水井旁，往井里张望着。那座水井的直径大约一米，但并没有很深，水井下方约莫三米就有水。但我只看到这些，水井里太黑了，看不清楚其他的。

“金爷爷，太暗了，看不清楚。”

“那里不是有一根绳子吗？你把绳子拉起来。”

我拉起垂在水井旁的绳子，绳子很重，太重了，我拉不动。

“下面是什么？好重啊。”

“加油，再使点劲。”

“扑通，扑通”。

绳子下方像是有什么东西在挣扎。

“金爷爷，那是什么？好像还活着。”

“别担心，继续拉。”

我把绳子全都拉上来后，发现绳子下绑了一个网袋。

“咕隆”。

“啪嗒、啪嗒、啪嗒”。

我不知道这是什么状况，只能呆呆看着网袋里那一团黑色的东西。

终于，我看出来了。

“是鲇鱼，鲇鱼，啊哈哈哈。”

网袋里有三尾大鲇鱼扭动着漆黑的身体。

“小拓，你吓到了吗？对不起啊。”金爷爷一脸歉意。

“金爷爷，你为什么要养它们？”

“为什么？当然是煮来吃啊。”

“什么？鲇鱼屋真的吃鲇鱼吗？”

我没想到真的有人会吃看起来这么可怕的鲇鱼。

“小拓，你没吃过吗？”

“我没吃过这种东西，鲇鱼好吃吗？”

“好吃啊！在所有鱼中，金爷爷最喜欢吃鲇鱼了。”

“听起来好恶心。”

“小拓，我告诉你，越是外表不好看的鱼越好吃。”

金爷爷说完，从网袋里抓出一尾鲇鱼放进水桶里，把其他鲇鱼放回水井。那尾鲇鱼在圆形水桶里用力打转，得知无法脱逃后，用力叹了一口气。

“但是，鱼店里并没有卖鲇鱼啊。”我问。

“那是因为日本人不了解，世界上有几百种鲇鱼，世界各地的人都吃鲇鱼。”

“是吗？”

“美国人称鲇鱼为 catfish，用油炸的方式烹饪，中国人也都吃鲇鱼，日本也有人用做鳗鱼一样蒲烧的方式烤鲇鱼来吃。小拓，你不喜欢吃鲇鱼吗？”

“不知道，我没吃过，但仔细看一下，就觉得鲇鱼长得也蛮可爱的。”

“对啊，它们长得很可爱。小拓，你也这么觉得吗？很好！”金爷爷用手指摸着鲇鱼的头，露出满面笑容。

“金爷爷，有人说，鲇鱼会引起地震，真的吗？”

“你说呢？”

“我知道不是这样，听说鲇鱼有预知地震的能力，在地震前会拼命挣扎，所以大家才说是它引起地震，其实所有动物都具备这种能力。”

“小拓，你了解得真清楚呢。”

“上次自然老师告诉我们的。”

“小拓，你知道鲇鱼的鲇怎么写吗？”

“呃，我不知道。”

“鲇鱼的鲇是这样写的。”

金爷爷在后院的泥土上写了一个“鲇”给我看。

“这是念经的念吧？”

“对啊，也是感念的念，念这个字，就是‘想’的意思。”

“听你这么说，我觉得鲇鱼的表情真的好像在思考。”

“而且还骄傲地长了胡须呢。对了，再告诉你一件事。”

“什么事？”

“对啊，中国用鲇鱼来占卜，日本则用香鱼占卜。你知道要占卜什么吗？”

“占卜什么呢？”

“占卜丰收。”

“丰收？”

“占卜能不能收成很多稻米。”

“用鲇鱼和香鱼吗？”

“没错。春天多雨，就会有很多鲇鱼；夏天阳光充足，有利于香鱼的成长。天气和鱼，天气和稻米，就是在这种关系中产生的占卜。”金爷爷怜爱地看着鲇鱼说。

水桶里的鲇鱼看着我们一动也不动，我们一拍打水桶，它就缓缓晃动着光滑的尾巴后退。它的可爱大脸很像金爷爷，我觉得我应该会喜欢这种鱼。

之后我经常去找金爷爷玩，虽然我也常和同学玩，但一到两三点约莫是金爷爷休息的时间，我就会去找他。金爷爷总对我说：“你可以自己进来。”所以，在金爷爷忙完之前，我多半一个人在田里拔草、浇水，或是看鲇鱼，有时候也会帮金爷爷剥豌豆或剥玉米。

对我来说，那并不是“帮忙”，而是一种“游戏”。金爷爷似乎也了解我的想法，我每次去都不断给我“新的游戏”。我平时在家连房间也不整理，如果妈妈看到我在金爷爷这里做事，一定会吓一大跳。

有一天，我拉了拉水井的绳子，发现绳子变轻了。我把绳子拉起来，下面的网袋里竟然连一尾鲇鱼都没有。

“金爷爷，金爷爷，不好了！”

我对着正在厨房洗东西的金爷爷大叫。

“小拓，怎么了？”金爷爷打开玻璃门回应我。

“不好了，鲇鱼好像逃到水井里去了。”

“逃走了？哈哈哈，别担心！”

金爷爷抱着抹布和毛巾走到后院，晾在水井旁的晒衣竿上笑着说。

“真的，鲇鱼全都不见了。”

“鲇鱼不见是因为昨天全都卖完了。”

“全部？原来都被吃掉了。”

“对啊，谷泽家的儿子带了一群年轻人来店里，说鲇鱼很好吃，结果全都吃光了……啊，小拓。”

“怎么了？”

“因为你之前很疼爱这几尾鲇鱼……”

“金爷爷，不是你想的那样，我知道那些鲇鱼本来就是要卖给客人的，现在被吃掉也很正常啊。”

“那就好。”

其实金爷爷说的没错，每天来看这些鲇鱼，不知不觉就觉得它们越来越可爱，我还为它们取了名字，简直把它们当成宠物。

“金爷爷，很快就会有新的鲇鱼吧？”

“我正在为这事伤脑筋呢，店里的鲇鱼都是花木店的浦爷爷分给我的，他前几天从梯子上摔下来，恐怕会有好一阵子没办法工作，也不能去钓鱼了，所以鲇鱼屋的鲇鱼要断货好一阵子了。唉，鲇鱼屋没鲇鱼可真伤脑筋，但话说回来，这家店也不过是家普通的食堂而已。”

金爷爷说完，摸了摸自己的光头。

“原来那些鲇鱼不是在鱼店买的。”

“对啊，是在矢作川钓的野生鱼。”

“那就去矢作川钓啊。”

“不行，金爷爷没有钓过鱼。”

“那我来钓！”

“小拓，你钓过鲇鱼吗？”

“没有，但我会钓鱼，一定可以钓到鲇鱼。”

“听浦爷爷说，外行人不容易钓到鲇鱼，而且他说晚上才能钓到。”

“原来要在晚上钓。”

“太危险了，你不要勉强。”

“不是啦，金爷爷，我想试着钓鲇鱼看看。而且如果我钓到的话，可以卖给你，对吧？”

“那当然！”

“太棒啦！”我忍不住兴奋地回答。

金爷爷又摸着我的头说：“小拓，你真是个贴心的孩子，真的不要太勉强噢。”

那天晚上洗澡的时候，我对爸爸说起钓鲇鱼和金爷爷的事。爸爸一开始听得满脸笑嘻嘻，等我说完后，爸爸却轻轻地感叹一声：

“钓鲇鱼啊，真不错啊。”

“咦？爸爸，你钓过鲇鱼吗？”

我有点惊讶，因为我以为爸爸对钓鱼没兴趣。

“哈哈哈，爸爸小时候经常钓鲇鱼，而且是金爷爷和浦爷爷教我的。”

“真的吗？爸爸也认识金爷爷和浦爷爷？”我一边帮爸爸搓背，一边问。

“我以前没向你提过，那是爸爸小时候的事。”

“像我这么大的时候吗？”

“是啊，差不多像你这么大的时候。那时候刚打完仗，金爷爷和浦爷爷在神社后方建了一间小屋住在那里。他们两个人虽然看起来很凶，但对小孩子很好，尤其是金爷爷，对我们这些小孩儿特别亲切。”

“和现在一样。”

“对啊，虽然现在是亲切的爷爷，但当时他可是一个壮汉。”

“那个金爷爷吗？”

“对啊，因为他刚从中国回来。”

“这我听过，金爷爷和爷爷一样，都是士兵吗？”

“不，金爷爷不是士兵，他那时好像住在那里，详细的情况他也没告诉我。”

“是噢。”

“不过，浦爷爷说金爷爷在中国有太太和孩子。”

“咦？这是怎么回事？”

“其他的事，爸爸就不知道了。”爸爸说完，把一盆水浇在我头上，泡进了浴缸。

我和爸爸默默地泡了一会儿，爸爸的表情似乎有点窘迫，他用毛巾擦了好几次脸，然后好像突然想到什么，说：

“拓也，你知道要用什么鱼饵钓鲇鱼吗？”

“用什么鱼饵好呢……蚯蚓吗？”

“还有呢？”

“嗯，我想不到。”

“鲇鱼什么都吃，不管是蚯蚓还是小鱼，甚至小龙虾也都可以。”

“真的吗？”

爸爸露齿一笑。

“真的啊，它会张开大口吞下去。”爸爸做出大嘴吞鱼的夸张动作。

“别……别吓我啦。”

爸爸更得意了，把毛巾缠在手上。

“你听着，爸爸以前是用青蛙钓到的，像这样把鱼钩轻轻钩在青蛙背后的皮上，让青蛙在水草和芦苇之间游来游去，很自然地游，结果鲇鱼就一下子从水里蹦出来了。”

“哇啊！”

毛巾鲇鱼突然从水里扑了过来，我忍不住惊叫起来。

“爸爸别吓我啦！”

“哈哈哈，你认输吧，但是鲇鱼很厉害，它们真的什么都一口吞下去。”爸爸说话的时候，露出了像小孩子般的表情。

“喂！你们洗好了没有？”我和爸爸聊得太开心，妈妈忍不住在门外数落我们。

钻进被子里，我仍然兴奋不已，迟迟无法入睡。

“爸爸，我有一个想法。”

“什么想法？”

“我打算用爸爸小时候的方法钓鲇鱼。”

“用青蛙吗？”

“嗯。”

“不行啦，只有在长了很多水草的水池和沼泽地才能用青蛙钓到鲇鱼，矢作川就不行了。”

“咦，原来不行啊。”

“如果要在矢作川钓鲇鱼的话，那我告诉你浦爷爷教我的方法。”

“好啊，教我，快教我！”

“首先，把钓线绑在竹竿上，再把鱼钩绑在钓线上，重锤要用大一点的，绑在鱼钩上长约三十厘米。”

“大一点是多大？”

“石头或是其他随便什么东西都可以，爸爸以前是用玻璃药瓶，反正只要不让鱼饵浮在水面上，用什么都可以。”

“是噢，那鱼饵呢？”

“用小鱼，不管是小鲫鱼或是脆鱼都可以，可以先用蚯蚓钓小鱼当作鱼饵。”

“要用小鲫鱼当鱼饵啊……”

“怎么了？你没有自信可以钓到小鲫鱼吗？”

“不是，只是爸爸，用小鲫鱼真的可以钓到鲇鱼吗？”

“刚开始，大家都会怀疑，但你要相信爸爸。”

没错，既然是名师浦爷爷传授的钓鱼方法，绝对可以钓到。而且，我也知道大鱼会吃小鱼，只是……

“爸爸，河里不是有很多小鱼吗？”

“对啊，有很多很多，几千条，几万条。”

“鲇鱼应该不愁没鱼吃吧。”

“不愁啊。”

“那它没有理由特地来吃我的鱼饵啊。”

“不，会来的。即使河里有几千条小鱼，鲇鱼还是会来吃你的鱼饵。”

“真是难以相信。”

“鱼就是这样。”爸爸说完笑了笑，“拓也，你知道什么是弱肉强食吗？”

“嗯，就是狐狸会吃掉兔子，狼又吃掉狐狸。”

“对，鱼也一样。但是它们并不是随便吃小鱼，比方说，大鱼会追着小鱼群，先吃掉游得慢的小鱼，这些游得慢的小鱼一定是生病或是受伤了，本来就活不久。”

“是噢，原来鱼想了那么多。”

“当然有想啊，这是鱼的本能，你用来当作鱼饵的小鲫鱼背上挂着鱼钩……”

“啊，我知道了，因为小鲫鱼游得很不自然。”我知道爸爸想说什么了。

“没错。好，既然你已经知道了，那就睡觉吧。”

爸爸说完，关了灯，翻过身后就不动了。我看着爸爸宽阔的后背，想象着从来没有钓过鲇鱼的金爷爷，以及爸爸小时候的样子。我想了很多很多，终于在不知不觉中睡着了。

第二天放学后，我立刻骑上自行车去矢作川和家下川的汇流处钓鱼。我早就知道两条河的汇流处是最佳钓鱼位置，爸爸也建议我在这里钓鱼。我以前也曾经来这里钓过鲫鱼，很熟悉周围的环境。最重要的是，要是能够在这里钓到可以当作鱼饵的鲫鱼，能让我感到安心。

我骑了五分钟，来到堤防下方，推着自行车上坡道，矢作川的河流就出现在眼前。拂过河面吹来的南风轻抚我的脸，我戴好帽子，用力骑向下游方向。

来到钓点附近，我停下自行车。那里没有通往河边的路，我把自行车藏在堤防的草丛中，换上事先准备的长裤，高举钓竿走下堤防，以免高度及胸的杂草割伤手脚。绿油油的芦苇叶子、野玫瑰的刺都粘在衬衫和裤子上，但我仍一步一步向前走，不停甩开这些叶子和刺，终于来到河岸旁的一片桑田。

从那里可以一条直线走到钓点，来到钓点后，我立刻向河面张望。矢作川的干流流速很快，河底有很多黑色圆石，不时有香鱼闪着光，在石头附近出没。

我看向矢作川支流家下川的方向，家下川的水是混浊的淡绿色，水流的速度也很缓慢。两条河很自然汇聚在一起，最后在汇流处出现了缓慢的旋涡，水的力量纠结在一起。

这里有鲫鱼。

我凭着钓客的直觉知道这件事，顿时觉得一刻也不能等了，迫不及待地从袋子里拿出钓具，做好钓鲫鱼的准备，走向支流的钓点。

“水深差不多六十厘米吧。”我自言自语后调整了浮标的位置，从袋子里拿出装在罐子里的蚯蚓。这些蚯蚓是在金爷爷家后院挖到的。

“泥土的土质好，就可以种出高质量的蔬菜，蚯蚓也会很肥。只要有肥蚯蚓，就会有良好的土质。”

金爷爷引以为傲的蚯蚓红红的，很有活力。罐子里二十条左右的蚯蚓纠缠在一起，我把整团蚯蚓都倒出来，拉出其中一条，挂在金色的细鱼钩上。

第一次抛竿，浮球从上游开始缓缓移动，漂过鱼可能出没的水草边，等钓线拉成一条直线时停了下来。没有找到目标，然后我又抛了第二次，浮球在我目标的水草附近形成了涟漪，然后沉入淡绿色的水底。

来了！

垂着钓竿才一下子，钓竿就弯成了弓形，可以感受到鱼咬住鱼饵的感觉。

应该是鲫鱼吧。

钓鱼有一定的经验后，就可以从钓竿的感觉分辨出钓到什么鱼，到底是哔哔哔，还是噗噗噗，或是叽叽叽的感觉，一听就大概知道了。

鲫鱼在水里挣扎，但它才在水中转个身就放弃抵抗浮出水面，咻地飞向我手中。

“太好了！”

我轻松钓到了第一尾鱼饵，轻呼一口气，终于放了心。

我继续挥着鱼竿，花了一小时左右，钓到了三尾小鲫鱼和一尾白脆鱼。

我想，有这些就够了，我准备开始钓鲇鱼。

我把钓鲫鱼的钓线和钓具卷在卷线器上，从工具箱里拿出钓鲤鱼用的粗钓线，把钓线的一端紧紧绑在钓竿上，多次确认不会轻易松脱。

“好，这下没问题了。”

我拉出和钓竿相同长度的钓线，把大鱼钩紧紧绑在上面，然后绑上从家里的工具箱里找到的六角形螺栓当作重锤。

用这样的钓具真的可以钓到鲇鱼吗？我内心不免担心，更觉得要是被人看到用这种钓具会很丢脸，一定会被人嘲笑。

幸好这里只有我一人，既然已经来了，就必须行动，我这么告诉自己。走向河流汇流处的钓点，拨开芦苇，突然听到“呱”的一声，有什么东西“扑通”一声跳进河里。

我吓了一跳，看清楚了才小声告诉自己：

“原来是牛蛙啊。”

第一次钓鲇鱼，我似乎有点紧张。

来到河边，只有一个钓点可以抛竿。那是在两条河之间的位置，刚好位于沙洲突出部分的前端。我把钓竿和工具箱放在那里，挺起胸膛看着河面，然后站在钓点做好了抛竿的准备。

站在那里时才发现，刚才在上游看到汇流点的旋涡距离岸边约十米，我的钓竿根本无法伸那么长。接着我又发现另一件事，在那个旋涡的前方，有三块很大的岩石，最前面那块探出水面的岩石上有不少漂流木和垃圾聚集，水流很缓慢，岩石下方好像有一定的深度。

我再度直觉这块岩石和漂流木下方一定有鲇鱼。

我慢慢从鱼篓中拿出一条十厘米的小鲫鱼。

“对不起啊。”我一边说，一边把大鱼钩刺进了它的背。

小鲫鱼抖了几下，一回到水中，立刻带着鱼钩，很有活力地游起来。

“好，开始了。”

我缓缓把钓竿移向水流的方向，小鲫鱼游得很不自在，顺着水面游向下游。当小鲫鱼来到岩石附近时，我轻轻放下钓竿。离开水流后，少了水的抵抗，小鲫鱼因为螺栓的重量沉了下去。接下来就要等鲇鱼上钩了，我把钓竿用力插进芦苇根部的泥地里，为了预防万一，又在上面压了一块三十厘米左右长的石头。

看着钓竿前端以低角度斜斜伸向蓝天，我的心情终于平静下来。虽然还没有钓到鲇鱼，但把钓竿抛出去，我的心情轻松了许多。

我拢了一大丛青草当作坐垫，一屁股坐了下去。河面吹来的风凉凉的，很舒服，后方芦苇丛传来沙沙的声音，让我的心情更平静了。

钓竿的前端不时轻轻摇晃，每次我都站起来，准备随时拉起钓竿，但水中并没有持续拉扯钓竿的力量。

“原来只是条小鲫鱼在挣扎。”

虽然我嘴上失望地这么说，但内心还是暗自叫好。

就像爸爸昨天说的，小鲫鱼越挣扎，在河水下就越容易引起注意。当钓竿一动也不动时，我反而会担心是不是鱼饵逃走了，得微微拉起钓竿确认一下。

我太性急了，以前曾经有人说过“性急的人适合钓鱼”，我觉得这句话也许很有道理。因为只有不断想象看不见的水底情况，不停担心这个，担心那个的人，才适合钓鱼吧！

时间就这样一分一秒过去了。

有时候听到“啪嗒”的声音，看到鱼蹦出水面形成的涟漪，我猜想那应该是鲤鱼，然后又担心会不会这里根本没有鲇鱼。不知不觉中，已经下午五点钟了。

对岸堤防上的车子数量越来越多，我告诉自己，今天可能钓不到鲇鱼了，再等十分钟就回家。

但是，过了十分钟后，我又告诉自己，再等十分钟。

虽然我知道这样一直拖延会没完没了，但我知道天色越暗，钓到鲇鱼的可能性就越高，所以就一直坐在原地，不愿意离开。

手表指向六点时，太阳躲进了堤防后方。七点天就黑了，我虽然可以再撑一个小时，但老实说，一个人沿着昏暗的河畔走回家还是有点可怕。太阳下山以后，天空虽然还是蓝色，但岸边到处都是阴影，让人心里毛毛的。

“真的只再等十分钟。”我在心里告诉自己，然后再度轻轻抬起钓竿，想要确认前端鱼饵的状况。

就在这时，我双手感受到钓竿的反应。

不会真的钓到了吧？

我难以置信，但接着又再度感受到咚咚、咚咚的沉重感。

显然是有什么东西咬住了小鲫鱼，钓竿前端每次都上下抖动二十厘米左右。

要让大鱼把鱼饵再吞下去一点。

其实我心里超害怕，根本不敢把鱼竿拉起来。

怎么办？

但是，对方主动向我下了战帖。

“咕咚，咕咚”。

下一刹那，鱼竿前端一口气被拉进了水里，我立刻拉起了鱼竿。

“咯噔”。

鱼竿弯成了半圆形，鱼却一动也不动，钓线笔直拉向水中。我知道，这次绝对是钓到了大鱼。

鱼停顿了一下，似乎在确认我的力量，缓慢动了起来。

“不要慌，不要慌”。我告诉自己。

我用了大鱼钩和粗钓线，在正常情况下不可能断掉，万一失败，只有两个原因，一个是钓线钩到了漂流木，另一个就是鱼竿拉过头，扯断钓线。一旦钓竿失去弹力，再粗的钓线也会完蛋。

无论如何都要避免拉扯钓竿，我心里想着。鱼逆着水流，一直试图游向上游，经过我的位置后调了头。

不要放松钓线。

鱼顺着水流，游向下游的方向。

惨了，鱼竿被拉直了。

我用力把鱼竿往淤水处方向扳，终于把鱼从水流中拉了出来。

太棒了。

一旦拉出了水流，鱼的力量一下子就变轻了，慢慢向我靠过来。

“不知道能不能就这样把鱼拉上来。”正当我这么想时，鱼还在水中做最后挣扎。

黑乎乎的鱼正是鲇鱼。

好大！

那条鱼足足有五十厘米，我察觉到自己双腿微微发抖。鲇鱼想要钻进漂流木的下方，但我的双手用力拉住钓竿不放。

没问题吧？钓线会不会断掉？

没想到接下来的状况轻松得出人意料。

或许鲇鱼知道自己无法潜入漂流木下方，它浮上水面，张着大嘴呼吸空气，然后沿着水面滑过来。我小心翼翼一步步后退，运用钓竿的弹力终于把鲇鱼拖上了岸。

鲇鱼“啪嗒啪嗒”挣扎着，我用毛巾按住了它，很快地塞进鱼篓中。

“好，这下就逃不掉了！”我兴奋地再度压住鲇鱼，把鱼钩拆了下来。看到鱼钩深深刺进了鲇鱼的上颚，我高兴极了。

等我回过神来才发现天色已经微暗，只好急急忙忙把钓具塞进袋子，把竹竿藏进芦苇丛中。然后拿着装了鲇鱼的鱼篓，拨开芦苇跑了起来。傍晚的河畔静悄悄的，但右手拎着的鲇鱼重量，让我忘记了这份不安。

得赶快去让金爷爷大吃一惊。

我骑上自行车，直奔鲇鱼屋。

草　鱼

“小拓，谢谢你每次都帮我钓鱼。”金爷爷在后院对我说。

“今天的鱼都很小。”我把装了鲇鱼的鱼篓交给金爷爷。

“没关系，没关系，小一点的也很好吃。”金爷爷把鲇鱼放进井里的网袋时说。

自从第一次钓到鲇鱼至今已经二十天了，学校开始放暑假，我每天都去矢作川钓鲇鱼。即使是和同学约好玩耍的日子或是返校日，我也会利用早晨或是傍晚去钓鱼，虽然有时候连一尾都钓不到，但是下过大雨后的日子，有时候一天可以钓到五尾，金爷爷看得目瞪口呆。

金爷爷把鲇鱼做成佳肴给客人吃，我则用鲇鱼赚了零用钱。

“小拓，今天的三尾比较小，所以给你六百日元。”

“谢谢！”

这是金爷爷以前决定好的价格，小鱼两百日元，中鱼三百日元，大鱼四百日元。我原本想拒绝他的好意。

“我喜欢钓鱼，不用给我钱。”我对金爷爷说。

“小拓，你帮了金爷爷大忙，这不是基于朋友关系，而是生意上的来往。”

金爷爷也很坚持，我觉得这好像是大人和大人之间的关系，所以也很高兴。

“对了，对了，小拓，我昨天去看了浦爷爷。”

“他还好吗？”金爷爷说过，浦爷爷从梯子上摔下来，撞伤腰部。

“嗯，他现在已经可以走路了。”金爷爷笑着说。

“是吗？那以后就不需要我去钓鱼了。”

我觉得有点可惜，但并不是因为以后不能再赚零用钱了，而是因为再也无法看到金爷爷高兴的表情而感到可惜。但是钓鲇鱼原本就是浦爷爷的工作，理所当然要交还给他。

“不是的，浦爷爷也很担心鲇鱼的事，他得知你代替他去钓鲇鱼后，他很高兴。我告诉他你是水口家的小孩，他也很惊讶。”

“对，我爸爸也说认识浦爷爷。”

“所以，浦爷爷说，希望我和现在一样，继续向你买鱼，如果不够，他的再给我，他说这才是做人的道理。”金爷爷说。

“真的吗？”

“我原本也是这么打算的。小拓，你可以像之前一样，把钓到的鱼拿来给我。”

“真不好意思。”

浦爷爷和金爷爷的心意让我很感动。

“浦爷爷还说想见见你，说希望有机会和你一起钓鱼。”

“浦爷爷不是名师吗？这样我会很紧张啦。”

“没有什么好紧张的，他虽说是名师，但其实只是这一带没有其他专钓鲇鱼的怪胎而已啦。”

“对不起，我也是怪胎。”我故意露出气鼓鼓的表情说，金爷爷吐了吐舌头，摸着自己的光头，知道自己说错话了。

第二天，我一大清早就出门去钓鱼。到钓点的时候才四点半，堤防一片暗蒙蒙，河岸笼罩着淡淡的雾霭。

在我前方一百米的路旁，有一个小小的黑影，走近一看，是野兔。那只野兔似乎被我吓到了，沿着道路快速往前奔跑五十米，躲进堤防上的草丛。

清晨在堤防上骑车，经常可以遇到各式各样的动物，而且都是平时很少有机会看到的动物，有野兔、雉鸡、大鹌鹑、小鹌鹑和狐狸，即使我告诉同学，同学也都不相信。

“爸爸小时候经常看得到这些动物，所以爸爸相信你说的。只是因为这一带拓建道路、兴建房子的关系，它们只剩下河畔可以居住了。”爸爸这么对我说。

我像往常一样停下自行车，冲下堤防。穿越笼罩着淡淡雾霭的桑田，来到钓点，却发现平时空无一人的钓点竟然有一个人影。那个人看起来像是上了年纪的老人，就站在我平时站的位置垂竿钓鱼。

今天恐怕没办法钓鱼了，我忍不住想。如果是鲫鱼或是鲑鱼，随便找个地方都可以钓，但要钓鲇鱼，只能站在那个位置。

看着老人的背影，我懊恼着今天出师不利。只见老人静静看着钓竿前端，但似乎察觉了我的动静，转头看着我。他皮肤黝黑，瘦瘦的脸上一双明亮的眼睛看着我。

“你……你好……”

我觉得他看起来不太亲切，但还是小声打了招呼。

老人上下打量我，然后开了口：

“你是水口家的小孩？”

我默默点了点头，虽然他突然提到我的姓氏，让我吓了一跳，但我很快就知道眼前的老人是浦爷爷。

“请问是浦爷爷吗？”我问。

老人露齿笑了起来，向我招着手。浦爷爷坐在自制的木箱上看着钓竿前端，我默默走到他身后跟他说话。

“我听金作提过你。”浦爷爷望着钓竿前端说，“谢谢你在我受伤的这段时间帮了大忙。”

“不用谢，不用谢，我是因为兴趣才钓鱼的。”

“哈哈哈，如果不喜欢，根本不会来钓鱼。”浦爷爷笑着说。

“浦爷爷，你钓到了吗？”我问，浦爷爷指了指鱼笼，让我自己看。

竹编的壶形鱼笼上压了一块腌泡菜时用的重石，我轻轻移开石头。

“哇，好厉害！”我惊呼。

鱼笼里已经有好几尾鲇鱼盘在底部，堆在一起，而且每一尾都是至少四十厘米长的大鱼。

“浦爷爷不愧是高手啊！”

“不，是因为我从半夜就开始钓。”

“半夜？”

“对，鲇鱼在晚上比较容易上钩。”

“差别这么大吗？”

“完全不一样，一到晚上它们很快就上钩了，毕竟它们喜欢夜游啊。”浦爷爷说完，笑了起来。

“浦爷爷，你用什么鱼饵？”我问。

浦爷爷轻轻拉起钓线给我看，一只红色的小东西从水流中蹦了出来。

“啊，是小龙虾。”

“我都是用这个钓，你用什么？”

“我用小鲫鱼。”

“这样啊。”浦爷爷淡淡地说，然后把小龙虾再度丢回水里，“弟弟啊，小鲫鱼固然不错，小龙虾也很棒啊。那个罐子里还有，你试试看。”

“谢谢。”

我从罐子里拿了一只小龙虾，坐在浦爷爷身旁。

虽然我和浦爷爷是第一次见面，但第一次见面的两个人坐在一起钓鱼很奇妙。更奇妙的是，两个人即使没有说话，也不会觉得尴尬。钓鱼果然很适合一个人的世界。

大约三十分钟后，浦爷爷问我：

“弟弟，你怎么会认识金作？”

“嗯，只是刚好。那天我刚好在他食堂的后院，他请我吃西红柿。”

“是吗？他是很喜欢小孩。”浦爷爷说完，又沉默起来。

浦爷爷似乎担心我会觉得气氛尴尬，才故意寻找话题和我聊天。于是，我鼓起勇气问：

“浦爷爷。”

“嗯？什么事？”

“金爷爷没有小孩吗？”

“哦？”浦爷爷听到我突如其来的发问，似乎有点惊讶，“为什么这么问？”

我知道自己问了蠢问题，但还是鼓起勇气说：

“我听我爸爸说……金爷爷的太太和小孩都在名叫中国的地方……”

浦爷爷微皱了一下眉头，但很快又露出微笑。

“小弟弟，你知道满洲吗？”

“不太清楚，只知道就是中国。”

“是吗？我不知道该怎么说，毕竟那是战争时的事。”

“战争时候的事也没关系啊。”我觉得自己问了不该问的问题，立刻这么说。

“怎么会没关系？怎么会没关系呢？”浦爷爷说完这句话后，娓娓说了起来，“你知道日本曾经打过仗吗？”

“嗯，是以前的事吧？”

“虽说是以前的事，但其实也就是在你爸爸像你这个年纪的时候，所以也不是多久以前。当时日本曾经占领中国，想要建立满洲国，所以派了很多士兵去，做出很多惨无人道的事。”

“金爷爷不是士兵吧？”

“对，金作是以开拓团的身份去了中国，因为那时候即使住在日本也吃不饱，所以他决定背井离乡，想在那里重新站起来。没想到那里的日子更苦，从早到晚都得拿着铁锹干活、开垦荒地，真的是从天亮做到天黑。金作抱着梦想去了满洲，却每天过这样的生活。”

“我没办法想象。”

“是啊，我也无法想象，因为金作很少提这些事，但是他千辛万苦，终于有了一间破旧的小屋，也讨了老婆。”

“原来他结了婚，也生了孩子。”

“但是……”

“怎么了？”

“在战败的同时，一切都结束了。”

“咦？什么意思？”

“该怎么说呢……”浦爷爷似乎觉得难以启齿，我可以察觉到他正在思考。

“弟弟，你应该在学校学过，战争就是杀人放火烧房子吧？”

“嗯。”我慢慢点头。

“没错，打仗就是这样。后来，金作的房子被烧了。”浦爷爷拿起钓竿站了起来，似乎想要收起脸上的严肃表情。

“金爷爷的太太和孩子被杀了吗？”我原本想这么问，但还是打消了念头。

浦爷爷叹了一口气，再度坐了下来。

“金作离开了老婆和孩子，那也是没办法的事。在战败的混乱中，如果他继续留在那里，搞不好连命都保不住。虽然金作为这件事感到很后悔，但没有人为他一个人回来这件事责怪他。”

我的脑海中浮现出金爷爷亲切的脸庞，他的笑脸难以和刚才从浦爷爷口中听到的事联想在一起。

“金作不是对小孩子都很亲切吗？”

“嗯。”

“败战后，他和我住在一起的时候就是这样。”

“我听爸爸说过。”

“原来你已经听说了，你爸爸那时候差不多和你一般大，真有意思。”

“我听爸爸说他以前经常和金爷爷、浦爷爷一起玩。”

“是啊，金作每次都会半夜躲在被子里哭。”

浦爷爷突然住了嘴，我不知道该说什么，只好看着钓竿前端。

“弟弟，不好意思，跟你聊这些不愉快的事。”

“不会。”

“搞不好是因为我自己也想和别人聊一聊。”浦爷爷好像在确认似的这么说。

“浦爷爷，小龙虾钓不到啦。”我故意用搞笑的语气说。

“是吗？”浦爷爷也笑着回答，但他的双眼仍然看着钓竿前端。

“我要像平时一样，用小鲫鱼试试。”

“用小鲫鱼？”

“嗯，我先去那里钓小鲫鱼。”

我像平时一样，来到支流的家下川前。回头看去，坐在钓点上的浦爷爷背影看起来很矮小，这时一阵风呼啸着从我身后吹向浦爷爷所在的地方，浦爷爷好像想起了什么，转头看着我，对我挥了挥手。我举起钓竿回应，继续走向家下川。

对岸那簇茂盛的银柳在风中摇摆，绿油油的树丛中，突然笔直飞出一道蓝紫色的光影。

啊，是翠鸟！

翠鸟飞过我的面前，又飞向那片桑田。我用目光追随着它，直到看不见它的身影，然后才再度将目光移向家下川。

就在这时，发生了令人难以置信的事。不，是我看到了难以置信的东西。

银柳前方，在我平时钓小鲫鱼的水流中有一个巨大的黑色影子，并不是只有五十厘米或是六十厘米，足足有一米，不，

比一米更长。

我怀疑自己看错了。

但是，那绝对是鱼，长度有一点五米，身长比我的身高更长。我快无法呼吸了，两条腿不停发抖。

大鱼的后背浮在水草旁，一动也不动，我可以清楚看到黑色鱼身上鱼鳞的样子，它双眼微微张开，眼神涣散，比我的手掌更大的鱼鳞缓缓摇晃着。那是什么？为什么这里会有这种大得好像妖怪一样的鱼？谁会相信我看到了这么大的鱼？

对了，要去告诉浦爷爷。

我在心里对浮在那里的鱼说：“拜托你，留在那里不要动，不要离开。”

我悄悄后退了几步，然后飞快跑向浦爷爷所在的钓点。

“浦爷爷，不得了啦！”

“弟弟，怎么了？”

“有一条这么大的鱼！”我用手比出鱼的长度。

“哈哈哈，你太夸张了。”

“我没有夸张，是真的！”

我慌了手脚，对自己无法清楚表达感到很焦急，浦爷爷似乎察觉到我的表情不同寻常，立刻站起身跟着我跑了起来。

我们冲上堤防，来到家下川，弯下了腰，然后慢慢靠近可以看到鱼的位置。

“浦爷爷，就在那里，在银柳前面。”

老天爷……我真的很想这么拜托，我没有勇气往河里看。

浦爷爷缓缓站了起来，探头看向家下川的河流。我看着浦爷爷的表情，他的双眼仔细在河中搜寻，当他的视线停在某一点后，立刻睁大了眼睛，然后维持这个表情一动也不动。

“弟弟。”

“是不是有……”

“对，而且是不得了的鱼。”浦爷爷一字一句地说。

我也探头看向河面。

在那里。

那条鱼维持着和刚才相同的姿势，出现在和刚才相同的地方。

“很大吧！”

“嗯，有一百五十厘米左右长，比你的个子还高。”

“是鲤鱼吗？”

“看起来像鲤鱼，但不是鲤鱼。”

“那是什么鱼？”

“草鱼。”

“草鱼？”

浦爷爷默默地点头。

就在这时——

前一刻还静静躺在水中的草鱼突然动了起来，它从水草旁悠然地游到水流中，然后猛然转身，在周围留下了巨大的水波；不知情的话，还以为有小孩子跳入了水中。那只草鱼笔直地游向下游的深潭，使得水底的积泥不停浮上水面。

一切都在转眼之间发生。

我和浦爷爷看着草鱼消失的方向，目瞪口呆，久久无法动弹。

“真大啊。”

“嗯，真的好大啊，简直不像鱼。”

“是啊，但它是鱼。”

“嗯。”

“是中国的鱼。”

“什么？中国的鱼？”

“千万别把这件事告诉别人，除了金作以外。”

“这是秘密吗？”

“对，在我们三个人钓到它之前。”

太难以置信了，浦爷爷居然想要钓这条像妖怪一样的鱼！我不禁愣在那里，看着不发一语的浦爷爷。

草鱼

原产地位于亚洲大陆东部，身长超过一米，体重可以达到十六公斤。六月至七月水位增加时期是草鱼的产卵期。鱼卵沉入河底，随着水流漂浮期间孵化，所以只能在很长的河流中繁殖。草鱼为草食性鱼类，喜欢吃芦苇和菰草，一天摄食量相当于体重一倍至一点五倍。四十年前，日本曾经引进中国长江产的草鱼至全国各条河川，但只有在利根川天然繁殖。

我从爸爸房间搬来了鱼类图鉴和辞典，查了草鱼的情况。每一本书上都有介绍草鱼，但内容都一样。

浦爷爷说得没错，草鱼的确是吃草的鱼，而且来自中国，但日本只有关东的利根川有草鱼，为什么那条草鱼会出现在爱知县的矢作川呢？我对这个问题感到不解。

第二天，我和浦爷爷约定在金爷爷家见面。

因为浦爷爷说要我们三个人一起钓那尾草鱼，所以我们要召开作战会议，好执行浦爷爷的这项计划。

到了金爷爷家，浦爷爷已经来了，后门敞开，传来他们两个人说话的声音。

“金作，是真的，绝对错不了，那就是草鱼。”

“那条河里有草鱼？”

“而且是足足一百五十厘米的大鱼！”

“你不可能看错，所以我相信你说的。我努力想相信，但是一百五十厘米长的大鱼未免也太……”金爷爷似乎还有所怀疑。

我从后门冲了进去，兴奋地大叫：

“金爷爷，是真的，那条鱼超大，有这么大！”

突然听到我的声音，金爷爷吓了一跳，但是他看到我那么用力地张开双手，不禁笑了起来。

“好，好，小拓，既然你和浦爷爷都这么说，那就错不了，我相信你们说的。”

“真的吗？”

“对，真的，因为金爷爷以前在中国看过两米的草鱼。”

“什么？两米的草鱼？”

“中国的草鱼可大了，因为中国的河流都很宽大，鱼也很大。”

“中国的河比矢作川更大吗？”

“大太多了，差不多像海那么大。”

“那么大？”

“是啊，所以我知道草鱼可以长很大，只是我不相信矢作川也有这么大的鱼。况且，草鱼是中国的鱼，为什么会出现在日本？”金爷爷说完看着我。

草鱼为什么会出现在矢作川？辞典上也没有提到这个问题。

这时，坐在椅子上喝酒的浦爷爷开了口：

“矢作川也有草鱼啊。”

“为什么？”金爷爷问。

“今天早上，我打电话去渔业工会，问了草鱼的事，结果……”

“结果？”

“工会的人告诉我，他们几年前曾经把草鱼放流在十公里下游的冈川支流。因为气候的关系，那里长了太多水草，所以放流草鱼，想解决那些水草的问题。”

“草鱼会吃长得太茂密的水草吗？”

金爷爷，是真的，
那条鱼超大，
有这么大。
好，小拓，
我相信你们说的。

“对，不到一年的时间就把水草全都吃光光了。”

“原来草鱼吃草是真的，所以当时放流的鱼到现在长这么大吗？”我问。

“八成是这样。”浦爷爷回答说。

“浦爷爷，我们可以钓到它吗？”

“你不想钓到吗？”

“我当然想钓啊！”

“那我们就可以钓到，只要真心想要钓鱼，就一定可以钓得到。钓鱼就是这么一回事。”浦爷爷看着我的眼睛说。

这时，金爷爷又开了口。

“小拓，浦爷爷这么说，表示他很有自信，你看看桌子上的东西。”

金爷爷手指的桌子上有一块折成四折的毛巾。

“那是什么？”

“你打开看看。”

金爷爷和浦爷爷笑嘻嘻地看着我，我慢慢打开毛巾。

“哇噢，好大！”

毛巾里有一个很大的鱼钩。那根用坚硬金属做的鱼钩弯度有点像灯泡，前端特别尖。

“好……好厉害的鱼钩！浦爷爷，是你做的吗？”

浦爷爷没有说话，露齿笑了笑。

“小拓，这鱼钩是浦爷爷用金爷爷炸天妇罗用的铁筷子做的，所以金爷爷以后不能炸天妇罗了。”

我们都看着金爷爷夸张的表情笑了起来。

“浦爷爷，我知道这个鱼钩很厉害了，还有其他钓具吗？”我问，因为我根本无法想象要用这么大的鱼钩钓鱼。

“钓具吗？钓具很简单，用一米长的钓线绑住这个鱼钩，然后再绑上粗绳子。”

“绳子？”

“对啊，如果全都用钓线，恐怕会断掉，而且在和草鱼拉扯时，手可能会受伤。”

“手吗？”

“对，那么大的草鱼如果挣扎恐怕会无法控制。如果用力握住钓鱼线，手会因为摩擦而烧伤。”

“是啊！”

“我打算在绳子的另一端绑上自行车的内胎作为缓冲。”

“嗯？什么意思？”

“你也会钓鱼，应该知道啊，就是用内胎代替钓竿。因为钓竿会弯曲,发挥了缓冲的作用,钓鱼线才不会断裂。所以,如果草鱼力气太大,把绳子都拉走,就可以利用内胎避免钓鱼线被扯断。”

“好厉害啊。”

浦爷爷实在太厉害了,我无论如何都不可能想到这种方法。

“那要用什么鱼饵呢?”

“鱼饵啊,弟弟,你猜是什么?”

“我想不出来,草鱼是吃草的鱼,所以应该是植物,但只用草真的可以钓到鱼吗?”

“你说呢?”浦爷爷故意反问我。

“告诉我嘛,要用什么来钓?”

“……不瞒你说,我也不知道,所以我打算从金作的后院找点东西带过去。”

“后院?”

“对啊,像是小黄瓜、菠菜之类的。”

我太惊讶了,因为我从来没有想到能用蔬菜钓草鱼!

“同样是草,人类觉得好吃的东西,鱼也一定觉得好吃。”浦爷爷笑了笑后说道。

金爷爷也发表了意见:

“既然这样那就要用青江菜啊，青江菜是中国的蔬菜，草鱼一定很喜欢。”

“好主意！”

听到金爷爷的提议，大家都笑了起来，我也捧腹大笑。

“小拓，你相信吗？鱼居然会吞下这么大的鱼钩。”金爷爷仔细打量着手上的鱼钩说道。

大鱼钩在日光灯下闪着光。

“金作，别担心，我保证会帮你钓到。”刚才没有说话的浦爷爷开了口。

嗯？帮你钓到？我有点纳闷。浦爷爷是为了金爷爷才要去钓那尾草鱼吗？这到底是怎么回事？

金爷爷没有说话，只是打量着鱼钩，然后小声地说：

“如果真的能钓到就好了，我想再看一次中国的草鱼。”

浦爷爷默默点头。

我看着闪亮的鱼钩好久，好久。

我们钓到的大鱼

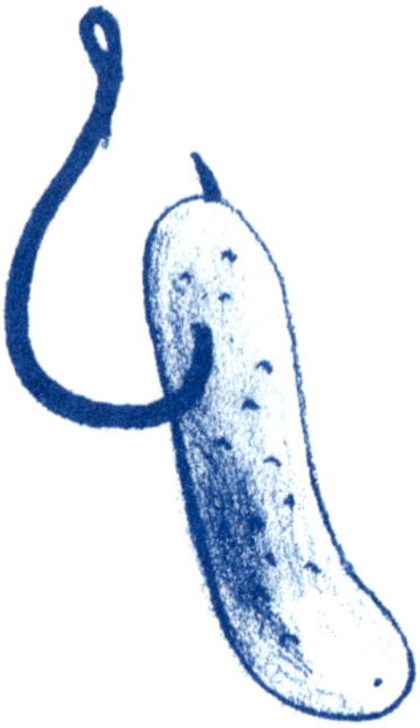

那一天是大晴天，天空一片蔚蓝，只有两三朵雪白的云朵。我骑着自行车前往矢作川，因为我们约好今天中午在那里见面，金爷爷和浦爷爷应该已经到了。

鲇鱼屋今天不开张营业，可见金爷爷他们真的是铆足了全力要钓大鱼。

我也全力以赴，虽然浦爷爷叫我什么都不必准备，但我在长裤下穿了泳裤，因为我猜想一旦巨大的草鱼上了钩，可能会被它拉进水中。

我冲下堤防，穿越桑田。

“金爷爷，浦爷爷！”我看到他们在河边的身影，情不自禁地大叫起来。

两个人转过头，向我挥着手。

“你们已经开始钓了吗？”

“没有，我们才刚到。”金爷爷说。

“能钓到吗？”我问。

浦爷爷笑着说：“哈哈，这就不知道了，但是越想就越觉得能成功的概率好像不大。”

“浦爷爷，这怎么行啊？如果你不真心想要钓到，就真的钓不到啦！”

“啊，对。”浦爷爷抓了抓头说，“弟弟，那你来帮忙，金作帮不了忙。”

“好。”

“老浦，我哪有帮不了忙？”金爷爷噘着嘴笑了起来。

我听从浦爷爷的指示在一旁帮忙。

首先，我们在河边打了一根木桩。浦爷爷带了两根像大人手臂那么粗的木棒，我用双手把木棒扶直，浦爷爷用另一根木棒把它敲进泥地。

“咚咚咚”的声音响遍整条河。

“草鱼会不会吓跑了？”

“现在可能逃跑了，但一个小时后它又会游回来。”浦爷爷确认着木桩是否坚固时说道。

然后，他利落地把自行车的内胎绑在木桩上，又绑上了绳子。浦爷爷又拿出钓鱼线和鱼钩开始做钓具，我退后一步看着他。因为是一点五米的大鱼，所以浦爷爷在绑钓鱼线时也格外小心。

“绑这么紧，应该没问题了吧。”

“不，这可未必，我以前也没钓过那么大的鱼，无法想象它到底有多大的力道。”

“对，毕竟比我还大！”

“但是，要鱼上钩才会有这个问题。”浦爷爷一脸严肃地回答，然后把钓鱼线紧紧绑在鱼钩上，探头看着纸袋问我，“弟弟，你喜欢小黄瓜还是菠菜？”

“我吗？我比较喜欢小黄瓜。”

“好，那就用小黄瓜。”

“呃，等一下，你是说，要用来当鱼饵吗？”

“没关系，反正没有人知道草鱼喜欢吃哪一种蔬菜，就

现在可能逃跑了，
但一个小时后，
又会游回来。
草鱼会不会吓跑了？

先用这个试一下。”浦爷爷把一整根小黄瓜挂在自制的大鱼钩上。

“钓不到可别怪我。”

“别紧张，最先想到的往往可以猜中。”浦爷爷把挂在鱼钩上的小黄瓜轻轻丢进水里。

“扑通”。

小黄瓜沉入水中后随即浮了起来，随着水流漂向下游的方向，浦爷爷立刻把绳子放长了。

“差不多就是这个位置吧。”

小黄瓜来到浦爷爷心目中的位置时，浦爷爷收起绳子，绑在脚下的草上。小黄瓜离开了水流，浮在淤水处。

“真希望可以钓到！”我说。

“是啊，但如果钓到的话，可就有的忙了。”浦爷爷说。

金爷爷可能觉得无聊，一个人去散步了，我和浦爷爷继续默默地看着河面。

时间一分一秒地过去了。

淡绿色的河水微微荡漾，仔细一看，原本以为只是淤水处，没想到竟不断有新的河水慢慢流进去。

太奇妙了。虽然是同一条河中的河水，但水的颜色会随着河底的形状和石头的大小改变，反射头顶上的阳光时，水面的颜色也会不断变化。把双手伸进凉冰冰的水里，却又发现水并没有颜色。

水到底是什么颜色？

我忍不住思考这个问题，之前自然老师说天空和大海之所以是蓝色，是因为太阳折射的关系，但我不是很懂。

“浦爷爷，你觉得水是什么颜色？”我鼓起勇气问。

浦爷爷一脸为难的表情说：“这我就不知道了。”

“你不觉得很奇妙吗？虽然是同样的水，浅滩和水深的地方颜色不一样。”

“哈哈哈，对啊，太奇妙了。”浦爷爷说完，笑着看着我。“弟弟啊，河里的事，只要有不懂的地方，我都会问鱼。”

“呃？什么意思？”

“你会钓鱼就知道，只要看河就知道那里大致有什么鱼。”

“大致可以知道。”

“所以，相反的，只要知道那里有什么鱼，就可以了解河流的情况。”

“是吗？”

“是啊，像是能不能钓到鱼，要用什么鱼饵，水的温度如何，以及河里的虫子和植物的情况都知道。”

“浦爷爷，你好厉害，但你还是没有回答我水是什么颜色的问题。”

“不知道的话，就把自己当作鱼，用脑袋思考啊。”浦爷爷说完后笑了笑，再度看着河水深处。

把自己当作鱼……我想了一会儿。

我想象着自己变成了香鱼，变成了鲤鱼，但还是找不到答案。

鱼的视力很好吗？

嗯，视力一定很不错，因为它们只要看到我的影子就逃走了。

不知道鱼的眼睛看到的世界是什么样子。

像照相机的鱼眼镜头一样，整个世界都是圆的吗？

想了很久，我突然发现一件事。

“浦爷爷，问你一下。”

“嗯？”

“空气不是没有颜色吗？对鱼来说，水就像空气一样，所以水也没有颜色对不对？”听到我这么说，浦爷爷眯眼笑了起来。

“没错，绝对错不了。对鱼来说，水就是空气，水流就是风，浦爷爷，我说得对不对？”我自信满满地说。

浦爷爷笑着回答：“那要问鱼才知道。”

我感到心满意足，只要看自来水，就知道水是透明的，但我为什么对这么无聊的答案感到满足？这种感觉很奇妙。

“弟弟，是不是把自己变成鱼，就可以知道很多事？”

我不发一语地点了点头。

“我一直在想，为什么那尾草鱼会出现在这里？也许不光是因为人类放流的关系，而是有特别的理由，让它非在这里不可。说得更清楚一点，就是它是为了让我们钓，才会出现在这里。”浦爷爷说。

“为了让我们钓？”我问。

“虽然这么解释可能太一厢情愿……但金作提到中国的事，就会提到草鱼，可能是因此让我有了这种想法。”

原来浦爷爷在想这些事。

说句心里话，我很惊讶，我原以为浦爷爷是因为看到这么大的鱼而想要挑战，只不过是一场钓客游戏而已，但现在听来似乎不是这样。

“所以，那天我们看到的草鱼，也是特地出现在我们面前的吗？”

“对啊。”浦爷爷斩钉截铁地回答。

这件事非同小可，原以为今天钓鱼只是游戏，没想到浦爷爷却觉得是命中注定。我觉得难以相信，但是从这个角度思考的话，就觉得我能够遇到以前曾经陪爸爸玩过的金爷爷，又通过钓鲇鱼认识浦爷爷，以及现在会在这里钓草鱼，好像都是事先安排好的命运。

我越想越搞不懂了。

“金作在干什么？”浦爷爷突然问。

“他刚才走去那里了……我去找他。”

“拜托了。”

“如果钓到了，记得大声叫我。”我对浦爷爷的背影喊着，就去找金爷爷了。

我往堤防方向走去，很快就看到了金爷爷，他正站在上次我和浦爷爷发现草鱼的地方发呆。

“金爷爷。”

“嗨，小拓。”

“你在这里干什么？”

“没干什么，金爷爷不会钓鱼，所以来散步。”

“我们就是在这里发现草鱼的，它就浮在那里。”我指着银柳的位置。

金爷爷看着河流好一会儿，小声地说：

“没想到这条河里真的有草鱼。”

“金爷爷，可不可以告诉我你在中国看到的草鱼？”

我央求金爷爷说那尾两米长草鱼的事。

“并不是什么好玩的事。”

“没关系，说给我听嘛！”

金爷爷露出为难的表情，但很快说了起来。

“以前，金爷爷去中国参加开拓团，原本希望在那里闯出一片天。”

“嗯，这件事我听浦爷爷说了。”

“这样啊，金爷爷当初开垦的地方是一片荒野，根本没有大河，很难想象可以在那种地方开垦农田，所以金爷爷是在刚到中国的时候看到的草鱼。”

“刚到中国时？”

“对，虽说是刚到的时候，但其实到达之前搭了很久的船，走了很多路。我忘了那条河的名字，但真是一条大河，隔着河面几乎看不太清楚对岸的景物。河畔有一个小村庄，我曾经在那里休息。码头有一座木头小栈桥，渔夫的小船都停在那里。一开始我并不知道那是鱼，因为巨大的影子简直和船差不多了，直到那个影子突然浮出水面……”

“浮出水面？”

“对，不时可以看到它像扇子般的尾鳍游动的样子，所以金爷爷才知道那是鱼。”

“结果呢？”

“我当然走过去观察，就在栈桥前。嗯，差不多就在距离它五米的地方，我看到它的眼睛差不多像拳头那么大，也可以清楚地看到它身上的鱼鳞……”

“好猛啊，不会害怕吗？”

“哈哈哈，老实说，金爷爷当时还真有点害怕，双腿都忍不住发抖。”

“然后呢？”

“草鱼用它的大眼睛瞪着金爷爷，然后就慢慢、慢慢消失在水中。”

“太猛了！”我忍不住惊呼。

“嗯，金爷爷从巴掌大的日本去了中国大陆，亲眼看到大河和大鱼，真心觉得自己来到一个很了不起的国家。”金爷爷说完，拔起脚下的草，丢进了河里。

草叶在空中摇摇荡荡地飘动了几下，落在水面后，以一定的速度漂向下游。

“金爷爷。”

“嗯？”

“你从日本去了中国，但草鱼却是从中国来到日本，很奇妙吧？”

“是啊。”金爷爷静静地回答，然后又补充说，“小拓，金爷爷还算幸运，因为我毕竟回到了日本，但草鱼再也无法回中国去了。”

我恍然大悟。

浦爷爷说是为了金爷爷钓草鱼，这句话突然掠过我的脑海，也想起他说，那尾草鱼是为了让我们钓它，才出现在这里。

那是我似懂非懂的世界。

“小拓，我们一定要努力钓到。”金爷爷幽幽地说。

风把银柳吹得沙沙响，蓝紫色的影子飞过水边。

啊，是翠鸟！

就在这时，河岸响起浦爷爷的叫声。

“弟弟，找到金作没有？”

“浦爷爷，怎么了？”我大声叫着跑向河边。

“金作，弟弟，快过来！”浦爷爷大声叫着我们。

“小拓。”金爷爷一边跑，一边不安地开口。

“一定是浦爷爷钓到了！”

我们急得连滚带爬地冲下堤防，跑向浦爷爷所在的河边。

“浦爷爷！”

“你……你们看！”

浦爷爷右手握着一大把绳子，压低身体站着。他的动作不像在钓鱼，像是拉牛的牛仔。他右手的绳子笔直地向水中延伸，绳子的另一端就是那家伙。

“浦爷爷，你没事吧？”

“怎么可能没事？但也没办法啊！事到如今，只能和它比耐力了。”浦爷爷说完，笑了起来。

“就是它吗？”

“绝对错不了，就是它。我先用小黄瓜，后来又换了菠菜，最后换了青江菜。果然被金作说中了，青江菜才下水，它一下子就从水里探出头，一口咬住，把我吓了一大跳！”

浦爷爷一只脚踩在水里拉绳子，我和金爷爷则站在他的身后。

“有没有要我帮忙的？”我问。

“不用，但如果我被拉进水里，要紧紧拉住我，不管拉我的手或脚都可以。”

浦爷爷的表情很严肃，搞不好他真的会被鱼拉下水。

“老浦，加油！”金爷爷说。

“包在我身上！”浦爷爷回答说。

我目不转睛地看着浦爷爷紧紧拉着的绳子前端，绳子时左时右地摆动，不停颤抖，在三米的范围内活动，并没有超出这个范围，就这样过了很久。

“浦爷爷，还要很久吗？”

“不知道……”浦爷爷脸上已经收起刚才的从容，也不再说话。

“小拓……”金爷爷一脸不安地看着我。

“不会有问题的！”我说。

我们仍然一起站在那里看着河面。

浦爷爷巨大的背影就在我们面前，那是他正在和草鱼奋战的背影。

“啊呀！”浦爷爷突然叫了一声，跑向下游的方向。

他跑了五六步，又站稳了。他双腿的膝盖已经浸在水中，紧握着绳子的右手被用力拉扯，左右摆动着。浦爷爷用左手扶着右手，固定在腰旁，绳子被拉得笔直。

就在这时——

“完了！”

绳子突然松了，浦爷爷一屁股坐在地上。

钓鱼线断了吗？

不，不对！

是鱼突然游了起来，它竟朝向我们的方向游了过来！

浦爷爷拼命收起绳子，不让绳子松弛。鱼近在眼前。

哗啦！

巨大的鱼影一闪，发出柔和的光。绝对没错，就是那尾草鱼！

下一刹那，鱼影一口气向上游的方向游。浦爷爷立刻跟着草鱼，跑向上游。

浦爷爷放松绳子，拼命想要阻止草鱼继续游，手上的绳子快要放完了。

“金作，快！用镰刀把内胎割断！”浦爷爷大声叫着。

浦爷爷可能发现草鱼力大无比，立刻做出这样的判断。我急忙拿出镰刀交给金爷爷，金爷爷迅速将镰刀挥向内胎。

噗。

随着一记闷闷的声音，割断的内胎立刻飞了出去。

与此同时，浦爷爷把多余的绳子一圈一圈绕在右手上。他压低了腰，双脚用力踩在地上，拉成直线的绳子两端，分别是草鱼和浦爷爷，这完全是一对一的对抗。我和金爷爷只能在一旁守护，只见浦爷爷的脚一步、一步向前，一度走上岸的双脚又再度踏进水中。

“它还真顽强！”浦爷爷嘀咕道。河水已经淹没了他的大腿。

“没问题吧？”我担心地大叫。

浦爷爷前方的河流一片碧绿，河水看起来很深。

下一刹那，浦爷爷大叫一声：

“拉到底了！”

他已经无法继续往前走，握着绳子的右手已经笔直伸到前方，不能再继续向前伸了。浦爷爷慢慢用左手扶着已经伸到底的右手，用尽浑身的力气向后拉，然后慢慢把绳子扛在肩上用力拉。胜负就在眼前，绳子已经拉得像木棒一样直。

呼！

绳子突然松了下来，白色的绳子被水流冲成一个很大的弧度。

“浦爷爷，绳子断了吗？”

“不，它突然掉头了。”

浦爷爷急忙收起松弛的绳子。

太好了，草鱼还在另一端。

“现在已经没问题了！”浦爷爷回头笑着说。

“刚才把绳子拉直时，没有趁势逃脱是它的败因。”浦爷爷仔细确认手上收起的绳子，绳子渐渐收回到浦爷爷的手上。

“不要大意。”我说。

“接下来也不可能很顺利，只是它不能再像刚才那样跑了。”浦爷爷说话的声音听起来从容多了。

自从鱼上钩之后，已经过了三十分钟。

金爷爷和我站在浦爷爷的身后，紧紧盯着白色的绳子看。

哗啦！

水中的鱼发出微光。

好大！绝对错不了，就是上次的草鱼！

“弟弟，就是上次那一尾吧？”浦爷爷说。

“没错，就是它。”我回答。

“金作，怎么样？没骗你吧？”浦爷爷兴奋地说。

“……”

金爷爷没有回答，他微微张着嘴，睁大双眼，视线追随着草鱼的身影。

“浦爷爷，现在怎么样了？”

“接下来就是时间的问题了，那家伙应该已经不想逃了。”

“你知道？”

“当然知道，像现在这样露出肚子就代表它已经认输了。”

浦爷爷在说话时，仍然不忘收紧绳子。草鱼已经出现在我们眼前，可以清楚地看到它的眼珠子和鱼鳞。我的心跳越来越快。

“弟弟，不好意思，帮忙拍一下我的腿。”

“啊？”

我低头一看，发现浦爷爷的双腿在微微发抖。

“说来丢脸，这是我第一次看到草鱼，两条腿忍不住发抖。”

“我也是啊。”我在回答时，拍打着浦爷爷颤抖的双腿。

“真伤脑筋，越是觉得不能让它逃掉，两条腿就越发抖。”

“即使逃掉了，也没办法啊。”

“那可不行，这是我们三个人的鱼。今天让它逃走了，可能再也没机会了。”浦爷爷说着，又向下游的方向走了两三步。

草鱼不时露出好像扇子般的尾鳍，“扑通”一声潜入水中，但很快又浮出水面。

“它也累了，但它的眼睛可没死，打算在我们抓它的最后一刻挣扎。”

“最后一刻？”

“因为我们没有可以捞它的网，我等一下会把它骗到芦苇的浅滩里，它的后背就会露出来，之后还有一场硬仗要打。”

“要怎么办？”

“很简单，就是我们三个人合力按住它。”

虽然浦爷爷故意说得很轻松，但我立刻能够想象那是多么困难的事！草鱼看到我们一定会挣扎，况且即使我们想要按住它，它力大无比，而且身体滑溜溜的，我们也完全没有胜算。

我在想这些事时，浦爷爷又和草鱼交手了好几个回合，终于把草鱼拉上了浅滩。浅滩上的草鱼看起来比在水中时更大，而且更可怕。它露出疲态，张大了嘴巴，但从它不时甩头的样子可以察觉它随时准备伺机而逃。

“弟弟，你拿这个。”浦爷爷把连着草鱼的绳子交给我。

“等……等一下。”我慌了手脚。

“没问题，它已经没有力气把你拖下水了。”

“不是，万一我搞砸了。”

“哈哈哈，刚才是谁说它逃掉就算了？”

“这不一样啊。”

我哭丧着脸，把绳子绕在右手上。当绳子拉紧时可以感受到草鱼的动静，我的心跳更加速了。

浦爷爷看着草鱼，利落地解开了衬衫的扣子。白衬衫下露出老人黝黑的皮肤，虽然没有光泽，但很精壮结实。

“要用这件衬衫压住它，因为鱼的身体太滑了。”浦爷爷说完，跑向堤防。

“你要去哪里？”我不安地大声问道。

“我要绕到它后面，这里拜托你了。”

浦爷爷跑上堤防后，经过支流的家下川，沿着长满芦苇的河岸前进，然后从水深处慢慢游了过来。不知道是因为受到水流的影响无法游得太快，还是不想惊动大草鱼，我觉得过了很久，越等越着急。

草鱼每次缓缓活动时，我的心跳就跟着加速。

“金爷爷，应该没事吧？”我看着草鱼问金爷爷。

但是，没有人回答。

“金爷爷？”

回头一看，我发现金爷爷仍维持和刚才相同的姿势瞪着草鱼，像是完全忽略了我的存在，也听不到我说话。

“金爷爷……”

我内心感到不安，金爷爷好像不太对劲，他盯着草鱼看，一动也不动。

这时，浦爷爷已经游到浅滩。他伏低身体，以免被草鱼察觉，双手紧握衬衫。

终于到了关键时刻。

我考虑到万一的情况，先把绳子在木桩上绕了好几圈，然后用力深呼吸。

从草鱼上钩到现在，到底过了多久？一个小时，还是两个小时？我完全没有概念。一阵大风从河面上吹来，如今这条河旁只有我们三个人，接下来无论发生什么事，都只有我们三个人知道。

浦爷爷突然大叫一声：“呜啊！”他的双手拉开白衬衫，扑向草鱼，溅起了很多水花。

草鱼慌忙想要逃走，我的双手用力拉紧。

“才不让你走！才不让你走！”

除了哗啦哗啦的水声，我还听到浦爷爷的大叫声，但浦爷爷的声音不时没入水中，不难想象他正和鱼缠斗得很辛苦。

“没问题，没问题的！”我带着哭腔大叫。

但浦爷爷似乎听不到我的声音。

浦爷爷抱住了草鱼，扭成一团，但似乎没有绝招可以制服草鱼，正在伤脑筋。

浦爷爷大叫着：

“不行，这样没办法。”

他似乎无法一个人制服草鱼，我的右臂剧烈摇晃着。

“金作！金作！”浦爷爷大声叫着金爷爷，要他来帮忙。

但是，金爷爷……

就在这时，金爷爷突然跑了起来，他突然捡起地上的另一根木桩，朝着正在和浦爷爷缠斗的草鱼奔过去。他一路踩着水，溅起很多水花。他跑到草鱼面前，他张开双脚，用力深呼吸。

金爷爷的身体用力摇晃，浦爷爷也满脸惊讶地抬头看着金爷爷，似乎不知道他要做什么，草鱼则用力甩着头挣扎。

金爷爷双手握紧木棒，缓缓举了起来。

“咚咚”。

只听到一记沉闷的声音，金爷爷举起的木棒打中了草鱼的头。

草鱼用力扭动着全身。

“咚咚”。

“咚咚”。

金爷爷更激烈地用木棒敲向草鱼。

“咚咚”。

“咚咚”。

“咚咚”。

我放松了手上的力气。

一切就在莫名其妙中结束了。金爷爷不断猛敲草鱼的头，为我们的钓草鱼行动画下了句点。

“咚咚”。

“咚咚”。

“咚咚”。

沉闷的声音继续不断响起。

咦？为什么……？

草鱼早就已经翻开白色肚子，一动也不动了。

“咚咚”。

“咚咚”。

“咚咚”。

我跑到金爷爷、浦爷爷和草鱼前，浦爷爷站了起来，默默低头看着草鱼。草鱼躺在他们脚下，翻着白肚子，从鱼鳃流出的鲜血渐渐染红了衬衫。

“咚咚”。

“咚咚”。

金爷爷仍然继续敲打草鱼，一脸可怕的表情，用尽全身的力量敲打着。

“金爷爷，别打了！”我终于忍不住大叫着。

金爷爷的手终于停了下来，他握着木棒的手垂着，不停颤抖着。

“金爷爷？”

我吓坏了。

因为金爷爷哭了，他皱着涨得通红的脸，大滴泪水扑簌簌地流了下来。

为什么？

金爷爷为什么哭了？

这是我第一次看到大人露出这样的表情哭泣。

浦爷爷低着头，不发一语。

我完全无法理解眼前的状况，只感到越来越害怕。

回家吧。

我离开河边，离开了站在那里的两个老人和躺在地上的草鱼，哭着冲向堤防。

我心里很不舒服。

如果可以，真希望用一根钓线和草鱼战到最后一刻。

如果可以，真希望抓到活的草鱼。

如果可以……

虽然好不容易钓到草鱼，但我的心好像铅一样沉重。

被夕阳染红的天空下，我用力踩着自行车。远方的河流宛如什么事都没发生般静静流动着，眼前的一切都让我难以置信。

我们到底想要钓什么？

我们到底钓到了什么？

我一次又一次向吹到面前的风发问。

拂过我湿润脸庞的风虽然很凉，却没有带给我任何答案。

第二天，我一整天都待在家里，也没有抬头看天空。我在自己的房间发呆，不时坐起来看鱼类图鉴。这是自放暑假以来，我第一次从早到晚都没有走出家门。

二楼窗外不间断地传来油蝉的叫声，平时还觉得油蝉的叫声很干脆有力，今天我听来却觉得有点慵懒模糊。

为什么会发生这种事？

真怀念每天想着草鱼的日子，甚至觉得是很久以前的事。虽然好不容易钓到了草鱼，但为什么这么郁郁寡欢？

金爷爷的脸浮现在我眼前，那是他对我说“这里有西红柿”时的表情，那是他露出亲切笑容的表情，而不是像魔鬼般敲死草鱼时的金爷爷。

没错，那才不是金爷爷！我努力这么告诉自己。

油蝉的叫声似乎变成了大合唱。它们好像躲在庭院的梧桐树上。我从窗户探出身体张望，唧唧唧的叫声立刻停止了。

从对面邻居家门前的电线杆上，也传来油蝉的叫声。油蝉在从二楼窗户望出去的风景中叫着,仿佛整座城市都在哭泣。

多么凄惨的声音。

油蝉的声音似乎诉说着傍晚的城市正在苦恼，我在这座被夕阳余晖染红的城市中看到了人影。

啊，是浦爷爷。

浦爷爷出现在差不多隔了十户的住家围篱前，他已经做完园丁的工作，正在收拾东西准备回家。

我原本打算今天一整天都不和任何人见面，但看到浦爷爷后忍不住动摇了。我冲下楼梯，慌忙穿上拖鞋，冲出玄关。

转过烟店的街角，浦爷爷正在把梯子绑在小货车上。

浦爷爷……

我鼓起勇气想要叫他，却叫不出声音。

过了一会儿，浦爷爷发现了我。

“弟弟……”

浦爷爷拿下绑在头上的毛巾，不发一语地抓着耳朵上方，然后邀我坐在小货车的载货台上。

“弟弟，昨天真不好意思。”

“不，是我不好意思，一个人先走了。”

“你吓坏了吗？”

“有一点。”

浦爷爷从口袋里拿出香烟，用火柴点了烟，吐出一口白色的烟。天色渐渐暗了。

“怎么样？现在要不要去金作那里？”浦爷爷问。

“现在？”我不知道该怎么回答。

我觉得现在去见金爷爷有点害怕，而且也没有做好心理准备，但是如果现在不鼓起勇气去看他，恐怕之后也不会再去了。

“浦爷爷，金爷爷还是以前的金爷爷吗？”

浦爷爷笑了起来，默默地点点头。

“我去，我要去。”

浦爷爷开着小货车，我坐在副驾驶座上。小货车一路摇晃着驶上矢作川的堤防，直奔天神桥。我回头一看，夕阳几乎已经下沉，天空一片火红，整座城市都笼罩在暗影中。

“你不向家人打招呼没关系吗？”浦爷爷问。

我默默点了点头。

右侧是一片河岸，隔着竹林可以看到矢作川。河流的颜色很深沉，我觉得矢作川已经抢先一步迎接了夜晚。

“金爷爷在店里忙吗？”我问。

“嗯……今天是……”浦爷爷有点吞吞吐吐。

“怎么了？”

“今天是金作的欢送会。”

“啊？金爷爷要出远门吗？”

“别紧张，不是你想的那样。”浦爷爷用力摇头回答。

我松了一口气。

浦爷爷看到我的反应，促狭地笑了起来。

“你以为金作要去哪里吗？”

“我以为是很远的地方，比方说……”

我的脑海中浮现出金爷爷之前提过的中国。

“和你想的相反，金作昨天从中国回来了。”浦爷爷说完，默默打开车窗。

车内满是青草的味道。

“金作虽然住在这里，但他的心可能一直留在中国。昨天钓到草鱼后，他自己才发现这件事。”

“浦爷爷，你以前就知道吗？”

浦爷爷什么都没有说。

堤防的路弯弯曲曲，我的身体也跟着摇晃起来，但车子的震动渐渐让我有一种舒服的感觉。

“所以，今天是离开中国的欢送会。”我自言自语地说完，打开车窗，把身体探了出去。车外的强风吹在我的额头上，吹乱了我的头发。在傍晚的微妙时光中，我感受着淡淡的河水味道。

小货车在天神桥左转，驶下坡道，在鲇鱼屋的红灯笼前停下。我慢慢下了车。

我的心跳得很快，越跳越快。

店内传来几个男人的笑声，他们似乎在喝酒。我有点害怕地看着浦爷爷，但浦爷爷露出亲切的表情看着我，用眼神示意我进去。

我钻过绳帘，“嘎啦嘎啦”打开了门。

迎接我的是一片橘色的灯光，和几个男人“噢”的声音和掌声。

浦爷爷推了推我的后背。

那几个男人站了起来，围住我和浦爷爷，七嘴八舌地说着什么。他们似乎在问钓草鱼的事，但是我完全听不到他们的说话声，因为我的眼睛一直看着厨房。

金爷爷在那里。

站在吧台后的金爷爷一发现我，立刻停下忙碌的双手看着我。我拨开那几个男人，跑向金爷爷。

我们隔着吧台相互注视，金爷爷的眼神很温柔。

但是，我们两个人都说不出话。

金爷爷突然想到了什么，拿了一个泡在水里的红色西红柿递给我，湿湿的西红柿和金爷爷的手在灯光下发亮。

我接过西红柿，这颗西红柿很沉，又红又亮。金爷爷用双手摸着光头，害臊地笑了笑。我不发一语，咬了一口西红柿，那是甜蜜的夏天的味道。

一切都和之前一样。

回头一看，浦爷爷在那几个男人的央求下说起了钓鱼的事，后方的桌子上堆满了各种草鱼料理。

墙上一张差不多和榻榻米一样大的白布，上面贴着草鱼的鱼拓。我仔细一看，发现鱼拓下方写了一行小字，“钓鱼者:金作、浦野、拓也。”

我又咬了一口西红柿。

那年夏天，西红柿的甜味令我印象深刻。